백년법

1

KB017675

HYAKUNENHO 1

© Muneki Yamada 2012

First published in Japan in 2012 by KADOKAWA CORPORATION, Tokyo
Korean translation rights arranged with KADOKAWA CORPORATION, Tokyo
through Eric Yang Agency Inc, Seoul

백년법

百年法

야마다 무네키 지음 | **최고은** 옮김

1

애플북스

기다리던 한국 독자와의 만남

드디어 한국 독자들에게도《백년법》을 선보인다 생각하니 마치 꿈을 꾸는 것 같습니다. 사실 이 소설은 한국은 물론 일본에서조차 빛을 보지 못했을지도 모르기 때문입니다.

'인간의 불로화 기술이 보급된 세계. 하지만 모든 인간이 영원히 살아서는 사회를 유지할 수 없다. 따라서 불로화 시술을 받은 이는 법으로 정해진 기한이 지나면 죽어야 한다.'

이 설정을 생각해낸 건 10년도 더 된 일입니다. 착상이 떠오른 순간 재미있는 작품이 되리라고 생각했습니다. 바로 플롯을 짜려 했지만 생각처럼 쉽지가 않았습니다. 설정은 재미있지만 그 재미를 잘 끌어내는 스토리가 떠오르지 않았죠. 초조해하다 점점 체념하기 시작했습니다. 그리고 집필을 시작할 용기도 내지 못하고 우물쭈물하는 사이에 비슷한 설정의 만화가 먼저 세상에 나왔습니다.

치명적이라고 생각했습니다. '백년법'의 가장 큰 매력은 설정의 참신함이었습니다. 선행 작품이 나왔으니 그 매력은 거의 사라진 것이나 마찬가지였습니다. '이런 상황에서는 작품을 쓴들 의미가 없다.' 저는 집필을 완전히 단념했습니다.

하지만 그로부터 꽤 시간이 흐른 뒤에 담당 편집자와 만난 자리에서 이런 질문을 받았습니다.

"SF작품을 써보실 생각은 없으십니까?"

저는 주저하면서 '백년법' 이야기를 꺼냈습니다. 이런 아이디어가 있었지만 설정이 비슷한 만화가 나왔기 때문에 집필을 포기했다고요. 편집자는 낯빛을 바꾸며 말했습니다.

"그런 건 신경 쓰지 마시고 일단 쓰십시오. 묻어두기에는 아깝습니다. 쓰세요."

그 기세에 밀려 쓰겠다고 약속은 했지만, 금방 후회했습니다. 분명 이미 나온 작품이 있다는 게 집필을 단념한 이유 중 하나였지만, 따지고 보면 자신의 실력 부족으로 내던진 것이나 마찬가지였던 소재였습니다. 그러나 프로 작가인 만큼 약속했으니 쓰는 수밖에 없었습니다. 스스로를 채찍질하며 간신히 초고를 완성한 건 편집자에게 약속한 지 무려 3년 반이라는 세월이 지난 뒤였습니다.

만일 편집자가 SF를 쓸 생각이 없느냐고 묻지 않았더라면 이 소설은 지금도 제 머릿속에 묻힌 상태였을 겁니다. 여러 우연이 겹쳐, 편집자의 권유와 열정 덕에 비로소 세상 빛을 볼 수 있었습니다. 예상을 뛰어넘은 반응과 높은 평가를 받는 영광도 누렸습니다. 그리고 지금은 언어의 벽을 뛰어넘어 한국에 소개됩니다. 마치 꿈을 꾸는 듯한 제 마음을 아실지 모르겠습니다.

매년 셀 수 없을 정도로 많은 소설들이 전 세계에서 발표됩니다. 아무리 애서가라 해도 볼 수 있는 건 그 가운데 정말 일부에 지나지 않습니다. 사람과 사람의 만남처럼, 작품과의 만남도 때로는 기적이 되고 운명이 됩니다. 지금 이 책을 펼친 여러분과의, 바다를 뛰어넘은 만남 또한 그러하기를 진심으로 바랍니다.

2014년 5월 12일
후쿠오카의 자택에서
야마다 무네키

CONTENTS

주요 등장인물

유사 아키히토 | 내무성 생존제한법 특별준비실 실장
후카마치 신타로 | 내무성 생존제한법 특별준비실 부실장
도모나리 야스타카 | 내무장관
사사하라 다쿠조 | 내무성 차관

1부

생존제한법
LIFE LIMIT LAW

불로화 시술을 받은 국민은
시술 후 100년이 지난 시점부터
생존권을 비롯한 기본 인권을
모두 포기해야 한다.

1

그날
당신은 무엇을 보았습니까.

한없이 맑은 여름 하늘이었을까요.
슬픔에 잠긴 사람들의 모습이었을까요.
아니면 송두리째 불타버린 들판이었을까요.

우리 국토는 거듭된 공습과 여섯 발의 원자폭탄으로 초토화되었습니다. 일본이라는 국가는 멸망했습니다. 역사의 무대에 등장할 일은 두 번 다시 없으리라, 전 세계가 그렇게 생각했습니다.

하지만 당신은 폐허에서 분연히 일어섰습니다. 이대로는 조국을 지키고자 죽어간 이들을 볼 낯이 없다, 다시 한 번 살아남은 우리 손으로 이 나라를 다시 일으켜야 한다, 그 사명감이 당신을 움직인 것입니다.

그런 당신의 모습에 세계가 감탄했습니다.
궁지에 빠졌을지라도 포기하지 않는 끈기.
근면성실함.
풍부한 교양.
뛰어난 협동성과 윤리의식.
질서와 법을 중시하는 정신.
이제는 전 세계에서 상식으로 통하는 우리 국민의 미덕은 당신의 실천으로 이루었다 해도 지나친 말이 아닙니다.

물론 지난 백여 년 동안 모든 일이 순탄하게 풀린 건 아니었습니다. 세계사의 기적이라고까지 불린 부흥을 이루어내고 보란 듯이 국력을 회복한 우리나라도 이내 긴 정체기를 맞이했습니다.
그렇지만 당신은 이 고난의 시대를 헤쳐나갔습니다. 하루하루 온 힘을 다해, 성실하게 살아갔습니다. 당신은 이 나라의 자랑입니다. 새 역사의 초석입니다. 지난 전쟁에서 조국을 위해 목숨을 바친 영령들도 분명 장하다 하실 것입니다. 지금까지 잘 이겨냈다고.
그리고 지금.
되살아난 이 나라를 새로운 세대의 손에 넘겨줄 때가 왔습니다.

법치국가의 국민인 우리는 법에 따라 이 무대를 떠나야 합니다. 그것이 우리의 마지막 책임이기 때문입니다.

우리에게 바통을 넘겨받은 새로운 세대는 다음 세대로, 그리고 다시 미래로 이어지겠죠.

우리가 든 깃발을 모두가 따를 것입니다. 시대가 새롭게 움직이는 것입니다. 그 위대한 첫걸음이 바로 우리입니다.

자, 함께 크나큰 만족과 자긍심을 가슴에 안고 당당하게 떠납시다.

마지막으로,

새로운 세대의 여러분!

우리는 떠납니다.

뒷일을 부탁합니다.

이 나라를 맡깁니다.

여러분을 믿고 우리는 떠납니다.

두 남녀 출연자의 옷이 빛에 바스러지며 나신의 실루엣이 나타났다. 두 사람은 등을 돌리고 서로 손을 잡은 채 빛 속으로 사라졌다. 가슴 뭉클한 피아노 선율과 함께 캐치카피가 나타났다.

지금, 미래를 향한 첫걸음이 당신에게서 시작됩니다.

"이상입니다."

손에 쥔 터치패널을 조작하자 화면에서 영상이 사라지고 무색투명한 판이 나타났다. 두께가 2센티미터나 되는 아크라이드 모니터는 한눈에도 시대에 뒤처진 물건이었다. 미국에서는 이미 5밀리미터 이하의 제품이 개발되었는데도 일본 제품은 아직도 이 모양이다.

유사 아키히토는 한숨을 내쉬고 싶은 마음을 억누르며 모니터를 탁자 안으로 밀어 넣고는 찰칵, 하는 잠금 소리를 확인하고 나서 손을 뗐다. 요즘 시대에 수동 조작인 것도 어처구니가 없었다.

유사를 시작으로 같은 회의 탁자에 앉은 다른 이들도 모니터를 밀어 넣었다. 유사는 모두가 넣고 나서 탁자 위가 정리되기를 기다렸다가 말문을 열었다.

"지금 보신 세 유형의 동영상을 다음 달부터 정부 홍보 영상으로 언론에 배포할 예정입니다. 마지막으로 보신 롱 버전은 보디카피를 그대로 활자화해서 각 언론지에도 노출시킬 예정입니다."

모든 참가자들의 눈길을 한몸에 받은 훤칠한 남자는 연회색 정장을 입고 크림색 셔츠에 하늘색 넥타이를 매고 있었다. 기록상으로는 실제 나이 83세이지만, 육체는 '시술'을 받은 이십대 이후로 거의 변하지 않았다. 여윈 얼굴은 어찌나 창백한지 바람이 세게 불면 쓰러질 것 같았다. 미묘하게 좌우 빛깔이 다른 눈동자와 두피에 달라붙은 듯한 촌스러운 머리 모양 탓에 첫인상은 좋지 않았다. 하지만 겉모습만으로 이 남자를 우습게 본 이들은 나중에 하나도 남김없이 후회를 맛보았다.

"이런 걸로 국민들이 납득하겠나?"

가장 상석, 긴 등받이 의자에 몸을 젖히고 앉아 있는 사람이 내무장관 도모나리 야스타카였다. 기록상으로는 117세. 스무 살에 시술을 받아 겉보기에는 스무 살로 보였지만, 그럼에도 젊음이 느껴지지 않았다. 아무리 노화를 막아도 살아온 세월이 얼굴에 배어나기 때문일까.

"이건 어디까지나 1탄이라 의도적으로 완곡한 표현을 사용했습니다. 처음부터 직설적으로 나가면 국민들의 거부반응을 불러일으킬 수 있습니다."

"하지만 각 언론사의 여론조사 결과에 따르면 불안을 느낀다는 응답이 전체의 70퍼센트에 이른다고 했네. 이미 거부반응을……."

"그렇기 때문에"

유사는 도모나리의 말을 거침없이 잘랐다.

"관련법을 되도록 빨리 통과시켜야 합니다. 백년법의 시행은 기정사실이며, 결코 흔들리지 않을 것임을 국민들에게 철저히 주지시키고 납득시켜야 합니다."

도모나리는 손바닥으로 탁자를 내리쳤다.

"법만 만들면 다 된다고 생각하나? 문제는 국민 정서야. 그게 바로 민주정치란 말일세. 일개 관료의 얄팍한 술수로 뭘 할 수 있단 말인가."

유사는 입을 다물었다. 싸우려고 이 자리에 있는 게 아니다.

"하지만 장관님……."

도움의 손길을 내민 건 유사의 직속 상사인 사사하라 차관이었다. 짧게 자른 머리에 사내다운 생김새. 전쟁터에서 돌아온 직후인 서른 살에 시술을 받았고, 특공대의 생존자라는 이야기가 떠돌았다. 내무성 안에서 유사가 전적으로 신뢰하는 유일한 인물이었다.

"백년법 시행은 말 그대로 국가 백년대계가 걸린 일입니다. 국민 감정이 어떻든 국정의 소임을 맡은 자로서 이를 굽힐 수는 없습니다."

"그건 나도 아네."

"백년법을 성공시키려면 터미널 센터의 원활한 운영이 필수입니다. 하지만 관련 법안 정비는 아직 시작조차 못한 실정입니다. 그러니 다음 국회에서 관련법을 하루라도 빨리……."

"나도 안다고 하지 않았나!"

사사하라 차관과 극명하게 대비되는 인물이 바로 이 도모나리 장관이다. 별 역량도 없는 주제에 툭하면 직원들에게 호통을 쳤다. 그게 자신의 위엄을 세워준다고 생각하는 모양이었다.

오늘 회의 주제는 내년으로 닥친 생존제한법, 이른바 백년법 시행을 앞두고 대국민 홍보 활동을 어떻게 펼칠 것인가였다. 한마디로 선전 공작이다. 신문, 텔레비전, 라디오, 인터넷을 이용한 여론 유도는 5년 전부터 시작했다. 덕분에 백년법 시행의 인지도는 높아졌지만, 아직 국민들은 그 법을 받아들일 마음의 준비가 되지 않았다. 국민을 한층 더 계몽해야 한다는 주장이 제기되었고, 그에 따라 홍보 전략을 재고하기로 한 것이다. 유사 외에도 정무관과 유사의 부하인 후카마치 신타로가 참석했지만, 그들이 발언할 수 있는 분위기가 아니었다.

"장관님, 아까 그 동영상은 어떻게 생각하십니까? 이대로 진행해도 되겠습니까?"

"조금 더 설득력이 있어야 할 것 같군. 다시 만들게."

"그러니까 그건 2탄부터……."

"다시 만들라고 했네."

유사는 조용히 심호흡을 하고 나서 몸을 살짝 앞으로 기울이며 말했다.

"장관님께서 한 가지 확인해주셨으면 하는 게 있습니다."

"그게 뭔가?"

"정부의 백년법 시행 방침에 변경사항은 없겠죠?"

"왜 그런 걸 묻나?"

"이상한 소문을 들었습니다."

"소문? 자네 지금 나한테 소문 운운하는……."

"고노이케 총리는 백년법 시행을 중지시키려 한다."

도모나리의 얼굴이 굳어졌다.

"말씀해주시죠. 백년법 동결은 있을 수 없는 일이다, 틀림없습니까?"

"그분 생각을 누가 알겠나."

"있을 수 있는 일이라는 말씀입니까?"

"난 모르는 일일세."

"장관님은 어떻게 생각하십니까?"

"난 내무장관이야. 그게 내 답일세."

사사하라 차관이 눈짓으로 신호를 보냈다.

더는 추궁하지 말라.

"자네들은 홍보 활동에 전념하면 돼. 백년법이 시행되자마자 내각 지지율이 하락하는 사태가 일어나서는 안 되네. 어쨌든 아까 동영상은 다시 제작하게. 더 효과적인 방법을 생각하라고."

"그 일 말입니다만."

유사는 목소리 톤을 바꾸었다.

"이 일은 아직 결정된 사항이 아니라 정식 보고는 미뤄왔지만, 실은 준비실에서 백년법 시행의 상징적인 존재로서 유명인을 기용하는 게 어떻겠느냐는 안이 나왔습니다."

"연예인을 이미지 모델로 쓴다는 건가? 괜찮은 생각이군. 진작 그런 안을 내놓지 그랬나."

"물론 연예인도 대상에 포함됩니다만, 단순한 이미지 모델이 아님니다. 되도록이면 백년법 시행 첫해에 적용대상자가 되는 인물을 기용하려 합니다."

도모나리는 아무 대답이 없었다.

무슨 말인지 이해하지 못한 눈치였다.

"그러니까 전국에 널리 이름이 알려진, 그리고 국민들에게서 폭넓은 존경을 받는 인물들을 밀착 취재하여, 그들이 백년법을 받아들이는 과정을 다큐멘터리 영상으로 제작하는 겁니다. 그걸 정기적으로 방송하고요."

도모나리는 아직도 반응을 보이지 않았다.

"한마디로 국민의 모범이 되어달라는 뜻이죠."

"연예인을 이용한다는 건가?"

"연예계뿐 아니라 정계와 재계도 염두에 두고 있습니다."

유사는 탁자 위에 올려놓은 두 손을 깍지 끼며 도모나리를 똑바로 바라보았다.

"아까 장관님이 말씀하신 대로, 여론조사에 따르면 대다수 국민들이 백년법에 불안을 느끼고 있습니다. 그리고 그 속내를 들여다보면 이 법률이 과연 공정하게 적용될지에 대한 불안도 의외로 큽니다. 국민들은 지위나 권력을 이용해 비밀리에 백년법의 적용을 면제받는 사람들이 있을지도 모른다는 의구심을 가지고 있습니다."

"어처구니없는 소리군."

"아무리 어처구니없는 의구심일지라도 실제로 그렇게 느끼는 국민이 다수 존재하는 이상, 어떤 식으로든 대응해야 합니다. 그러려면 의혹의 대상이 될 만한 정재계 인사들이 자진해서 백년법을 받아들이는 모습을 보여줘야 하겠죠."

"자, 자네, 어떻게 그런 말을 하나. 마치 모든 정재계 인사들이 부정을 저지른다는 식으로……."

"물론 실제로는 그럴 리가 없죠. 하지만 국민들은 그렇게 생각하지 않습니다. 국민들이 백년법을 받아들이도록 하려면 그들의 신임을 얻어야 합니다. 그러려면 정재계 인사들의 도움을 받아야 합니다."

도모나리는 요란하게 코웃음을 쳤다.

"그렇게까지 말하는 걸 보면 물론 생각해놓은 후보도 있겠지?"

"네. 정치인 중에서는 혼마 외무장관, 공화당의 우메자키 다치노스케 상원의원, 민권당의 세지마 사토루 대표. 경제인 중에서는 가노 전자공업 회장……."

"그만!"

도모나리가 버럭 소리쳤다.

"지금 제정신으로 그분들을 거론하는 건가? 그게 무슨 뜻인지 아나?"

"저도 냉혈한은 아니니 한 분 한 분의 이름을 부를 때마다 가슴이 아픕니다. 하지만 나라의 미래를 생각하면 이게 최선의 방법일 것이라 믿습니다."

"미력하나마"

사사하라 차관이 낮고 침착한 목소리로 말했다.

"도움이 될 수만 있다면 이 몸뚱이라도 바치고 싶습니다. 저 역시 백년법 시행 첫해 적용대상자입니다."

"자, 자네도……?"

"저는 내무성 차관이라는 위치상, 백년법의 책임자로 알려져 있습니다. 그런 제가 조용히 법을 따르면 국민들도 납득해주지 않을까요?"

도모나리의 기세가 꺾였다.

"자네, 진심으로……."

"장관님, 어쩔까요? 이 건을 구체적으로 진행해도 되겠습니까?"

"아니, 잠깐 기다려보게."

"하지만 장관님."

"기다려보라니까."

도모나리는 이마의 땀을 닦았다.

"무슨 이야기인지 알았네. 취지는 이해가 가. 하지만 정치란 쉬운 일이 아니야. 특히 지금은."

말을 마친 도모나리는 정무관을 불렀다.

"아, 장관님. 이후에 일정이……."

한눈에도 즉흥적으로 지어낸 말임을 알 수 있었다.

도모나리는 모두를 돌아보며 말했다.

"다들 들었지? 이 건은 일단 보류야. 홍보 영상도 다시 만들게. 알았나?"

유사는 하는 수 없이 자리에서 일어나 장관 집무실을 나왔다.

후카마치가 닫힌 문을 경멸스런 눈빛으로 쳐다보며 말했다.

"정무관이 장관 스케줄 관리까지 합니까?"

"듣겠어."

유사는 후카마치의 등을 밀며 말했다.

장관 집무실 문 앞에서 길게 뻗은 복도에는 짙은 붉은색 양탄자가 깔려 있다. 좌우 벽을 따라서 고대 그리스 신전을 방불케 하는 대리석 문기둥이 늘어서 있으며 보란 듯이 조명까지 달려 있다. 한숨을 내쉬며 올려다보자 아치형 천장이 눈에 들어온다. 어떤 장관이 천장에 시스티나 성당 풍으로 그림을 그려 넣으면 어떻겠느냐고 제안한 모양이지만, 그걸 부끄럽게 여길 정도의 양식은 있었는지 실제로 이루어지지는 않았다. 아무튼 이런 식으로 설계할 수밖에 없었던 건축가가 가엾을 따름이다.

복도 끝에서 두 번째 문을 나오면 비로소 천상계에서 지상으로 돌아온다. 여기서부터는 내무성 직원들의 전쟁터다. 각국(局) 사무실을 들여다봐도 정장 차림으로 일하는 사람은 거의 없었다. 와이셔츠 단추를 아무렇게나 풀어헤치고 소매를 걷어 올린 채 샌들을 끌고 분주하게 돌아다니거나, 핏발 선 눈으로 아크라이드 모니터를 바라보고 있었다. 넥타이를 단정하게 매는 건 장관이나 의원, 또는 외부 사람들을 만날 때뿐이다.

유사 일행은 소란스러운 복도를 말없이 지나 엘리베이터 홀로 나왔다. 버튼을 누르자 바로 문이 열렸다. 그들 말고는 아무도 없는 엘리베이터의 문이 닫히자마자 세 사람은 한숨을 내쉬었다. 사사하라가 층수를 나타내는 표시등을 바라보며 말했다.

"소문이 사실인 모양이군."

"제정신이 아니에요."

유사도 표시등을 올려다보며 대답했다.

"오늘 밤에 공화당의 요다 간사장과 만날 예정이네. 여당의 속내가 무엇인지 알아봐야지."

"저는 후카마치를 데리고 민권당 본부에 다녀오겠습니다."

"대표와 만나려고?"

"아닙니다, 친분이 있는 의원을 만나서 그 건의 진위를 알아보려고요."

"너무 깊이 파고들지는 말게. 도모나리 장관만큼은 아니겠지만 요즘은 다들 예민하니 말이야."

엘리베이터는 5층에서 멈췄다.

사사하라는 인사 대신 손을 들었다 내렸다.

다음은 지하 2층 주차장에서 멈췄다.

"총무과에서 공용차 이용권을 받지 않아도 됩니까?"

후카마치가 물었다. 총무과는 1층이다.

"오늘은 캡으로 가지."

일반적으로 관청 직원이 의원회관이나 당 본부를 찾을 때는 운전기사가 딸린 검은 공용차, 한눈에도 역사가 느껴지는 차량을 이용한다. 대외적인 명분은 격식과 전통을 중시한다는 것이지만, 한마디로 이렇게 하지 않으면 자신을 경시한다며 언짢은 티를 내는 예민한 의원들 때문이다. 그럴 걱정이 없을 경우나 남들 눈에 띄어서는 안 될 때는 오토캡슐을 이용한다.

오토캡슐이란 지난 10년 사이에 보급된 4인용 도시형 이동수단으로, 줄여서 캡슐 또는 캡이라고 불린다. 무당벌레를 확대시켜 놓은 듯한 차체 밑에 소형 타이어 여섯 개를 부착해, 정지한 상태로 360도 방향을 전환할 수 있다. 운전자는 필요 없고 안전벨트를 매고 목적지를 입력하면 자동운전으로 이동한다.

하지만 탑재된 충돌 회피 시스템의 신뢰성 문제로 최고 시속이 40킬로미터로 제한된 까닭에 장거리 이동에는 적합하지 않다. 애초에 시속 40킬로미터라도 충돌사고가 일어난다는 사실이 어처구니없었다. 요즘은 미국 주요 도시는 물론, 서울이나 상하이에서도 시속 60킬로미터가 표준 속도다. 캡슐 도입이 정해졌을 때도, 아마 한국 기업의 로비도 있었겠지만, 어느 여당 의원이 한국제를 채택하라는 압력을 넣었다고 한다. 국익을 무시한 의원의 언동에 분노를 느낀 담당자는 이 건을 의도적으로 언론에 흘렸고, 그 결과 해당 의원은 여론의 뭇매를 맞고 해명을 하느라 절절맸다. 하지만 진정으로 국익을 위한다면 오히려 성능이 우수한 한국제를 도입했어야 하지 않겠느냐는 의견이 지금도 끊이지 않고 있다.

내무성 지하주차장 한구석에도 3년 전에 전용 충전소가 설치되어 늘 캡슐이 열 대 이상 대기하고 있다.

유사가 맨 앞에 있는 노란 차체를 건드리자 걸윙도어(gull-wing door)가 천천히 열렸다. 캡슐 컴퓨터가 유사의 주머니에 있는 아이디(ID)카드 데이터를 읽은 것이다.

좌석에 앉아 안전벨트를 매자 문이 내려와 잠겼다. 각종 계기판에 불이 들어왔다. 터치패널에 'WELCOME'이라는 글자가 나타났다. 메뉴 버튼으로 목적지를 입력하고 GO 버튼을 터치하니 경쾌한 종소리가 두 번 울리더니 주행이 시작됐다.

등 뒤에서 윙윙거리는 모터 소리가 들렸다. 타이어에서도 작은 진동이 느껴졌다. 빈말로라도 승차감이 좋다고 할 수는 없었다. 구불거리는 통로를 지나 지상으로 나왔다.

여느 때와 다름없는 가스미가세키의 풍경이 펼쳐졌다. 과거나 지금이나 관청 둘레를 한 바퀴 에워싼 시위대의 행렬은 여전했다.

하지만 현수막을 들고 구호를 외치며 행진하는 형태의 시위는 사라지고, 참가자들이 일사불란하게 매스게임을 하거나 화려한 복장으로 삼바를 추는 등 오락성을 중시한 시위가 주류가 되어가고 있다. 언론의 주목을 끌기 위해 저마다 공을 들인 결과였다. 애초에 가스미가세키에서 일하는 관료들에게는 과거나 지금이나 시끄러울 따름이지만.

유사는 터치패널을 조작해 소음 모드를 선택했다. 즉시 외부의 소리가 차단됐다. 창밖의 사람들은 무음 속에서 춤을 추고 있다. 유사는 그 모습을 힐끗 보며 가슴주머니에서 휴대단말기를 꺼냈다.

받는 사람을 선택해 단말기를 귀에 댄다.

"유사입니다. 네…… 어제 말씀드린 건으로…… 지금 그쪽으로 가는 길입니다. 시간 괜찮으십니까? …… 알겠습니다. 고맙습니다."

일반적으로 그립이라 불리는 이 기기는 원래 아이디카드를 수납하는 홀더에 지나지 않았지만, 후에 다양한 기능이 추가되어 지금은 통신기능까지 갖추고 있다. 하지만 아쉽게도 모두 미국산으로, 그립도 미국 기업이 소유한 상표였다. 국내 기업에서도 개발에 착수했지만 아직은 실용 단계에 이르지 못했다.

캡슐은 큰길로 나왔다.

최대 속도가 시속 40킬로미터인 캡슐은 큰길에서는 모두 꺼리는 존재였다. 정체의 원인이 되기 때문이다. 아마 지금도 뒤따라오는 차들은 '거치적거리니까 꺼져.'라는 뜻을 담아 경적을 울리고 있겠지만 소음 모드라 들리지 않았다. 설령 들린다 하더라도 자동운전이라 어찌할 방도가 없다. 뒤차에게 길을 양보하는 '먼저 가시죠.' 버튼이라도 만드는 게 좋겠다고 산업성에서 일하는 친구에게 충고한 적이 있지만, 그런 걸 만들면 캡슐은 모두 길가로 쫓겨나 꼼짝 못하게 될 거라는 이유로 단칼에 거절했다.

"차관님이 앞으로 1년 남으신 줄은 몰랐습니다."

후카마치가 서서히 흘러가는 거리 풍경을 바라보며 중얼거렸다.

넓찍한 왕복 6차선 도로 옆에는 무성한 숲처럼 고층 빌딩들이 들어서 있다. 하지만 그 풍경은 지난 수십 년 동안 거의 바뀌지 않았다. 거리를 오가는 사람들의 얼굴조차도. 마치 시대가 멈춰버린 것처럼. 굳이 변화를 찾자면 캡슐 같은 자동운전 차의 출현 정도일까.

"차관님은 백년법이 실행되면 가장 먼저 적용대상이 되십니다. 그런데도 시행을 위해 동분서주하고 계시죠."

"사사하라 차관님은 진정으로 국가의 앞날을 생각하고 계셔. 내가 알기로는 사리사욕에 휘둘린 적도 없으시고. 정말 대단한 분이야. 모든 공무원의 귀감이지."

"어떻게 그렇게 살 수 있는 걸까요? 저는 엄두도 나지 않네요."

"전쟁을 실제로 겪었기 때문이 아닐까?"

"1세기 전에 일어난 전쟁……."

"전에 술자리에서 그러시더군. 지금도 특공대에서 죽어간 전우들의 얼굴이 눈에 선하다고. 꿈에서도 본대. 그래서 저승에 갔을 때 전우들에게 부끄럽지 않은 삶을 살고 싶으시다더군."

"특공이라. 학교에서는 군부의 어리석은 작전의 희생자라고만 배웠는데요."

"그건 사실의 일면일 뿐이야. 조국을 지키겠다는 일념으로 적함에 돌진한 이들이 있었다는 것 또한 부정할 수 없는 사실이지."

후카마치가 진중한 얼굴로 고개를 끄덕였다.

"오늘 그 동영상의 마지막 문구를 기억하나? 초안을 차관님이 쓰셨어."

"그랬습니까?"

"광고대행사 디렉터가 쓴웃음을 짓더군. 자기들이 나설 자리가 없다면서."

"그런 능력도 있으셨군요?"

"백년법 첫해 적용자는 직접 전장에 섰든 후방에서 지원을 했든 모두 그 전쟁을 경험했어. 그래서 그 문구는 우리가 생각하는 것 이상으로 그런 이들의 마음을 흔드는 힘이 있을지도 몰라."

"하지만 그렇게 치면 장관님도 전쟁 경험자 아닙니까. 그런데도 오늘 그 태도는……."

쓰디쓴 침묵이 흘렀다.

"역시 그 소문이 사실일까요? 제1야당인 민권당에서 다음 선거 공약에 백년법 동결을 추가한다는 이야기가……."

"그러니 여당인 공화당이 입에 거품을 무는 게 아니겠나. 만일 그런 일이 생기면, 안 그래도 불안에 시달리는 국민들의 동요가 엄청날 거야. 다들 우르르 민권당 지지자로 돌아설지 모르지. 그렇게 되면 공화당은 파멸적인 패배를 맛보고 정권을 빼앗기겠지. 정부는 그런 사태를 우려하는 까닭에 백년법 시행에 관련한 사안을 되도록 늦추며 명확한 태도를 보이지 않는 거고."

"전 그게 믿기지 않습니다. 도모나리 장관과 고노이케 총리, 그리고 민권당의 요시마 대표도 미츠타니 보고서는 읽어봤을 거 아닙니까?"

"그랬겠지."

"그걸 읽었으면서도 백년법을 정치다툼의 도구로 이용하다니. 정치가란 인종들은 대체 어떤 정신구조를 가진 건지……."

"말했잖아. 제정신이 아니라고."

"제 한 몸 살자고 국가의 미래를 망쳐버리려는 작자들에게 과연 국정을 맡을 자격이 있을까요?"

"나도 자네 의견에 동의하지만, 그래도 선거에서 국민이 선택한 사람들이야. 그러니 국민 정서를 무시할 수도 없는 노릇이지. 그게 민주주의라는 거고. 도모나리 장관의 말에도 일리가 있어."

"그건 그렇지만……."

유사는 후카마치를 힐끗 보며 말했다.

"자네는 두렵지 않나? 백년법의 적용대상이 되는 게."

"솔직히 아직 실감이 안 갑니다."

"몇 년 남았지?"

"72년 남았습니다. 유예기간을 포함하지 않고요."

"그럼 아직 먼 훗날 얘기군. 당연히 실감이 안 가겠지."

"실장님은 얼마나 남으셨습니까?"

"시술을 받은 지 60년 됐으니, 앞으로 40년 남았어."

"어중간하네요."

유사는 웃음을 흘렸다.

"그런가? 뭐…… 어?"

갑자기 캡슐의 속도가 떨어졌다. 하지만 아직 목적지에는 도착하지 않았다. 계기판이 모두 붉은색으로 바뀌었다. 이상이 발생했다는 신호였다. 캡슐은 서서히 길가로 이동해 정지했고 모터 소리는 가라앉듯 사라졌다.

유사는 한숨을 쉬며 손으로 이마를 눌렀다.

"또 고장인가."

후카마치 역시 쯧, 혀를 차며 말했다.

"그러니까 한국제를 쓰자니까."

"그 말은 금기어라는 거 알지? 민권당 본부는 이 근처야. 걸어가자고."

유사는 수동으로 걸윙도어를 열고 차에서 내렸다. 후카마치도 투덜거리며 따라내렸다. 이동수단으로서의 기능을 완전히 잃은 캡슐 옆을 세련된 디자인의 신형 승용차가 바람 가르는 소리를 남기고 저 멀리 사라져갔다. 대부분의 차량은 한국산이나 중국산이다. 흐름에서 뒤처진 일본산 캡슐은 경련을 일으키듯 오렌지색 등을 깜빡거릴 뿐이었다. 긴급 신호를 받은 업자가 회수할 때까지 이렇게 추태를 보이고 있으리라.

2

가방에서 담배를 꺼내 입에 물고 불을 붙였다. 한숨과 함께 뿜은 연기가 오후의 거리에 녹아들었다.

카페 테라스. 하얀 탁자에는 마시다 만 커피와 재떨이, 분홍색 그립이 놓여 있었다. 걸려온 전화는 없었다.

니시나 란코는 시계를 보고 확신했다.

'바람맞았네.'

실망하지는 않았다. 분하지도 않았다. 오히려 다행이라고 생각했다. 이제 정리해야 할 시기임을 알아챘기 때문이다. 그 정도밖에 안 되는 남자다.

눈앞에 인도를 지나가는 사람들이 보였다. 여자 둘이 소리 내어 웃고 있었다. 정장 차림의 남자는 그립으로 통화 중이었다. 찰싹 달라붙은 연인은 서로의 허리에 팔을 두르고 둘만의 세상에 빠져 있었다. 그리고 무표정한 얼굴로 스쳐 지나가는 압도적 다수.

20대에 HAVI를 받는 게 상식인 현대, 사람들의 얼굴은 하나같이 젊었다. 그래도 실제 나이는 대충 짐작이 갔다. 눈의 총기, 다양한 표정, 쾌활함, 온몸에서 풍기는 분위기. 진짜 20대와, HAVI 덕에 스무 살의 육체를 유지하는 100세는 그런 것들이 다르다.

란코 역시 실제 나이는 98세다. 몸은 HAVI를 받은 스무 살 때와 똑같지만 마음은 그렇지 않다. 최근 그 사실을 뼈저리게 느꼈다.

우선 연애를 못 하게 됐다.

물론 남자와 사귄다. 그리고 데이트도 하고 섹스도 한다. 하지만 두근거림이 없었다. 상대를 생각하며 가슴이 타들어가는 경험은 지난 반세기 동안 하지 못했다. 그래서 남자를 만날 때도 딱히 옷차림에 신경을 쓰지 않았다. 오늘도 청바지에 아웃도어 재킷을 걸치고 챙이 긴 모자를 썼다. 액세서리 같은 귀찮은 것도 전혀 하지 않았다.

그럼 무엇 때문에 남자와 사귀는가.

사랑 운운하는 잠꼬대 같은 소리는 일찌감치 졸업했다. 괜찮은 남자를 데리고 다니며 다른 여자들에게 우월감을 느낀다? 어처구니없는 발상이다. 성적 쾌락은 부정하지 않겠지만, 남자에게 기대할 수 있는 쾌락에는 한계가 있다. 남성의 구애로 여성으로서의 자신을 확인한다? 헛소리 집어치우라지.

'나도 이제 물러날 때가 된 건가?'

연애에서 손을 턴 여자들은 대부분 음식으로 욕구를 해소한다. 식생활이 흐트러지면 피부가 거칠어진다. 뾰루지도 생긴다. 아무리

육신이 젊어도 외모가 엉망이 된다. 그래서 연애를 포기한 여자들은 척 보면 한눈에 알 수 있다. 예전에는 죽어도 저렇게 되긴 싫다고 생각했지만, 요새는 어쩔 수 없는 일이라 체념하기 시작했다.

하지만 정신적으로 완전히 관심을 끊으면 실제로 생식 기능이 떨어져 폐경이 온다는 소리를 들은 적이 있다. 일단 생리가 멈추면 회복하기 어렵다는 이야기도.

폐경 자체에는 본능적으로 저항감이 있었다. 그렇다면 아직 미련이 있다는 건가. 스스로도 알 수 없었다. 인간이란 참 성가신 존재다. 성가신 건 나뿐인가.

카페에서 보이는 길 건너편 빌딩. 그 벽에 설치된 대형 옥외 전광판에 흐르는 뉴스가 눈에 들어왔다. 지방도시에서 일어난 살인사건 현장 중계였다.

현대에는 HAVI의 영향으로 '죽음'은 지극히 희귀한 현상이 되었다. 주변에서 죽음을 접할 기회는 거의 없었다. 그래서인지 사망사고나 살인사건 뉴스는 유독 사람들의 관심을 끌었다. '죽음'이란 무엇인가. 사람들은 언론을 통해 '죽음'을 상상하고 흥분하는 모양이다. 한편으론 자살충동 등 마음의 병을 앓는 사람들이 늘어서 심리상담 센터가 크게 성황을 이룬다고 들었다.

사회 전체가 이상한 방향으로 흘러가고 있다. 모두 마음 깊숙한 곳에서는 그렇게 느끼고 있을 터였다. 하지만 멈출 수 없다. 멈출 방법도, 멈춘 뒤에 어떻게 될 것인지도 알지 못한다. 갈 데까지 가보자는 심리다.

란코는 담배를 끄고 그립을 들었다.

그립이 아이디카드 홀더에서 진화한 것이라는 이야기는 유명했지만, 란코는 순수한 카드 홀더였을 때부터 그립을 이용했다. 초기 아이디카드도 카드란 이름에 걸맞게 트럼프카드만 한 형태였다. 하지만 지금은 새끼손톱만 한 크기까지 줄어들어 그립 안에 내장되어 있었다. 카드라는 명칭은 이제 이름뿐이었다.

란코는 거울처럼 매끄러운 그립 표면을 손가락으로 터치해 모니터를 불러냈다. 메일을 확인하자 예상한 대로 유니언에서 보낸 메일 한 통이 도착해 있었다. 모레부터 다닐 직장에 대한 메일이었다.

"여기구나."

업소 판매용 패스트푸드를 만드는 식품공장. 이미 여러 차례 가본 적이 있다. 업무내용도 몸에 익었다. 새로 학습해야 하는 요소는 하나도 없다. 그리고 세 달이 지나면 다시 다른 직장으로 이동한다. 분명 새 직장도 벌써 여러 번 가본 곳이리라. 세 달 뒤에는 다시 이동. 그 반복이다. 직장 통지의 수단은 처음에는 우편엽서, 다음은 전화, 그리고 메일로 변화했지만, 하는 일은 고등학교를 졸업한 뒤로 늘 똑같았다. 그러다 정신을 차려 보니 어느새 80년이 지나 있었다.

주위의 소리가 멈추고 거리에 어울리지 않는 정적이 주변을 감쌌다. 카페 테라스의 손님뿐 아니라 오가던 행인들도 절반 이상 걸음을 멈추고 건너편 빌딩을 올려다보고 있었다.

란코도 화면으로 눈을 돌렸다.

옥외 전광판.

뉴스가 아니었다.

지금 화면에서 흘러나오는 건 최근 텔레비전에 자주 나오는 정부 홍보 영상이었다.

백년법 시행까지 앞으로 1년 남았다는 사실을 고지하고, 그에 대비해 마음의 준비, 한마디로 국민들에게 결의를 촉구하는 내용이었다. 완곡한 표현을 썼지만 전달하는 내용은 불온했다. 란코 역시 저도 모르게 숨을 삼켰다.

홍보 영상이 끝나자 일기예보가 흘러나왔다.

거리는 다시 시끌벅적해졌고 멈춰 섰던 사람들은 제각기 걸음을 옮겼다. 기분 탓일 수도 있지만 얼굴이 하얗게 질린 사람도 있었다. 첫해 적용대상자일지도 모른다.

'남의 일이 아니네⋯⋯.'

그녀 역시 앞으로 22년밖에 남지 않았다. 실제로 100년을 맞이하면 죽는 게 아니라 1년의 유예기간을 준다지만 그걸 포함해도 23년이다. 그 23년도 3개월마다 직장을 옮기며 눈 깜짝할 사이에 지나가리라. 내 인생은 대체 뭐였을까.

란코는 두 번째 담배에 불을 붙였다.

가늘게 떨리는 손가락으로 탁자를 두드렸다. 한 번 흐트러진 박동은 원래대로 돌아올 줄 몰랐다. 담배를 물고 연기를 뿜으며 그립에 손을 뻗었다. 터치패널을 조작해 유니언에 접속했다. 메인메뉴에서 '마음친구 메시지'를 터치해 나열된 항목 중에서 '이유 없이 가슴이 답답할 때'를 선택했다.

담배를 들고 연기를 뿜으며 그립에 귀를 대고 눈을 감았다. 그립에서 마음이 편안해지는 음악이 흘러나왔다. 이내 여자의 다정한 목소리가 들렸다.

"란코, 날 찾아줘서 고마워. 정말 기뻐."

"지금 우울해?"

"그렇구나. 스스로도 이유를 잘 모르는구나."

"넌 혼자가 아냐."

"내가 늘 널 지켜보고 있어."

"난 언제나 네 편이야."

"그리고 모두 같은 고민을 갖고 있어."

"그러니까 란코 넌 혼자가 아냐."

"네가 바뀔 필요는 없어."

"지금의 네가, 있는 그대로의 네가 가장 멋지거든."

"모두 그런 란코를 좋아해."

"넌 필요한 사람이야."

"괜찮아. 넌 멋지게 해낼 거야. 지금까지 그랬듯이."

"란코, 넌 무척……."

마음친구 메시지란 노동의욕이 꺾였을 경우를 위한 무료 힐링 서비스다. 아이디카드의 데이터를 자동으로 인식해 이용자의 이름을 부르며 공감, 배려, 위로의 말을 건넨다. 끝없이 언제까지나.

진심이 담기지 않은 자동음성인 줄은 알지만, 평소에는 듣다 보면 절로 눈물이 흐르며 내일도 열심히 살자고 마음을 다잡게 되는데, 오늘은 왠지 거슬렸다. 란코는 접속을 끊고 그립을 탁자에 내던졌다.

담배를 다시 물고 멍하니 생각에 잠겼다. 같은 카페의 테라스 자리엔 그녀처럼 멍하니 있는 사람들이 많았다. 나른한 공기가 감돌았다. 아까 홍보 영상이 나온 뒤로 그러한 공기가 한층 짙어진 느낌이다.

인도.

경쾌하게 걸어오는 한 여자가 보였다.

늘씬한 몸매에 푸른 바지 정장이 어울렸다.

그 얼굴을 본 순간.

란코는 눈을 부릅떴다.

여자는 빠른 걸음으로 란코의 앞을 스쳐 지나갔다. 밝은 갈색의 짧은 머리. 앳된 둥근 얼굴. 웃으면 눈이 반원형이 된다. 란코는 알고 있었다. 뚫어져라 여자를 쳐다봤지만 그녀는 눈길조차 주지 않았다. 이내 여자의 뒷모습이 인파 사이로 사라졌다. 여자의 모습이 사라지자 란코는 황급히 자리에서 일어났다. 그림을 들고 인도로 뛰쳐나가 사람들을 헤치고 달려갔다. 좀 전까지의 침울한 기분은 온데간데없었다.

찾는다.

저기다.

저 뒷모습.

달려간다.

따라잡았다.

걸음을 늦췄다.

그녀는 아직 눈치채지 못했다.

그리움에 가슴이 벅차올랐다.

가와카미 미나.

초등학교부터 고등학교까지 같이 다닌 소꿉친구. 란코의 단짝이었다. 한 남자를 두고 사랑의 라이벌이 된 적도 있다. 싸우기도 했고 오기를 부리며 절교한 적도 있지만 졸업식 때는 울면서 얼싸안았다.

미나는 도쿄의 대학에 진학했고, 란코는 취직을 했다. 그 뒤로 한 번도 만날 기회가 없었다. 그러니 약 80년 만의 재회였다.

란코는 얼굴 한가득 퍼져나가는 미소를 감출 수가 없었다.

뒤에서 어깨를 툭 치며 말을 걸었다.

"오랜만이야."

여자가 뒤돌아봤다.

란코는 미소 띤 얼굴로 그녀의 대답을 기다렸다.

하지만 여자는 인상을 찌푸리며 고개를 갸웃거렸다.

"누구세요?"

란코는 서늘한 한기를 느꼈다.

"누구라니? 나야, 란코. 니시나 란코."

모자를 벗고 머리를 쓸어넘겼다.

"어때? 기억나?"

여자의 얼굴에는 여전히 아무 변화도 없었다.

"사람 잘못 보신 것 같네요."

"잘못 봤다고……? 너 미나 맞지? 가와카미 미나."

여자의 표정이 누그러졌다.

"아, 엄마 친구분이시군요."

예상치 못한 대답이었다.

"엄마? 그럼 네가 미나의……."

여자는 란코를 똑바로 보며 두 손을 모았다.

"딸입니다. 가와카미 유키미라고 해요."

"그랬구나. 꼭 닮아서 미나인 줄 알았어."

란코는 억지웃음을 지었다. 눈물이 날 것 같았다. 미나인 줄 알았는데. 미나와 이야기할 수 있을 줄 알았는데.

"미나가 지금 어떻게 사는지…… 모르지?"

"엄마는 돌아가셨어요."

란코는 순간 무슨 말인지 알아듣지 못했다.

"돌아가셨다고? 언제?"

"7년 전에요."

란코는 두 가지 의미로 놀랐다.

하나는 그 사실을 딸이 알고 있다는 점이었다. 란코는 58년 전에 헤어진 뒤로 어머니의 소식을 몰랐다. 알고 싶었던 적도 없다. 요즘 부모자식 사이는 대부분 그렇다.

"병으로?"

HAVI를 받으면 영원한 젊음을 얻을 수 있지만, 엄밀하게 말하면 불사의 몸이 되는 건 아니다. 사고나 부상을 입어 죽을 수도 있고, 병에 걸리기도 한다. 나이가 든 뒤에 시술을 받은 사람은 육체적으로 질병에 걸리기 쉽기 때문에 그다지 오래 살지 못하고 병에 걸려 죽기도 한다.

하지만 란코 세대에는 이미 HAVI가 보급되어 있었다. 20세 이상의 성인은 HAVI를 받을 수 있는 권리를 가지고 있기 때문에 적어도 20대 안에 대부분의 사람들이 시술을 받는다. 물론 젊다고 병에 걸리지 않는 건 아니다. 특히 여성은 유방암이나 자궁암, 난소암의 위험이 비교적 높다.

"병이 아니라 노쇠로 돌아가셨어요."

"노새?"

"늙어서 돌아가셨다고요."

"아, 노쇠."

그런 말은 참 오랜만에 들었다. 7년 전에 죽었다면 91세다. 늙어서 죽을 법도 하지만.

"그럼 미나는 시술을 받지 않은 거야?"

"네."

"왜……."

"저기, 죄송한데 제가 지금 일하는 중이라……."

"아, 어느 유니언이야? 난 팩토리 계열인데."

유키미는 당혹스런 얼굴로 말했다.

"유니언에는 들지 않았어요."

"들지 않았다고?"

동정심이 솟아오르려다 금방 생각이 바뀌었다. 그렇게까지 비참한 생활을 하는 것처럼 보이지는 않았고 몸을 팔아 생계를 잇는 것 같지도 않았다. 유니언에 들지 않았는데도 이만큼 말쑥한 차림으로 다닌다는 건…….

"아, 엘리트구나."

유키미는 부정하지 않았다.

"그만 가보겠습니다."

그녀는 몸에 밴 미소로 대답하더니 뒤돌아 걸음을 옮겼다. 그리고 흘끗 손목시계를 보았다.

란코는 그 뒷모습을 바라보며 씁쓸한 기분을 느꼈다. 방금 전 란코를 보는 유키미의 눈에는 동정의 빛이 어려 있었다.

"유니언이 뭐 어때서."

유니언이란 하층노동자의 생활 안정을 위해 설립된 거대한 공영조직으로, 담당하는 직업분야에 따라 여러 부문으로 나뉘어 있었다. 주요한 분야는 농작업에 종사하는 어그리 계열, 건설·공사현장을 담당하는 제네컨 계열, 공장에서 근무하는 팩토리 계열, 사무작업을 하는 오피스 계열, 상업시설에서의 판매를 담당하는 숍 계열, 청소업무를 하는 클린 계열 등이다. 가입 희망자는 이 중에서 3지망까지 선택해 신청할 수 있다.

가입 자격은 노동 가능한 건강상태일 것, 면접과 규정된 필기시험 합격자일 것. 가입할 때에는 가입비가 들지만 탈퇴할 때 전액 돌려받을 수 있었다. 문제가 일어났을 때에 대비한 보증금 같은 것이었다.

한번 가입하면 원칙적으로는 평생회원이었다. 회원은 매달 생활비를 지급받았다. 지급액은 가입할 때 결정되며 이후로 변경되지 않았다. 회원 이력이나 실제 노동 시간, 업무 내용, 능력 여하에 상관없이 일정하며, 이것이 유니언 최대의 특색이었다.

하지만 한번 해당 부문으로 배치되면 업무 내용을 고를 수 없었다. 또한 3개월마다 유니언에서 지정한 직장으로 옮겨야 했다. 동일 부문 내에서 불평등이 생기지 않게 하기 위한 조치였다. 이 지시에 따르지 않을 때는 강제탈퇴 처분을 받고 입회금은 돌려받을 수 없었다.

가입해도 결혼은 자유롭게 할 수 있지만 출산은 할 수 없었다. 아이를 낳으려면 일단 탈퇴하고 노동 가능해진 시점에 다시 재가입 수속을 밟아야 한다. 하지만 지금은 가입 자체가 어려워졌기 때문에 구태여 실업의 위험을 감수하면서까지 아이를 낳으려는 여성은 얼마 없었다.

또한 질병이나 사고로 노동력으로 인정받을 수 없게 되면 탈퇴해야 했다. 이 경우에는 징벌인 강제탈퇴와 달리 가입비의 두 배에 해당하는 금액을 퇴직금으로 지급받았다.

어쨌든 란코처럼 이렇다 할 재능이나 자산이 없는 이들에게 유니언의 매력은 절대적이었다. 가입하면 높은 수입은 기대할 수 없어도 일할 의욕만 있다면 일정 수준의 생활이 평생 보장되기 때문이다.

하지만 경기 침체가 이어지는 가운데, 유니언도 이미 포화 상태라 가입 대기자만 해도 벌써 수십만 명에 이른다고 했다. 신규 가입이 인정되는 건 어떠한 이유로 결원이 생겼을 경우뿐이었다. 결원이유로 가장 많은 건 자살, 그 다음이 사고, 일신상의 이유였다.

유니언에 들어가지 못하는 이들은 자신의 능력과 운을 바탕으로 길을 뚫는 수밖에 없었다. 성공하면 엘리트, 실패하면 밑바닥 노동시장에서 자신을 도매금으로 넘겨 내일 일을 모르는 불안정한 나날을 감수하는 수밖에 없었다. 여자들이 가장 쉽게 선택하는 일은 불특정 다수에게 성을 파는 것이었다. 당연히 성병이나 범죄에 휘말릴 위험이 컸다.

"그렇구나. 미나는 할머니가 돼서 죽었구나."

란코는 카페로 돌아갔다.

발걸음이 무거웠다.

걸음을 옮길수록 무거워졌다.

멈췄다.

"대체 왜……."

돌아본다.

유키미의 모습은 보이지 않았다.

발이 움직였다.

유키미가 사라진 방향으로.

달렸다.

유키미의 모습을 찾아 달렸다. 사람들과 부딪쳐 넘어질 뻔했지만 그래도 달렸다. 등 뒤에서 욕설이 쏟아졌다. 달렸다.

푸른색 정장.

찾았다.

달려갔다.

어깨를 붙잡았다.

"저기."

유키미를 자기 쪽으로 돌렸다.

그녀의 눈동자에 놀람과 짜증이 번졌다.

"무, 무슨 일이시죠?"

란코는 숨을 고르며 물었다.

"하나만 물어볼게. 미나는 왜 HAVI를 받지 않았지?"

"백년법 때문에요. 자기 수명의 기한을 정하는 게 싫다고 했어요."

그녀는 빠르게 대답했다.

"하지만 넌 HAVI를 받았잖아."

"당연하죠. 그럼 쭈글쭈글해지고 싶겠어요? 100년이면 까마득한 훗날의 일이고."

란코는 물끄러미 유키미의 얼굴을 바라보았다.

그녀는 언짢은 기색을 드러내며 말했다.

"이제 됐나요?"

"아, 그래."

유키미는 홱 뒤돌아 멀어져갔다. 두세 걸음 달려가더니 힐끗 뒤를 돌아봤다. 무심코 뛰어간 게 억울한 듯 눈살을 찌푸리며 다시 보통 걸음으로 성큼성큼 걸음을 옮겼다.

란코는 그 자리에 우두커니 서 있었다.

졌다.

난 미나에게 졌다. 내가 더 오래 살았는데, 젊음을 유지하고 있는데. 과거에는 사랑의 라이벌이었다지만 미나에게 경쟁의식을 느낀 적은 없었다. 누구 인생이 더 나은지, 그런 생각은 해본 적도 없었다. 그래도 지금 란코의 마음에 피어난 패배감은 틀림없이 그녀 자신의 것이었다.

'아이 때문일까.'

란코는 한 번도 아이를 낳지 않았다. 현대에는 출산하지 않는 여자가 그리 드물지 않았다. 출산, 육아는 굳이 따지자면 개인 취미의 영역이었다. 그것도 돈이 드는 고급 취미. 그래서 란코는 처음부터 포기했다.

하지만 속내는 어떨까.

아이를 낳고 싶다는 생각을 한 적이 없었을까.

아니, 왜 이제 와서 이런 질문을 하는 거지?

미나의 딸과 만나서?

'그뿐만은…… 아니야.'

란코는 뒤돌아 빌딩의 옥외 전광판을 힐끗 올려다보았다.

아까의 홍보 영상.

백년법의 고지.

그걸 본 순간 자기에게 남은 시간이 얼마인지 깨달았다. 길어봤자 23년. 지금부터 아이를 낳기로 결심해도 바로 임신한다는 보장은 없다. 과정에 시간을 잡아먹게 되면 설령 임신을 하더라도 태어난 아이가 어른이 되는 걸 볼 수 없을지도 모른다. 23년이란 그러한 세월이다.

옛날에 이런 이야기를 들은 적이 있다.

여자의 인생은 대략 두 종류로 나뉜다. 아이를 낳는 인생과 낳지 않는 인생.

난 이대로 아이를 낳아보지 못하고 죽는 건가. 그걸로 만족하나.

'미나, 넌 왜…….'

혼잡한 인파 속에서 파란 정장을 찾는 자신의 모습을 깨달았다.

다리가 움직였다.

두 걸음, 세 걸음.

네 걸음째에 냅다 달렸다.

망설임은 사라졌다. 유키미를 찾았다. 애타게 찾았다. 그녀의 존재가 자신의 마지막 희망이다. 그런 착각에 사로잡혔다. 이대로 놓칠 순 없다. 놓치면 내 인생은 끝이다.

찾았다.

파란 정장.

달려서 따라잡았다.

이번에는 앞을 가로막았다.

란코를 본 유키미가 흠칫하며 걸음을 멈췄다.

"또 뭐죠?"

유키미는 불쾌한 기색을 감추려 하지 않았다.

"대체 뭐예요? 아무리 엄마와 아는 분이라고 해도……."

란코 역시 절실했다. 아부하듯 억지로 웃으며 말했다.

"저기, 네 연락처 좀 알려줄래?"

유키미의 얼굴이 굳어졌다. 경계하는 것이다.

"미나 이야기 좀 해줘. 초등학교부터 고등학교까지 같이 다닌 둘도 없는 단짝이었어. 너 편한 시간에 맞출게."

유키미는 란코를 똑바로 바라본 채 뭔가 생각에 잠겨 있었다. 란코의 속내가 무엇인지 생각하는 것이다.

"궁금하면 미나 어릴 때 이야기도 해줄게. 부탁이야. 네 엄마도 기뻐할 거야."

"정말 엄마하고 단짝이었어요?"

말투를 보니 믿지 않는 눈치였다.

"미나의 첫사랑 이름 말해볼까?"

반응은 없었다.

하지만.

"이대로 헤어지면 아마 두 번 다시 못 만나겠지. 난 미나하고 동갑이야. 앞으로 23년밖에 안 남았다고. 나한테는 미나 이야기를 들을 마지막 기회야."

유키미는 란코를 뿌리치고 도망치려 하지 않았다. 란코의 말이 조금씩 먹히기 시작한 것이다.

"일기일회라는 말 알지? 여기서 만난 게 단순한 우연일까? 미나가 인도해준 거야. 그렇게 생각하지 않니?"

아직도 대답은 없다.

"부탁이야. 미나가 어떻게 살았는지 더 알고 싶을 뿐이야. 네 엄마 인생을."

유키미가 눈을 내리깔았다.

그리고 망설이는 표정으로 고개를 끄덕였다.

"그렇게까지 말씀하시니……."

3

국철 아카바네b 역.

서쪽 출구.

고가 승강장에 정차했던 황록색 전철이 출발했다. 그와 동시에 승강장에서 계단을 내려온 승객들이 개찰구로 쏟아져 나왔다. 모두 그럽을 기계에 찍고 지나갔다.

도게 기타로는 두 손을 바지 주머니에 넣고 역사 벽에 기대어 있었다. 짝짝 소리를 내며 씹는 건 맥주 맛이 나는 껌이었다. 홉(hop, 맥주 양조에 사용되는 원료-옮긴이)의 쌉쌀한 맛과 알코올이 빠지자 침과 함께 바닥에 뱉었다.

집으로 돌아가는 통근자들이 눈앞을 지나갔다. 도게는 한 명도 놓치지 않겠다는 듯 눈을 부릅떴다. 하지만 찾는 얼굴은 없었다.

주변의 소음이 다소 가라앉았다.

그 남자는 없었다.

"이상하네. 분명히 오늘 올 텐데……."

시간을 확인했다.

오후 7시 45분.

거리의 밤이 시작됐다.

아카바네b 역 앞 광장에는 택시, 오토캡슐, 버스 승강장이 있다. 이용자가 많은 건 버스다. 택시는 비싸고 캡슐은 잔고장이 많아 인기가 없었다.

하지만 대부분의 통근자들은 그런 전동차량이 아니라 트라이앵글이라 불리는 소형 자전거를 이용했다. 작은 바퀴와 삼각형의 프레임이 특징으로, 싼 가격, 경량, 내구성의 3박자가 어우러져 서민층에 널리 보급되어 있었다.

역 앞 광장에는 다양한 패스트푸드점이 즐비했다. 우동, 메밀국수, 덮밥, 초밥 등 전통적인 메뉴에서 중국, 미국, 프랑스, 아시아, 이탈리아 음식 등 없는 게 없었다. 길 안쪽으로는 술도 파는 가게가 늘어서 있다. 이 선술집 골목은 이웃 역인 아카바네a 역까지 이어져 있었다.

"술이나 한잔하고 다시 시작해야겠군."

하늘을 올려다보았다. 별은 보이지 않았다. 그런 건 벌써 몇 십 년 동안 보지 못했다. 설령 머리 위에서 빛나고 있더라도 보려고 하지 않으면 보지 못하는 게 별이다.

도게는 알코올 분해물이 섞인 숨을 내뱉으며 고개를 돌렸다.

그 순간, 신경이 반응했다.

개찰구.

커다란 적갈색 가방을 멘 남자가 나오고 있었다. 지저분한 남색 셔츠에 점퍼, 해진 청바지. 일행은 없었다. 혼자다. 살짝 고개를 숙인 채 걸어왔다. 아직 도게의 존재는 알아채지 못했다.

도게는 훗, 하고 웃음을 흘렸다. 그리고 입술을 핥으며 남자에게 다가갔다.

정면에 섰다.

남자가 걸음을 멈췄다.

순간이었지만 그 눈동자에 놀란 기색이 스쳐 지나갔다.

"오랜만이네. 마중 나왔어."

남자는 말없이 눈을 돌리며 그냥 지나치려 했다. 도게는 얼굴을 내밀어 남자의 얼굴에 후, 하고 숨을 불었다. 하지만 남자는 무시하며 걸음을 옮겼다.

"거, 인사 정도는 하지?"

도게는 남자를 뒤따라갔다.

남자는 걸음을 재촉하는 기색도 없이 얄미울 정도로 무반응이었다. 도게의 존재 자체를 인정하지 않는 것처럼.

"지치부 광산은 어때?"

도게는 일방적으로 말을 걸었다.

"다섯 달 일하고 한 달 쉬는 건가. 팔자가 늘어졌네. 하지만 노동자를 이렇게 풀어줘도 괜찮을까? 이딴 식으로 경영하니까 허구한 날 적자가 나지, 유니언은."

남자는 패스트푸드점이 늘어선 길을 일정한 보폭으로 걸어갔다. 인파를 헤치기보다는 남자가 걸음을 옮길 때마다 사람들이 자연스레 좌우로 갈라지며 길이 생기는 것 같았다.

"갱생자 특별 정원까지 만들어서 범죄자를 우대하니까 유니언에 가입하지 못해서 생활고로 범죄에 빠지는 사람이 계속 늘어나는 거 아냐. 이게 말이 된다고 생각해?"

남자가 걸음을 멈췄다.

뒤돌아본다.

다소 길쭉한 턱. 눈을 살짝 가리는 긴 앞머리. 그 사이에서 번뜩이는 어두운 눈동자. 그 속에 깃든 어둠은 바닥이 보이지 않을 정도로 깊었다.

도게는 순간 겁이 났지만 상대가 그 사실을 알아채지 못하도록 이를 보이며 웃었다.

"내가 정한 게 아니잖아. 불만 있으면 정부에 말해."

어두운 눈동자와 어울리지 않는 부드러운 목소리. 그 목소리가 도게의 감정을 들쑤셨다. 남자의 멱살을 붙잡았다. 하지만 손은 떨고 있었다.

"너, 너 말이야, 자기가 무기징역수라는 걸 잊은 모양인데. 노상 방뇨만 해도 감방으로 다시 끌려간다고. 내가 공무집행 방해라고 한마디만 하면 넌 끝장이야. 말조심해라."

도게는 그렇게 내뱉었다. 심장이 쿵쾅거렸다.

하지만 남자는 태연자약했다. 흐트러진 옷매무새를 오른손으로 가다듬더니 몸을 돌려 다시 걸어갔다.

도게는 잰걸음으로 남자를 따라잡아 그 옆에 섰다.

"이봐, 사람이 왜 그렇게 살가운 맛이 없어. 우리가 하루 이틀 본 사이도 아닌데."

남자의 걸음이 빨라졌다. 도게는 열심히 따라붙었다. 그리고 목소리를 낮추고 말했다.

"당신한테 피해 가게 하지는 않을게. 나한테만 슬쩍 알려줘. 아나타 도진은……."

남자가 느닷없이 걸음을 멈췄다.

도게는 세 걸음쯤 걸어가다 황급히 돌아봤다. 남자의 고요한 눈동자가 도게를 바라보고 있었다. 순간 도게는 복잡한 감정을 맛보았다. 짜증과 공포, 그리고 남자가 드디어 자신을 보았다는 기쁨. 하지만 그것을 인정하는 건 비명이 나올 정도로 굴욕적이었다.

"그만 좀 해."

도게는 소름 끼치는 쾌감에 뒤집어지려는 목소리를 억누르며 말했다.

"그래, 맞아. 분명 아나타 도진은 체포됐지. 재판에서 사형판결을 받아 형도 이미 집행됐어."

남자는 조금도 동요하는 기색을 보이지 않았다.

도게는 쉬지 않고 말을 이었다.

"아나타 도진은 죽었어. 세상 사람들은 그렇게 알고 있지. 아주 오래 전에 끝난 사건이라고. 하지만 내 눈은 못 속여. 교수형을 당한 남자는 아나타 도진으로 죽어가는 자신에 취해 있었어. 그런 피라미가 그만한 조직을 마음대로 움직였을 리가 없어. 녀석은 대역이야. 진짜 아나타 도진을 지키기 위해 기꺼이 목숨을 바친 피라미일 뿐이야. 그런 놈보다 차라리 네가 아나타 도진이라고 하는 게 납득이 가겠어."

남자의 입가에 피로한 기색이 번졌다.

"아나타 도진이라는 남자는 처음부터 이 세상에 존재하지 않았어. 일부 사람들이 만들어낸 우상일 뿐이야. 대체 몇 번 말해야 알아듣겠나?"

도게는 고개를 저으며 말했다.

"거짓말 마. 난 안 속아."

남자가 다시 걸음을 옮겼다.

도게는 반사적으로 길을 비켰다. 그리고 행인들과 부딪치지 않도록 좌우로 몸을 피하며 남자를 뒤쫓았다.

"이봐, 너 남은 시간이 얼마 없잖아. 다 알고 왔어."

남자는 대답하지 않았다.

"백년법 말이야. 첫해 적용대상자잖아. 시행되면 죽는다고."

"그게 어쨌는데."

"헤헤, 어쩌려고? 설마 얌전히 날 잡아 드슈, 하고 죽게?"

"그럼 안 되나?"

"거짓말."

남자는 흘끗 도게를 보았다.

"달아날 속셈이지?"

도게는 남자의 앞을 가로막았다.

"넌 이대로 법에 따라 죽음을 받아들일 놈이 아냐. 넌 살아남을 거야. 반드시."

씩 웃으며 말을 이었다.

"남아 있잖아, 조직이."

"조직……?"

"아직 목숨이 붙어 있잖아. 아나타 도진도, 그 조직도. 넌 그 조직을 이용해 살아남을 꿍꿍이지?"

남자가 살짝 고개를 갸웃거렸다.

"대체 무슨 소리 하는 거야?"

"시치미 떼도 소용없어. 다 알고 왔으니까."

도게는 기도하는 마음으로 남자를 응시했다.

"더는 못 들어주겠군."

남자는 걸음을 내디뎠다.

도게는 얼떨결에 길을 비켰지만 이내 "거기 서!" 하고 남자의 오른팔을 붙잡았다.

남자는 돌아보더니 짜증이 역력한 얼굴로 노려보았다.

그 눈동자.

전류 같은 충격이 도게를 꿰뚫었다. 뜨거운 것에 덴 듯 남자의 팔을 놓았다.

남자는 여전히 도게를 노려보고 있었다.

도게의 몸에서 힘이 빠졌다.

"기, 기다려."

이 남자 앞에 꿇어 엎드리고 싶은 충동에 휩싸였지만 꾹 참았다. 남자는 뒤돌아 걸음을 옮겼다. 쫓아갈 기력은 없었다.

"이봐, 기바……."

남자가 멘 적갈색 가방이 멀어져갔다.

사람들 틈으로 섞인다.

사라졌다.

도게는 두 손으로 무릎을 짚고 폐를 쥐어짜듯 숨을 내뱉었다.

"아아아아아아, 젠장."

침을 뱉으며 남자가 사라진 방향을 노려보았다.

"기바, 난 절대로 포기 안 해. 절대로……."

4

오후 11시가 지났다.

이 시간이 되면 와이셔츠 차림의 직원은 찾아볼 수 없고 모두 편한 운동복으로 갈아입는다. 신발은 당연히 샌들이다.

내무성이 있는 제1합동청사 4층. 서쪽 끄트머리의 한 방. 이 방은 원래 회의실이었지만 9년 전에 장관 직속의 생존제한법 특별준비실이 설치되면서 그때까지 있던 회의용 탁자를 창고로 치우고 대신 정보처리 단말기를 갖춘 작업용 책상을 놓았다. 현재 내무성에서 '특준'이라 하면 이곳을 말한다.

생존제한법, 즉 백년법 시행의 책임자는 대외적으로 도모나리 장관이고 실무 책임자는 사사하라 차관으로 알려져 있지만 실질적인 현장감독은 특별준비실의 실장인 유사 아키히토였다.

유사를 보좌하는 이들은 부실장인 후카마치 신타로를 비롯한 내무성의 정예 열여섯 명이다. 내무성의 관료쯤 되면 당연히 우수한 인재들이지만, 인선에 앞서 유사는 조건 하나를 내걸었다. 'HAVI를 받은 지 50년 미만일 것.' 한마디로 유사를 제외한 팀원들은 모두 남은 생이 50년 이상이다. 객관적이며 냉철한 태도로 백년법을 대하기 위한 최소 필요조건이라 생각했다.

"벌써 시간이 이렇게 됐네."

후카마치가 크게 기지개를 폈다. 그걸 신호로 실내의 긴장이 풀어졌다.

"실장님, 야식 먹고 할까요?"

"그럴까? 오늘 당번은 누구지?"

"저예요."

기운차게 손을 든 건 여섯 명의 여자 팀원 중 하나인 스즈키였다. 갈색 머리를 하나로 묶고 편한 운동복 차림이다. 여자 옷차림이 그게 뭐냐, 늦게까지 야근하지 말라는 시대착오적인 소리를 하는 이는 없었다. 야식 주문도 남녀 구별 없이 돌아가며 당번을 맡았다.

"오늘은 어디서 시킬 건데?"

"본위퍼요. 그럼 여러분, 메뉴 골라주세요."

각자 책상의 터치패널을 조작하기 시작했다. 유사도 패널을 보고 늘 먹던 메뉴를 골랐다. 본위퍼는 타이의 패스트푸드 체인점으로 24시간 배달이라 가스미가세키에서도 자주 이용했다.

"다들 주문 끝나셨어요? 마감하겠습니다."

"오케이."

여기저기서 대답이 들렸다.

"그럼 주문합니다."

스즈키는 해가 중천에 있는 동안은 시든 국화꽃처럼 시들시들하지만, 날이 저물면 바로 기분이 좋아지는 타입의 직원이다. 특별준비실로 발령이 났다는 이야기를 듣자 순간 창백해졌지만 금세 웃음을 지으며 "영광입니다." 하고 답했다.

주문을 마치자 실내는 다시 시끌벅적해졌다. 바쁘게 나가는 건 흡연자 트리오인 기자키, 곤, 다카토였다. 청사 안은 금연이니 옥상에서 한 대 피우고 오려는 것이리라. 커피나 차는 각자 알아서 타 마셨다.

"실장님, 정부는 아직 결단을 내리지 못한 겁니까?"

큰 소리로 그렇게 말한 건 특준 제일가는 거구, 아라카와였다.

유도의 달인으로 올림픽에 일본 대표로 두 차례나 출전한 경험이 있다. HAVI를 받은 이의 올림픽 동종경기 참가는 두 번까지라는 규정이 있는 까닭에 선수생활을 마치고 대학에 다시 들어가 관료가 된 괴짜다.

유사는 커피를 타서 마시며 말했다.

"민권당에서 어떻게 나올지 알 수 없어서 섣불리 움직일 수가 없어."

특준에서는 회의 시간이든 아니든 의견이나 질문, 의문이 있으면 말하는 게 규칙이었다. 상대가 상사라도 봐주는 건 없었다. 자기 생각을 표현하지 못하는 사람은 생각하지 않는 것과 마찬가지라 이곳에는 필요 없었다.

"민권당은 어떻습니까?"

다치바나가 말했다. 어깨까지 기른 검은 머리와 서늘한 눈매가 인상적인 여성으로, 미인이지만 항상 냉정함을 잃지 않고 때로는 촌철살인을 날렸다. 감정을 거의 드러내지 않는 까닭에 '얼음심장의 여자'라는 별명이 붙었을 정도도. 낮에는 세련된 정장, 날이 저물면 몸에 붙는 운동복을 애용했다.

"민권당 내부에서도 의견이 갈리는 것 같아. 좌우지간 정부와 공화당을 몰아붙이면 된다고 생각하는 자들은 하루라도 빨리 백년법 동결을 주장하려는 모양이야. 잘 풀리면 단번에 내각 해산, 총선거로 이어갈 수 있겠다고 헛꿈을 꾸는 게지."

몇몇 팀원들이 어처구니없다는 듯 고개를 저었다.

"막상 자기들이 정권을 잡은 뒤에는 어쩌려고 그러나 몰라요."

"앞일은 머릿속에 아예 없는 거야."

"꿈도 못 꿨던 정권교체가 현실성을 띠어가니 머리에 피가 쏠렸을 뿐이지."

"권력만 잡으면 어떻게든 되겠거니 생각하는 걸까요? 정말 생각이 짧다는 말밖에 안 나오네요."

"그렇게 쉬운 문제가 아니라는 건 역사를 조금이라도 배웠으면 알 법도 한데 말이야."

팀원들의 가차 없는 평가에 유사도 한숨을 내쉬었다.

"앞으로 힘들어지겠어."

특별준비실에 내려진 임무는 앞으로 1년 남은 백년법 시행에 앞서 환경을 정비하는 일이었다. 구체적인 내용은 크게 다섯으로 나뉘었다.

첫째는 대국민 홍보와 여론 형성. 정부 공보뿐 아니라 각 언론에 손을 써 백년법을 수용하는 사회 분위기를 조성한다. 이 일은 주로 유사가 담당했다. 대형 신문의 논설위원이나 저명한 평론가, 지식인들과의 인맥이 중요하기 때문이다. 애당초 단순히 인맥만으로 되는 일이 아니라 그들을 잘 조종해 정부가 바라는 기사나 발언을 발표하게 해야 한다. 또한 자신이 조종당하고 있다는 사실을 알아채지 못하게 해야 한다.

둘째는 터미널 센터(TC) 개설과 운영 준비. 백년법 적용대상자에게는 본인의 아이디카드에 알림 메시지가 발송된다. 메시지를 수신하면 1년 뒤에 아이디카드가 무효화되는 시스템으로, 이 기술은 이미 미국에서 실용화되었다. 현대 사회에서 결제는 모두 아이디카드로 하기 때문에 아이디카드 없이는 주스 하나 살 수 없고 당연히 일자리도 구하지 못한다. 사실상 사회생활이 불가능하다. 아이디카드를 소지하지 않은 것만으로도 경범죄에 해당한다. 따라서 적용대상자는 메시지를 받은 뒤 1년의 유예기간 안에 안락사 처치를 받아야 한다. 안락사를 위한 전용 시설이 터미널 센터로, 현재 전국에 100곳 이상 건설 중이다. 물론 건물만 지으면 되는 게 아니기 때문에 운영 스태프의 연수, 육성, 직원들의 심리적 스트레스 대책 등 해결해야 할 과제가 산더미처럼 쌓여 있었다. 특별준비실에서도 손꼽히게 바쁜 부서로, 가장 많은 인원이 투입되었다. 참고로 안락사 처치는 진정제로 의식을 없애고 전자충격파로 뇌를 순간에 파괴하는 방식으로 이루어진다. 고통은 전혀 없다.

셋째는 거부자 대책. 통지를 무시하거나 거절하는 이는 반드시 나올 것이다. 그 비율이 얼마나 될지를 예측하고 어떠한 대책을 펼쳐야 할지를 검토한다. 기본적으로 거부자는 범죄자로서 적발되어 강제로 안락사하게 되어 있지만, 그럴 경우 국민의 합의를 이끌어낼 수 있는지가 문제다. 어떻게 보면 가장 민감한 분야라 할 수 있다.

넷째는 법안 정비. 사실 백년법 조문에는 명확하게 '죽음'이라는 말은 없다. HAVI를 받고 100년이 지난 시점에 '생존권을 비롯한 기본적 인권은 모두 포기해야 한다'고 적혀 있을 뿐이다. 이것을 말 그대로 해석하면 100년이 지나면 인간으로서 취급을 받지 못하는 것일 뿐 반드시 죽어야 한다는 건 아니다. 하지만 법률상이라고 해도 더는 인간이 아니므로 죽이거나 노예로 삼아도 죄를 추궁하지 못한다는 논리지만, 21세기에 이런 야만적인 행위가 허용된다면 호모 사피엔스의 이름이 무색해지리라. 야만적인 노예 사회를 부활시키지 않기 위해서라도 백년법 조문이 뜻하는 건 '죽음'임을 명확하게 나타내는 규정이 필요하며, 이미 법안도 작성해두었다. 그러나 지금으로서는 입법은커녕 고노이케 내각은 의결조차 하지 않았다. 이 또한 고노이케 총리의 진의를 의심케 하는 요인이었다.

다섯째는 이미 생존제한법을 시행하는 국가들의 현상 조사와 분석. 이는 두뇌가 비상한 이나모리라는 남자가 혼자 담당하는데, 현재 미국 장기 출장 중이다. HAVI와 생존제한법은 세계 각국에서 도입되었지만 HAVI를 받은 뒤의 생존가능기간을 100년으로 정해 놓은 것은 미국과 일본 단 두 나라뿐으로, 다른 나라는 훨씬 짧았다. 더구나 정치체제가 비슷하다는 이유로도 가장 참고할 만한 국가가 미국이다. 미국에서는 7년 전부터 생존제한법이 시행되었다. 법안 운용 상황이나 사회적 영향 등을 폭넓게 조사, 분석하여 일본에서의 운용에 활용했다. 날마다 유사에게 보고 메일이 날아왔다.

"아, 왔네요."

스즈키의 명랑한 목소리에 팀원들은 논의를 중단하고 자리에서 일어났다.

"배달 왔습니다."

열린 문을 지나 동남아계 배달원이 보조동력이 달린 수레를 밀며 들어왔다. 본위퍼의 로고가 들어간 빨간 모자와 유니폼 차림이었다. 성인이 두 팔로 안을 수 있는 크기의 정사각형 컨테이너에도 로고가 박혀 있었다. 컨테이너 뚜껑이 열리자 식욕을 자극하는 자극적인 열기가 피어올랐다.

"아, 난 프라이드 자이언트하고……."

팀원들은 질서정연하게 줄을 서 순서대로 주문한 음식을 받아 자기 자리로 돌아갔다. 물론 유사도 줄을 섰다. 설령 실장이라도 야식 앞에서는 평등했다.

"다 받으셨죠?"

주문한 음식과 수량을 확인한 스즈키가 자기 그립에서 아이디 인증신호를 컨테이너로 보내 결제를 완료했다. 동시에 스즈키의 그립에는 각 팀원들이 입금한 돈이 들어왔을 것이다.

유사는 자리로 돌아가 늘 먹는 WG버거를 한 입 베어 물었다. 패티의 주성분은 양식 물장군으로 만든 다진 고기였다. 품종 개량의 성과로 잡내가 전혀 없고 특제 타르타르소스와도 잘 어울렸다.

세계적인 식량사정 악화로 유엔이 곤충식의 도입을 적극 권장한 건 26년 전이었다. 곤충은 영양가가 높고 인공 양식도 비교적 쉬운 편이었기 때문이다. 일본에서는 예전부터 메뚜기 조림 등 곤충 음식 문화가 있어서인지 생각보다 훨씬 빠르게 정착해 오늘날에는 총 단백질의 30퍼센트를 양식 곤충을 통해 섭취하기에 이르렀다. 곤충 고기 패스트푸드 전문점 '본위퍼'는 그 물결을 타고 급성장했다. 참고로 본위퍼에서 가장 인기 있는 메뉴는 양식 물장군 한 마리를 통째로 튀겨낸 프라이드 자이언트였다. 17가지 재료가 들어간 양념이 맛의 비결이라고 했다.

특별준비실의 팀원들은 물장군이나 베짱이, 메뚜기, 노린재, 애벌레 등을 통째로 또는 갈아서 만든 패스트푸드를 맛있게 입에 넣으며 논의를 다시 시작했다.

"그나저나 정부는 대체 왜 꼼짝도 하지 않는 겁니까? 우물쭈물하고 있으니까 민권당에게 틈을 내주는 거 아냐."

"정부는 진심으로 백년법 동결을……."

"설마."

"아니, 그런 의견이 있는 건 사실인 것 같아."

"웃기지 말라고 해요. '100년'의 해석을 확정시키는 데만 해도 그만한 시간이 걸렸는데, 이제 와서 동결이라니……."

조문에 있는 '시술 후 100년이 지나면'이라는 문구가 구체적으로 어느 시점을 가리키는지에 대해서 6년 전에 여당과 야당 사이에 격렬한 논의가 이루어졌고, 'HAVI를 받은 지 100년 이상 101년 미만'이라고 범위를 정함으로써 간신히 마무리되었다. 1년이라는 유예기간의 법적 근거도 바로 이것이었다.

"만일 동결되면 우리는 어떻게 되는 겁니까?"

모두의 눈길이 유사에게 쏠렸다. 곤충 고기를 씹던 이들도 동작을 멈췄다.

"해산하겠지."

유사는 순간, 실내가 분노에 휩싸이는 것을 느꼈다.

생존제한법 특별준비실의 팀원이 된다는 건 관료에게 각별한 결의를 요구하는 일이다. 애당초 관료기구의 대의란 국민의 생명과 재산을 지키는 것이다. 하지만 이 부서의 업무는 국민에게 '죽음'을 받아들이게 하는 것이다. 자기 일에 대한 가치관을 송두리째 바꿔야 했고, 그 과정은 고통과 고뇌를 수반했다. 그래도 이곳에 모인 이들은 나라의 번영을 위한 일이라 각오를 굳히고 새로운 직무에 온 힘을 다하겠노라 맹세했다. 그런데 정치가들은 자기만 생각할 뿐 국가를 위해 한 몸 바치겠다는 자세를 전혀 보이지 않았다.

"정말 그런 사태가 벌어지면 이 나라는 끝장이겠죠."

후카마치가 나지막이 읊조렸다.

"그렇게 둘 순 없지."

"하지만 실장님……."

"조만간 고노이케 총리와 직접 담판을 지어 관련법안 의결을 촉구할 작정이야. 이제 와서 말을 번복하면……."

"어쩌실 겁니까?"

다치바나가 물었다. 서늘한 눈동자가 날카롭게 번뜩였다.

유사는 눈을 가늘게 뜨며 말했다.

"한 방 날려야지."

"기대되네요."

웬일로 얼음심장의 여자가 웃음을 보였다.

5

다음 도시락이 컨베이어 벨트를 타고 운반됐다. 겉보기에는 칠기 같지만 소재는 경량 수지였다. 그 안에는 쌀밥과 김으로 만든 주먹밥, 새우튀김, 햄버그스테이크, 카레 야채 조림 등이 소담하게 담겨 있었다. 용기 바닥의 칩 데이터를 읽은 기계가 정면 모니터에 컴퓨터 그래픽으로 도시락 완성 영상을 표시했다. 니시나 란코는 그 영상과 완성된 도시락을 번갈아 보며 문제가 없음을 확인하고 뚜껑을 닫았다. 다음 공정으로 보내자 새 도시락이 옮겨 왔다.

하나당 걸리는 시간은 12초. 숙련되면 10초 만에 끝낼 수 있었다. 나머지 2초는 잠깐 머리를 식히는 데 썼다. 고작 2초지만 귀중한 시간이었다.

도시락, 삼각김밥, 샌드위치, 햄버거 등 주로 매장에서 판매되는 패스트푸드를 제조하는 공장. 이곳에는 여성 노동자만 배정됐다.

란코는 주문 배달 도시락을 생산하는 라인에서 일했다. 공장 안의 여러 라인 중에서도 가장 복잡한 작업이 이루어지는 부서로, 인원도 가장 많은 18명이 투입되었다.

다른 제조 라인에서는 지극히 단순한 작업을 계속할 뿐이지만, 배달 도시락은 반찬의 종류나 양, 용기까지 제각기 달랐다. 회원들이 날마다 취향이나 건강 상태, 예산에 맞춰 주문하기 때문이다. 용기를 라인에 놓고 바닥에 칩을 붙이는 작업에서 시작해, 데이터를 읽은 기계의 세세한 지시에 따라 각 담당자들이 반찬을 담으면 끝으로 란코가 최종 점검을 했다. 만일 실수가 생기면 그때마다 라인을 멈추고 다시 만들어야 하는 까닭에 담당자의 중압감이 컸다. 자주 라인을 멈추면 주변 시선이 싸늘해지고, 무엇보다 본인의 평가가 낮아진다. 업무상 조금은 실수를 해도 유니언에서 지급하는 액수에 영향은 없지만, 도를 넘으면 노동 부적격자의 낙인이 찍혀 강제탈퇴 당할 수도 있었다. 란코를 비롯한 유니언 가입자들에게 강제탈퇴는 악몽 그 자체였다.

이 공장의 실근무시간은 30분의 휴식을 포함해 7시간 30분이다. 하루 24시간을 3교대로 일한다. 노동 조건은 괜찮은 편이다.

배속된 지 한 달째인 란코는 오전근무조, 즉 오전 6시부터 오후 2시 근무였다. 두 달째에는 오후 2시부터 오후 10시까지의 오후근무조, 세 달째에는 오후 10시부터 이튿날 오전 6시까지의 야간근무조에 들어가는 게 통례였다.

오후 2시.

오전근무조 작업 종료를 알리는 종소리가 울리며 라인이 멈췄다. 정지시간은 고작 12초. 그 사이에 바로 뒤에서 대기하던 오후근무조와 재빨리 교대해야 한다.

근무에서 해방된 오전근무조 노동자들은 제조 라인이 있는 클린 구역에서 에어 샤워실과 자외선 샤워실을 거쳐 3시간 반 만에 탈의실로 돌아간다. 여기 도착해서야 마스크와 고글, 모자, 얇은 장갑을 벗을 수 있었다.

전 직원을 수용할 수 있는 넓은 탈의실은 사물함을 칸막이 삼아 24구역으로 나뉘어 있다. 구획은 각 근무조의 제조 라인 별로 다르기 때문에 인원수가 많은 배달 도시락 팀의 면적이 가장 넓었다. 구획마다 작은 탁자와 의자도 있어서 휴식시간에는 이곳을 이용한다. 즉 같은 라인의 동료들과는 근무시간 내내 얼굴을 마주해야 한다. 라인의 팀워크를 향상시키기 위한 조치라지만 란코는 이 아이디어를 낸 사람은 남자일 거라고 생각했다. 여자들은 얼굴을 마주하면 험악한 분위기가 조성되기도 하는 까닭에 이 조치가 실효성을 거뒀는지 의심스러웠다.

이 배달 도시락 팀에서도 눈에 띄는 문제는 불거지지 않았지만 벌써부터 분위기가 심상치 않게 돌아가고 있었다.

다섯 명의 친목 그룹이 결성된 게 계기였다. 오늘도 사복으로 갈아입고 나서 탈의실 한가운데 탁자를 차지하고 들으라는 듯 놀러 갈 계획을 짜며 떠들고 있었다. 모임의 중심은 사카자키라는 여성이었다. 겉모습도 물론 젊었지만, 실제 나이 역시 그리 많지 않아 보였다. 와일드한 금발에 자신에 찬 드센 눈빛, 윤기가 도는 두툼한 입술, 아직 삶에 지치지 않은 얼굴. 고작해야 서른에서 마흔 사이겠지. 20대일지도 모른다. 사카자키를 둘러싼 여자들도 비슷하리라.

그런 그녀들을 싸늘한 눈빛으로 바라보는 건 그녀들에게는 '아줌마'들이었다. HAVI를 받아 육체적인 나이는 그다지 다를 바 없지만, 자기보다 연상이라는 이유만으로 동성을 경멸하고, 연하라는 이유만으로 동성을 시기하는 버릇은 여자라는 생물의 DNA에 각인된 본능인 모양이다.

"저기, 니시나 씨."

조심스런 목소리에 란코는 고개를 돌렸다.

옆 사물함을 쓰는 시노야마였다. 마치 볼링 핀처럼 하체 비만 체형으로, 통통한 볼에 쌍꺼풀이 진 커다란 눈이 촉촉했다. 늘 주눅든 태도로 힐끔힐끔 남을 보는 버릇이 있다. 지금도 그랬다.

"왜요?"

바로 옆 사물함을 쓰기 때문에 시노야마와는 다른 여자들보다 자주 대화를 나누는 편이다. 하지만 세상 힘든 일을 모두 짊어진 듯한 그 얼굴은 보기만 해도 짜증이 치밀어서 굳이 따지자면 싫어하는 타입이었다.

"니시나 씨, 사귀는 사람 있어요?"

직장 동료라 해도 세 달만 있으면 헤어질 사이다. 다른 직장에서 만나는 일도 거의 없었다. 유니언에 가입하고 처음 10년 동안은 옮기는 직장마다 사람을 사귀는 게 좋아서 적극적으로 행동했지만, 만난 지 얼마 안 된 친구만 계속 늘어나는 현실에 피로와 공허함을 느낀 뒤로는 깊이 관여하지 않고 별 탈 없이 3개월을 보내려고만 애썼다.

두 번 볼 일 없는 직장 동료에게 남자관계에 대해 이야기할 수는 없다. 상대의 영역에는 섣불리 들어가지 않는다. 이것은 란코뿐 아니라 '아줌마'들 사이의 불문율이었다.

그래서 이때 시노야마의 태도에 란코는 당혹스러웠다. 마음 놓고 꼭 닫고 있던 문이 노크도 없이 덜컥 열린 기분. 게다가 그 장본인이 시노야마라니.

"네?"

평소답지 않게 집요했다. 평소에는 무뚝뚝하게 대구하면 바로 입을 다물었는데.

"지금은 없네요."

거짓말은 아니었다. 그날 데이트에 바람을 맞고 나서 남자친구와는 연락하지 않았다. 상대방은 전화를 하는 것 같았지만 수신 거부로 지정해두었다. 란코에게는 끝난 관계였다.

"그럼 오늘 끝나고 나 좀 봐."

뜻밖의 이야기였다.

아니, 그보다 남자가 있는지 없는지는 왜 물어본 건가.

"니시나 씨하고 한번 차분히 이야기를 나눠보고 싶었어."

뭔가 성가셨다.

"미안한데, 오늘은 선약이 있어서."

이 역시 사실이었다.

"아, 그렇구나. 그럼 됐어."

시노야마는 고개를 돌렸다. 사물함을 닫고 멀어져간다. 인사 한마디 없었다.

란코는 일부러 아무 말도 하지 않았다.

사이가 어색해져도 어차피 3개월 뒤면 볼 일 없다고 생각했다.

사카자키 일당은 아직도 떠들고 있다. 자신들이 당연히 세상의 중심이라고 믿고 있는 표정이었다.

란코에게도 분명 그런 시기가 있었다.

*

"어서 오세요."

바텐더의 목소리에 란코는 입구를 돌아보았다. 상대는 딱 정각에 나타났다.

예상한 대로 가와카미 유키미였다.

검은 가죽 팬츠에 부츠. 올해 유행하는 퍼 재킷. 가방도 검은색이었다. 얼마 전 길에서 보았을 때보다는 편안한 분위기였다. 그렇지만 긴장한 듯 가게 안을 둘러보는 그 얼굴은 생각보다 훨씬 앳되었다. 어른스러운 복장과 얼굴의 불균형에 입가에 미소가 번졌다.

카운터 가장 안쪽에서 담배를 피우던 란코는 손을 들었다. 유키미는 표정을 누그러뜨리며 성큼성큼 바텐더 앞을 지나 란코의 옆자리에 앉았다. 그리고 바텐더에게 "가벼운 칵테일 한 잔이요."라고 말하고 가방에서 담배를 꺼냈다. 바텐더가 재빨리 오일라이터를 꺼내 불을 붙였다. 유키미는 담배를 한 모금 빨더니 웃으며 말했다.

"안녕하세요."

연기 사이로 기름 냄새가 났다.

"이런 데로 불러서 미안해."

란코는 쓰던 재떨이를 유키미 쪽으로 밀었다. 유키미는 거기에 첫 담뱃재를 털며 대답했다.

"저도 이런 분위기 싫지 않아요."

도쿄에는 신흥 환락가들이 우후죽순 늘어나고 있었다. 그만큼

수요가 있다는 뜻이다. 사람들이 모두 젊으니 놀 기운이 넘치는 것이다.

이 바도 그런 환락가에 늘어선 가게 중 하나지만, 독특한 점은 경영 모체가 유니언의 외부기관이라는 점이었다. 한마디로 이 가게 자체가 유니언의 복리후생의 일환이었다. 하지만 회원이면 저렴한 가격에 이용할 수 있을 뿐 일반 손님들을 받지 않는 회원 전용은 아니었다.

"미안해, 모처럼 쉬는 날인데."

"달리 할 일도 없어요."

바텐더가 유키미 앞에 칵테일 잔을 놓았다. 거기에 완성된 액체를 붓는다. 투명한 빛깔의 옅은 장밋빛. 바텐더가 잰 체하는 목소리로 말했다.

"판타스틱 레드문 스페셜 3세입니다."

유키미는 웃음을 참으며 한 모금 마시더니 뜻밖이라는 얼굴로 말했다.

"음, 맛은 좋은데 이름이 영⋯⋯."

"그렇지? 내가 마시는 건 러블리 점핑 크래시 16세래. 무슨 뜻인지 모르겠어. 맛은 있지만."

그 말을 들은 유키미가 웃음을 터뜨렸다. 바텐더는 이해할 수 없다는 표정이었다.

분위기가 누그러지자 란코는 말문을 열었다.

"와줘서 고마워. 정말 와줄 줄은 몰랐어."

"일기일회라는 말에 마음이 움직였어요."

목소리가 부드러웠다. 완전히 경계를 푼 눈치였다.

"정식으로 내 소개를 할게. 니시나 란코라고 해. 고등학교를 졸업하고 지금까지 유니언에서 일했어. 미나와는 초등학교부터 고등학교까지 같이 다녔고, 같이 놀고, 싸우고, 한 남자를 두고 경쟁하기도 하고, 많은 일이 있었지만 난 단짝이었다고 생각해. 미나는 어떨지 모르지만."

"엄마도 그렇게 생각했을 거예요."

유키미가 담배를 재떨이에 내려놓고 가방에서 파일 클리어케이스를 꺼냈다. 사진 한 장이 들어 있었다.

교복 차림의 여학생 두 명이 어깨동무를 하고 웃으며 브이 자를 그리는 사진이었다. 고등학교 시절의 란코와 미나. 진짜 여자였던 시절이었다.

"그날, 연락처를 가르쳐준 건 물론 란코 씨의 기백에 눌렸기 때문이에요. 세 번이나 쫓아와 사람을 불러 세우다니 보통 일이 아닌가 보다 싶었거든요. 하지만 그보다는 란코 씨를 어디서 본 것 같은 느낌이 들었어요. 그래서 집에 돌아와 엄마 유품을 뒤졌더니 이 사진이 나오더라고요."

유키미는 진지한 눈빛으로 란코를 보았다.

"그때 생각났어요. 돌아가시기 몇 년 전부터 엄마는 옛날 앨범을 꺼내서 추억에 잠겼죠. 어느 날 이 사진을 어루만지며 그러셨어요. 엄마 청춘을 대표하는 사진이 바로 이거라고."

"청춘을 대표하는 사진……."

"그때는 요새 누가 '청춘'이란 말을 쓰느냐고 웃었어요. 그랬더니 엄마 표정이 좀 서글퍼지는 거예요. 엄마한테 미안하더라고요."

유키미의 눈시울이 붉어졌다.

그녀는 촉촉해진 눈을 깜빡이며 말을 이었다.

"뭐, 어쨌든 이 사진을 보고 란코 씨 말을 믿은 거죠."

"고마워, 믿어줘서."

란코가 사진을 돌려주려 하자 유키미는 사양하며 말했다.

"그 사진은 란코 씨가 가지고 계세요. 엄마도 그러길 바라실 거예요."

"그래도……."

"전 파일로 만들어놨어요."

"그럼 고맙게 받을게."

란코는 사진을 보았다.

미나의 미소.

그리운 미소였다.

하지만 이제는 만날 수 없다.

생전의 사진이 그녀의 부재를 통감하게 했다.

"미나는 왜 HAVI를 받지 않은 걸까? 받았으면 만나서 옛날 추억을 이야기할 수 있었을 텐데. 혼자 먼저 가버리고. 단짝이었는데 왜 난 미나에게 먼저 연락하려 하지 않은 걸까……."

란코는 애원하듯 유키미의 팔을 붙잡았다.

"너, 사실은…… 미나 아니니? 딸이 아니라 미나지? 본인 맞지? 그렇지?"

유키미는 슬픈 듯 고개를 저었다.

"란코 씨, 엄마는 정말 돌아가셨어요."

란코는 유키미의 팔을 놓고 힘없이 고개를 숙였다.

"왜 그랬을까?"

"엄마는 HAVI 자체에 혐오감을 느꼈어요. 늙어 죽는다, 인간의 육체가 그렇게 만들어진 건 뭔가 의미가 있어서일 거라고, 자주 그런 말씀을 하셨죠."

"난 아무 생각도 없었어. 누구나 당연히 받아야 하는 줄 알았지."

"보통은 그렇죠. 엄마는 좀 별난 분이었으니까요."

"하지만 넌 받았잖아. 미나가 뭐라고 안 했니?"

"딱히요. 제 판단을 존중하신 거겠죠. 그런 부분에서는 냉정하셨어요."

"냉정……."

고등학교 시절의 미나도 그랬던가.

아연실색했다.

'생각이 안 나.'

단짝이었다면서 란코는 미나에 대해 기억나는 게 얼마 없었다. 애당초 유키미와 마주치기 전까지 미나를 떠올린 적조차 없었다. 그래놓고 단짝? 미나는 날 기억하고 있었는데, 나와 찍은 사진을 청춘을 대표하는 사진이라고 말해줬는데, 난 미나의 사진을 꺼내보기는커녕 어디 두었는지도 모른다. 이 사진을 분명 나도 가지고 있을 텐데.

이런데도 단짝이라고 할 수 있을까.

이런 단짝이 어디 있을까.

라이터 소리와 함께 다시 기름 냄새가 났다.

"가끔 엄마가 부러울 때가 있어요."

유키미가 두 번째 담배를 물었다. 이미 불이 붙어 있었다.

"분명 엄마는 HAVI를 받지 않지 않은 만큼 오래 살지는 못하셨어요. 게다가 시간이 흐르면서 육체가 병에 걸린 듯 쇠약해졌죠. 특히 요즘 세상에는 노인 인구가 극히 적으니까 살기 불편하죠. 도시 구조와 생활용품도 사람들이 HAVI를 받은 걸 전제로 만들어졌으니까요. 엄마도 자주 불평을 하셨어요. 노인을 전혀 배려하지 않는 세상이라고."

유키미는 그때가 떠오른 듯 웃음을 지었다.

"하지만 우리가 과연 엄마에 비해 더 행복할까요?"

란코는 칵테일 잔을 기울여 바닥에 남은 액체를 전부 마셨다. 그리고 바텐더에게 같은 걸 또 주문했다.

"란코 씨는 HAVI를 받고 나서 단짝이라 부를 만한 친구가 생겼나요?"

란코는 고개를 저었다.

"저도 없어요. 알고 지내는 사람은 많지만 단짝은 없죠. 그 이유를 생각해봤는데요."

"뭔데?"

"요새는 다들 HAVI를 받으니 겉보기에는 다 같이 젊어 보이지만, 실제 나이는 제각각인 경우가 많잖아요. 그래서 체험한 시대도 다르고요. 하지만 공유할 수 있는 경험을 가졌다는 건 친구를 사귀는 데 아주 중요한 요소잖아요. 그게 없기 때문이 아닐까요?"

바텐더가 란코의 잔에 칵테일을 부었다. 뻐기듯 가슴을 펴는 바텐더를 보고 란코는 "이름은 아까 들었으니 말하지 않아도 돼요." 하고 못을 박았다.

바텐더는 아쉬운 표정으로 마지못해 고개를 끄덕였다.

"겉모습으로 나이를 구분할 수 없으니, 어느샌가 연상이나 연하

라는 개념도 사라졌죠. 남은 건 회사나 조직 내부에서의 상하관계
뿐이고요. 이게 과연 좋은 걸까요? 나이의 구분이 없는 단순한 사
람 대 사람. 그게 이상적인 사람의 관계 맺기라고 말하는 학자도 있
지만, 저는 아닌 것 같아요. 더 질서가 잡힌 사회가 살기는 편한 것
같아요."

란코는 유키미의 얼굴을 물끄러미 바라보며 말했다.

"어려운 생각을 하네."

유키미는 당혹스러운 표정으로 말했다.

"아, 죄송해요. 무슨 말인지 잘 모르겠죠? 제가 가끔 이래요. 머
릿속에 있는 말을 일방적으로 떠든다고 할까."

"괜찮아. 네 탓이 아니라 내 머리가 나빠서 그래."

란코는 웃으며 말했다.

"하지만 너와 난 공유할 수 있는 게 있잖아."

"네?"

"미나 말이야. 나한테는…… 역시 단짝친구고, 너에게는 엄마.
너와 나는 미나란 존재로 이어져 있어. 이렇게 생각하는 건 싫어?"

이번에는 유키미가 란코의 얼굴을 물끄러미 쳐다봤다.

"란코 씨는 순수한 분이네요."

"내가? 어디가?"

쑥스러워진 란코는 화제를 바꿨다.

"아까 겉모습만 봐서는 나이를 모른다고 했지만 난 대충 알 것
같아."

"그래요?"

"오래 살다 보면 세상사에 지쳐서 그게 태도나 표정에 드러나거

든. 내 주변에는 그런 사람이 많아. 앞으로 20년쯤 더 살면 너도 알
게 될 거야."

유키미는 납득할 수 없다는 표정을 지었다.

란코는 일부러 장난스런 목소리로 말했다.

"어머, 나 좀 봐. 너무 꼰대처럼 굴었지?"

"괜찮아요. 실제로 저보다 나이 많으시잖아요."

유키미는 토라진 듯 입을 삐죽였다.

그 아이 같은 반응에 저도 모르게 쓴웃음이 나왔다. 좀 전까지
복잡한 이야기를 늘어놓던 여자와 동일인물 같지 않기 때문이다.
이 위태로운, 불균형한 모습이 그녀의 매력이겠지. 란코는 그런 생
각을 했다. 단짝친구의 딸이라는 테두리를 넘어 가와카미 유키미라
는 사람 자체에 관심이 갔다. 일기일회라는 말이 새삼 떠올랐다.

"뭐, 네 주변에는 피로감 같은 건 전혀 느껴지지 않는 잘난 인간
들뿐이겠지만. 그러고 보니 무슨 일 해? 아직 못 들었네."

유키미는 가방에서 명함을 한 장 꺼내 두 손으로 란코에게 내밀
었다. 란코도 정중하게 받았다.

"그게 지금 제가 하는 일이에요. 어머니도 같은 일을 하셨어요.
회사는 다르지만."

란코는 명함을 훑어보았다.

가와카미 유키미

메트로뱅크은행
개인금융부문

영업본부

퍼스널 메트로뱅커

"은행원……."

"전 기업이 아니라 개인 고객을 담당해요. 란코 씨와 만난 날도 고객 댁에 자산 운용상황을 보고하러 가는 길이었어요."

란코는 한숨을 내쉬었다.

"나하고는 평생 인연이 없는 세계네."

"꼭 그렇지만도 않아요."

유키미는 은행원의 말투로 말했다.

"란코 씨, 요즘 주식시장이 어떻게 돌아가는지 아세요?"

"전혀."

"일본 주가가 조금씩 오르고 있어요. 해외 자금이 들어온 거죠. 앞으로 1년 안에 생존제한법이 시행되잖아요, 그걸 기대하고 투자하는 거예요."

"그게 주가하고 상관이 있어?"

"다른 국가들도 전부 그랬거든요. 특히 미국. 그때까지는 경기 침체였는데 일본처럼 백년법이 시행되고 나서는 경기가 순식간에 회복됐죠. 지금 일본은 투자하기 딱 좋은 상태예요. 란코 씨도 어떠세요? 자금에 여유가 있으면 지금 지수연계형 투자신탁이라도 사두세요."

란코는 웃음을 터뜨렸다.

"지금 내가 돈 없는 걸 알고 일부러 이러는 거지? 혹시 내가 아까 꼰대처럼 굴었다고 복수하는 거야?"

유키미는 평범한 여자애처럼 환하게 웃었다.

"어떻게 아셨죠!"

"요게."

란코도 웃으며 야단스레 손을 올렸다.

유키미도 두 손으로 머리를 안으며 연기하듯 비명을 질렀다.

그 순간.

뇌리에.

선명하게 되살아났다.

미나와의 추억이.

그래.

이렇게 사소한 일로 장난을 치며 떠들고 웃었다. 미나, 넌 항상 웃고 있었어. 네 덕에 나도 웃을 수 있었고.

생각났어.

"⋯⋯란코 씨."

유키미가 웃음기 가신 얼굴로 천천히 손을 내렸다. 유키미는 당혹스런 표정으로 란코를 바라봤다.

란코는 손을 올린 채 아이처럼 울고 있었다.

6

조사대상 : J519240321MHSXAK

등록성명 : 기바 미치오

"이 남자를 왜 쫓는데?"

도게 기타로는 그 질문에 대답하지 않고 니시노의 손에서 파일을 낚아챘다.

"고마운 줄 알아. 요새 단속이 심해서 잘못 걸리면 큰일 나는데 큰맘 먹고 알아봐준 거라고."

"그래서 어쩌라고."

니시노는 뚱뚱한 몸을 흔들며 웃었다. 공화국경찰 과학수사부의 베테랑이었다. 도게보다 열세 살 어리지만, 도게가 소집 해제된 서른두 살에 HAVI를 받은 데 비해 니시노는 마흔다섯에 받았다. 그만큼 관록이 있는 데다, 민머리에 갈색 렌즈 안경, 삐죽삐죽 난 수염이 이상하리만치 잘 어울리는 험상궂은 얼굴이라 가끔은 무심코 존댓말이 튀어나오기도 했다.

도게는 눈에 띈 의자를 빼서 앉아 파일을 펼쳤다. 파일에는 기바 미치오의 아이디카드 사용상황이 빠짐없이 기록되어 있었다.

"정말 재미없게 사는군."

아이디카드 없이는 소비활동을 할 수 없다. 소비를 하면 흔적이 남는다. 과학수사부는 아이디번호를 조회하여 전 국민의 아이디카드를 추적할 수 있었다. 물론 주목적은 피의자의 행방을 수색하는 것이며, 개인적인 용도의 열람은 금지되어 있었다. 하지만 수사 관계자라면 얼마든지 수색 이유를 끼워 맞출 수 있기에 사실상 규제는 없는 것이나 다름없었다.

"건전한 일반 시민의 생활 그 자체지? 누구처럼 윤락업소에 드나들거나 직무권한을 악용해 여자 뒤꽁무니를 쫓아다닐 염려는 전혀 없겠군."

니시노의 비아냥에 도게는 흘깃 노려보고 파일을 손가락으로 두드렸다.

"이게 어디가 일반 시민이야?"

니시노는 고개를 갸웃거렸다.

"뭐 이상한 점이라도 있어?"

아이디카드 조회 데이터에 따르면 지치부 광산에서 돌아온 기바 미치오는 집 근처의 24시간 편의점과 그 옆에 있는 빨래방에만 나타났다. 시간대도 오후 7시 전후에 집중되어 있었다. 그 밖에는 자동판매기조차 이용하지 않았고, 택시, 캡슐, 버스, 전철 등의 대중교통을 이용한 흔적도 없었다. 등록된 자전거나 자가용이 없는 걸로 봐서는 보유하고 있지 않은 것 같았다.

"무슨 일반 시민이 이렇게 행동범위가 좁아? 눈에 띄는 행동을 가급적 피하고 숨죽이고 있는 거야. 게다가 그럽의 통화나 메시지 송수신 이력조차 없어. 분명히 뭔가 꿍꿍이가 있는 거라고."

"지치부에 있었다며. 지친 몸과 마음을 재충전하는 거 아냐? 광산노동은 장난이 아니라던데."

"넌 이놈이 누군지 모르니까 그딴 소리가 나오는 거야."

"알아. 기바 미치오. 전 육군대위. 제18특무 공작부대에 소속되어 주로 폭파를 담당. 1986년에 전국 43개 곳에서 발생한 폭탄 테러, 이른바 아나타 사건에 관련된 죄로 무기징역."

"그런 놈이 얌전히 은둔생활을 하겠어?"

"하지만 본인은 끝까지 결백을 주장했잖아. 게다가 얌전하게 50년 동안 복역하면서 성실한 수감 태도를 보였고 그 덕에 가석방되어 유니언의 전과자 특채로 각종 중노동에도 성실한 자세로 임

함. 지난 8년 동안 문제는 일절 일으킨 적 없고. 대체 뭐가 문제라
는 거야?"

"너무 성실해서 부자연스럽다는 거야."

그 말에 니시노가 비아냥거리듯 웃었다.

"꼭 이 남자가 무슨 짓을 꾸미기를 바라는 투네."

"뭐야?"

"농담이야. 험악한 얼굴 더 구기지 마."

"남 말 하네."

책상 위 전화가 울렸다.

내선이었다.

니시노는 손을 뻗어 수화기를 들었다.

"네, 데이터 분석실입니다. …… 도게? 여기 있어."

니시노가 수화기를 내밀며 말했다.

"너희 과 가가와야."

도게는 혀를 차며 수화기를 받았다.

"무슨 일인데?"

"주임님, 얼마나 찾았는데요."

칭얼대는 목소리에 수화기를 내던지고 싶었다.

"용건을 말해."

"쓰루타의 취조가 끝났습니다. 조서를 썼으니 한번 봐주십사 하
고……."

"지금 제정신이야? 그깟 일로 여기저기 전화를 돌린 거야?"

"아, 그럼 안 되나요?"

"멍청한 놈. 내가 땡땡이치고 돌아다니는 것 같잖아. 그럴 때는

그림으로 걸어.”

“아, 그렇구나. 죄송합니다. 아무튼……."

“알겠어. 지금 갈 테니까 기다려.”

도게는 대답도 듣지 않고 끊었다. 그리고 수화기를 니시노에게 건네며 말했다.

“왜 저런 얼간이가 우리 과에 배속된 거야?”

“저런 우직한 녀석이 적이 되면 가장 성가실걸.”

“과대평가야. 저건 우직한 게 아니라 우둔한 거야. 저런 놈들은 평생 저러고 산다고.”

자리에서 일어나는 도게를 보고 니시노가 파일을 가리키며 말했다.

“그건 놓고 가.”

“쩨쩨하게 왜 그래?”

“안 되는 건 안 된다니까. 말했잖아. 요새 단속이 심해서 잘못 걸리면 큰일 난다고. 그게 밖으로 나간 게 들통 나면 또 정보관리부실에 시말서 써야 돼.”

“내 참, 별 대단한 정보도 아니면서 호들갑은.”

“저번에 조사해준 여자 건도 뒤처리하느라 얼마나 힘들었는지 알아? 넌 재미 봤으니 만족하겠지만.”

도게는 파일을 돌려주며 말했다.

“생각만큼 괜찮은 여자가 아니었어. 한 번 하고 나니까 질리더라고.”

“남의 호의를 무시하면 다시는 안 도와줄 거야.”

“농담이야. 험악한 얼굴 더 구기지 마.”

"남 말 하네."

분석실에서 나가려던 도게는 자신을 부르는 소리에 뒤돌아봤다.

"도게."

니시노가 의자를 돌려 그를 정면으로 바라보고 있었다. 그 눈빛은 여느 때와 달리 진지했다.

"설마 그럴 리는 없겠지만……."

"뭐가?"

"너, 아나타 도진 생존설을 믿는 건 아니지?"

목소리도 바뀌었다.

"일본인에게 죽음을 되찾아주겠다는 사이비 철학으로 폭탄 테러를 일으킨 주모자는 벌써 교수형에 처해 저세상으로 갔다고. 그때 죽은 게 대역이라는 소문도 있지만, 소문은 소문일 뿐이야. 제정신 박힌 수사 관계자들은 아무도 안 믿는다고."

"나도 그 제정신 박힌 수사 관계자거든."

농담으로 얼버무리려 했지만 통하지 않았다.

"그럼 왜 이제 와서 아나타 사건의 관계자들을 쫓아다니는데. 다시 테러를 일으킬 거라고 생각하는 것도 아니면서. 이유가 뭐야?"

도게는 대답하지 않고 눈길을 돌렸다.

니시노는 참다못해 다시 물었다.

"대체 무슨 생각이냐?"

"생각은 무슨……."

"걱정돼서 하는 소리야. 솔직히 요즘 네 눈빛, 정상이 아냐."

"……."

"말해봐. 아니면 나한텐 말 못하는 얘긴가?"

"말해줄게, 조만간."

니시노는 콧김을 내뿜으며 말했다.

"맘대로 해."

그리고 휙 뒤돌았다.

도게는 방을 나와 쯧, 하고 혀를 찼다.

복도에 가가와가 서 있었다. 땅딸보에 각진 얼굴. 부은 눈에 콧대도 낮다. 소중하게 품에 안은 건 아마 조서이리라. 온 힘을 다해 달려왔는지 꼴사나울 만큼 숨을 헐떡거렸다.

가가와는 도게를 보고 씩 웃었다.

"늦지 않았네요."

"기다리라고 했잖아."

"다른 사람도 아닌 주임님이니 또 어디로 사라지실까 봐 불안했어요."

"내가 어린애냐?"

"저기, 조서를……."

도게는 서류를 낚아채듯 받아 대충 훑어보며 걸어갔다. 뒤에서 가가와의 발소리가 들렸다.

"쓰루타가 불었어?"

"죄다 자백했습니다. 아슬아슬하게 14일 안에 받아냈어요. 우리 A과의 체면을 구기지 않아 다행입니다."

A과부터 L과까지 열두 개의 과로 구성된 종합수사부는 공화국 경찰의 근간이라 불리는 정예들이었다. 사건이 일어나면 가장 먼저 현장으로 달려가는 게 그들이다. 팔방미인인 그들은 사건의 종류를 가리지 않았다.

하지만 종합수사부가 사건에 관여하는 건 처음 14일 동안만이다. 그 기간 안에 해결하지 못하는 경우에는 '하청'이라 불리는 제1에서 제15수사부로 이관됐다.

"이런 하찮은 방화사건을 하청으로 넘기면 A과의 간판에 먹칠을 하는 꼴이니까요."

"얼씨구, 입은 살아가지고."

"감사합니다."

"칭찬으로 들리냐?"

원래 '하청'에서는 살인사건은 제1과, 강도사건은 제2과, 절도사건은 제3과, 이런 식으로 세분화되어 있어 각 분야의 전문가들이 수사를 담당한다. 이 시스템이 완성되고 나서 10년쯤은 제대로 잘 돌아갔다. 하지만 시대가 바뀌면서 하나의 범죄에 다양한 요소가 복잡하게 얽히고설키게 된 현재 상황과 맞지 않는 데다, 결과적으로 성가신 사건을 떠넘기거나 반대로 주목도가 높은 사건을 서로 맡으려 옥신각신하는 폐해만 두드러져 지금은 유명무실해졌다.

"동기는 직업도 없고 돈도 없는 울분을 풀기 위해서라. 요새 참 이런 놈들 많아. 자."

도게는 가가와에게 조서를 던졌다. 가가와는 떨어뜨리지 않으려 두 손으로 받으며 말했다.

"어쩔 수 없죠. 신세대의 취업난이 심각하다니까요."

"너는 형사가 돼서 어쩔 수 없다는 말이 쉽게 나오냐."

"아, 죄송합니다."

가가와는 혼이 나면 한동안은 입을 다물지만, 얼마 있지 않아 금세 다시 떠들어댄다. 실수는 하지만 좌절이라는 단어와는 인연이 없었다. 낯짝 두꺼운 게 유일한 장점인 놈이었다. 이때도 채 10초도 지나지 않아 자신만만하게 말했다.

"하지만 앞으로 1년만 지나면 이런 사건도 차차 줄겠죠."

"어째서?"

"백년법이 시행되니까요."

도게는 저도 모르게 걸음을 멈추고 가가와를 돌아봤다.

"시행 3년차까지의 적용대상자가 백만 명 이상이라면서요. 지금은 유니언도 정원이 꽉 찼지만 그때쯤에는 자리가 많이 나겠죠. 그러면 실업자들도 줄 테고, 쓰루타 같은 녀석들도 적어질 테니 치안도 개선되지 않겠습니까?"

"남의 일처럼 말하는데, 너 역시 언젠가는 백년법 적용대상자가 되거든?"

"하지만 전 아직 81년이나 남았는걸요."

천진난만한 미소를 보니 다시 부아가 치밀었다.

"아, 그래?"

도게는 짜증에 몸을 맡기고 가가와의 배에 주먹을 날렸다. 가가와는 눈을 뒤집으며 배를 싸안았다. 품에 안은 서류가 바닥에 흩어졌다.

"조서는 그만하면 됐어."

도게는 웅크린 가가와에게는 눈길 한번 주지 않고 복도를 걸어갔다.

"주, 주임님, 결제를……."

괴로운 목소리가 따라왔다.

"도장은 책상에 있으니까 알아서 찍어."

"어디 가십니까?"

도게는 무시하고 걸음을 재촉했다.

ㅡ

7

유사 아키히토는 오랜만에 다다미를 보았다. 방석으로 사용되던 전통 바닥재지만 최근에는 거의 보지 못했다. 유사가 어릴 적에는 어느 방이든 반드시 하나는 다다미방이었지만 어느샌가 자취를 감췄다.

"현재 터미널 센터 건설이 급하게 진행되고 있습니다. 직원 양성 안내서도 거의 완성 단계에 들어서 백년법 시행 3개월 전에는 가동 가능할 것으로 보입니다."

유사는 철들 무렵부터 어머니와 단둘이 살았다. 아버지에 대한 기억은 없다. 그래도 외롭지는 않았다. 주변에도 그런 가정이 많았기 때문이다.

"1년의 유예기간을 둔다고 해도 대상자들이 1년이 끝나는 날 직전까지 출두하지 않으면 이 전제는 성립되지 않습니다. 미국의 예를 들 것도 없이 시행 직후에는 무슨 일이 일어날지 모릅니다. 시행일까지 앞으로 3개월 동안 모든 상황을 상정한 훈련을 반복해 문제점을 파악하고, 그것을 하나씩 해결함으로써 만전의 태세를 갖출 예정입니다."

초등학생 때부터 자신에게 남들한테는 없는 능력이 있다고 생각했다. 딱히 노력하지 않아도 성적은 전국 상위권이었다. 친구나 교사들이 한심하게 느껴졌다. 당연히 최고 대학인 공화국대학에 합격하여 4년 동안 법학을 공부했고, 졸업하자마자 HAVI를 받고 어머니와의 친자관계를 해소했다.

"백년법은 이미 시작 단계에 있습니다. 내무성에서는 여기 있는 유사 아키히토 실장을 비롯한 정예들이 9년 전부터 이날을 위해 준비해왔습니다. 막대한 예산을 쏟아부으면서요. 이제 와서 중지하는 건 현실적으로 불가능합니다."

패밀리 리셋이라 불리는 친자관계의 해소는 당시 이미 널리 시행되고 있었다. 그때는 HAVI가 도입된 지 40년, 비교적 고령에 HAVI를 받은 이들은 질병으로 서서히 사망했고, 어느샌가 거리에서는 노인들의 모습이 사라져 '노쇠'란 과거의 개념이 되어가고 있었다. 그때까지 일본에 뿌리내렸던 자식이 늙은 부모를 부양하는 전통도 그 의미를 잃은 까닭에 친자관계를 존속시킬 실질적인 이유도 사라졌다.

"사사하라 차관, 우리도 사정은 알고 있네. 하지만 아까 도모나리 장관이 지적했듯이 국민들은 아직 백년법을 받아들일 준비가 되지 않았어."

그리고 다기능 아이디카드의 실용화가 패밀리 리셋에 박차를 가했다. 아이디카드법의 시행에 따라 아이디카드가 개인을 특징짓는 유일한 수단이 된 까닭에 존재의의를 잃은 호적제도가 폐지된 것이다. 이것이 '노쇠'에 이어 '가족'이라는 개념을 결정적으로 붕괴시킨 계기였다. 최소 구성단위인 '가족'이 사라진 사회에서는 뿔뿔이 흩어진 개개인이 계속해서 불규칙적으로 이동해 훗날 '액체사회'라 불리는 상태에 이르렀다.

"정부 홍보나 여론몰이를 계속해서 진행할 예정이지만, 그 역시 한계가 있습니다. 그래서 현 상황에서 총리님의 명확한 의사 표명이 필요한 겁니다."

유사는 어머니와 친자관계를 해소했지만, 그 뒤에도 4, 5년 동안은 연락을 주고받았다. 마지막으로 보낸 메일에는 좋은 사람과 결혼해 현재 임신했다고 적혀 있었다. 어머니의 인생에서는 네 번째 결혼, 두 번째 아이였다.

"그렇긴 하지만 민권당은 백년법 자체의 정당성에 의문을 제기하고 있네."

늙지 않고 영원히 젊은 육체로 사는 남녀가 결혼과 이혼을 반복하는 건 당연한 일이었다. 유사 역시 지금까지 두 번 결혼했다 이혼해, 아들 하나를 두었다. 아들은 이미 어른이 되어 패밀리 리셋을 했고 지금은 어디서 뭘 하고 사는지도 모른다.

"어떤 정당성을 말씀하시는 겁니까?"

"백년법은 미국 점령 시절에 일방적으로 강요된 법률이니 일단 동결시키고 국민의 논의를 거쳐 합의를 얻은 뒤에 다시 입법해야 한다고……."

"그렇게 따지면 HAVI 역시 미국이 강요한 제도입니다. 애당초 HAVI를 받으면 100년밖에 살지 못한다는 건 개개인 모두에게 고지했습니다. 게다가 HAVI를 받을지 결정하는 건 본인의 자유고요. 이게 어떻게 일방적입니까?"

대학을 졸업한 유사는 아르바이트로 생활비를 벌며 대학원에 진학해 역사를 전공했다. 3년 동안 세계 각지를 방랑하다 귀국해 1년 뒤에 고등 국가공무원 시험에 수석으로 합격하여 내무성에 들어갔다. 이때 처음으로 유사를 지도해준 사람이 지금의 사사하라 차관이었다. 당시에는 아직 계장이었다. 유사는 사사하라와의 만남으로 인해 자신의 부족함과 남을 존경하는 감정을 처음으로 알았다.

"하지만 국민 논의는 크게 환영할 일 아닌가? 그러려면 몇 년쯤 늦춰지는 건 어쩔 수 없는 일이고."

"생존제한법이라는 법률에 대한 국민의 논의가 필요하다는 말씀에는 동의합니다. 하지만 안타깝게도 국민과 그 지도적 입장에 있는 이들은 이 문제와 정면으로 마주하는 자세를 보이지 않았습니다. 그렇다고 이 시점에서 논의를 시작할 여유는 없습니다. 우리나라가 처한 상황은 총리님도 잘 아시리라 생각합니다. 연기를 하면 그 뒤로도 그러한 상황이 계속될 테고, 백년법은 사실상 유명무실하게 될 겁니다. 그렇게 되면 이 나라는······."

"유사 실장, 자네는 아까부터 아무 말도 없는데 의견이 있으면 말해보게."

녹아서 물처럼 된 아이스크림을 보던 유사는 고개를 들었다.

널찍한 좌탁 맞은편에는 공화국의 최고지도자인 총리 고노이케 다다유키가 오른손에 작은 술잔을 들고 앉아 있었다. 몸은 HAVI를 받은 스물다섯 살 때의 외모였지만, 머리카락은 백발이었다. 요즘 정치가나 기업 총수들 사이에서 위엄이 느껴진다며 유행하는 스타일이었다.

그 왼쪽에서 유사를 노려보는 이가 내무장관인 도모나리 야스타카였다. 총리가 술잔 비우기를 기다리듯 술병을 들고 있었다. 유사의 오른쪽에 앉은 사사하라 차관은 여전히 굳은 표정이었다.

이 네 명이 방 중앙에 덩그러니 놓인 좌탁에 둘러앉아 있었다.

황량한 다다미 평원은 장지문으로 차단되어 외부 소리는 전혀 들리지 않았다. 도심 한가운데라고는 믿을 수 없을 만큼 고요했다.

유사는 고노이케를 보며 말했다.

"그러면 총리님께 한 말씀 여쭙겠습니다."

"마음의 준비 단단히 하십시오. 이 친구가 이렇게 나올 때는 다 이유가 있으니까요."

도모나리의 말에 총리는 씩 웃으며 술잔을 내밀었다. 기다렸다는 듯 도모나리가 잔에 술을 따랐다.

"허심탄회하게 말해보게. 그러라고 마련한 자리니까."

"총리님께서는 우리나라의 국력이 이토록 저하된 원인이 무엇이라고 생각하십니까?"

고노이케가 매서운 눈매로 술잔을 내려놓았다.

"글쎄, 자네는 국력이 저하됐다고 생각하나?"

"미국과는 이제 말할 것도 없고, 같은 동아시아권인 한국이나 중국에게도 뒤처져 그 격차는 점점 벌어지고 있습니다. 한때는 세계 2위의 경제대국이었는데 지금은 이 모양이죠. 그게 저하된 게 아니면 뭐라고 표현해야 합니까?"

"가차 없군."

"직시해야 하는 현실입니다. 하지만 그 원인을……."

"역대 공화당 정권의 책임이라는 건가?"

유사는 잠시 뜸을 들였다 대답했다.

"저는 HAVI가 원흉이라 생각합니다."

"HAVI를 도입한 국가는 우리뿐만이 아니야. 한국과 중국도 기술제공을 받지 않았나."

HAVI에는 특수한 기술이 필요하며, 현재 이 기술을 얻으려면 HALLO라 불리는 국제기구에 가입해야 한다. 가입하려는 나라는 몇몇 조건을 갖추어야 하는데, 그중에서도 가장 중요하게 여기는 항목이 바로 생존제한법의 제정이다.

한국은 일본보다 13년 늦게, 중국은 20년 늦게 HAVI를 도입했지만, 이때 양국 모두 일본에 시찰단을 보냈다. 시찰단이라 해도 서너 명 규모였지만 엄선된 엘리트임은 분명했다. 냉철하고 사심 없는 그들의 눈은 HAVI가 도입된 지 얼마 되지 않은 일본 사회에서 일찌감치 문제점을 발견한 것이리라. 두 나라는 일본 시스템을 그대로 도입하는 게 아니라 독자적인 운용 모델을 구축했다.

"중국의 경우 HAVI를 받는 대상을 일부 특권계급으로 한정했습니다."

"하지만 한국은 일본과 마찬가지로 전 국민에게 허용했네."

"잊으셨습니까? 한국은 생존 가능한 기간을 100년이 아니라 40년으로 제한해 이미 생존제한법을 시행하고 있습니다."

한국에서는 20세에 HAVI를 받아도 60세까지밖에 살지 못한다. 아무리 젊음을 유지할 수 있다 해도, 상황이 이러하니 주저하는 국민도 생기리라.

"한국의 특징은 생존제한법을 유연하게 운용해, 이를 국민들의 동기부여에 이용한다는 점입니다."

예를 들면 병역복무 기간은 생존가능기간에서 제외됐다. 스포츠나 과학기술 분야에서 눈에 띄는 공헌을 한 경우에도 생존가능기간이 대폭 연장됐다. 노벨상 수상자나 올림픽에서 금메달을 딴 사람에게는 100년 동안 살 수 있는 특혜를 줬다. 나아가 국가에 재산을 기부해도 금액에 비례해 생존가능기간이 연장됐다. 이 제도하에서는 우수한 국민이 오랫동안 살며 활약할 수 있었다. 그렇지 않은 국민은 HAVI를 받아도 40년 안에 사망했다. 모두 조금이라도 오래 살려고 안간힘을 썼다. 재능이 있는 이는 국가에 공헌하려 했고, 부를 이룬 이는 국고에 기부해 재정에 보탬이 되었다. 꼭 생각대로 되지 않더라도 HAVI를 받을지는 본인의 판단에 달렸으니 나중에 불만을 제기할 수도 없었다.

이 시책은 한국 경제가 급성장하는 원동력이 되었다. 신흥국들은 한국 모델을 도입해 이러한 방식으로 발전을 이룩했다.

"어느 국가든 우수한 인재들은 한정되어 있습니다. 국력을 키우려면 이러한 인재를 최대한 활용하는 길밖에 없습니다. 여러 나라가 그러한 목표로 HAVI와 생존제한법을 이용하고 있는 겁니다. 아까 HAVI가 원흉이라고 말씀드렸지만, HAVI를 이익이 되도록 전환시키는 유일한 희망이 생존제한법입니다. 한국 모델이 그 사실을 이미 증명하고 있고요."

유사는 말을 끊고 잠시 뜸을 들였다가 다시 말을 이었다.

"백년법 동결은 그 유일한 희망을 포기하는 것이나 다름없는 어리석은 결정이라고 생각합니다."

"유사 실장, 말을 좀 가려서 하게!"

도모나리가 기겁하며 말했다.

고노이케는 그런 도모나리를 손으로 막으며 말했다.

"가만히 있어보게. 의견을 말하라고 한 건 자네 아닌가."

"그야 그렇지만……."

도모나리는 민망한 표정으로 고개를 숙였다.

고노이케가 술잔을 기울이더니 힐끗 옆을 보고는 한숨을 내쉬며 직접 잔에 술을 따랐다.

도모나리가 자신의 실수를 깨닫고 "아, 제가 하겠습니다." 하고 곧바로 술병에 손을 뻗으려 했지만, 총리가 됐다고 대답하자 화를 풀 데를 찾는지 다시 유사를 노려봤다.

총리는 술병을 내려놓으며 말했다.

"하지만 유사 실장, 일본의 생존제한법은 100년으로 정해져 있네. 아무리 한국 모델이 좋다 해도 현실적으로 볼 때 이 기간을 바꿀 수는 없네. 한국의 경우와 같은 선상에서 논의하기는 어렵지 않겠나?"

"그 말씀이 맞습니다. 분명히 말씀드리면 100년은 너무 깁니다. 한국이나 신흥국에서는 40년, 유럽연합의 주류도 50년입니다. 그 이상 길어지면 HAVI의 문제점이 불거지기 시작한다는 건 현대 사회학의 기본 상식이고요. 현재 일본은 그야말로 그 문제가 일시에 폭발한 상태라고 할 수 있습니다."

"미국도 100년이네."

"그렇죠. 그리고 미국 역시 일본과 같은 위기에 맞닥뜨렸습니다. 하지만 7년 전부터 생존제한법을 단행하여 그 효과가 이미 나타난 덕에 위기에서 벗어나고 있고요."

이 점에 관해서는 미국 출장 중인 이나모리의 보고서에 자세히 나타나 있다. 그 일부는 정부에도 전달했다.

"미국에서도 7년 전 생존제한법을 시행할 때에는 많은 과제와 마주했습니다. 하지만 당시 미 대통령은 일관된 태도를 보였습니다. 생존제한법은 '죽음'의 부활을 뜻하지만, 국민의 불안은 반드시

'죽음' 자체에서 비롯된 건 아닙니다. 어설픈 희망에서 비롯된 것이죠. '죽음'에서 벗어날 수 있을지도 모른다는 희망이 죽을 각오를 무뎌지게 하는 겁니다. 백년법 시행 동결의 가능성이 조금이라도 있는 한, 국민들은 계속해서 불안에 떨 겁니다. 하지만 동결 가능성이 전혀 없고 백 퍼센트 시행된다는 걸 알게 되면 국민들은 헛된 희망을 포기하고 마음을 굳힐 겁니다."

총리는 눈길을 살짝 돌렸지만 여전히 유사의 이야기에 귀를 기울였다.

"HAVI가 액셀이라면 생존제한법은 브레이크입니다. 이 둘이 모두 있어야 비로소 완전히 제 기능을 다하는 거죠. 만일 브레이크 없이 액셀만 작동한다면 어떤 사태가 벌어질지 생각해보셨습니까?"

"미츠타니 보고서 말인가?"

고노이케가 조용히 대답했다.

지금부터 약 30년 전, 한 독창적인 내무성 관료가 만일 일본이 백년법을 철폐하고 사실상 불로불사 사회로 진입했을 때 어떤 사태가 벌어질지를 주제로 면밀한 현장조사와 각종 통계자료, 고금의 사회과학 이론을 적용한 완벽한 시뮬레이션 문서를 작성해 정부에 제출했다. 그것이 바로 미츠타니 보고서다. 하지만 그 결론이 너무 과격하고 충격적이었기 때문에 극비문서로 지정되어 국민들에게 공표되지는 않았다. 이 문서를 작성한 미츠타니 고키치는 당시 내무성 후생국의 계장이었지만, 이 조치에 항의해 사표를 냈다.

"지금 일본 사회는 미츠타니 보고서의 예언대로 흘러가고 있습니다."

예를 들면 관청과 민간기업이 서로 짠 듯 정년제를 폐지했다. 유능한 인재를 영구히 확보하겠다는 명목이지만, 실상은 간부들의 자리보전을 위해서였다. 정년 철폐는 신세대의 취업난을 불러일으켰고, 인재 고정화에 따라 혁신 분위기가 사라지면서 일본 사회에 동맥경화를 일으킨 주원인이 되었다. 그 때문에 과거 세계 최고 수준이었던 과학기술 분야에서도 뒤처졌다.

"생존제한법이 없으면 옛날 사람들이 사회에 영원히 존재하게 됩니다. 그게 가장 큰 문제죠. 육체는 늙지 않아도 정신은 늙습니다. 마음이 늙은 사람은 더는 혁신을 이루어낼 수 없죠. 새로운 시대에 대응하지 못합니다."

실제로 이 점에 관해서는 심리학적으로도 흥미로운 연구결과가 발표되었다. HAVI를 받은 사람은 나이가 들어도 정신이 성숙해지지 못하는 경향이 있다고 한다. 이게 사실이라면 정신의 성숙이란 경험의 축적으로 얻어지는 게 아니라, 육체의 노쇠에 따른 것이라는 결론이 나온다.

또 한편으로는 HAVI를 받아 아무리 육체의 젊음을 유지하더라도 나이가 들면 호기심은 줄어든다는 연구결과가 있다. 한마디로 HAVI를 받은 사람의 마음은 성숙을 뛰어넘어 늙어버리는 것이다.

"게다가 신생아 수는 해마다 감소하고 있습니다. 현재 우리 사회는 젊은 피가 줄어들고 오래된 피만 고이고 있는 실정입니다. 역설적이게도 HAVI를 받아 국민들이 영원한 젊음을 얻은 까닭에 나라 전체가 늙어가고 있는 겁니다. 이러한 문제를 해결하기 위해서는 나이 든 피를 강제로 없애고 신진대사를 촉진할 수밖에 없습니다. 그러기 위한 최후의, 유일한 수단이 바로 백년법입니다."

아무도 말을 하지 않았다. 유사의 독무대였다.

"먼저 백년법 시행을 확실히 공언해야 합니다. 구세대를 없애고 신세대에게 활약할 무대를 제공하며, 우수한 인재에게는 적극 생존특권을 인정하고 오랫동안 활용한다, 일본이라는 국가를 다시 일으켜 세우기 위해서는 그 방법밖에 없습니다."

"이 나라에서 그런 정책이 받아들여질 리 없네. 정권이 버티질 못해."

도모나리가 딱 잘라 말했다.

유사는 무시하고 말을 이었다.

"제 의견은 이상입니다. 총리님의 의견을 듣고 싶습니다. 총리님은 백년법을 어떻게 하실 생각입니까?"

고노이케는 말없이 술잔을 입에 가져다 댔지만 마시지 않고 다시 내려놓았다.

"나도 미츠타니 보고서를 읽은 사람이네. 백년법의 필요성은 잘 알고 있어. 하지만 자네는 중요한 문제를 잊고 있네. 아니, 일부러 언급하지 않은 건지도 모르지."

"거부자 문제입니까?"

총리는 어처구니없다는 표정으로 말했다.

"역시 일부러 언급하지 않았군."

"백년법의 필요성과 거부자 대책은 별개의 문제라 생각합니다."

"그런 이론은 됐네. 자네는 거부자들을 어떻게 처리할 계획이지? 미국에서는 즉시 사형이네. 한국과 중국에서도 마찬가지고. 하지만 여기는 일본이야. 이 나라에서 그런 처벌이 가능하다고 생각하나?"

"국민의 합의를 얻으면 충분히 가능합니다."

고노이케의 눈가에 수심이 번졌다.

"국민의 합의라……. 대체 어떻게?"

"총리님, 모든 국민이 백년법에 반대하는 건 아닙니다. 신세대들은 오히려 찬성하고 있고요. 백년법 시행으로 구세대가 퇴장하기를 바라기 때문입니다. 또한 구세대들 중에도 세상의 이치를 파악한 현명한 이들은 백년법의 존재의의를 인정하고 있습니다. 반대자들 대부분은 감정에 휩쓸린 이들입니다."

"그렇기 때문에 제어하기 어렵지."

"네. 감정적으로 반대하는 이들을 논리적으로 설득하려 해도 아무 소용이 없습니다."

"자네 생각을 말해보게."

"미국이나 유럽연합에서도 처음에는 거부자 처벌 방식을 둘러싸고 신중한 의견이 나왔습니다만, 지금은 '거부자는 사형'이라는 게 상식이 되었습니다. 그 이유가 뭐라고……."

"에두르지 말고 하고 싶은 말을 해보게."

"지도자들이 지극히 명확하고 일관된 자세를 고수했기 때문입니다. 미국에서는 대통령 연설이 결정적인 역할을 했습니다. 당시 미국 대통령 조지 화이트가 미국이라는 국가의 성립과정에서 건국 이념까지 언급하며 미국 국민으로서의 자긍심에 호소했죠. 이 연설을 계기로 미국 사회의 분위기는 180도 달라졌습니다. 백년법 준수는 미국 국민의 의무이며, 거부하는 것은 경멸스럽고 비열한 행위라는 인식이 완전히 자리를 잡았습니다. 물론 그럼에도 거부자들은 있습니다. 하지만 그들을 적발해 처벌하는 것에 이의를 제기하는 이들은 없습니다. 만일 거부자의 존재를 묵인한다면 미국 사회가 어떻게 될지, 대통령의 메시지에 담긴 위기감이 국민들 사이에 공유되기 때문입니다."

"나에게 그걸 요구하는 건가?"

유사는 물끄러미 총리를 바라보았다.

"그렇습니다."

고노이케의 얼굴에 약삭빠른 미소가 번졌다.

"미국에서는 대통령이 책임지고 중책을 맡았네. 그럼 우리도 대통령에게 맡기면 어떤가?"

일본공화국 헌법에는 4년에 한 번, 국민투표로 대통령직을 선출해야 한다고 명시되어 있었다. 하지만 대통령이라 해도 미국에서처럼 강력한 권력을 가진 존재가 아니라 대부분 국빈 접대나 각종 행사에 참석하는 상징적인 존재에 지나지 않았다.

"나 역시 대통령직을 거쳐 비로소 내각 총리로 지명되었네."

분명 헌법상으로는 대통령에게 총리를 지명할 권한이 있지만 실질적으로는 형식에 지나지 않았다. 총리 임명은 의회의 승인이 필요하기 때문에 대통령이 지명하더라도 의회에서 승인하지 않으면 무효가 된다. 결국은 의회에서 선출된 이를 추인할 수밖에 없는 실정이었다.

유사는 분노를 억누르며 말했다.

"총리님, 도망치실 작정입니까?"

총리는 태연한 표정으로 대답했다.

"당연한 소리를 했을 뿐이네만."

"제 귀에는 그렇게 들리지 않았습니다."

"그럼 어떻게 들렸나?"

"국민의 원망을 사는 더러운 역할은 죽어도 사양한다."

"유, 유사 실장!"

도모나리가 옆에서 침을 튀기며 언성을 높였지만 총리는 웃으며 대꾸했다.

"잘 알아들었군. 역시 유사 실장이야."

"무례함을 무릅쓰고 총리님께 제언합니다."

"이제 와서 새삼스럽게 뭘 또 그러나. 말해보게."

총리는 여전히 유쾌한 표정이었다.

"위대한 정치가의 기준은 국가를 위해서 악역을 자처할 수 있는 기량을 갖췄는지, 그 여부에 달렸다고 생각합니다."

"악역을 자처하면 지지율이 떨어지지. 그러면 선거에서 패배할 테고. 패배하면 그냥 일반인으로 돌아가는 거네."

"어쩔 수 없이 악역을 자처해야 할 경우에는 단번에, 그리고 단기간에 일을 해치우면 피해를 최소한으로 줄일 수 있습니다. 결과적으로 국력이 신장되면 다시 지지를 얻는 건 쉬운 일이고요. 민중들은 금방 잊어버립니다."

고노이케는 미소를 지은 채 눈을 가늘게 떴다.

유사는 말을 이었다.

"설령 악인일지라도 단호한 자세를 고수하는 지도자는 항상 민중들의 주목과 인정을 받습니다. 반대로 아무리 호인일지라도 일관된 의견이 없는 지도자는 경멸을 받습니다. 이도 저도 아닌 자세를 취하거나 계속 말을 바꾸는 건 지도자가 가장 피해야 할 일이라 생각합니다."

"흠, 마키아벨리를 인용하는 건가……."

"국민의 원성을 사는 것이 두려워 국가를 위태롭게 하실 거면 바로 총리직에서 물러나십시오."

도모나리는 얼굴이 새파랗게 질려 이제는 말도 나오지 않는 듯했다. 하지만 고노이케는 더욱더 유쾌한 표정을 지으며 말했다.

"듣던 대로 재미있는 친구로군."

"만일 총리님 입에서 백년법 동결에 관한 말이 한마디라도 나오면 국민들은 극심한 혼란에 빠질 테고, 사태는 수습할 수 없는 지경에 이르게 됩니다. 그 점만은 유념해주십시오."

총리는 술을 또 한 모금 마셨다. 그리고 사사하라를 보며 그때까지의 분위기를 바꾸려는 듯 물었다.

"사사하라 차관은 첫해 적용대상자라고 들었네."

사사하라 차관은 그렇다고 대답했다.

"각오는 되어 있나?"

"네."

총리의 눈빛에 존경의 빛이 어렸다.

"국민들이 모두 자네 같으면 좋을 텐데."

"국민들은 나아가야 할 방향을 분명히 제시해주기를 바라고 있습니다. 지금이야말로 총리님이 리더십을 발휘하실 때입니다."

총리는 고개를 끄덕였다.

"백년법 시행을 공언하면 되겠나?"

"예, 그렇습니다."

"알겠네. 기자회견 준비를 시키지."

그 말을 들은 도모나리가 당황스러운 표정으로 말했다.

"초, 총리님."

"됐네. 자, 이야기 다 끝났지? 이만 일어나보겠네."

자리에서 일어나는 총리를 따라 도모나리도 황급히 일어났다.

유사와 사사하라가 배웅하려 했지만 총리는 고개를 저었다.

"나올 것 없네. 밖에 기자들이 진을 치고 있을 텐데 따로따로 나가자고. 어차피"

총리는 거기서 말을 끊고 씩 웃었다.

"이런 잔재주로 무사히 넘어갈 수 있지는 않겠지만."

총리는 말을 마치고는 빠른 걸음으로 다다미 바닥을 지나 장지문을 열었다.

"그만 가보겠네."

총리는 요정 사장에게 밝은 목소리로 말하며 복도로 나갔다.

도모나리는 닭처럼 부산스레 얼굴을 움직이며 말 그대로 우왕좌왕했지만, 고노이케 총리가 나가자 마지막으로 유사 일행을 노려보고 그 뒤를 쫓았다.

유사는 일어나 열린 장지문을 닫고 다시 자리에 앉았다. 널찍한 방에는 사사하라와 그 단둘뿐이었다.

사사하라가 혼자 술을 따라 마시며 말했다.

"모처럼 왔는데 조금 더 마시다 나가지. 자, 자네도 한잔하게."

유사는 술잔을 받아 살짝 올렸다.

그리고 총리와 내무장관이 나간 장지문을 보며 말했다.

"총리가 예상보다 순순히 우리 이야기를 받아들이던데, 어떻게 생각하십니까?"

"어려울 것 같아."

"역시나……."

고노이케 총리의 '예스'를 곧이곧대로 믿지 마라. 가스미가세키에서 상식으로 통하는 말이었다.

"오늘 회동이 알려지면 눈앞의 선거에만 정신이 팔린 작자들이 더욱 거세게 압력을 가하겠지. 그러한 상황에서 굳이 백년법 시행을 확언할 위험을 무릅쓸 인물이 아니야."

"하지만 그렇게 확실히 말해놓고서는⋯⋯."

"한 나라의 총리 자리까지 오른 남자야. 태연히 죽는 시늉이라도 할 위인이지."

"요다 간사장도 만나볼까요?"

"아니, 어쨌든 총리의 언질을 받은 건 사실이잖나. 어설프게 움직였다간 총리의 체면을 구기는 셈이니 지금은 믿는 수밖에 없네."

유사는 고개를 끄덕였다.

"미국이 참 귀찮은 숙제를 남기고 갔어."

"백년법 말입니까?"

"HAVI 말일세."

사사하라가 한숨을 내쉬었다.

"HAVI가 없으면 백년법 같은 일그러진 법률도 필요 없네. 그런 기술은 인류의 손에는 너무 벅차."

HAVI의 역사는 생각보다 길어서, 그 기원은 19세기 중반까지 거슬러 올라간다. 미국의 조류학자, 윌리엄 할로 박사가 당시 이미 멸종 위기에 처한 여행비둘기 무리 중에서 아주 드물게 늙지 않는 개체가 존재함을 발견한 것이다.

20세기에 들어서자 그것이 바이러스에 의한 현상임이 밝혀졌고, 그 바이러스를 결정화하는 데에 성공했다. 하지만 감염력은 지극히

약해서 본래 숙주인 여행비둘기에게 인공접종조차 제대로 성공하지 못했다. 상황이 이러니 인간 감염은 불가능하다고 여겨졌지만, 변이를 시킨 결과 우연히 인간에게 강력한 감염력을 얻게 되어 인간 불로화 바이러스(human antiaging virus)가 탄생했다. 훗날 이러한 공적으로 세 연구자가 노벨상을 받았다.

현재까지 HAV는 레트로바이러스라 불리는 종류의 하나로, 노화 프로그램에 관여된 유전자를 변환하는 능력이 있음이 밝혀졌다. 하지만 모자감염하지 않는 이유나 불로화 외의 부작용 등 아직 규명되지 않은 부분도 많다.

그 뒤 시행착오를 거쳐 인간에게 접종하는 기술(HAVI, human antiaging virus inoculation)이 확립되어 인간 불로화에 성공한 게 1932년. 1940년에는 미국 시민권자들에게 접종이 시작됐다.

하지만 인간이 늙지 않고 영원히 살면 장기적으로 큰 문제가 발생하리라는 건 분명했다. 그래서 미 의회는 HAVI의 개시에 맞춰 생존제한법을 제정했다. 이른바 백년법이다.

1941년, 태평양 전쟁 발발.

1945년, 원자폭탄 여섯 발이 일본의 도시를 송두리째 불태우며 패전.

대일본제국은 멸망했고 국토는 미국의 점령하에 놓였다. 미국은 일본에 공화제 도입을 결정했고, 미국 주도로 일본공화국 헌법이 공포되어 일본공화국으로서 새 출발을 하게 되었다.

미국 점령정책의 주안점은 일본을 약화시켜 다시는 전쟁을 일으키지 못하게 하는 것이었지만, 소련과 냉전이 지속되고 있었기 때문에 방침을 전환할 수밖에 없었다. 한마디로 일본을 우호국으로 만들어 공산주의 세력에 대항하는 방파제로 만들어야 했던 것이다. 그러기 위해서는 급작스럽게 줄어든 노동력을 확보하여 국력을 회복시킴과 동시에 미국에 대한 호감도를 높여야 했다.

그 결과, 이미 미국 본토에서 실용화된 HAVI를 일본에 도입하기로 결정했다. 당연히 일본에서도 백년법을 제정했다. 미국 여론은 일본인에게 미국인과 같은 생존기간을 인정해줄 필요는 없으며 50년으로 충분하다는 의견이 대부분이었다. 하지만 일본 국민들이 차별받는다고 느끼게 하는 건 바람직한 정책이 아니라는 판단 아래 100년 그대로 채용된 것이다. HAVI를 관리하기 위한 국제기구 HALLO가 설립된 것은 이로부터 몇 년 뒤의 일이었다. HALLO라는 명칭은 여행비둘기의 불로 현상을 발견한 할로 박사의 이름에서 따왔다.

"미국의 임시방편적인 정책 탓에 일본은 자국민의 생명을 좌우하는 법률조차 자국의 손으로 제정하지 못했어. 이런 국가가 세상 어디 있단 말인가. 나는 지금 일본이 끌어안은 모든 문제의 근원은 바로 여기에 있다고 생각하네."

사사하라의 목소리에는 주체할 수 없는 분노가 배어 있었다.

"생존제한법은 우리 국민의 손으로 다시 제정해야 합니다."

"이미 늦었어. 하려면 20년 전에 착수했어야 해."

"그런 움직임도 있었죠."

"여러 차례 정부에 건의했지만 무시당했네. 백년법을 언급하는 것조차 금기시되었지. 그런 시대였어. 분할 따름이야."

잠시 침묵이 흘렀다.

"차관님, 저는 최근에 이런 생각이 강하게 듭니다."

"갑자기 무슨 말인가?"

"민주주의는 이제 한계에 다다른 게 아닐까요? 새로운 단계로 이행하는 시대에 접어들지 않았나 하는 생각이 듭니다."

"구체적으로 말해보게."

"정치가들은 신념도 없이 국민의 안색을 살피기에 급급합니다. 국민 역시 그저 감정에 휩쓸려 움직일 뿐 국민들에게 이성적인 판단은 기대할 수 없죠. 이대로라면 앞으로 이 나라의 미래는 어떻게 될까요?"

사사하라가 천천히 숨을 들이마셨다.

"자네는 어쩌고 싶나?"

"인류는 문명을 이룩한 이래 다양한 정치체제를 모색해왔지만 유일하게 통치자가 없는 체제만큼은 실현시키지 못했습니다. 군주제는 말할 것도 없이, 공산주의 국가에서도 결국은 공산당이 독재적인 통치자로 군림하고, 민주주의 국가에서는 국민에게 주권이 있다고 해도 선거로 통치자를 선택할 권리가 있을 뿐 직접 통치하는 건 아닙니다. 국가란 한 사람의, 또는 극히 소수의 누군가에게 위탁하는 형태로밖에 운영될 수 없다는 건 역사가 증명하고 있습니다. 그렇다면 그 누군가는 탁월한 현실인식 능력과 선견지명, 그리고 민중을 이끄는 카리스마가 있는 사람이 되어야 할 겁니다."

"지당한 의견이네만 민주주의 국가에서 그런 통치자는 나타날 수 없어."

"제가 생각하는 이상적인 정치체제는 뛰어난 지도자에 의한 독재입니다."

사사하라는 눈을 부릅뜨며 놀란 표정을 지었다.

"지금 그 말이 언론에 새어나가면 징계면직감이네."

"독재라는 정치체제가 정말 그렇게 나쁜 걸까요? 역사상으로도 번영을 이룩한 국가는 대부분 독재자들이 이끌어왔습니다. 고대에는 페리클레스 정권하의 아테네, 카이사르가 기초를 닦은 로마 제국, 현대에는 이웃나라 중국이 독재정권의 성공 케이스라 할 수 있죠. 게다가 HAVI가 존재하는 현대에는 뛰어난 지도자가 오래도록 나라를 다스릴 수 있습니다."

"독재자에게는 항상 암살의 위험이 따르지. 독재정권하에서 지도자를 교체할 유일한 수단은 테러뿐이야. 그래서 카이사르도 암살된 거고. 그는 아우구스투스라는 훌륭한 후계자를 두었으니 다행이었지만, 후계자가 히틀러 같은 인물이라면 국가는 파멸하고 말지. 그리고 한 시대에 뛰어난 지도자였던 사람이 다음 시대에도 적절하게 대응하리라는 보장은 없네. 아무리 뛰어난 사람도 시대를 따라가지 못하는 순간이 반드시 오게 마련이야."

유사는 일부러 반박하지 않았다.

"역시 독재는 너무 위험이 커. 애당초 독재자로 옹립해도 부끄럽지 않은 인물이 이 나라에 있나?"

사사하라는 농담하듯 웃으며 말했다.

유사도 웃음으로 답했다.

"차관님이 되어주시면 안 되겠습니까?"

"자네, 날 독재자로 만들 작정인가?"

"차관님만 마음을 정하시면 제가 온 힘을 다해 보좌하겠습니다."

사사하라는 단호한 표정으로 유사를 바라보았다.

"자네와 달리 나는 민중을 믿네. 아직 민주주의를 포기하지 않았어."

"그런 분이기 때문에 독재자가 되어주셨으면 하는 겁니다."

"잘 듣게. 만일 내가 독재자가 되면 자네 같은 사람을 가장 먼저 숙청할 거야. 위험분자로서."

유사는 온순한 표정으로 대답했다.

"바라는 바입니다."

사사하라는 유사의 어깨를 두드리며 웃음을 터뜨렸다.

"이쯤이면 모두 갔겠지? 슬슬 일어나자고."

두 사람은 자리에서 일어났다.

8

배달 도시락 라인.

오늘 란코의 담당은 햄버그스테이크였다. 눈앞에 늘어선 쟁반에는 소고기, 다진 고기, 곤충고기, 닭고기까지 네 종류의 고기가 놓여 있었다. 소스는 데미글라스, 양파소스, 간장소스 세 가지였다. 단순계산하면 패티와 소스의 조합은 모두 열두 가지지만, 고기 종류가 다른 조합으로 주문하는 회원도 많은 까닭에 실제로는 셀 수 없이 많았다.

라인 위의 도시락이 란코 앞으로 이동하면 모니터에 CG가 표시됐다. 란코는 그 지시에 따라 햄버그스테이크를 담고 소스를 뿌렸다. 소스가 걸쭉해서 도시락을 기울여도 쏟아지지 않지만 다른 반찬에 묻으면 다시 만들어야 하기에 세밀한 주의를 기울여야 하는 작업이다.

작업을 할 때는 다리가 하나 달린 둥근 의자에 앉을 수도 있지만, 일어서서 할지 앉아서 할지는 각자의 자유였다. 쟁반에 패티가 다 떨어져 갈 때 노란 버튼을 누르면 담당자가 보충해주었다. 휴식시간 30분을 제외하면 라인이 돌아가는 한 이 작업을 끝없이 계속해야 했다. 주변을 둘러볼 여유는 없었다.

느닷없이 벨이 울리면서 라인이 멈췄다.

최종 확인과정에서 실수가 발견된 것이다.

누가 실수를 한 모양이었다.

새하얀 작업복에 모자와 마스크를 쓴 노동자들이 마른침을 삼키며 라인 아랫부분을 바라보았다. 고글을 쓰고 있어서 표정까지는 알 수 없었지만 다들 란코처럼 긴장하고 있을 터였다. 그리고 기도하고 있으리라, 제발 자기 실수가 아니기를.

모니터에 달린 작은 스피커에서 목소리가 흘러나왔다.

"크로켓이 주문과 달라. 플레인이 아니라 게살크림 두 개야. 얼른 바꿔 넣어."

오늘 최종확인 담당은 사카자키였다. 친목 그룹의 중심인물이다.

란코는 햄버그스테이크가 아니라는 사실에 가슴을 쓸어내렸다. 오른쪽의 슈마이와 만두 담당도 안도한 듯 다시 의자에 앉았다.

"오늘 크로켓 담당 누구야? 정신을 어디다 팔고 있는 거야."

그런 그녀도 부저가 울려 퍼진 순간에는 가슴을 졸였을 것이다. 만두류는 그다지 주문이 많지 않아서 잠깐만 딴 생각을 해도 실수를 저지르기 쉬웠다. 그래서 다들 기피하는 담당 중 하나였다.

"우리 팀, 요새 실수가 잦네."

왼쪽에 앉은 야채 담당도 한마디 보탰다.

"정신 빼놓고 있는 애가 하나 있으니까 그렇지."

란코를 사이에 두고 두 사람은 대화를 나눴다. 그러고 보니 이 둘도 사카자키 그룹의 일원이었다.

라인은 아직 멈춰 있었다. 라인이 멈춘 시간이 길어질수록 효율도 팀의 평가도 떨어진다. 평가가 떨어졌다고 딱히 유니언에서 지급받는 금액에 영향을 받는 건 아니지만, 오히려 그래서인지 평가를 지나치게 신경 쓰는 이들이 각 팀에 한 명씩은 반드시 있었다. 그래서 벨이 여러 번 울리면 팀의 사기가 떨어지고 분위기도 험악해졌다.

"그럼 라인을 다시 돌릴 테니 다들 정신 똑바로 차려."

그제야 스피커에서 사카자키의 목소리가 흘러나왔다.

"스탠바이."

팀원들은 준비 완료의 신호를 보내는 파란 버튼을 눌렀다. 지금쯤 최종확인 담당자인 사카자키가 모두의 신호를 확인했을 것이다.

"스타트."

라인이 다시 움직이기 시작했다.

*

근무시간이 끝나고 란코가 조금 늦게 탈의실로 돌아왔을 때, 란코가 소속된 배달 도시락 팀 구역은 심상치 않은 분위기가 감돌고 있었다. 팽팽한 침묵 속에서 사물함을 등지고 선 시노야마를 사카자키 그룹 다섯 명이 에워싸고 있었다.

시노야마는 볼링 핀을 연상시키는 몸을 한껏 웅크린 채 목을 거의 직각으로 숙이고 있었다. 한편 사카자키 패거리는 팔짱을 끼거나 허리에 손을 올린 채 매서운 눈빛으로 시노야마를 쏘아보았다. 양쪽 모두 모자와 마스크, 장갑, 고글을 벗고 있었지만 새하얀 작업복 차림이었다.

란코는 앞에 있는 사람을 툭 치며 물었다.

"무슨 일이야?"

란코와 같은 '아줌마'가 돌아보더니 대답했다.

"요즘 우리 라인, 매일 실수가 일어났잖아. 전부 쟤 때문이래."

그녀는 지방이 출렁거리는 턱으로 시노야마를 가리켰다.

란코는 그제야 사태를 파악했다.

기세등등한 사카자키 패거리가 굼뜨고 덜렁거리는 시노야마를 몰아세우는 것이다.

란코가 오자 모두가 모이기를 기다렸다는 듯 사카자키가 사물함 문을 쾅 쳤다.

"당신 때문에 다들 고생하는 거 알아?"

사카자키는 물어뜯기라도 할 것처럼 얼굴을 들이댔다.

"미안해."

시노야마는 바들바들 떨며 모기만 한 목소리로 그렇게 말할 뿐이었다.

사카자키는 더욱더 짜증이 솟구치는지 쉬지 않고 쏘아붙였다.

"당신 같은 사람 보면 짜증이 나. 당신, 유니언에 오래 있었지? 보면 알아. 철밥통 붙잡고 있으면서 스스로 생각하기를 포기한 얼간이, 딱 그런 얼굴이야. 뇌는 가지고 다녀? 들어 있는 거 맞아?"

사카자키는 시노야마의 머리를 붙잡고 좌우로 흔들었다.

시노야마는 눈을 질끈 감은 채 저항하지 않았다.

주변 사람들도 그저 지켜보기만 할 뿐이었다.

그 광경을 본 순간, 란코는 아이러니하게도 그리움을 느꼈다. 고등학교 시절에도 이런 광경을 본 적이 있다. 그때도 드세고 자신만만한 패거리가 내성적인 아이를 하나 찍어놓고 끈질기게 괴롭혔다. 그래, 란코를 비롯한 다른 친구들은 보고도 못 본 척을 했지만 미나는 혼자 나서서 그 아이를 도왔다. "그만하지 못해? 부끄럽지도 않아?"라며 호통을 치던 미나는 참 멋졌다. 그때 결국 어떻게 됐더라? 생각나지 않는 청춘의 한 페이지.

"내일부터 나오지 마. 당신 때문에 우리까지 욕을 먹는다고. 그러니까 그냥 집에서 쉬어. 앞으로 영원히. 알았어?"

"그래도……."

뭔가 반박하려는 시노야마의 모습에 사카자키는 격분해서 소리쳤다.

"뭐야?"

"무단결근하면 유니언에서 강제탈퇴……."

"정말 자기밖에 모르는구나? 당신이란 존재 자체가 우리한테 민폐라고."

시노야마의 얼굴은 새빨개져 있었다. 그렁그렁한 눈에서 눈물이 뚝 떨어졌다.

란코는 쯧, 혀를 차며 머리를 긁적였다. 이런 싸움에는 아무 관심도 없었지만 이대로는 옷을 갈아입을 수가 없다. 미나와 달리 정의의 사도와는 거리가 멀지만…….

"저기."

란코는 하는 수 없이 끼어들었다.

"이제 그쯤에서 그만하지 그래?"

사카자키 패거리가 란코를 돌아봤다. 순간 덜컥 겁이 났지만, 란코 역시 별의별 일을 겪으며 98년을 살아온 몸이었다. 이깟 일로 주눅 들지는 않았다. 이런 놈들은 개와 비슷하다. 약한 모습을 보이면 달려든다.

란코는 태연한 척 앞으로 나섰다. 패거리들은 기죽은 듯 둘로 나뉘었다. 란코는 그 사이로 뚜벅뚜벅 걸어가 시노야마와 사카자키 사이에 끼어든 뒤 불온한 눈빛으로 다섯 명의 얼굴을 찬찬히 살펴보고 나서 씩 웃었다.

"한번 봐줘. 너희도 실수할 때가 있잖아. 이번에는 시노야마가 컨디션이 좀 안 좋았던 것 같은데."

사카자키 패거리는 적개심을 드러내며 란코를 노려보았다.

그때 주변에서 "맞아." 하는 소리가 들렸다. 그것도 여러 명이.

사카자키 패거리는 당혹스러운 듯 서로 눈빛을 주고받았다. 자신들을 보는 눈길이 싸늘해졌음을 알아챈 모양이었다.

"그리고 어차피 세 달만 지나면 안 볼 사인데, 그동안이라도 사이좋게 지내자고."

사카자키의 표정이 확 바뀌더니 짐짓 꾸민 듯한 밝은 목소리로 말했다.

"듣고 보니 그러네. 나도 말이 좀 심했어. 미안해."

이 카멜레온 같은 모습에는 란코도 내심 혀를 내둘렀다. 물러나야 할 때는 주저 없이 물러난다. 보통내기가 아니었다. 빈틈을 보이면 안 되는 여자다.

진심은 털끝만큼도 느껴지지 않는, 오히려 듣는 사람의 기분을
상하게 하는 말투였지만 그래도 사카자키가 물러난 덕에 상황은
수습되었고, 란코는 겨우 사물함을 열 수 있었다. 지켜보던 사람들
도 저마다 사물함 앞에서 옷을 갈아입기 시작했다.

"니시나 씨, 고마워."

시노야마는 늘 그렇듯 눈을 치켜뜨며 말했다. 기분 탓인지 모르
지만 표정은 밝았다. 정중하게 두 손을 하나로 모으고 있었다.

란코는 서둘러 작업복 단추를 풀며 말했다.

"신경 쓰지 마. 그리고 너도 조심하고. 애초에 실수를 하지 않으
면 이런 일도 없잖아."

살며시 웃으며 말하자 시노야마는 기쁜 얼굴로 대답했다.

"알았어."

"요즘 실수가 많다던데 무슨 고민이라도 있어?"

무심코 튀어나온 다정한 말에 란코는 스스로도 당황했다.

착한 척하는 것 봐.

하지만 기분이 나쁘지는 않았다. 생각보다 정의의 사도에 잘 맞
는지도 모른다.

"그러고 보니 저번에 나한테 할 이야기 있다고 했지? 무슨 얘기
였어?"

"그게……."

시노야마는 말을 흐렸다.

"오해하지 마. 그날은 정말 선약이 있었어."

벗은 작업복을 둥글게 말아 세탁물 통에 던졌다. 때마침 반대편

에서 날아온 작업복이 란코의 것과 부딪쳐 두 작업복은 한 덩이가 되어 통에 떨어졌다.

사카자키였다.

란코와 마찬가지로 속옷 차림이었지만, 란코의 속옷이 심플한 베이지색인 데 비해 사카자키는 위아래 검은 레이스 속옷이었다. 게다가 몸매도 빼어나서 같은 여자라면 질투가 날 정도였다. 사카자키 자신도 그 사실을 잘 아는지 오른손을 허리에 올린 자세로 육감적인 입술에 도발적인 미소를 짓고 있었다.

란코는 신경을 안 쓴 지 오래인 자기 몸이 부끄러워졌지만 주눅 든 기색 없이 당당하게 말했다.

"뭐야? 할 말 있음 해."

사카자키는 여유로운 표정으로 말했다.

"난 알아."

"뭘?"

"당신."

악의와 희열이 섞인 눈빛이 시노야마를 사로잡았다.

"올해로 100년이라면서?"

웅성거리던 탈의실이 정적에 휩싸였다.

모두의 눈길이 란코의 옆으로 쏠렸다.

란코도 옆을 보았다.

시노야마는 하얗게 질려 있었다. 좀 전까지 촉촉했던 눈동자는 메말라 부릅뜨고 있었다. 그 눈동자에는 아무것도 비치지 않았다. 입술은 힘없이 늘어졌고, 어깨와 팔을 말라리아 환자처럼 부들부들 떨고 있었다.

"이제 곧 사형선고를 받는다는 말씀. 그러니 일이 손에 잡힐 리가 있겠어? 어때, 내 말이 맞지? 말해봐."

사카자키의 눈동자는 승리감에 차 있었다.

정적 속에서 5초, 10초가 지났다.

아무도 입을 열지 않았다.

그 정적을 깬 건 인간의 것이 아닌 듯한 비명이었다.

시노야마. 그 눈에 이성은 눈곱만큼도 남아 있지 않았다. 두 손을 앞으로 뻗어 열 손가락을 갈고리처럼 구부리며 눈에 보이지 않는 뭔가를 쥐어짜려 했다. 비명은 끊임없이 이어졌다. 입을 한껏 벌리고 모든 장기를 토해내려는 것처럼 보였다. 귀를 틀어막고 싶어질 정도의 소리였다.

사카자키 역시 생각지도 못한 과격한 반응에 망연자실한 눈치였다. 순간 공포가 그녀의 얼굴을 스치고 지나갔다.

시노야마는 냅다 달렸다. 세탁물 통을 걷어차고 사카자키에게 달려들었다. 시노야마에게 붙잡힌 사카자키는 저항조차 하지 못했다. 사카자키뿐 아니라 란코도, 다른 이들도 꼼짝도 하지 못했다.

사카자키의 비명.

시노야마의 열 손가락이 사카자키의 얼굴을 파고들었다. 사카자키는 죽을힘을 다해 시노야마를 뿌리치려 했지만, 이성을 잃은 시노야마를 당해낼 재간이 없었다. 시노야마의 오른쪽 엄지가 사카자키의 콧구멍을 쑤셨다. 사카자키가 절규했다.

"그만해!"

란코가 시노야마에게 달려들어 둘을 떼어내려 했지만 시노야마는 꿈쩍도 하지 않았다. 무시무시한 힘이었다. 그녀는 야수처럼 으르렁거리며 사카자키를 공격했다.

"여기예요!"

란코의 시야 한편으로 뭔가가 들어왔다. 가장자리를 금색과 빨간색으로 장식한 새까만 제복. 여성 보안요원이었다. 누가 불러온 모양이다.

"어떻게 좀 해봐요!"

보안요원이 가스 마스크를 썼다.

간담이 서늘해졌다.

'그걸 쓰려고?'

보안요원은 허리춤의 홀더에서 길쭉한 캡슐 모양의 빨간 통을 꺼냈다. '빨간 바나나'라 불리는 물건이었다.

그녀는 팔을 뻗어 겨냥했다.

"물러나요."

란코는 시노야마에게서 떨어져 코와 입을 손으로 막고 숨을 참았다. 이내 안개 같은 가스가 시노야마의 얼굴에 분사되었다. 사카자키는 그 틈에 빠져나와 란코처럼 손으로 입을 막았다.

가스를 제대로 맞은 시노야마만 눈을 뒤집으며 비틀거리더니 바닥에 힘없이 쓰러졌다.

허공에 뜬 입자들은 이내 응축되어 커다란 물방울로 변해 바닥에 떨어졌다. 성분이 공기 중에 잘 확산되지 않는 까닭에 조그만 소란만 일어나도 바로 이 가스를 사용했다.

"우리가 파리야?"

사카자키가 욕설을 내뱉었다. 돌아보니 주저앉아 사물함에 몸을 기대고 있었다. 예쁜 얼굴에는 피가 났고 코 주변은 새빨갛게 부어 있었다. 눈이 약간 풀린 건 폭력의 충격 때문이라기보다는 진압 가스를 마셨기 때문이리라.

*

시노야마의 눈꺼풀이 천천히 올라갔다.

멍한 눈길로 천장을 올려다보았다.

"정신이 들어?"

침대 옆 의자에 앉아 있던 란코가 조용히 말을 걸었다.

시노야마는 조심스레 눈을 깜빡였다. 목소리의 흔적을 찾듯 잠시 허공을 헤매더니 란코의 얼굴을 보았다.

깜빡.

깜빡.

"니시나 씨?"

"30분쯤 잠들어 있었어."

"여기 어디야?"

"의무실."

식품공장의 의무실에는 병상이 여섯 개 있고 의사와 간호사 두 명이 상주하고 있었다. 의무실 설치는 유니언의 규정이었다.

"내가 왜 여기 있는 거야?"

시노야마는 이맛살을 찌푸리며 물었다.

빨간 바나나를 맞으면 직전의 기억이 일시적으로 사라진다고 한다. 시노야마 역시 그러한 상태이리라. 사라진 기억은 금세 회복되기도 하지만 일주일쯤 걸리는 경우도 있다고 했다. 다행히도 란코는 아직 겪어보지 못한 경험이었다.

"난……."

다음 순간 시노야마가 숨을 크게 들이마셨다.

얼굴이 창백해졌다.

"생각이 났구나."

시노야마의 얼굴이 구겨졌다. 시노야마는 글썽거리는 눈으로 란코를 보았다. 그리고 신음을 흘리며 일어나려 했다.

란코는 시노야마를 다시 자리에 눕히며 말했다.

"괜찮아."

"그래도……."

"걔가 잘못했어. 공장장한테는 내가 잘 말해뒀어. 안 잘릴 거야."

"정말?"

란코는 미소 지으며 고개를 끄덕였다.

시노야마는 다시 자리에 누워 숨을 깊게 내쉬었다.

그리고 아무 말도 하지 않았다.

란코도 말없이 그 모습을 지켜보았다.

시노야마는 입술을 핥으며 말했다.

"그 사람이 한 말, 사실이야."

메마른 목소리였다.

"올해로 100년이야. 내년이면……."

사카자키처럼 악의를 가지고 하는 말은 아니었지만 생존가능기간의 통보는 당사자에게는 사형선고나 마찬가지였다. 1년의 유예기간도 위로가 되지는 않으리라.

항상 남의 눈치를 살피듯 힐끔거리던 시노야마가 란코를 똑바로 바라보며 말했다.

"니시나 씨."

"응."

"니시나 씨는 앞으로 얼마나 남았어?"

란코는 시노야마를 바라보며 대답했다.

"22년."

"그래. 아직 많이 남았네."

그 목소리에는 희미한 실망의 빛이 어려 있었다.

"나 말이야, 혹시 니시나 씨도 나하고 같은 처지가 아닐까 생각했어."

"100년째인 줄 알았어?"

"내 착각이었나 봐. 아니면 바람이었을지도 몰라."

"바람?"

"혼자 죽긴 싫잖아. 불안하고, 무섭기도 하고. 그러니까 서로 위로할 수 있는 동료가 주변에 있었으면 좋겠다고 생각했어."

시노야마는 체념한 듯 한숨을 쉬었다.

"그렇구나. 니시나 씨는 아니었구나."

다시 천장을 올려다보는 눈동자는 묘하게 차가웠다.

"역시 죽어야 하는 걸까."

란코는 뭐라 할 말이 없었다.

시노야마의 얼굴에 자포자기한 듯한 웃음이 번졌다.

"그래야겠지, 법으로 정해졌으니까. 하지만 법으로 정해졌다고 해서 꼭 죽어야 하는 걸까? 애초에 이런 법이 존재한다는 사실 자체가 잘못된 거 아냐? 그렇게 생각하지 않아?"

'HAVI를 받을 때 100년 뒤에 죽겠다는 서약서에 서명했잖아. 그 덕에 100년 동안 젊음을 유지하며 살았고.' 지금 상황에서 이런 이야기는 아무 의미가 없다. 시노야마 자신도 알고 있을 터였다.

란코가 계속 침묵을 지키자 시노야마는 이상해 보일 정도로 쾌활하게 웃었다.

"달리 방법이 없지? 어쩔 도리가 없는 일이지?"

시노야마는 웃는 얼굴로 눈을 감았다.

눈물방울이 또르르 떨어졌다.

9

검붉은 빛깔의 철제문 움푹한 곳에 먼지가 쌓여 있었다. 문손잡이 주변에는 열쇠구멍이나 카드를 넣는 슬릿도 없었다. 그립으로 신호를 보내 조작하는 방식이었다.

도게 기타로는 재킷 주머니에서 작은 상자 모양의 장치를 꺼냈다. 대략 라이터만 한 크기로, 검은 본체에 둥근 은색 버튼이 하나 달려 있었다. 문을 향해 버튼을 눌렀다. 적색 LED의 인디케이터가 반짝이더니 이내 녹색으로 바뀌었다. 잠금이 풀렸다는 신호다. 조커라 불리는 이 장치는 수사 관계자에게만 휴대 및 사용이 허가되었다. 시판되는 전자 잠금장치라면 무난하게 해제할 수 있다.

도게는 문을 열고 한 발짝 들어갔다.

조명이 자동으로 켜졌다.

짧은 복도를 지나 20평 남짓한 방이 보였다.

"사람 사는 집이 뭐 이렇게 썰렁해."

손을 뒤로 돌려 문을 닫았다. 발밑을 보았지만 신발을 벗고 들어가는 구조는 아니었다. 30년쯤 전에 유행했던 미국식이다. 도게는 신발을 신은 채 안으로 들어갔다.

왼쪽에 있는 합판으로 된 문을 열었다. 샤워실과 화장실이 보였다. 습한 공기가 고여 있었지만 하수구 냄새는 나지 않았다. 세정제 냄새가 나는 걸로 봐서 청소는 제때 하는 모양이었다.

오른쪽에 싱크대가 있고 그 바로 위에는 식기건조대가 달려 있었다. 식기는 수량도 종류도 모두 적었지만 깨끗이 씻어 정리해 두었다. 쓰레기통에 쓰레기가 넘치지도 않았다. 냉장고도 거의 비어 있는 상태였다.

방으로 들어갔다.

침대, 소파, 책상 등 가구는 하나도 없었다. 에어컨은 있었지만 텔레비전은 없었다. 벽에 침낭이 걸려 있었다. 사용한 흔적이 있었지만 물건 자체는 좋아 보였다.

"이런 데서 자는 건가?"

옷장을 열어보니 배낭이며 옷가지들이 가지런하게 정리되어 있었다.

"아무것도 없는 건가……."

혹시나 해서 침낭을 뒤집어보고 주머니를 뒤졌지만 쪽지 하나 없었다.

그림으로 누군가와 연락을 취한 흔적이 없는 이상, 직접 만나는 게 틀림없었다. 하지만 지난 일주일 동안 감시했지만 다른 사람과 접촉하는 것 같지는 않았다. 쪽지를 주고받은 적도 없었다. 비밀리에 신호를 보낸 것 같지도 않다. 감시당하는 줄 알고 조심하는 걸까. 그런 생각에 집을 비운 틈을 타 몰래 들어왔지만 결국 수확은 없었다.

"대체 뭐야……."

도게는 방 한가운데에 대자로 누웠다.

천장의 조명이 눈에 들어왔다.

불쾌한 감각이 스멀스멀 살갗을 따라 올라왔다.

'아니, 그럴 리 없어.'

아나타 도진은 살아 있다. 그의 조직 역시 살아 있다. 지금 이 순간에도 지하에서 활발하게 움직이고 있으리라. 이 집 역시 그들의 감시하에…….

도게는 벌떡 일어났다.

그리고 창가에 서서 커튼을 걷었다.

밤거리가 눈에 들어왔다.

건너편 건물도 이 집과 똑같은 공동주택이었다. 4층 건물의 계단 세 곳에는 불이 켜져 있었다. 사람은 보이지 않았다.

"정말 너무하는군."

문득 목소리가 들렸다.

창문에 비친 도게의 얼굴 뒤로 열린 문이 보였다.

돌아봤다.

비닐봉지 두 개를 든 기바 미치오의 모습이 보였다. 식료품과 세탁물이겠지.

도게는 이를 보이며 웃었다.

"이제 왔나. 기다렸어."

기바는 성난 얼굴로 말했다.

"어떻게 들어왔지?"

"요새는 편리한 도구가 많아서."

도게는 조커를 꺼냈다.

"봤으니 알겠지만 수상한 건 없어. 볼일 다 봤으면 그만 나가."

"너무 쌀쌀맞은 거 아냐? 손님한테 맥주 한잔 대접할 여유도 없나?"

"여긴 술집이 아냐."

기바는 들고 있던 봉지 하나를 바닥에, 나머지 하나를 싱크대에 내려놓고 두 번째 봉지에 든 내용물을 냉장고에 넣었다. 병 우유와 빵, 1리터짜리 오렌지 주스였다.

"네 말대로 수상한 건 없었어. 하지만 없어도 너무 없더군. 부자연스러울 정도로. 한마디로 넌 언제 경찰이 들이닥쳐도 켕기는 게 없도록 세심한 주의를 기울이고 있는 거야. 네가 뭔가를 꾸미고 있다는 확실한 증거지."

기바가 냉장고 문을 닫고 도게를 보며 말했다.

"너무 나갔군. 내 결벽증은 교도소 생활의 후유증 같은 거야. 방에 먼지 하나만 떨어져 있어도 처벌을 받았으니까."

"교도소에서 나온 지 8년이나 됐는데도?"

"그 안에서 50년을 보냈어. 폭력으로 학습된 습관은 쉽게 고쳐지지 않아."

서늘하게 빛나는 기바의 눈빛에 도게는 온몸에 소름이 돋았다. 때때로 이 사내에게서 느껴지는 공포에는 당해낼 재간이 없었다.

"그만 나가주겠나. 이제 만족했을 거 아냐."

"말해."

도게는 기바의 눈빛을 견디며 말했다.

"아나타 도진은 어디 있지?"

기바는 아연실색한 표정을 지었다.

"녀석의 조직과는 어떻게 접선하고 있지?"

"아직도 그런 소리를……."

"시치미 떼도 소용없어. 다른 경찰은 어떤지 모르지만 내 눈은 못 속여."

"머리 좀 식히고 냉정하게 생각해. 지난 반세기 동안 아나타 도진이 살아 있다는 냄새를 풍긴 사건이 일어난 적 있나? 그 조직이 활동한 징조가 하나라도 있었어? 아무것도 없잖아. 당연한 일이야, 처음부터 그런 조직은 없었으니까."

"그럼 1986년 그 사건은 뭔데? 그런 대규모 폭탄 테러는 신처럼 군림하는 지도자가 통솔하는 강력하고 거대한 조직이 아니면 불가능해."

"불행한 우연이 겹쳤을 뿐이야. 우연이라는 말이 마음에 들지 않는다면 시대의 광기라 해도 좋아. 그 시대를 뒤덮었던 광기에 수많은 사람들이 동조한 거지. 그 결과 그런 엄청난 참극이 일어났고. 그뿐이야."

"거짓말 마. 그깟 일로 그만한 사건이 일어났다고? 아나타 도진은 실제로 존재해. 존재해야만 한다고!"

기바의 눈에 설핏 연민의 빛이 어렸다.

"너 역시 그 광기에 동조한 이들 중 하나인 모양이군."

"닥쳐!"

도게는 기바를 가리키며 말했다.

"네가 바로 증거야. 네 그 태도 말이야."

기바가 눈을 가늘게 떴다.

"넌 백년법이 시행되면 죽은 목숨이야. 그런데도 불안해하는 기색이 조금도 없어. 살아남을 공산이 있어서지. 아니타 도진의 조직을 이용해 도망치기로 했기 때문이야. 내 말이 틀렸나?"

"이제 삶에 집착하지 않을 뿐이야. 살아남을 생각도, 도망칠 생각도 없어. 그렇다고 붙어 있는 목숨을 스스로 끊을 생각도 없고. 죽어야 할 때가 오면 죽을 거야. 하지만 그때까지는 살겠다, 그게 내 결심이야."

"그래? 그러면……."

도게는 옆구리에 찬 권총을 쥐었다.

오른팔을 쭉 뻗어 기바의 얼굴을 조준했다.

다섯 발이 장전된 리볼버. 공화국경찰의 제식권총. 통칭 '33식'이었다.

"지금 당장 내가 죽여주지."

기바의 안색은 달라지지 않았다.

총구조차 보지 않았다.

"말해두지만 마취탄이 아니라 실탄이야."

공이치기를 젖혔다.

실린더가 회전했다.

찰칵, 소리와 함께 총알이 장전됐다. 이대로 방아쇠를 당기면 화약의 폭발력이 납덩어리를 밀어내 표적을 산산조각 낸다.

기바는 여전히 반응하지 않았다.

"위협하는 시늉만 하는 것 같나? 난 진심이야."

"상관없어. 쏘려면 쏴."

목소리도 지극히 태연했다. 동요는 느껴지지 않았다.

"뭐야, 대체……."

도게는 오른팔이 덜덜 떨리는 걸 느꼈다. 조준이 빗나간다. 손이 이리저리 움직여서 하나로 좁힐 수가 없었다. 왼손으로 밑을 받쳤다. 떨림은 멈추지 않았다. 식은땀이 등줄기를 타고 흘러내렸다. 숨 쉬기조차 괴로웠다.

"쏜다, 정말 쏠 거야."

기바가 다가와 성가신 듯 오른손을 내밀더니 떨리는 총신을 잡고 제 이마에 총구를 들이밀었다.

"자, 쏴."

지근거리에 기바의 눈동자가 보였다.

끝없는 어둠.

"왜 그래? 안 쏠 건가?"

변함없이 부드럽고 온화한 목소리였다.

"아, 눈을 감아야 쏘기 편하겠군."

기바는 눈을 감았다.

"이제 됐나?"

도게의 떨림은 이제 온몸으로 번져 있었다. 다리와 허리도 후들거렸다. 이까지 딱딱 소리가 났다.

"기, 기바!"

방아쇠를.

손가락이.

당기기.

직전.

도게는 비명을 지르며 권총을 놓았다. 허리에서 힘이 풀렸다. 바닥에 엉덩방아를 찧었다.

기바는 총신을 잡은 채 제 이마에 대고 있었다. 기바는 눈을 뜨고 도게를 내려다보더니 권총을 내던지듯 건넸다. 공이치기는 아직 젖혀져 있었다. 도게는 숨을 삼키며 두 손으로 총을 받았다. 하지만 손에 닿지 않았다. 권총이 튀어 올랐다. 간신히 떨어뜨리지 않고 받았다. 신중하게 공이치기를 제자리로 돌려놓았다. 무의식적으로 안도의 한숨을 내쉬었다.

"왜 쏘지 않았지?"

고개를 들었다. 이미 자존심은 있는 대로 짓밟혔다. 다시 충동에 휩싸였다. 이 남자 앞에 엎드려 절하고 싶다. 자기 의사를 모두 내버리고 모두 이 남자에게 맡기고 싶었다.

"왜 쏘지 않았지?"

기바는 다시 같은 질문을 던졌다.

거부할 수 없었다.

입이 멋대로 움직였다.

"나도 마찬가지야……."

목소리가 떨렸다.

겁에 질린 것이다.

그리고 마음 깊숙한 곳의 진심을, 어리석고 비참한 맨몸뚱이의 자신을 이 남자에게 내보이려 하고 있었다.

그것은 굴욕이자 환희였다.

절망이자 도취였다.

"무슨 소린지 모르겠는데."

"……백년법."

기바의 눈썹이 살며시 올라갔다.

"나도 당신과 마찬가지야. 첫해 적용대상자라고. 죽어야 한다고!"

도게는 바닥에 몸을 내던지고 두 손을 내밀었다.

"제발 부탁이야. 도와줘. 도망치고 싶어. 살고 싶다고. 당신이라면 가능하잖아. 당신의 아나타 도진이라면, 그 조직이라면 그럴 수 있잖아. 내 얘기 좀 잘해줘. 아나타 도진에게 부탁 좀 해달라고. 뭐든지 할게. 경찰 수사정보든 뭐든 제공할 테니까. 당신들 패거리에 들어갈 수도 있어. 그러니까……."

기바의 눈이 온통 경멸의 빛으로 물들었다.

도게는 바닥에 머리를 조아리며 애원했다.

"이렇게 빌게. 내가 이렇게까지 나오는데 좀 도와달라고. 살려줘."

"당신이 뭐라고 해도, 무슨 짓을 해도 존재하지 않는 건 어쩔 수 없어. 그만 정신 차려."

도게는 고개를 들고 눈물 젖은 눈으로 쏘아보았다.

"그럼 난 이렇게 죽어야 하는 거야!"

기바는 대답이 없었다.

"좀 도와줘. 날 살려달라고. 당신 가랑이 사이로 기라면 길 테니까. 무슨 짓이든 할게. 맹세해."

"당신의 그런 모습 보고 싶지 않아. 나가."

"기바……."

"나가라고."

도게는 순간 기바의 다리를 붙잡고 늘어질 뻔했지만 가까스로 버텼다.

"가르쳐줘. 난 어떡해야 하지? 어떡하면 살아남을 수 있지?"

기바는 성가신 듯 대답했다.

"열심히 빌어. 이 나라에서 백년법이 없어지기를."

10

"시작했나?"

"이제 곧 시작합니다."

오후 9시.

유사 아키히토가 돌아왔을 때 제2합동청사 4층에 있는 생존제한법 특별준비실에서는 미국 출장 중인 이나모리를 제외한 팀원 전체가 모여 있었다. 다들 하던 일을 멈추고 벽에 걸린 커다란 모니터를 뚫어져라 바라보고 있었다.

화면에는 아직 고노이케 총리의 모습은 보이지 않았다. 짙은 붉은색 휘장을 배경으로 연단과 삼일기가 놓여 있을 뿐이었다. 앞에 늘어선 의자에는 보도진들이 앉아 있었다.

다치바나가 자리에 앉은 유사를 돌아보며 물었다.

"실장님이 말씀하신 총리 기자회견이 이겁니까?"

"아직 몰라."

다른 팀원들이 유사에게 주목했다. 모두 허를 찔린 듯 놀란 표정이었다.

"그럼 아니라고요?"

"총리가 백년법 시행을 공언하겠다고 약속한 건 사실이야. 하지만 어떻게 보면 백년법은 당연히 시행되어야 해. 이미 제정된 법률이니까. 그런 소리를 하려고 일부러 이런 시간에 긴급 기자회견을 열겠어? 그것도 백년법에 관한 중대 발표가 있다고 예고까지 해가면서."

긴급 기자회견 통지가 날아온 건 오후 8시였다. 각 언론은 프로그램을 긴급 변경하여 임시 특별뉴스를 편성, 생중계에 대비했다. 유사는 온갖 인맥을 동원해 회견 내용을 입수하려 애썼지만, 관저 내부에 엄중한 함구령이 내려진 듯 헛수고로 끝났다. 이렇게까지 철통보안을 유지하는 건 이례적인 일이었다.

"하지만 그 밖에 백년법에 관한 중대 발표라면……."

후카마치가 불안한 표정으로 중얼거렸다.

"설마 시행을 동결하겠다는……."

그때 화면이 움직였다.

고노이케 총리가 등장했다. 연단에 놓인 물을 컵에 따라 한 모금 마셨다. 그리고 깊은 한숨을 내쉰 뒤에 고개를 들었다.

"오늘 바쁘신 중에도 이렇게 모여주신 언론 관계자 여러분께 감사드립니다. 시작하겠습니다."

총리는 정식으로 고개를 숙였다. 탈색한 백발이 플래시 세례를 받아 은빛으로 빛났다.

"오늘 이 자리를 마련한 것은 우리 공화국과 공화국 국민 여러

분에게 무척 중요한 사항에 대해 말씀드리고자 해서입니다. 이미 언론이나 정부 홍보를 통해 아셨을 테지만, 생존제한법, 이른바 백년법의 시행예정일까지 앞으로 1년도 남지 않았습니다. 이 법률은 불로화 시술을 받은 이의 생존권은 100년이 지난 시점에 상실된다는 내용으로, 이것이 곧 '죽음'을 뜻한다는 것은 명백한 사실입니다."

팀원들은 서로 마주 보았다. 총리가 직접 '생존권 상실은 곧 죽음'을 뜻한다는 사실을 공언한 것은 처음이었다. 원래는 이것만으로도 큰 진전이라 해야 하지만…….

"이 법률의 존재의의 역시 분명합니다. 만일 이 법률이 존재하지 않으면 시술을 받은 사람들은 영원한 삶을 얻게 되며, 그에 따라 인구증가에 의한 갖가지 사회문제가 일어날 것은 쉽게 예상 가능한 바입니다."

여기까지는 별 문제 없는 발언이었다.

"하지만 여론조사에 따르면 아직도 대부분의 국민들은 이 법률에 불안을 느끼고 있습니다. 또한 공화국 국민의 생명에 관한 법률인데도, 이 법률을 제정한 주체가 국민 자신이 아니라는 역사적 사실. 이러한 실정을 감안했을 때, 과연 이대로 이 법률을 시행하는 것이 바람직한 일인지, 내각 총리로서 저는 강한 의문을 느낍니다."

"뭐라는 거야…….'

후카마치가 신음하듯 말했다.

"이 법률은 국민 여러분 개개인의 생명에 관한 문제입니다. 그렇다면 이 법률에 대한 여러분의 찬반 의견도 듣지 않고 시행하는 건 민주주의 사회의 정의에 반하는 일이 아닐까 생각합니다."

유사는 무의식적으로 숨을 들이마셨다.

'그런 꿍꿍이였나!'

고노이케 총리는 뜸을 들이듯 다시 물을 마셨다.

특준의 팀원들은 꼼짝도 하지 않고 총리의 말이 이어지기를 기다렸다.

고노이케 총리는 조심스레 말문을 열었다.

"저, 일본공화국 총리 고노이케 다다유키는 공화국 헌법 제76조에 의거한 총리 권한으로 전 유권자가 참여하는 국민투표를 실시하려고 합니다."

"저걸 말이라고!"

거구의 아라카와가 벌떡 일어났다.

"국민투표라니……."

"국민에게 떠넘기는 건가."

"어떻게 저렇게 무책임한 발언을……."

"실장님!"

야단이 난 건 이곳뿐이 아니었다. 회견장 역시 마찬가지였다. 기자들이 차례차례 질문을 던졌다. 고노이케 총리는 담담하게 질문에 대답했다.

"투표일시에 관해서는 관계 기관과의 협의를 거쳐 결정하려고 합니다."

"네, 설문 초안은 지금부터 작성할 예정입니다. 백년법을 예정대로 시행할 것인지, 일단 동결하고 심도 있는 논의를 할 것인지를 묻는 내용이 되겠죠."

"물론 동결이 곧 파기를 뜻하는 건 아닙니다. 논의를 거쳐 시행할 가능성도 충분히 있습니다."

"국제적 반발도 일어나겠지만, 일본의 특수한 사정을 이해시킬 수 있도록 노력하겠습니다."

후카마치가 일어나 으르렁거렸다.

"국민투표에 붙이면 당연히 동결이지!"

유사는 안주머니에서 진동을 느꼈다.

그림을 꺼내 확인하니 사사라였다.

"봤나?"

"네, 일이 복잡해졌습니다."

"76조를 들고 나올 줄은 몰랐어. 나가세 관방장관이나 요다 간 사장이 귀띔했겠지."

"국민투표는 내무성 관할입니다. 차관님도 사전에 아무 언질을 못 받으셨습니까?"

"받았으면 막았겠지."

"그런 사태를 염려해 독단으로 감행한 거군요."

"보기 좋게 당했어."

"지금 막을 수 없겠습니까?"

"기자들 다 모아놓고 터뜨렸는데 무슨 수로 막겠나. 국민투표를 하는 수밖에."

"국민들이 직접 의사를 표현한다는 대의를 내건 만큼, 투표 결과 동결로 의견이 모아지면 그때는 돌이킬 수 없습니다. 그야말로 쿠데타라도 일으키지 않는 한은요."

"동결이 즉 파기를 뜻하는 건 아니라고 했지만, 평계거리에 지나지 않지. 시행조차 되지 않은 법률을 부활시킬 수 있을 리가 없어."

"하지만 국민들은 '동결'을 선택하기 쉽지 않겠습니까. 이대로 가다간 백년법은 분명 사라질 겁니다."

"오늘 밤은 좀 힘들겠고 내일이라도 대책을 상의해보자고."

"네. 그렇지만 저희는 오늘부터 움직이겠습니다."

"그래야지."

유사는 그림을 다시 주머니에 넣었다.

기자회견이 끝났다.

특준의 팀원들은 자연스레 유사 앞으로 모였다. 유사는 자리에서 일어나 팀원들의 얼굴을 둘러보았다.

"자네들이 본 대로야. 사태가 바뀌었네. 지금 이 순간부터 특준은 시행에 대비해 최소 필요 인원만 남기고 국민투표 대책에 전념한다. 모두 현재 진행하는 업무를 일단 중단하고 내 지시에 따르도록."

"네."

다들 한목소리로 대답했다.

"우리가 할 일은 오직 하나, 국민에 대한 계몽 강화다. 강조할 점은 다음과 같다. 세계 여러 나라들에서는 이미 생존제한법이 시행되고 있으며 국민들도 받아들였다는 점. 일본에서 정해진 100년이라는 기간은 미국과 함께 세계에서 가장 길다는 점. 생존제한법이 동결되면 HALLO 가입조건을 만족시키지 못하고, 최악의 경우에는 HAVI를 중지해야 할지도 모른다는 점. 그 결과, 세계에서 고립되어 국세가 더욱 기운다는 점."

하지만 HAVI가 중지되면 피해를 보는 사람은 아직 HAVI를 받지 않은 사람들이며, 그들 대부분은 미성년자, 즉 유권자가 아니었다.

"특히 적용대상자들의 안락사 처치는 아무런 고통을 수반하지 않는다는 점을 철저하게 주지시킬 필요가 있네. 이러한 점을 숙지

하고 자네들의 능력을 모두 동원하여 구체적인 아이디어를 할 수 있는 한 많이 내보게. 내일 오후 5시, 다시 이곳에서 회의를 하겠네. 실행 가능한 의견은 즉시 실행할 방침이야."

"실장님, 제안 하나 해도 되겠습니까?"

'얼음심장의 여자', 다치바나가 손을 들고 말했다.

"말해보게."

"미츠타니 보고서를 유출시키면 어떨까요? 그걸 읽으면 백년법 동결이 얼마나 위험한 일인지 국민들도 깨달을 겁니다."

다른 팀원들도 그녀의 의견에 찬성했다.

"미츠타니 보고서라……."

유사는 고민에 빠졌다. 극비문서인 미츠타니 보고서를 외부로 유출하는 건 범죄였지만, 지금은 그런 걸 따질 때가 아니었다.

아닌 게 아니라 그 문서의 내용은 충격적이었다. 하지만 그것은 그 문서의 참뜻을 이해하는 이들만이 느끼는 충격이었다. 이해하지 못하는 자, 이해하려 하지 않는 자, 보기 싫은 현실에서 눈을 돌리고 직시하려 하지 않는 자들에게는 그저 황당무계한 공상으로 다가오리라.

"실장님, 책임은 제가 지겠습니다. 제 독단으로 벌인 일로 처리하세요."

감정을 거의 드러내지 않는 다치바나가 붉어진 얼굴로 쏘아붙였다.

"건방진 소리 마!"

다치바나는 화들짝 놀라 입을 다물었다.

"그래, 좋아. 미츠타니 보고서 건은 내가 알아서 하지. 이런 일은 내 전문이니까 맡겨둬."

유사는 다치바나를 보며 웃었다.

"알겠습니다."

유사는 팀원들의 얼굴을 하나씩 둘러보며 말을 이었다.

"잘 듣게. 만에 하나라도 백년법이 동결되는 사태가 벌어지면 그
건 우리나라의 역사적 재앙이야. 국가의 미래를 위해서라도 절대로
잘못된 길로 들어서게 할 순 없어."

다들 결의에 찬 표정으로 고개를 끄덕였다.

"부탁하네."

1

오후근무로 바뀐 날이라 오후 10시에 하루 일과가 끝났다. 탈의실로 돌아온 란코를 기다리던 건 탁자 위에 놓인 소책자 더미였다. 자유롭게 가져가 읽으라고 했다.

"이게 뭐지?"

이런 일은 처음이었기 때문에 다들 호기심이 동한 듯 하나씩 책자를 가져가 펼쳤다. 란코도 마스크와 고글을 벗고는 책자를 읽어 봤다.

유니언 가입자 여러분께.

생존제한법 시행에 관한 국민투표 안내를 드립니다.

대충 훑어보니 생존제한법, 즉 백년법의 개요와 그 시행의 찬반을 묻는 국민투표에 대한 설명 및 투표에 앞서 판단에 도움이 될 자료를 제공하는 모양이었다. 하지만 행간에서는 찬성에 표를 던지라는 의도가 느껴졌다.

사실 란코는 이번 국민투표는 형식적인 것이고, 실제로 백년법이 동결되지는 않으리라 생각했다. 각 언론에서도 날마다 국민투표를 화제에 올렸지만, 대부분은 백년법 시행을 지지하는 논조였다. 하지만 최신 여론조사 결과에 따르면 아직 판단을 내리지 못한 층이 절반이 넘어서, 만일 이들이 반대표를 던진다면 정말 동결될지도 모른다고 했다. 예전의 란코라면 그것대로 좋은 일이라 느꼈을지도 모르지만 지금은 그렇게 단순하게만은 생각할 수 없었다.

이런저런 생각으로 복잡한 란코의 손에서 느닷없이 누군가가 책자를 낚아챘다. 인상을 쓰며 돌아보니 시노야마였다. 란코에게 빼앗은 책자에 얼굴을 들이대고 잡아먹을 듯 글자를 읽어 내려갔다. 란코는 안중에도 없는 것 같았다. 책자를 다 읽은 시노야마는 고개를 들고 말했다.

"이게 말이 돼?"

분노 때문인지 목소리가 갈라졌다.

란코는 내심 짜증이 났지만 애써 마음을 다스리며 물었다.

"뭐 이상한 점이라도 있어?"

"백년법에 찬성하라고 적혀 있잖아. 찬성할지 반대할지는 개인의 자유야. 아무리 유니언이라도 이런 일까지 강요할 권리는 없다고."

"대놓고 찬성하라고 하는 건 아니잖아."

"이게 그 소리지."

란코는 고개를 갸웃거렸다.

시노야마는 란코를 쏘아봤다. 책자를 돌려줄 생각은 없어 보였다.

"어쩔 작정이야?"

"뭘?"

"백년법 국민투표. 당연히 반대할 거지?"

그렇다고 대답하는 게 무난한 줄은 안다. 하지만 왠지 그런 거짓말을 입에 담기는 싫었다. 자신의 신념을 따라 짧은 생을 마친 가와카미 미나가 떠올랐기 때문이다.

"아니야?"

"아직 못 정했어. 투표를 할지 말지도……."

말끝을 흐리며 얼버무리려 했지만 통하지 않았다.

"안 돼. 반대해."

"왜?"

시노야마는 눈을 부릅뜨며 말했다.

"왜라니? 찬성이 과반수를 차지하면 난 죽는다고!"

그게 어쨌다고? 저도 모르게 그런 말이 튀어나올 뻔했다.

시노야마가 딴사람처럼 변한 건 2주 전, 국민투표 실시가 발표된 직후부터였다. 항상 쭈뼛거리며 남의 눈치를 보던 모습은 온데간데없이 사라지고 눈에 띄게 말수가 늘면서 감정을 여과 없이 드러냈다. 그뿐이라면 다행이지만, 아까 란코에게서 책자를 낚아챈 것처럼 자기 눈에 띄는 일에 반사적으로 행동하며 절대 자신을 돌아보려 하지 않았다. 활동적이라기보다는 조증 상태라는 표현이 더어울렸다.

국민투표 결과에 따라 백년법이 동결될 거라는 낙관적인 생각과, 찬성표가 절반을 넘어 백년법이 시행될지도 모른다는 비관적인 생각 사이를 오가며 안절부절못하는 것이다. 란코도 그 심정을 이해 못 하는 것은 아니었다. 하지만 그런 상태에서 드러난 시노야마란 인간의 이기적인 본성을 보는 게 힘겨웠다.

"투표일이 정해졌어?"

다른 팀원이 책자를 좌우로 흔들며 란코 앞에 섰다.

란코는 내심 가슴을 쓸어내리며 대답했다.

"다음 달이래."

"투표는 어떻게 하는데?"

"다른 선거하고 똑같이 하겠지."

"아, 여기 적혀 있네. 흐음, 투표소에 가서 찬성 아니면 반대에 동그라미를 치면 된대."

"사전투표는?"

"가능한가 봐."

"미리 해버릴까?"

정신을 차려보니 란코 주변에 사람들이 몰려 있었다. 그 난투 사건이 있은 뒤로 종종 이런 상황이 벌어졌다. 딱히 란코가 바란 게 아닌데도 어느샌가 무리의 중심인물이 되어버린 것이다. 게다가 주변에 몰려드는 사람 중에는 사카자키 패거리도 있었다.

하지만 막상 사카자키는 저만치 떨어져 혼자 있는 일이 많아졌다. 패거리는 사실상 와해된 모양이었다. 이따금 시노야마가 사카자키의 말로를 힐끗 보며 '꼴좋다'는 표정을 지었다.

하지만 란코는 그런 마음이 들지 않았다. 오히려 매몰차게 사카자키를 버리고 자신에게 달라붙으려 하는 패거리들이 역겨웠다.

"반대표를 던지면 백년법은 없어지는 거야?"

란코가 대답했다.

"동결이니까 일시적으로 중지되는 거 아냐?"

"하지만 한번 동결되면 아마 그대로 흐지부지될 거라고 방송에서 그러던데. 그러니까 동결시키면 안 된다고."

"뭐가 안 된다는 거야!"

시노야마가 도끼눈을 뜨며 말했다.

"잘은 모르지만 동결되면 여러 가지로 문제가 많대."

"문제? 무슨 문제?"

"천재 학자? 뭐 그런 사람이 예전에 경고했대. 백년법이 파기되면…… 뭐라더라?"

"일본이 사라진대."

사카자키 패거리였던 한 여자가 란코를 보며 아부하듯 웃으며 말했다. 란코는 무시했다.

"그럴 리가 없잖아."

패거리 중 다른 하나가 대꾸했다.

"학자입네 평론가입네 하는 놈들은 무슨 일만 생기면 호들갑을 떨면서 겁을 주잖아. 그게 밥줄이니까."

"맞아, 우린 유니언에 가입되어 있으니까 괜찮을 거야."

"무슨 일이 생겨도 유니언이 지켜줄 테니까."

"그럼 다들……."

시노야마가 언성을 높이며 두 손 모아 간청했다.

"반대에 투표해줘. 부탁이야."

"알았어. 사람 하나 살리는 셈 치지 뭐."

"고마워."

시노야마는 패거리 중 한 명의 말에 그녀에게 찰싹 달라붙었다. 주변에서 훈훈한 웃음소리가 흘러나왔다.

어느새 이렇게 친해진 거야? 란코는 화기애애한 분위기를 외면하고 옷을 갈아입기 시작했다. 중심인물을 잃은 무리는 잠시 수다를 떨다 금세 개인 사물함으로 흩어졌다.

옆 사물함의 시노야마가 작업복을 벗으며 말을 건넸다.

"란코, 일 끝나고 다 같이 한잔하러 갈 건데 너도 올래?"

방금 전까지의 분노는 어디로 사라졌는지 즐거워 죽겠다는 표정이었다.

"난 됐어."

"왜?"

"그럴 기분 아냐."

"그럼 무슨 기분인데?"

네가 알아서 뭐하려고! 마음속으로 그렇게 외쳤다. 하지만 겉으로는 온화하게 대답했다.

"혼자서 고독을 씹으며 마시고 싶은 기분."

란코는 서둘러 옷을 갈아입고 "먼저 갈게." 하고 인사를 남기고는 탈의실을 나왔다.

출입문과 이어진 긴 복도는 폭이 3미터나 됐다. 퇴근길에 오른 노동자들이 줄줄이 통로를 걸어가고 있었다. 출입문 밖은 버스 터미널로, 가장 가까운 역까지 무료 셔틀 버스가 다녔다.

사람들의 흐름에 몸을 맡긴 채 걸어가는데 저만치 앞에 사카자키의 모습이 보였다. 야성적인 금발에 빨간 미니 투피스. 늘씬한 다리에는 검은 스타킹을 신었다. 항상 느끼지만 같은 여자로서 부러운 몸매였다. 하지만 그 뒷모습에서는 짙은 고독의 기운이 풍겼다.

란코는 사람들을 헤치고 사카자키에게 다가가 어깨를 툭 쳤다.

그리고 돌아본 사카자키와 나란히 걸으며 물었다.

"어디 가서 한잔하지 않을래?"

사카자키의 얼굴에 당혹감이 번졌다.

"시비 거는 거 아냐. 그냥 너하고 이야기 좀 하고 싶어서 그래. 다른 약속 있으면 강요하지 않을게."

사카자키는 육감적인 입술을 삐죽거리더니 다시 앞을 보았다. 한동안 말없이 걸어가더니 무뚝뚝한 목소리로 말했다.

"그러든지."

"그럼 가자. 유니언 회원은 싸게 마실 수 있는 괜찮은 가게가 있어."

*

"블루 엘리건트 마제스티 스페셜 록앤롤 13세입니다."

술잔에 칵테일을 부으며 자랑스레 가슴을 내미는 바텐더를 사카자키는 믿기지 않는다는 눈으로 보았다. 그리고 이내 란코를 보며 '이 가게 뭐야?' 하는 표정을 지었다.

"일단 마셔봐, 맛은 보장할 수 있으니까. 괴상한 이름에 속으면 안 돼."

사카자키는 조심스레 술잔에 입을 대더니 금세 눈을 휘둥그레 떴다.

"내 말이 맞지?"

"이름만 아니었으면 완벽한데."

"다들 그러더라고."

바텐더가 왜 자신의 작명 센스를 이해하지 못하느냐는 듯 고개를 저었다.

"하지만 바꿀 생각은 없죠?"

그 물음에 바텐더는 당연하다는 듯 고개를 끄덕였다.

"왜?"

"완성했을 때 마음에서 우러난 말을 이름으로 붙인다, 그게 이 사람 신조거든. 칵테일 이름이 한 편의 시라나."

사카자키는 쓴웃음을 지었다.

"마음은 이해가 가."

"그럼 정식으로 건배."

란코는 사카자키와 건배를 했다. 쨍, 하는 맑은 울림이 하루의 피로를 씻어주었다.

사카자키는 다시 한 모금 마시더니 천천히 숨을 내쉬었다.

"여기 자주 와?"

"단골이야."

"매번 혼자서?"

"오늘처럼 누구랑 같이 올 때도 있고."

"왜 날 데려왔어?"

"별 뜻 없어. 그냥 얘기를 나눠보고 싶었어."

"패배자가 징징대는 걸 보면서 그간의 울분을 풀려고?"

"나 그렇게 삐뚤어진 사람 아냐."

"날 동정하는 거야?"

"그러니까……."

"동정은 필요 없어."

그렇게 말하는 사카자키의 목소리는 지극히 자연스러워서 허풍처럼 들리지는 않았다.

"이런 일을 한두 번 겪은 것도 아니고, 앞으로 두 달만 있으면 리셋해서 다시 처음부터 승부하면 돼. 정말 난 하나도 신경 안 쓴다니까."

"알아. 네가 보통내기가 아니라는 거. 그래서야. 너하고는 재미있는 이야기를 할 수 있을 것 같았거든."

사카자키는 코웃음을 치며 말했다.

"당신도 참 별나네."

사카자키는 다시 술잔을 기울이더니 잠깐의 침묵 뒤에 말을 이었다.

"당신, 이름이 니시나…… 뭐야?"

"란코."

"난 다카요. 다카요라고 불러."

"그럼 나도 란코라고 불러."

"그 여자도 그렇게 부르더라?"

"시노야마? 들었구나."

"들렸어."

"이름을 가르쳐 달래서 가르쳐줬을 뿐이야. 딱히 거절할 이유도 없고."

유니언에 소속된 직장에서는 처음 자기소개를 할 때도 성만 대는 게 일반적이었다. 팀 명부에도 이름은 기재되지 않는다. 개인적으로 친한 사이가 아니라면 서로 정식 이름을 모른 채 3개월을 동료로 지내다 헤어진다.

"그나저나 시노야마가 100년째라는 걸 용케 알았네. 예전에 알던 사이야?"

"그럴 리가."

이런 사적인 개인정보는 아이디카드를 불법으로 해킹하지 않는 이상 알아낼 수 없다.

"그 공장 인사과의 고바야시라는 남자 알아?"

"몰라."

"그 남자하고 잤어."

사카자키는 태연자약하게 말했다.

"그때 공장 사람들에 대해 이런저런 이야기를 들었지. 그중에 시노야마의 정보도 있었고."

유니언은 근무처의 인사과에 노동자의 개인정보를 보낸다. 내부 사람이라면 정보를 입수하는 건 어렵지 않지만…….

"그것 때문에 잤어?"

"응."

"그럼 내 이야기도 들었어?"

사카자키는 란코를 힐끗 보며 대답했다.

"아니, 당신 정보는 없었어. 들었으면 진작 손을 썼겠지."

의미심장한 미소였다.

"대체 왜 그런 정보를…….'

"몰라서 물어? 이기려고."

그러고 보니 사카자키는 아까도 '승부'라는 말을 썼다.

"나에게 유니언에서 소개시켜주는 직장은 전쟁터나 마찬가지야. 이기느냐 지느냐, 먹느냐 먹히느냐. 세 달간의 승부지. 싸움을 유리하게 이끌려면 손에 쥔 패는 많을수록 좋잖아."

"그 패가 정보야?"

"비장의 카드라 해도 좋아."

하지만 란코는 이해할 수 없었다. 직장에서의 승리는 무엇을 뜻하는 걸까? 왜 그렇게까지 이겨야 하는 걸까? 이기는 데 무슨 의미가 있는 걸까?

"말해두지만 나만 이러는 거 아냐."

사카자키는 담배를 물더니 바텐더가 내민 불을 붙였다.

그리고 연기를 뿜으며 말했다.

"유니언 신규가입 희망자들은 대부분 여자인 거 알아?"

"그래?"

"페미니스트 아줌마들은 사회가 남녀불평등이라 여성이 밑바닥으로 내몰린다고 하지만, 내가 보기엔 헛짚어도 한참 헛짚었어. 요새 유니언에 들어가려면 그냥 가입신청만 해서는 안 돼. 그러니까 유니언의 인사책임자에게 접근해서 한 번 자주고 특별 채용으로 들어가야지. 우리 세대 여자들에게는 그게 상식이야. 그러니까 유니언에 여자들만 넘쳐나는 거야."

란코 세대에는 상상도 할 수 없는 일이었다. 당시에는 신청 조건만 만족하면 들어갈 수 있었다. 시대가 바뀐 건가.

"그리고 들어가고 나서도 마찬가지고. 아무리 말단 직장이라도 인사과 남자는 얼마나 경쟁이 치열한데. 인사를 제압하는 자는 정보를 제압하고, 정보를 제압하는 자는 직장을 제압한다. 직장을 제압하면 세 달간은 고개 빳빳이 들고 다닐 수 있고. 그동안은 기분 최고지."

"수면 아래서 그런 게임이 펼쳐지고 있는지는 몰랐네."

그 말에 사카자키가 웃으며 대답했다.

"맞아, 그야말로 게임이야."

란코는 어렴풋이 이해할 수 있었다. 한마디로 직장을 무대로 한 세력다툼, 권력투쟁이다. 사카자키는 3개월 한정의 정치 게임을 즐기는 것이었다. 온몸을 던져.

"하지만 단순히 잔다고 인사과 남자를 자기편으로 만들 수 있는 건 아냐."

"그럼 어떻게?"

"스피드와 테크닉. 누구보다 빨리 담당자에게 접근해 관계를 가져야 해. 그 방법밖에 없어."

사카자키가 목소리를 낮추며 말을 이었다.

"한번 관계를 가지면 내 걸로 만드는 건 식은 죽 먹기야. 누구한 테도 안 져."

란코는 고개를 끄덕였다.

"하긴, 그 몸매에 어느 남자가 안 넘어오겠어."

사카자키는 자신만만하게 말했다.

"그게 아냐."

"아니라고?"

"물론 난 내 몸매를 유지하기 위해 늘 노력하고 스타일도 자신 있어."

"자기 입으로 그런 소리를 잘도 하네."

"그냥 들어봐. 상대 남자는 제 맘대로 여자를 고를 수 있는 입장이라는 걸 잊으면 안 돼. 한마디로 예쁘고 몸매 좋은 건 대전제일 뿐이고, 그게 점수로 연결되지는 않지. 이 게임에 참가하는 여자들은 대부분 얼굴이나 몸매에 자신감이 있는 애들이야. 자존심이 높고 자기 성적 매력을 과신하고 있으니까 일단 몸만 주면 남자를 마음대로 조종할 수 있을 거라고 생각해. 그야말로 물러터진 생각이지."

으흐흐. 사카자키는 진심으로 즐거운 듯 웃었다.

"그거 알아? 남자란 여자를 애무하기보다 여자가 해주는 걸 훨씬 좋아하는 생물이야. 그래서 난 그걸 최대한 활용하지."

날름 혀를 내미는 사카자키의 모습에 란코는 저도 모르게 눈이 휘둥그레졌다. 요염한 핑크빛 연체동물은 턱에 닿을 만큼 길었다. 게다가 끝을 뾰족하게 만들거나 넓게 펴는 등 모양을 자유자재로 바꿀 수 있는 것 같았다. 한 차례 시연을 하더니 다시 혀를 집어넣고 물었다.

"어때?"

"굉장한데."

"자랑은 아니지만 이 혀와 열 손가락을 쓰면 어떤 남자든 1분 안에 두 번은 보내버릴 수 있어. 이 테크닉은 아무도 따라할 수 없지. 이게 내 최대 무기야."

란코는 혀를 내두를 뿐이었다.

사카자키는 거의 다 타들어간 담배를 재떨이에 눌러 끄고 연기를 뿜었다.

"하지만 이번에는 실패했어."

"시노야마 말이야?"

"고생해서 얻어낸 정보인데 잘못 썼어."

란코는 사카자키가 두 번째 담배를 꺼내 불을 붙일 때까지 기다렸다 물었다.

"시노야마가 불쌍하다는 생각은 안 들었어?"

사카자키는 담배를 입에 문 채 대답했다.

"뭐가 불쌍한데?"

"만일 백년법이 시행되면 죽어야 하잖아."

"그건 우리도 마찬가지잖아."

사카자키는 재떨이에 재를 털고 다시 말을 이었다.

"100년 지나면 죽는다, 그 여자만 다른 사람보다 덜 산 건 아니잖아."

"그야 그렇지만……."

"뭐, 나도 좀 심했나 하는 생각은 들어."

사카자키는 불온한 미소를 지으며 말했다.

"이번 경험을 다음 게임에 잘 살려야지."

란코는 한없이 긍정적인 사카자키가 존경스럽기까지 했다.

"그 표정은 뭐야?"

"당신처럼 단순하게 살 수 있음 얼마나 좋을까 해서."

"바보 취급하는 거야?"

"부러워서 그래. 비꼬는 게 아니라."

"비꼬는 걸로 들리는데."

"아니라니까. 진심으로 당신처럼 강해지고 싶어."

"비꼬는 거 맞네."

두 사람 사이에 자연스레 미소가 흘렀다.

"그나저나 다카요, 어쩔 거야? 국민투표."

"아, 백년법? 관심 없어."

"투표도 안 할 거야?"

"글쎄……."

"앞으로 몇 년 남았는데?"

"86년…… 인가?"

"그러니까 실감이 안 들지."

"란코, 당신은?"

"인사과 고바야시가 말 안 해?"

"말했잖아, 당신 정보는 못 얻었다고."

"22년."

"얼마 안 남았네."

"그런가?"

"반대해달라면 해줄게. 시노야마의 부탁은 들어줄 생각 없지만, 당신 부탁이라면……."

"말만으로도 고마워."

사카자키는 뜻밖이라는 표정으로 말했다.

"대답이 뭐 그래? 당신도 반대 아냐?"

"아직 못 정했어."

"죽고 싶진 않을 거 아냐."

"그야 그렇지."

"그런데 뭘 망설여? 반대하면 되잖아."

"그렇지……."

란코는 말끝을 흐렸다. 지금 자신의 심정을 제대로 전달할 자신이 없었다.

"뭐랄까, 백년법이 없어지면 앞으로 영원히 이런 생활이 계속될 거 아냐. 그렇게 생각하니까……."

뭘까.

한없이 공포에 가까운 불안.

"그게 뭐 어때서?"

사카자키의 얼굴에는 한 줌의 망설임도 없었다.

"좋잖아, 영원히 이렇게 사는 거. 난 찬성이야."

"그럼 만일에……."

란코는 목소리를 낮췄다.

"만일 백년법이 시행되면 너도 86년 뒤에는 죽어야 하잖아."

"그렇지."

"그럼 어떡할 거야?"

"어떡하다니?"

"그날이 오면 법대로 죽을 거야?"

사카자키는 눈길을 돌려 허공을 보았다.

결론은 금세 나온 모양이었다.

허공을 헤매던 눈길이 다시 란코에게 돌아왔다.

"도망칠 거야."

태연한 목소리였다.

"법을 무시하겠다고?"

"그래."

"아이디카드를 못 쓰게 되는데? 유니언에서도 쫓겨나니까 제대로 된 일도 못 할 테고."

"그래도 난 도망칠 거야. 법 같은 건 엿이나 먹으라지. 도망치고 또 도망쳐서 끝까지 도망칠 거야. 나한테는 살아남기 위한 무기가 있으니까."

사카자키는 말을 마치고 입을 크게 벌리더니 긴 혀를 창처럼 내밀었다.

2

"미츠타니 고키치?"

"네."

가가와가 여느 때처럼 득의양양한 얼굴로 대답했다.

"지금 항간에서 화제가 된 M문서는 30년쯤 전에 미츠타니 고키치라는 내무성 관료가 작성했다고 합니다. 내무성의 극히 일부에서 돌았는데, 미츠타니 보고서라고 불렸다는군요."

"그런 게 왜 이제 와서, 아니, 그보다 왜 네놈이 그걸 조사하고 있는 건데?"

도게와 가가와 조는 담당했던 사건을 마무리하고 현재는 대기 중이었다. 대기 중에는 말 그대로 과에서 대기해야 했다. 규칙이었지만 어차피 형식적이기 때문에 그냥 마음대로 시간을 보내는 이들이 대부분이었다.

"아니, 주임님이 무척 신경 쓰시는 것 같아서요."

수사반의 구성단위는 2인 1조였다. 주임이란 둘 중 계급이 위인

사람을 가리키는 호칭으로, 그 이상의 의미는 없었다.

"내가? 언제?"

"일전에 술자리에서……."

기억은 나지 않았지만 그랬던 것 같기도 하다.

"제가 도움이 좀 됐습니까?"

가가와는 속으로 다른 꿍꿍이가 있는 성격이 아니었다. 진심으로 도게를 도우려는 것이리라.

"용케도 알아냈군."

"그야 항상 주임님과 같이 다니니까요."

"그게 아니라 용케도 M문서의 정체를 알아냈다는 소리야."

"내무성에 친구가 있는데, 그 친구가 미츠타니 보고서를 읽어봤다고 해서요."

"그런 엘리트 친구가 있어?"

"제가 이래 봬도 마당발입니다."

헤헤, 하고 웃는 가가와를 도게는 신기한 눈빛으로 보았다.

가가와는 얼굴을 붉히며 말했다.

"너무 그렇게 보지 마세요."

"그딴 소리 집어치워."

도게는 자리에서 일어났다.

"어디 가십니까?"

"물 빼러. 따라오지 마."

이렇게 못을 박아두지 않으면 진짜로 따라올지도 몰랐다.

"미츠타니 고키치라……."

과에서 나온 도게는 그렇게 중얼거렸다.

M문서라는 것이 언제부터 시중에 나돌기 시작했는지 정확하게는 모른다. 분명한 것은 화제가 되기 시작한 건 고노이케 총리가 국민투표 실시를 선언한 뒤라는 사실이다. 먼저 인터넷상에서 유포되었고, 이내 언론에서도 다뤄지게 되었다. 도게가 '누가 이딴 걸 돌리는 거야!' 하고 분노하며 전문을 읽어본 것도 그 즈음이었다. 국민투표로 백년법이 동결되면 더 바랄 나위가 없었지만, 도게는 낙관하지 않았다. 기껏해야 50 대 50이라 생각했다. 그런 상황에서 백년법의 필요성을 설파하는 문서의 등장은 도게의 심란한 마음을 휘저어놓을 뿐이었다.

M문서는 불로불사 사회가 어떠한 양상을 보일지 분석, 예측한 내용이었다. 유포된 시점이 백년법의 찬반을 묻는 국민투표가 정해진 직후라는 것과 일본공화국의 소멸이라는 충격적인 내용과 더불어 그 논리구조가 어설픈 지식으로는 감히 손댈 수 없을 만큼 고도의 정밀성을 가지고 있었던 까닭에 작성자의 정체와 그 의도에 대해 갖가지 억측이 난무했다.

하지만 도게가 궁금한 건 그게 아니었다. 문장에 박력이 넘치든, 완성도가 높든, 어차피 황당무계한 공상에 지나지 않는다. 일본공화국의 소멸을 믿으라는 게 더욱 억지스러웠다. 그보다 문서에 있는 문구 하나가 마음에 걸렸다.

M문서는 1986년의 폭탄 테러를 언급하며 이렇게 말했다.

"이 사건이야말로 불로불사 사회에서 반드시 만연하리라 예상되는 광기의 첫 싹이 수많은 사람의 정신과 동조되어 증폭된 결과로써 일어난 사건이다."

하지만 사건에 관한 공식 발표에서는 어디까지나 일부 과격파에 의한 범행이라 단정 지었고, 다수의 사람들에 의한 광기의 동조 운운하는 표현은 찾아볼 수 없었다. 각종 언론보도 역시 마찬가지였다.

그리고 최근 그 사건에 대해 같은 표현을 쓴 사람이 또 하나 있었다. 바로 그 사건의 범인 일당 중 하나로서 무기징역을 선고받은 전 육군 대위 기바 미치오다.

엘리트 관료와 테러리스트.

경력과 처지가 전혀 다른 이 두 사람의 입에서 같은 말이 나왔다는 게 단순한 우연일 리가 없었다. 그렇다면 그들의 사상의 원류가 같다는 것 아닐까. 그곳에 서 있는 인물이야말로, '아나타 도진'이 아닐까.

"기바 놈……."

도게는 그 이름을 부를 때마다 그날 밤의 추태가 뇌리에 떠올라 벽에 머리를 박고 싶었다. 무릎까지 꿇고 빌었는데도 녀석은 끝까지 시치미를 뗐다. 허나…….

"내 눈은 못 속여."

아타나 도진은 분명히 살아 있다.

그리고 지금 그와 이어진 또 하나의 실이 눈앞에 어른거리고 있었다.

도게는 주변에 사람이 없는 걸 확인하고 그립을 꺼냈다.

"니시노? 그래, 나야. 일전에는 내가 잘못했어. 미안해. 그런데 말이야……. 흠, 용케 알았군. 그래, 사소한 부탁이 있어서. 또 하나 아이디카드를 조사해줬으면 하는 사람이 있어. …… 아니, 사실 이름밖에 몰라. 전 내무성 관료인데……. 나도 아는데 좀 부탁해. 넌할 수 있잖아. 너밖에 부탁할 사람이 없어. 정말이지 그럼, 얼마나

고마워하는데. 내 말 못 믿어? …… 그래…… 그래, 알았어. 사례는
꼭 할게."

3

내무성 차관실은 방문하는 사람들이 맥이 빠질 정도로 소박했
다. 카펫 없는 열두 평 남짓한 공간 안쪽에 검은 집무용 책상과 커
다란 책장이 놓여 있었고, 벽에는 공화국 국기인 삼일기가 걸려 있
었다. 그 이름대로 하얀 바탕에 붉은 히노마루 세 개가 정삼각형의
꼭짓점 위치에 그려진 깃발이었다. 손님맞이용 공간에는 일인용 소
파 여덟 개가 커다란 직사각형 탁자를 에워싸고 있었다. 눈에 띄는
건 그 정도였다. 관엽식물이나 그림도 찾아볼 수 없었다. 사사하라
차관의 개성을 느끼게 해주는 건 책장 한구석에 덩그러니 놓인 영
식함상전투기, 이른바 제로센의 모형뿐이었다. 국기의 히노마루가
아직 하나였던 시대의 유산이었다.

"예단하기 어려운 상황입니다."

유사 아키히토는 여느 때처럼 손님용 소파에 앉아 있었다. 탁자
맞은편에는 사사하라가 앉았다. 머리를 짧게 자른 사사하라는 매서
운 눈빛으로 유사의 말에 가만히 귀를 기울였다. 그 모습은 사무라
이라기보다는 덕 높은 고승을 연상시켰다. 유사는 묘한 위압감을
느꼈다.

"HAVI를 받은 지 20년 미만인, 이른바 신세대 층은 압도적 다수
가 찬성을 하지만, 그 윗세대로 올라가 남은 시간이 얼마 되지 않을

수록 반대하는 비율이 늘어나서, 전 세대를 통틀어 보면 찬성과 반대가 거의 비슷한 비율입니다. 텔레비전, 라디오, 인터넷, 신문과 소책자, 다양한 매체를 통해 국민 계몽에 힘쓰고 있지만, 솔직히 아직 결정적인 뭔가가 부족합니다. 제 부덕의 소치입니다."

"아니, 그나마 이것도 다행이라 생각해야겠지. 난 반대파가 더 많은 게 아닐까 걱정했네. 반반이면 나쁘지 않아. 특준 제군들의 분투가 결실을 맺은 것이겠지만, 그걸 받아들여 준 국민들도 아직 이성을 잃지 않았다고 봐야겠지."

"하지만 조사할 때마다 반대라고 응답하는 층이 늘어가는 게 마음에 걸립니다. 역시 기일이 다가오면 동요가 심해지겠죠. 막상 투표 날 과연 얼마만큼의 국민이 이성적인 태도를 유지할 수 있을지……."

"자네 말대로 더 이상 국민의 이성에 기대할 수만은 없어. 그렇다면 남은 건 감정에 호소하는 방법인데……."

"언론을 통한 계몽만으로는 한계가 있습니다. 지금 국민들은 쏟아지는 정보에 회의적인 눈길을 보내고 있습니다. 설령 진실이라 해도 국민들이 귀를 기울이게 하는 것은 어렵습니다."

"그렇겠지."

사사하라가 조용히 말을 이었다.

"이성에 호소하는 거라면 선별된 말로 충분하지만, 감정에 호소하려면 그에 상응하는 무게감이 있는 뭔가를 던져야 해. '죽음'을 받아들이게 해야 하니까."

역시 뭔가 이상하다. 유사는 그렇게 생각했다. 평소의 사사하라가 아니었다. 칼집을 벗어난 칼처럼 사위스러운 뭔가가 느껴졌다.

"그나저나 자네는 우시지마 의원의 이번 행동을 어떻게 생각하나?"

우시지마 료이치. 공화당 유력 의원 중 하나였지만, 백년법 시행 찬반을 국민투표에 부친다는 당의 방침에 이의를 제기하며 자신과 의견이 같은 의원 일곱 명과 함께 탈당하여 신당을 창당했다. 강경파로 분류되는 의원으로 '망나니 소'라는 별명이 붙었다.

"국민들의 비난을 받을 걸 알면서도 백년법 찬성을 공언하며 탈당하여 신당을 창당하는 행동력은 높이 사야 한다고 생각합니다."

"신시대당이라고 했나?"

그것이 우시지마가 새로 만든 당의 이름이었다.

"안타깝게도 큰 흐름을 만들어내지는 못했지만."

일곱 명의 의원 말고는 우시지마에게 동조하는 의원들이 더 나타나지도 않았고, 야당인 민권당도 백년법에는 소극적인 태도를 유지하고 있는 까닭에 신시대당은 두 정당 사이에서 고립되어 현재로서는 별 존재감을 드러내지 못하고 있다.

"그래도 우리나라에 이런 강단 있는 정치인이 남아 있어서 다행입니다. 아직 희망은 있습니다."

"우시지마 의원은 정치인으로서의 자질은 있지만, 한번 시작하면 멈추지 않고 폭주하는 게 옥에 티야. 옆에 제대로 관리해줄 참모가 없는 모양이야."

"그러고 보니 우시지마 의원의 현 보좌관이 내무성 출신이라 들었습니다."

"책임보좌관인 나기 사다카즈 말인가?"

"나기 사다카즈……."

기억을 더듬어봤지만 얼굴은 생각나지 않았다.

"내무성에 있을 때 그 친구를 봐서 아는데, 수재형에 다소 눈썰미가 있기는 하지만 큰 그림을 보는 눈은 없더군. 이번 신당 창당도 잘만 했으면 국민감정을 움직일 수 있었을지 모르는데 방식이 너무 급작스럽고 어설펐어. 나기 군이 제대로 보좌했으면 더 큰 반향을 불러일으켰을 텐데 말이야."

사사하라는 눈을 들어 유사를 보았다.

"자네, 우시지마 의원을 만나본 적이 있나?"

"강연장에서 몇 번 뵈었습니다."

"정치인 우시지마 료이치는 자네 눈에 어떻게 비쳤나?"

"평온한 시대였다면 광대로 끝날 인물이었겠지만, 난세에는 두각을 나타낼 위인으로 보였습니다. 어쩌면 시대를 움직일 때는 그런 인물이 필요할지도 모릅니다. 말씀대로 어떤 참모를 두느냐에 따라 거물이 될 가능성도 있다고 봅니다."

"높이 사는군."

"그렇습니까?"

"자네 의견을 듣고 조금 마음이 놓였네. 만에 하나라도 백년법이 동결된다면 신시대당이 마지막 희망이 될지도 모르니까."

불길한 예감이 엄습했다.

"차관님, 무슨 생각을 하시는 겁니까?"

"음……."

"뭔가 엄청난 일을 꾸미고 계시는 게……."

"왜 그렇게 생각하나?"

"제가 아는 차관님은 설령 백년법이 동결되어도 다시 시행하기 위해 그 선두에 서서 갖은 수단을 동원하실 분입니다. 하지만 방금 차관님은 신시대당에 희망을 맡긴다는 식으로 말씀하셨습니다. 거기에 본인은 존재하지 않는다는 뉘앙스였죠."

"역시 자네한텐 못 당하겠군."

사사하라는 깍지를 끼고 있던 두 손을 풀더니 살짝 고개를 숙인 채 웃었다. 무서울 만큼 투명한 미소였다.

"실은 말일세, 오늘 자네를 여기로 부른 건 하고 싶은 말이 있어서야."

유사는 무의식적으로 허리를 꼿꼿하게 폈다. 그리고 두 손을 무릎 위에 올렸다.

"아까 백년법을 받아들이도록 국민의 감정을 움직이기 위해서는 말이 아니라 그에 상응하는 무게감이 있는 뭔가를 던져야 한다고 했네."

"그러셨죠."

"그에 상응하는 무게감이 있는 게 뭘까?"

유사는 머리에 떠오른 말을 그대로 입 밖에 냈다.

"실제로 존재하는 것. 실제로 존재하는 사람. 실제로 일어난 일. 한마디로 허구가 아닌 사실, 현실이겠죠."

사사하라가 흡족한 표정으로 고개를 끄덕였다.

"바로 그거야. 그럼 국민들이 '죽음'을 받아들이기 위해 필요한 무게감이 있는 사실이라면 구체적으로 무엇을 들 수 있을까?"

사사하라는 대체 무슨 말을 하려는 것일까.

"기수가 필요하네."

"기수요?"

"솔선해 이성에 의한 '죽음'을 받아들일 사람의 존재. 그런 선구자의 모습을 보면 국민들도 각오를 다지고 그 뒤를 따르겠지. 물론 선구자는 국민들이 납득할 수 있는 인물이 아니면 의미가 없고."

여기까지는 유사도 이해할 수 있었다. 정재계의 주요 인물들을 밀착 취재하여 그들이 백년법을 받아들이기까지의 다큐멘터리를 제작한다는 아이디어도 따지고 보면 사실에 입각한 무게로써 국민들을 납득시키고자 하는 의도에서 비롯된 것이었다. 유감스럽게도 도모나리 장관의 승인을 얻지 못해 실현에 이르지는 못했지만.

"그나저나 자네도 잘 알다시피 백년법이 시행되면, 나는 1년의 유예기간을 받더라도 2년 뒤에는 이 세상을 떠나야 하네."

구체적인 형체를 띠기 시작한 불길한 예감이 유사의 가슴 언저리를 묵직하게 짓눌렀다.

"어쨌든 나에게는 미래가 없네. 어차피 죽을 몸이라면 조금이라도 나라에 보탬이 되고 싶어."

"차관님, 대체 무슨 말씀을……."

사사하라의 눈빛.

소름이 돋았다.

"나는 국민들이 최후의 결의를 다질 수 있도록 스스로 기수가 되려고 하네."

사사하라는 천천히 숨을 들이마셨다.

"나는 오늘 자결할 작정이네."

"자결……."

"전에도 말했다시피 나는 백년법의 총 책임자 자리에 있는 사람일세. 선구자로서 가장 적합하다고 생각하지 않나? 최소한의 조건은 모두 갖추고 있네."

유사는 아직도 말이 나오지 않았다.

"주제넘은 줄은 알지만 이런 걸 만들어봤네."

사사하라는 웃옷 안주머니에서 반투명한 작은 상자를 꺼냈다. 메모리칩 케이스였다. 사사하라는 상자를 탁자에 내려놓고 유사 쪽으로 밀었다.

유사는 상자를 받으며 물었다.

"이건……."

"대국민 메시지, 뭐 그런 거창한 건 아닐세. 그냥 내 생각을 말한 별것 아닌 영상이지만 필요한 일이 생기면 써주게."

"자, 잠깐만요. 무슨 일입니까? 알아듣도록 말씀해주십시오."

유사는 어째서인지 웃고 있었다. 웃어야 한다고 생각했다.

"아, 농담이시죠? 차관님도 참 짓궂으십니다. 그렇게 진지한 표정으로 말씀하시니까……."

사사하라가 조용한 눈빛으로 유사를 쳐다봤다.

유사는 웃음을 멈췄다. 그리고 고개를 저었다.

"차관님, 아무리 그래도 이건 말도 안 됩니다. 국민을 설득하는 건 결국엔 정치인들이 할 일이에요. 저희 관료의 본분은 정치인의 보좌입니다. 차관님이 그렇게까지…… 목숨까지 버리실 필요 없습니다."

"목숨을 버리는 게 아닐세. 바치는 거지. 유용하게 쓰이도록."

"안 됩니다, 이럴 순 없어요. 이건 아니에요. 차관님이 잘못 생각하신 겁니다."

"냉정해지게. 자네답지 않게 왜 이러나."

"이 상황에서 어떻게 냉정해집니까!"

유사는 주먹을 꽉 쥐었다.

하지만 사사하라는 꿈쩍도 하지 않았다.

"오해하지 말게. 내가 자결하는 이유는 어디까지나 내 개인 사정이야. 다만 바라건대 내 결단을 최대한 이 나라를 위해 써줬으면 하네. 그걸 자네에게 맡기려는 거야."

"개인 사정……."

사사하라의 눈길이 책장을 향했다.

그 눈길 끝에는 제로센 모형이 있었다.

"내가 특공대 생존자라는 이야기는 들었지?"

"네…… 들었습니다."

"전우들은 죽었지만 다행인지 불행인지 나는 살아남았네. 왜 나만 살아남은 걸까, 그 사실에 어떤 의미가 있는 걸까, 나는 계속 스스로에게 물었네."

사사하라는 눈을 돌려 유사를 보았다.

"지금 목숨을 바치기 위해서였어. 그걸 위해 나는 지금까지 살아온 걸세. 아니, 살려둔 거지. 그러니 이건 내 인생의 총결산이네. 말하자면 내 개인적인 고집이고."

유사는 고개를 젓기만 했다.

"어렵습니다…… 차관님이 자결하셔도……."

"알아. 나 따위가 목숨을 건다고 공화국 국민의 감정이 극적으로 움직일 거란 생각은 하지 않네. 하지만 그래도 실낱같은 희망을 믿고 나서야 할 때가 있네. 그게 대의라는 거야."

사사하라는 자애로운 눈으로 말했다.

"나는 그런 옛날 사람이야. 요즘 시대에는 어울리지 않지. 하지만 맞지 않으면 않는 대로 자신을 관철시킬 방법은 있네."

"차관님……."

"자네한테 귀찮은 일을 떠넘기고 가네. 미안할 따름이네."

그래도 유사는 포기하지 않았다. 이렇게까지 하지 않아도 국민계몽은 가능하다, 자결까지 할 필요는 없다, 목숨을 버리지 말라, 이런 말들을 지겹도록 되풀이했다. 언성을 높이고 소리치며 끝내 눈물까지 보이면서 호소했다. 하지만 사사하라의 결의는 굳건했다.

"백년법이 동결되면 그때야말로 차관님 같은 분이 필요해질 겁니다. 그런데 왜 도망치십니까. 저희를, 이 나라를 버리고 도망치시는 겁니까!"

"동결된 뒤에는 늦어!"

처음 듣는 매서운 목소리였다.

"자네도 내무성 최고의 인재 아닌가. 그만 각오를 굳히게."

유사는 정신이 멍해졌다.

"내가 왜 자네에게 이 이야기를 털어놓는지 아나? 날 붙잡아 달라는 뜻이 아냐. 자네라면 헛된 감상에 빠지지 않고 내 각오를 냉정하게 받아들여 주리라 믿었기 때문일세. 내 기대를 배반하지 말게."

유사는 숨을 깊이 들이마셨다가 내쉬었다.

사태는 새로운 단계로 접어들고 있었다.

이제는 인정하는 수밖에 없다.

"언제…… 하실 겁니까?"

"앞으로 한 시간만 더 청사에 남아 있게."

"한 번 더 술잔을 기울이고 싶었습니다. 더 많은 이야기를 하고

싶었습니다. 이 나라에 대해, 더 많이, 적어도 하루만 더…… 저는
차관님을 아버지처럼…….”

“고맙네.”

사사하라는 환한 표정으로 말했다.

“이런 일은 미루지 않고 바로 처리하는 게 좋아. 자, 나가보게.
마지막 순간만큼은 조용히 준비하고 싶네.”

유사는 움직일 수 없었다.

“미련을 두지 마.”

사사하라는 일어나 유사에게 다가오더니 그를 일으켰다.

“차관님!”

유사는 사사하라의 팔을 붙잡았다. 오열이 멈추지 않았다.

“장관님과 총리님에게도 내 뜻을 적은 편지를 남겼지만, 내가 가
장 의지하는 건 역시 자네일세.”

사사하라는 유사의 손에 자기 손을 포갰다. 그리고 꼭 잡으며 말
했다.

“이 나라를 부탁하네. 잘 있게.”

*

차관실에서 나온 유사는 특별준비실로 돌아가지 않고 청사 옥
상으로 올라갔다. 옥상은 사방이 무색투명한 높은 펜스로 에워싸여
있어서 바람은 그리 세지 않았지만 차가운 밤공기까지 막아주지는
못했다. 도심의 야경이 한눈에 들어오는 곳이어서 사내 커플이 사
랑을 속삭이는 장소로도 이용되는 모양이었지만, 오늘밤에는 아무

도 없었다.

펜스 앞에 선 유사의 눈에 밤바다 저 멀리까지 이어진 빛의 소용돌이가 보였다. 하지만 과거 고도성장기의 눈부신 기세는 찾아볼 수 없었다. 과거의 잔조를 연상시키는 이 광경만큼 공화국의 쇠퇴를 상징하는 것은 없으리라. 부활을 위해서는 백년법 시행이 반드시 필요하다. 그것은 사사하라와 유사의 신념이기도 했다.

유사는 아버지와의 추억이 없었다. 사사하라를 아버지처럼 여겼다고 말했을 때, 유사의 머릿속에 있던 건 요즘 부모자식 관계가 아니라 아직 가족이라는 기능이 제구실을 하고 있었던 이전 세기의 영화나 소설에 등장하는 아버지였다. 자신을 키워주고, 단련시켜주고, 이끌어주는 존재라는 뜻에서 유사에게 사사하라는 유일무이한 아버지였다.

시계를 보았다. 유사가 사사하라의 방에서 나온 지 이미 20분이 지났다. 유사는 당장이라도 차관실로 달려가고픈 충동을 느꼈지만 다리에 힘을 주며 참았다. 잠시도 눈을 돌리지 않고 흘러가는 일분 일초를 조용히 지켜보았다. 그렇게 30분이 지났을 때, 불현듯 불길한 오한이 들었다. 멀리서 들리는 사이렌 소리. 밤바다. 빛의 소용돌이 속에서 명멸하는 붉은 빛이 무시무시한 속도로 다가왔다. 그립에서 벨소리가 울렸다. 후카마치였다. 목소리가 심상치 않았다. 뭐라고 외치고 있다. 유사는 금방 가겠다고 대답한 뒤에 통화를 종료했다. 눈을 감았다. 사이렌 소리는 바로 밑에서 멈췄다. 눈을 떴다. 허리를 곧추세우고 밤하늘을 올려다보았다. 그리고 마지막 감상을 끊어버리듯 고개를 끄덕였다. 주머니 속의 메모리칩을 꼭 쥐고 유사는 펜스 앞을 떠났다.

4

"이상이네."

유사는 터치패널을 조작해 영상을 멈췄다.

생존제한법 특별준비실은 오열과 흐느낌으로 가득 찼다. 후카마치는 이를 악물었고, 유도선수 출신의 아라카와는 거구를 들썩이며 흐느껴 울었다. 해가 저물면 기운이 넘치는 스즈키는 두 손으로 얼굴을 감쌌고, 얼음심장의 다치바나조차 눈물범벅이 되었다.

존경하는 상사를 잃은 슬픔도 컸으리라. 하지만 그와 동시에 다른 감정을 곱씹고 있는 게 아닐까. 이런 사람 밑에서 일한 우리는 얼마나 행복했는지를.

"사사하라 차관님은 자결하시기 전에 이 영상을 나에게 넘기셨어. 필요한 일이 생기면 쓰라면서."

팀원들은 퉁퉁 부은 눈으로 유사를 보았다.

유사는 그들 한 사람, 한 사람을 바라보며 말을 이었다.

"이 영상만큼은 손대지 않을 작정이야. 내무성 차관, 사사하라 다쿠조의 목숨을 건 유언을 국민들에게 그대로 전할 작정이네. 이의 있나?"

이의가 있을 리 없었다. 보면 알 수 있었다.

"하나라도 많은 국민의 가슴에 닿기를 빌자고."

"실장님."

다치바나가 눈물범벅이 된 얼굴로 유사 앞으로 나왔다.

"뭔가?"

"저는……."

다치바나는 뒷말을 잇지 못했다. 몸을 가늘게 떨고 있었다. 겁에 질린 눈동자. 다치바나답지 않았다. 분위기가 이상해진 순간, 유사의 책상 위 전화가 울리며 불빛이 들어왔다.

장관 집무실에서 걸어온 전화였다.

유사는 다치바나를 세워두고 수화기를 들었다.

"장관님이 부르시네. 즉시 올라오게."

사사하라의 후임으로 부임한 신임 차관이었다.

"알겠습니다."

유사는 수화기를 내려놓고 다치바나와 다른 팀원들에게 말했다.

"장관 집무실에 다녀올 테니 다들 각자 업무를 재개하게."

다치바나는 뭔가 말하려 했지만 이내 여느 때의 그녀로 돌아와 유사를 배웅했다.

"다녀오세요."

*

장관 집무실에 들어가자 책상 옆에 뒷짐을 지고 선 누마타 차관의 모습이 보였다. 사사하라가 용맹한 사무라이라면, 선이 가늘고 피부가 하얀 누마타에게서는 귀족 분위기가 물씬 풍겼다. 뒤로 넘긴 머리에 파란 테 안경을 썼다.

도모나리는 커다란 등받이 의자에 앉아 있었다. 유능한 부하를 잃은 사람치고는 침착해 보였다. 그는 꼿꼿이 서 있는 유사를 힐끗 보며 말했다.

"특준은 이것저것 바쁜 모양이더군."

"백년법 시행 준비는 벌써 초읽기에 들어갔습니다. 국민투표 결과가 나온 뒤에 움직이면 늦습니다."

"시치미 떼지 마. 투표운동 말일세. 백년법 찬성 여론을 형성하려고 뒤에서 몰래 움직이고 있잖나."

"물론 그 역시 저희의 중요 임무입니다."

"극비문서를 유출하는 게 말인가?"

도모나리가 비아냥거리며 웃었다.

유사는 태연한 표정으로 대답했다.

"국가 공무원 규정에 위반하는 행위는 저희 일이 아닙니다."

"유사 실장."

누마타가 얕보는 듯한 말투로 말했다.

"자네는 자신을 과신한 나머지 교만해진 것 같군."

"절대 그런 생각은……."

"말해두네만 난 사사하라 차관처럼 무르지 않네."

"명심하겠습니다."

누마타의 하얀 얼굴이 붉어졌다.

"자네를 부른 건 긴히 할 이야기가 있어서네."

도모나리가 말했다.

"긴히 할 이야기라 하심은……."

"자네야말로 나한테 할 말이 있지 않나?"

"왜 그렇게 생각하십니까?"

"윗사람이 묻는데 먼저 대답하는 게 예의 아닌가?"

유사는 누마타를 힐끗 보고 무시했다.

도모나리는 아랑곳하지 않고 말했다.

"이번 사사하라 차관 일로 특준 내부에서 불만의 목소리가 높다고 들었네."

"누가 그런 소리를……."

"장관님이 물으시지 않……."

"자네도 좀 가만있게."

"죄, 죄송합니다."

도모나리의 꾸지람에 누마타는 황급히 고개를 숙였다.

"그럼 장관님께 한 말씀 올리겠습니다."

도모나리는 올 게 왔다는 표정을 지었다.

"사사하라 전 차관님이 자결하신 지 벌써 나흘이 지났습니다. 그런데 언론에서는 극심한 정신적 스트레스로 인한 자살이라고만 보도했습니다. 장관님이 그렇게 지시하신 게 아닙니까? 제가 잘못 생각하는 겁니까?"

도모나리는 노골적으로 짜증스런 기색을 보이며 말했다.

"에둘러 말할 필요 없네."

"그럼 단도직입적으로 말씀드리겠습니다. 사사하라 차관님이 자결한 진짜 이유를 즉시 국민들에게 공표하십시오."

"진짜 이유라고? 그게 뭔가?"

"장관님도 아시지 않습니까."

"내가 뭘 안다는 건가?"

"유서를 남기셨잖습니까. 장관님과 총리님 앞으로요."

도모나리는 당황한 듯 눈길을 돌렸다.

"안 읽으셨습니까?"

"글쎄, 그런 게 있었나? 아직 경찰이 가지고 있나 보군. 난 못 받왔네."

헛소리 집어치워. 유사는 속으로 외쳤다. 장관에게 남긴 유서를 경찰이 계속 가지고 있을 리가 없었다. 은폐하려는 것이다. 사사하라가 어떤 심정으로 그 유서를 썼는지 알면서도. 보나마나 총리에게 남긴 유서도 관저에 들어가지 못했으리라.

"자네는 아나? 사사하라 차관이 자결한 진짜 이유를."

유사는 눈빛에 분노를 담아 말했다.

"이성적으로 죽음을 받아들이는 모습을 스스로 보임으로써 백년법 시행에 대한 지지를 국민들에게 호소하기 위함입니다. 국민들의 각성을 촉구하기 위해 사사하라 차관님은 스스로 독배를 마신 겁니다."

"어떻게 단언할 수 있나?"

"돌아가시기 직전에 본인이 직접 말씀하셨습니다."

"직전에 만났다면 왜 말리지 않았나?"

"말렸습니다!"

유사는 저도 모르게 언성을 높였다.

"제가 말려서 될 일이었다면 얼마나 좋았겠습니까."

"자신의 죽음으로 전 국민의 각성을 촉구하다니, 흡사 키릴로프(도스토예프스키의 소설 《악령》에 자살 필연론자로 등장하는 인물-옮긴이) 같군. 우스꽝스러워."

비아냥거리는 누마타에게 유사는 순간 달려들 뻔했다.

도모나리도 알아채고 주의를 줬다.

"누마타 차관, 말이 너무 지나치군. 그래도 자네가 모셨던 상사인데."

장관의 꾸지람에 누마타는 힘없이 고개를 숙였다. 그 모습을 본 도모나리의 눈에 실망의 기색이 번졌다. 그럴 법도 했다. 사사하라에 비하면 형편없이 그릇이 작은 사내였다.

도모나리가 다시 유사를 보며 말했다.

"사사하라 차관의 유지는 이해했네. 자네 말이 맞겠지. 하지만 그걸 공표하는 건 별개의 문제야."

"이유가 뭡니까?"

"증거가 없으니까."

"증거……?"

"유서가 있다고 하지만 본 사람은 아무도 없어. 근거는 자네의 증언뿐이고. 우리한테라면 몰라도, 전 국민에게 전달하려면 트집 잡을 데 없는 완벽한 증거가 필요하네. 그렇지 않으면 그야말로 국민들을 선동하기 위해 거짓 미담을 날조했다는 비판을 받을 게 뻔해."

도모나리는 이야기가 끝났다는 양 등받이에 몸을 기댔다.

"특준으로 돌아가 부하들에게 그렇게 전하게."

"증거가 있으면 된다는 말씀이십니까?"

도모나리의 낯빛이 달라졌다.

"설마 증거가 있나……?"

"영상이 있습니다."

그 말에 도모나리는 순간적으로 몸을 움찔했다.

"영상이라고? 그런 게 있다는 경찰 보고는 받지 못했네."

사실상의 자백이었다. 유서가 있다는 이야기는 들었다고 제 입으로 고백한 것이나 마찬가지였다.

"저한테 개인적으로 맡기신 영상입니다. 사사하라 차관님은 그 영상을 통해 스스로 목숨을 끊으시는 이유를 분명히 말씀하셨습니다. 이 영상이 트집 잡을 데 없는 완벽한 증거라 할 수 있지 않을까요?"

도모나리는 조심스레 물었다.

"지금 그 영상을 볼 수 있나?"

유사는 양복 안주머니에서 그럽을 꺼내 데이터를 불러낸 뒤 책상 위에 놓았다.

도모나리와 누마타가 화면을 들여다보았다.

그럽의 작은 화면에 사사하라의 모습이 나타났다. 장소는 차관실. 사사하라는 책상에 앉아 두 손을 모으고 온화한 표정으로 말문을 열었다.

"내무성 차관 사사하라 다쿠조입니다."

영상이 재생되는 약 7분 동안 사사하라는 백년법의 의의와 필요성, 백년법이 동결될 경우에 예상되는 파멸적인 혼란, 백년법에 대한 국민의 불안에 대해 언급하고 나서 자신이 자결을 선택하게 된 이유를 또렷한 목소리로 밝혔다. 특공대 시절의 전우들에 대한 이야기도 나왔다. 유사는 눈을 감고 가슴 속에서 솟아오르는 감정을 억눌렀다.

그리고 마무리.

"어쩌면 제 방식은 독선적이고 현명한 방법이 아닐지도 모릅니다. 하지만 백년법 동결이라는, 공화국으로서 최악의 사태가 벌어질지도 모르는 현실 앞에서, 국가와 국민에 헌신해야 하는 공직자로서 뭔가 하지 않으면 안 된다고 생각했습니다. 바라건대 제 어리석은 행동을 통해 뭔가 느끼신 바가 있다면, 곧 실시될 국민투표에서 진정으로 이 나라를 위한 선택을 해주시길 부탁드립니다."

사사하라는 감정이 복받쳤는지 여기서 잠시 말을 멈췄다.

"제가 드리고픈 말씀은 이상입니다. 마지막까지 함께해주셔서 감사드립니다. 국민 여러분, 저는 먼저 가겠습니다."

깍듯이 고개를 숙인 사사하라의 모습을 비추며 영상은 끝났다.

유사는 재빨리 그립을 집어 들었다.

도모나리는 앗, 하며 그 모습을 보고 물었다.

"이, 이게 원본인가?"

역겹기 짝이 없었다. 이 영상을 보고도 처음 입에 담은 말이 그 것이라니. 도모나리와 누마타는 새하얗게 질렸을 뿐 눈물 한 방울 보이지 않았다. 그 순간 유사는 이 두 사람에 대한 기대를 완전히 접었다.

"그런가? 아니면 원본은 따로 있나?"

"물론 이건 사본입니다. 원본 메모리칩은 제가 엄중히 보관하고 있습니다."

도모나리는 유사의 진의를 살피듯 눈을 가늘게 떴다.

"이 영상을 어쩔 작정인가?"

"차관님이 자결한 진짜 이유가 밝혀질 때 공개하려 했습니다."

"했습니다?"

"진짜 이유가 은폐된다면 어쩔 수 없죠. 이 영상만이라도 국민들에게……."

"누가 은폐한다고 했나? 말조심하게."

"그럼 사사하라 차관님이 자결하신 진짜 이유를 국민들에게 전하고 이 영상을 공개하신다는 말씀입니까?"

침묵이 흘렀다.

"공개 절차는 모두 저희 특준에서 준비하겠습니다."

"잠깐."

도모나리가 숨을 크게 내쉬었다. 그리고 낮은 목소리로 말을 이었다.

"그 영상을 공개하게 둘 수는 없네. 원본 영상을 제출하고 사본은 모두 폐기하게. 장관 명령이야."

이제 이판사판으로 나오겠다는 건가. 하지만 실력행사를 하려면 그에 걸맞은 대의명분이 필요할 터였다.

"이유를 말씀해주시겠습니까?"

"그건…… 국민들을 동요하게 해서 투표에 영향을 끼치는 걸 막기 위해서네."

"왜 영향을 끼치면 안 된다는 겁니까? 국민들은 모든 사실을 아는 상태에서 판단을 내려야 합니다. 국민들에게는 이 영상을 볼 권리가 있습니다."

"장관님이 명령이라고 하지 않았나. 자네는 장관 명령을 따르지 않겠다는 건가?"

누마타가 말했다. 대답에 따라서 이 자리에서 유사를 경질할 작정인지도 모른다. 아무리 사사하라와 그릇이 다르다 해도 내무성 차관까지 오른 남자다. 그 정도 생각은 하겠지. 도발에 넘어가서는 안 된다.

"장관 명령이라면 따르겠습니다."

유사는 담담하게 대답했다.

"하지만 도무지 이해가 가질 않습니다."

"뭐가 말인가?"

누마타가 덥석 미끼를 물었다. 이것으로 유사는 상사의 질문에 대답하는 형식으로 의견을 말할 수 있게 되었다.

"국민투표로 백년법 시행이 결정되면 정부는 둘도 없는 대의명분을 얻게 됩니다. 아무 걱정 없이 당당하게 백년법을 시행할 수 있게 되죠. 사사하라 차관님이 자결한 이유와 영상에 담긴 메시지는 정부에게 최고의 지원사격이 되어줄 겁니다. 그런데 장관님은 유용하게 쓰려 하지 않으십니다. 오히려 은폐하려고 애쓰시는 것처럼 보이는군요."

유사는 도모나리를 똑바로 바라보며 말했다.

"정식으로 여쭙겠습니다. 장관님은 백년법 시행을 바라지 않으십니까?"

기묘한 침묵이 흘렀다.

도모나리는 얼버무리듯 웃음을 터뜨렸다.

"어처구니없는 소리 말게. 내가 왜 그런……."

"그렇다면 사사하라 차관님의 자결을 활용하려 하지 않으시는 이유를 말씀해주십시오."

"국민들의 투표를 작위적으로 유도하는 행위는 삼가야 해. 당연한 거 아닌가?"

누마타가 대신 대답했다.

도모나리도 고개를 끄덕였다.

"그 의견에는 찬성하지 못하겠습니다."

"뭐라고?"

"우리는 공허한 탁상공론을 하자고 여기 있는 게 아닙니다. 국가의 번영에 중요한 건 예정대로 백년법이 시행되는 것이고, 그것에는 의문의 여지가 없습니다. 그렇다면 백년법을 매끄럽게 시행하기 위해 무엇을 어떻게 실행해야 하는가, 그것을 가장 먼저 생각해야 합니다. 관념이나 이상에 얽매인 공리공론은 오히려 해가 됩니다. 진정으로 국가를 위해서라면 어떠한 수단도 주저해서는 안 됩니다."

"자네가 지금 국민주의를 부정한 건 아나? 이건 문제발언이야."

"그렇다면 누마타 차관님은 백년법이 동결되어도 상관없다는 말씀이십니까?"

"국민들이 선택한 일이라면 어쩔 수 없지."

"백년법 동결이 무엇을 뜻하는지 모르십니까?"

"미츠타니 보고서를 말하는 건가? 그건 편집증 환자의 망상에 지나지 않아."

유사는 제 귀를 의심했다.

"미츠타니 보고서는 이미 절반쯤 현실이 됐습니다. 그런데 망상이라고요?"

"좌우지간 선택은 국민의 몫이야. 국민의 선택을 존중하는 게 무슨 잘못이란 말인가? 그게 민주주의인데."

"국민의 선택이 늘 옳다는 보장은 없습니다. 파멸로 치닫고 있다는 걸 알면서 굳이 잘못된 선택을 하도록 둘 수는 없죠. 우리가 올바른 방향으로 이끌어야 할 때도 있습니다. 그게 우리의 책임이기도 하고요."

"그래서 미츠타니 보고서를 유출시켰나?"

도모나리는 비웃음 섞인 목소리로 말했다.

"M문서라, 뭔가 그럴싸한 이름이야."

유사는 일부러 싸늘하게 말했다.

"무슨 말씀이십니까?"

"내 앞에서까지 연기하지 않아도 돼. 자네 짓이라는 걸 아니까."

"원래는 이 일만으로도 징계 처분감이야."

누마타가 득의양양한 표정으로 말했다.

유사는 아랑곳하지 않고 도모나리를 보며 말했다.

"아직 장관님의 대답을 듣지 못했습니다. 사사하라 차관님의 자결을 활용하시지 않는 이유가 뭡니까?"

도모나리는 누마타와 서로 마주 보더니 대답했다.

"정말이지 못 말리는 친구로군."

"제 추측을 말씀드려도 되겠습니까?"

"좋아, 말해보게."

진절머리가 난다는 투였다.

"제 기억이 틀리지 않았다면 백년법이 시행될 경우, 장관님은 몇 년 안에 적용대상자에 포함됩니다."

도모나리의 얼굴이 점점 하얗게 질렸다.

"장관님은 자신이 살아남기 위해 백년법 시행을 적극적으로 추진하지 않으시는 게 아닙니까?"

"자, 자네, 장관한테 어떻게 그딴 소리를……."

"그게 아니라면 달리 이유가 있는 겁니까? 말씀해주십시오."

도모나리의 눈이 무서우리만치 날카로워졌다.

"국민투표에 영향을 끼치지 않는 것, 그게 유일한 이유네. 다른 이유 같은 건 없어."

살의마저 느껴지는 목소리였다.

유사는 말없이 도모나리를 쏘아봤다.

도모나리 역시 지지 않고 맞받아쳤다.

잠시 신경전이 이어졌다.

하지만 일개 관료가 장관을 당해낼 수 있을 리 없었다. 굳이 지는 싸움을 할 필요는 없다고 생각한 유사는 도모나리를 바라보며 말했다.

"알겠습니다."

도모나리는 표정을 바꾸지 않았다.

"알면 됐네. 그리고 장관 명령에 즉시 따르도록."

유사는 그립을 꺼내 사사하라의 영상을 삭제했다.

누마타가 도모나리를 보며 고개를 끄덕인 다음 유사를 쏘아보며 말했다.

"원본 영상이 든 칩과 함께 사본 작성 일람표도 작성해 제출하도록. 물론 영상은 모두 삭제하고."

유사는 말없이 고개를 숙이고 뒤돌아섰다.

"혹시라도 영상이 유출되면 자네 관리책임을 문책할 게야."

"압니다."

유사는 돌아보지 않고 대답한 뒤에 집무실을 나왔다.

형언할 수 없는 절망이 가슴 깊숙이 자리 잡았다. 장관이라는 인간이 저 모양이라니. 이 나라는 대체 얼마나 썩은 건가.

'이 나라를 부탁하네.'

하지만 포기할 수는 없었다. 저런 인간을 말살하기 위해서라도 백년법은 필요했다. 장관 명령에 불복종하면 최악의 경우 징계 해

임된다. 그렇다고 영상을 제출하면 목숨을 건 사사하라의 메시지는 어둠 속으로 사라지리라.

"유사, 넌 잘리는 게 무서운 거냐."

걸음을 멈추고 천장을 올려다보았다.

잔뜩 굳었던 뺨이 풀어지며 실소가 흘러나왔다.

5

야간근무조 퇴근시간은 오전 6시였다. 옷을 갈아입고 버스와 전철을 갈아타 아침햇살을 받으며 20분쯤 걸은 끝에 겨우 집에 도착하니 8시가 다 된 시각이었다.

유니언에서 운영하는 가입자 전용 기숙사는 위치도 좋고 쾌적하며 월세도 저렴하다는 평이었지만, 늘 공급이 부족한 까닭에 입주하는 건 복권에 당첨되는 것만큼이나 하늘의 별 따기였다. 니시나 란코 역시 공동주택을 빌려 살고 있었다. 부엌 딸린 원룸으로 3층 건물의 3층이었다.

계단을 올라가 그립으로 잠금을 해제하고 문을 열었다. 안으로 들어가 문을 닫자마자 란코는 버티지 못하고 그 자리에 주저앉았다.

이 피로감은 야간근무에서 비롯된 것만은 아니었다. 지난 며칠 동안 거리 분위기는 흉흉하기 그지없었다. 오가는 사람들은 모두 신경을 곤두세웠고, 지나친 전위(電位)가 보이지 않는 파장이 되어 서로 밀고 당기는 과정에서 발생한 강력한 자기장이 거리를 뒤덮고 있었다.

국민투표일이 다가왔기 때문이다.

하지만 그뿐이라면 이토록 흉흉해지지는 않았으리라. 사람들의 마음을 이 지경까지 몰아붙이는 데 결정적인 역할을 한 것은 자살한 내무성 차관이 남겼다는 영상이었다.

란코가 그 영상을 처음 본 건 사흘 전 밤이었다. 공장에 출근하는 전철 안에서 여느 때처럼 아크라이드 비전을 멍하니 바라보고 있을 때였다. 아크라이드 비전은 모든 승객들이 볼 수 있도록 차량 곳곳에 달려 있다. 일기예보부터 과자와 신형 그립 광고가 지나간 뒤, 오후 9시부터 뉴스 방송이 시작됐다. 뉴스가 시작되자 남성 앵커는 심각한 표정으로 "특종입니다."라고 말하며 독자적인 경로로 영상을 입수했음을 알린 뒤에 무삭제판 영상을 내보냈다.

영상이 시작되자마자 차량 안은 정적에 휩싸였다. 다들 눈을 크게 뜨고 자살한 관료의 마지막 메시지를 들었다. 그때까지 란코는 내무성 관료가 자살했다는 사실조차 몰랐지만, 화면 안에서 조용히 호소하는 그의 목소리에서는 범접할 수 없는 위압감이 느껴졌다. 승객들은 짧은 영상이 끝난 뒤에도 숨을 멈추고 한 마디도 하지 않았다. 란코 역시 맥박이 빨라지며 마음이 술렁거리는 걸 느꼈다.

역에서 내려 버스로 갈아타고 나서도 영상을 통해 맞닥뜨린 사실은 단단한 응어리가 되어 가슴에 맺혔다. 근무 중에도 머리에서 떠나지 않았다.

그날 휴식시간, 시노야마와 사카자키가 다시 실랑이를 벌였다. 누가 먼저 시비를 걸었는지는 그 자리에 없었기 때문에 모른다. 아마 시노야마가 아닐까. 몸싸움으로 번지려는 찰나에 다 같이 달려들어 말린 덕에 다행히 빨간 바나나 신세는 지지 않았다. 나중에 들기로는 시노야마도 그 영상을 본 모양이었다. 어제부터 공장에 나오지 않았다.

란코는 바닥에서 몸을 떼어내듯 간신히 일어나 씻은 뒤 물기를 닦고 머리에 수건을 쓴 채 햇살이 비치는 창가에 섰다. 어차피 3층이라 경치가 썩 좋지는 않았다. 비슷한 구조의 주택들이 보였다. 예전에 초등학교가 있던 자리는 어느샌가 쇼핑센터로 바뀌어 있었다.

란코는 레이스 커튼을 걷었다. 수건을 바닥에 내던지고 온몸에 햇볕을 쬐었다. 그 따스한 빛을 살갗으로 느끼며 심호흡을 했다. 손바닥을 펼쳤다. 빛나고 있다. 얼굴을 만졌다. 목, 가슴, 배, 허리, 다리. 자신의 맨몸. 틀림없는 니시나 란코 자신. 심장이 뛰고 있다. 살아 있다. 하지만 이 몸도 백년법이 시행되면…….

6

밤.

도게 기타로는 원색의 빛이 눈부시게 비치는 좁은 골목을 걷고 있었다. 길가에는 시끌벅적한 음식점이 가게 문을 열고 퇴근길의 남자들이나 화려한 여자들을 삼켰다 다시 토해내고 있었다. 귀 따가운 교성과 사람들의 열기가 하나의 냄새가 되어 거리를 가득 채우고 있었다.

맞은편에서 걸어오던 행인과 어깨가 부딪쳤다.

양복 차림의 남자로, 일행 둘도 거나하게 취해 있었다. 남자는 도게의 팔을 붙잡고 사과하라고 윽박질렀다. 성난 얼굴이었지만 그

분노는 도게를 향한 것이 아니었다. 갈 곳 없는 감정이 극한까지 쌓여 배출구를 찾고 있을 때 우연히 도게와 부딪친 것뿐이었다. 어쩌면 일부러 부딪쳤을지도 모른다. 하지만 그건 도게 역시 마찬가지였다. 도게는 남자의 손을 거칠게 뿌리치고 주먹을 들었다. 남자는 겁먹은 표정을 지었다. 죄송합니다, 실수했습니다. 나머지 일행이 남자를 붙잡고 떼어냈다. 거기 서. 도게는 주먹을 쥔 채 남자들에게 다가갔다. 죄송합니다, 일행이 실례를 했습니다. 남자들은 달아났다. 도게는 두세 걸음 쫓아가다 주먹을 내렸다. 갈 곳을 잃은 몸 안의 에너지가 다시 정처 없이 날뛰기 시작했다.

허리에 찬 그립이 울렸다. 가가와였다. 담당하는 사건에 대해 보고할 일이 있다고 했다. 너한테 맡기겠다, 결제가 필요하면 직인은 마음대로 가져다 써라. 도게는 그렇게만 말하고 통화를 끊었다. 이런 식으로 일하면 언젠가는 강등되거나 좌천될 게 틀림없었다. 경찰 실격이다. 하지만 상관없었다. 어차피 얼마 남지 않은 인생, 내키는 대로 살겠다.

도게는 그립을 다시 벨트 케이스에 넣고 걸음을 옮겼다. 이제 국민투표에 대한 기대는 없었다. M문서만이라면 몰라도, 그런 영상까지 등장한 판국에 무엇을 바라겠는가. 승산은 없다. 분명 모두 처음부터 계획적으로 벌인 일이리라. 그렇지 않으면 이 시점에 그런 영상이 공개될 리가 없었다. 어차피 국민투표는 정부의 알리바이 만들기에 지나지 않았다. 모두 정부의 손아귀에서 놀아난 것이다. 국민을 물로 보는 것이다. 도게는 주먹을 부르르 떨었다. 남은 희망은 아나타 도진과 그 조직뿐이다. 하지만 어떻게 접선해야 하는지 실마리조차 찾을 수 없었다.

미츠타니 고키치라는 전 내무성 직원의 행방을 알아내기 위해 니시노에게 아이디카드 추적을 부탁했지만 아직도 소식이 없었다. 오늘도 연락해 채근했지만 바빠서 알아볼 여유가 없다며 일축했다. 나는 지금 목숨이 달려 있다고 버럭 성을 낼 뻔했지만, 비위를 더 거스를 수는 없었기에 간신히 화를 삼켰다.

거리 분위기가 미묘하게 달라졌다. 왁자지껄 활기찬 기운이 그림자를 감춘 자리에 눅눅한 고요함이 감돌기 시작했다.

사창가.

한때 매춘은 법으로 금지되었지만 성범죄가 급증했다는 명목으로 2015년에 다시 합법화되어 현재에 이르렀다. 실제로는 유니언에 가입하지 못한 여성들을 수용한다는 면이 강했다. 고용자들은 의무적으로 성병검사와 건강검진을 해야 했으며, 과중한 노동시간 제한, 최저임금 보장 등 매춘관리법에 따라 종사자들의 권리가 보호되고 있었기에 어설픈 유흥업소보다는 훨씬 조건이 괜찮았다.

도게는 오렌지 빛 네온사인이 빛나는 업소로 들어갔다. 카운터의 남자가 정중하게 인사를 건넸다. 새로 들어온 아가씨가 있습니다. 프로필 영상을 보았다. 긴 머리에 예쁜 얼굴. '가코입니다. 얼마 전에 HAVI를 받은 진짜 스무 살이에요. 많이 찾아주세요.' 얘, 진짜야? 도게의 물음에 종업원이 대답했다. 진짜 스무 살 맞습니다. 아이디카드로 확인했어요. 그럼 얘로 불러줘.

어둡고 비좁은 방으로 들어갔다. 도게는 가코라는 여자와 관계를 가졌다. 여자가 고왔던 건 아니었다. 쾌락을 원해서도 아니었다. 몸 속 깊은 곳에서 솟아오르는 욕망을 느끼고 싶었다. 도게는 욕망이야말로 생명이라고 믿었다. 욕망을 쥐어짜 그가 명하는 대로 여자를 탐했다. 일사불란하게 쾌락에 허우적댔다. 하지만 좀처럼 뇌리에서 사라지지 않는 기바 미치오의 눈. 무릎을 꿇고 목숨을 구걸하는 자신을 가여워하며, 경멸하고 비웃는 그 눈. 삶에 집착하는 게 무슨 잘못이란 말인가. 살아남기 위해 발버둥치는 게 뭐가 나쁜가. 그런 눈으로 날 보지 마. 보지 말라고. 죽일 거다. 죽일 거야. 이번에는 꼭 죽인다.

도게는 여자의 몸을 끌어안았다. 욕망이 들끓었다. 흘러넘친다. 눈물이 흘렀다.

7

시청자 여러분, 안녕하십니까. 뉴스를 전해드리겠습니다.

공화국 최초의 국민투표가 이제 4시간 뒤인 오후 9시면 마감됩니다. 선거위원회에 따르면 오후 5시 현재 투표율은 82퍼센트로 의회선거 평균 투표율을 두 배 이상 웃돌았으며, 최종 투표율은 90퍼센트를 넘을 것이 확실해지고 있습니다.

이번에 실시한 국민투표는 '생존제한법(백년법)을 예정대로 실시할 것인가'를 묻는 것이었습니다. 투표 결과는 국민의 의사로서 법적 구속력을 가지며, 국내에 존재하는 어떠한 권력도 이를 거부할 수 없습니다.

만일 찬성이 투표수의 절반이 넘을 경우, 이르면 내년부터라도 법안이 시행되어 HAVI를 받은 지 100년이 지난 국민은 터미널 센터에 출두하여 안락사 처치를 받게 됩니다. 반대표가 절반이 넘을 경우에는 시행은 일단 동결되지만, 이것이 반드시 백년법 파기를 뜻하는 것은 아닙니다. 국민의 논의를 충분히 거친 뒤에 새로운 생존제한법을 제정하여 언젠가는 시행할 가능성도 있습니다.

현재 HAVI를 도입한 국가 중 생존제한법을 시행하지 않는 국가는 일본공화국이 유일하기에, 이번 국민투표의 행방에 전 세계의 이목이 집중되고 있습니다. 과연 국민은 어떤 선택을 할까요?

결과는 내일 오전 10시, 하타케야마 대통령이 직접 발표할 예정입니다. 발표 현장도 생중계로 전해드리겠습니다.

8

전날 몇 시에 집에 들어오든 아침 7시에는 일어나는 게 유사 아키히토의 원칙이었다. 이날도 그는 여느 때와 다름없는 아침을 맞이했다.

모닝커피로 잠기운을 날려버렸다. 술은 즐기는 정도였지만 커피에는 까다로웠다. 원두도 멀리 중국 윈난성에서 특별히 주문해서 먹었다. 가정을 꾸렸던 시기에는 아침식사도 했지만, 혼자 사는 지금은 균형 잡힌 영양소가 들어간 비스킷 한 조각으로 때웠다. 방 하나인 이 월세 아파트도 두 번째 패밀리 리셋 후에 옮긴 집이었다.

출퇴근은 지하철로 했다. 출퇴근 시간을 이용해 그립으로 최신 뉴스를 확인했다. 오늘 아침에는 역시 국민투표 관련 뉴스가 대부분이었다.

어느 대형 언론 매체의 출구조사 결과로는 백년법 시행에 찬성하는 국민이 54퍼센트에 이른다고 했다. 하지만 유사는 곧이곧대로 믿을 수는 없다고 생각했다. 반대표를 던진 이들은 크든 적든 양심의 가책을 느낄 터였고, 그게 아니더라도 일종의 찝찝한 기분을 느끼고 출구조사에 응하지 않거나 허위 응답을 했을 가능성이 있었다. 오히려 찬성표를 던진 이들은 이성에 따라 행동했음을 자랑스럽게 여기고 출구조사에도 기꺼이 응했을지도 모른다. 그렇다면 출구조사의 찬성표 수는 실제보다 더 늘어났다고 봐야 한다. 문제는 그 격차가 어느 수준에 머무르느냐는 것이었다. 4퍼센트의 폭은 결코 안정권이라 할 수 없었다.

그립을 주머니에 넣고 아크라이드 비전을 보았다. 이미 특별 방송이 흘러나오고 있었다. 진행자와 평론가, 탤런트들이 백년법이 시행될 경우와 동결될 경우에 펼쳐질 일들을 서로 이야기하고 있었다. 그러다 M문서와 사사하라의 영상 메시지가 화제에 올랐다.

"그 영상을 보고 감동을 받았다는 사람도 있지만 제 주변에는 오히려 겁이 났다는 사람들도 많아요."

"그런 분들은 어느 쪽에 투표했을까요?"

"글쎄요……."

지하철 승객들은 신기하리만치 한 명도 빠짐없이 아크라이드 비전에 시선을 고정하고 있었다. 최종 투표율은 94.3퍼센트라는 경이로운 수치를 기록했다. 거의 대부분의 국민들이 자기 의사를 밝힌 것이다. 일본이란 국가가 생긴 이래 처음 있는 역사적 사건이라 해도 좋지 않을까. 공식 결과 발표까지 앞으로 한 시간 반.

유사가 청사에 도착했을 때, 벌써 특별준비실 팀원들은 한자리에 모여 있었다. 좋은 아침, 다들 부지런하군. 유사는 밝은 목소리로 말했지만 팀원들은 작은 소리로 제각기 대꾸했을 뿐이다. 표정도 굳어 있었다. 일이 손에 잡히지 않는지, 팔짱을 끼거나 턱을 괴고 벽에 걸린 대형 모니터를 바라보고 있었다. 화면은 발표회장과 중계 연결되어 아무도 없는 연단과 삼일기를 비추고 있었다. 그러고 보니 어제부터 오늘 아침까지 고노이케 총리의 발언은 전무했다. 의도적으로 모습을 드러내지 않는 것이리라.

"실장님."

후카마치가 긴장한 눈으로 유사를 보며 물었다.

"결과에 관한 정보가 들어온 건 없습니까?"

그 말에 다른 팀원들도 돌아봤다.

유사는 고개를 저었다.

"난 아는 바 없네."

공식적으로 국민투표를 감독하는 기구는 비국회의원 여섯 명으로 이루어진 공화국 선거위원회였지만, 실무는 내무성 제2행정국 선거관리과에서 담당했다.

각지에서 집계된 찬반 투표수를 선거관리과에서 모아 최종 결과를 낸다. 선거관리과장은 이 결과를 기록한 문서를 엄중히 봉하여 공화국 선거위원회에 제출한다. 공화국 선거위원회는 집계 결과를 확인한 뒤에 다시 봉해 공화국 대통령에게 올린다. 대통령은 국민 앞에서 이 봉투를 뜯어 곧바로 결과를 발표한다.

한마디로 공식 발표 전에 투표 결과를 알 수 있는 건 내무성의 일부 직원과 공화국 선거위원회의 위원뿐이었다. 내무성 차관과 내무장관, 총리나 대통령도 모른다. 물론 해당 직원과 위원에게는 비밀을 지킬 엄중한 의무가 있으며, 정보를 유출하면 5년 이상의 징역형을 받는다. 그때는 선거관리과장은 물론 차관과 내무장관까지

옷을 벗어야 하리라.

유사는 팀원들을 격려하듯 말했다.

"해야 할 일은 모두 했어. 국민을 믿자고. 사사하라 차관님이라면 그렇게 말씀하셨을 거야."

사사하라의 영상을 유출한 장본인이 유사라는 건 누마타나 도모나리도 알고 있을 터였지만, 지금까지는 딱히 처분을 내리지 않았다. 아마 국민투표 공식 결과가 나온 뒤에 처분할 속셈이리라. 백년법 시행이 확정되면 특별준비실은 눈코 뜰 새 없이 바쁘게 준비에 매진해야 한다. 이 팀을 통솔할 수 있는 이는 유사밖에 없었다.

"나왔군."

화면 오른쪽에서 하타케야마 대통령이 등장했다. 손에는 커다란 흰 봉투를 들고 있었다. 항상 기품 있는 온화한 미소를 잃지 않는 대통령도 입을 꼭 다문 채 긴장한 표정이었다. 공화국 국기인 삼일기에 목례를 한 뒤에 연단에 섰다.

그리고 다시 목례.

"대통령 하타케야마 가쓰키요입니다."

그는 봉투를 두 손으로 들었다.

"어제 실시된 국민투표 결과가 이 안에 들어 있습니다. 바로 개봉하겠습니다."

연단에 미리 준비해둔 가위로 봉투를 잘랐다. 입구를 열고 안에서 종이를 꺼냈다. 보기에도 두꺼운 종이 한 장이 반으로 접혀 있다. 종이를 천천히 펼치는 하타케야마 대통령의 얼굴이 붉어졌다.

내용을 본 대통령은 고개를 들었다.

"발표하겠습니다."

다시 종이를 보며 한 글자, 한 글자씩 떨리는 목소리로 읽어 내려갔다.

"생존제한법 시행에 대한 찬성표는 39.32퍼센트. 반대표는 55.76퍼센트, 무효표 4.92퍼센트로 생존제한법은 일시 동결됩니다."

3장 | 미지의 영역

1

하타케야마 대통령은 손에 든 종이를 뒤집어 묵직한 필체로 적
힌 글귀를 카메라에 비췄다. 확대된 숫자는 대통령이 발표한 것과
똑같았다. 말미에 공화국 선거위원회의 인증이 찍혀 있었다.

특별준비실은 완전한 침묵에 휩싸였다. 모두 얼굴을 화면에 고
정하고 꿈쩍도 하지 않았다. 유사도 가만히 팔짱을 낀 채 움직이지
않았다. 이 사태를 예상하지 않은 건 아니지만, 막상 현실이 되어
눈앞에 들이닥치자 역시 동요를 감출 수가 없었다.

중계 화면이 스튜디오로 바뀌었다. 남성 진행자가 방금 국민투
표 결과가 발표되어 백년법이 동결되었음을 알렸다.

"이렇게 차이가 나다니⋯⋯."

다치바나가 절망에 찬 목소리로 중얼거렸다. 정적 속에서 그녀
의 말이 또렷하게 울려 퍼졌다.

스튜디오에서는 해설위원이라는 남자가 잰 체하며 말했다.

"국민이 직접 선택한 결과입니다. 민주국가에서는 가장 중히 받아들여야 할 판단이죠."

"하지만 생존제한법이 동결됨으로써 발생할 다양한 문제가 염려됩니다. 그에 대해서는 어떻게 대처하면 될까요?"

"이번 국민투표의 쟁점은 생존제한법 파기의 찬반이 아니라 일단 동결한 뒤에 국민의 논의를 거칠 것인지의 여부였습니다. 동결한다는 결론이 나왔으니 정부는 즉시 국민 논의를 시작해 새로운 생존제한법 제정을 검토해야 할 것입니다."

"사전 여론조사에서는 찬성이 반대를 웃돌았습니다. 실제 투표에서 반대표가 훨씬 많아진 까닭은 무엇일까요?"

"우선 국민들이 자신의 죽음을 피부로 인식했기 때문이라고 볼 수 있습니다. 특히 자결한 사사하라 전 차관의 모습이 죽음이라는 개념을 생생하게 상기시켰다는 점에서 역효과로 작용했을 가능성이……."

느닷없이 영상이 꺼졌다. 후카마치가 자리에서 일어나 있었다. 리모컨을 쥔 손이 떨렸다. 모두 아무 말이 없었다. 하지만 눈은 여전히 화면에 고정되어 있었다. 지금까지 보았던 것은 환상이며, 앞으로 진짜 공식 발표가 있을 것이라는 듯. 유사 역시 할 수만 있다면 그런 환상에 매달리고 싶었다. 하지만 특별준비실을 이끄는 입장으로서 해야 할 일이 있었다. 마음을 다잡아야 했다.

유사는 자리에서 일어나 방 한가운데를 지나 꺼진 화면 앞에 섰다. 팀원들의 표정은 새하얗게 질려 아직 제대로 돌아오지 않았다. 유사는 조용히 숨을 들이마셨다.

"국민투표 결과는 우리가 바라던 것과 달랐지만 자네들이 부끄러워할 필요는 없네. 다들 최선을 다했어. 수고 많았네."

팀원들은 가만히 유사의 말을 들었다.

"결과가 나왔으니 받아들여야겠지. 백년법은 동결되었지만 일단 시동한 시행준비를 문제없이 중지시키기란 결코 쉬운 일이 아니야. 특히 건설 중인 터미널 센터 건은 다양한 보상 문제를 포함해 적절하고 신속하게 대응해야겠지. 우리의 일은 끝난 게 아니네."

하지만 특별준비실은 해체되고, 남은 일을 처리하는 데 필요한 인원만 남기고 다른 과의 부속 팀이라는 형태로 재출발하게 되리라. 팀원들이 한자리에 모이는 건 오늘이 마지막일지도 모른다.

"하지만 실장님."

우두커니 서 있던 후카마치가 쥐어짜듯 말했다.

"정말, 정말 이대로 괜찮으시겠습니까?"

유사는 복받치는 감정을 억누르며 말했다.

"생존제한법이 영원히 동결될 가능성은 없네. 그런 사태가 벌어지면 공화국의 존속 자체가 위태로워져. 언젠가는 동결이 해제되어 시행될 날이 반드시 올 거야. 다만 그 날이 언제인지는 나도 모르네. 몇 년 뒤가 될지, 아니면 몇 십 년 뒤가 될지."

"그때까지 이 나라가 버틸 수 있을까요?"

"버티게 해야지. 그리고 하루라도 빨리 생존제한법을 시행해 사회의 신진대사를 촉진시켜서, 국가의 붕괴를 막고 부활시켜야 하네. 그때는 자네들이 다시금 특준의 일원으로서 이 법에 참여하게 될지도 모르겠군."

"실장님은 어쩌실 건가요?"

다치바나가 물었다. 한없이 냉정하지만 강한 눈빛이었다.

"난…… 나는 상부의 명을 어기고 사사하라 차관님의 영상을 유출했어. 미츠타니 보고서 건도 있으니 책임을 져야겠지."

유사를 바라보는 팀원들의 얼굴에 비장한 결의가 어렸다.

"하지만 설령 특준과 연이 끊어져도, 민간인 신분으로 돌아가더라도 국가를 위해 일하겠다는 마음은 변함이 없네. 자네들에게도 부탁하겠네. 어떤 현장에 있더라도, 어떤 상황에 처하더라도 이 나라를 위해 일하는 마음만큼은 잃지 말게."

유사의 책상에서 호출 소리가 들렸다.

실내는 긴장으로 가득 찼다.

"실장님……."

유사는 미소 지으며 말했다.

"호랑이도 제 말 하면 온다더니."

누마타 차관이리라. 도모나리는 지금 총리 관저에 있을 터였다.

유사는 울리는 전화벨을 무시하고 말을 이었다.

"마지막으로 이 말만큼은 꼭 해야겠네. 자네들과 함께 일할 수 있어서 자랑스럽게 생각하네."

그리고 일동의 얼굴을 찬찬히 돌아보았다.

"고마웠네. 그동안 고생 많았어."

2

분위기가 바뀌었다.

퇴근하는 사람들과 스쳐 지나가며 니시나 란코는 그런 생각을 했다. 얼마 전까지 거리를 뒤덮고 있던 갑갑한 자기장이 흔적도 없이 사라졌다. 오가는 사람들의 표정도 밝았다. 모두가 서로를 축복했다. 축복받았다. 언제 와도 북적거리는 곳이기는 했지만, 부자연스러울 정도로 고양된 이 해방감은 흡사 축제 분위기였다. 그리고 란코는 좀처럼 그 분위기에 익숙해질 수 없었다.

눈에 익은 낡은 빌딩. 그 지하로 이어진 계단을 내려가자 짧은 복도가 뻗어 있었다. 복도 끝 문에 있는 가게 이름은 '피아스코'. 유니언 회원을 위한 바였다. 란코는 이곳의 단골이었지만 마지막으로 찾은 건 2주 전이었다. 밤을 새워서 일하는 야간근무조로 옮긴 뒤로는 밤에 외출하는 건 일주일에 이틀 있는 쉬는 날뿐이었다.

"어서 오세요."

문을 열고 안으로 들어가자 테이블 자리 일곱 개 모두 만석이었다. 남자만 온 그룹도 있고, 남녀가 섞인 그룹도 있었다. 모두 정장 차림으로, 겉모습만 봐서는 유니언 회원은 아니었다. 공무원이나 민간기업의 정사원들이리라. 그들은 자기 세상인 양 한껏 즐겁게 떠들고 있었다. 유니언 회원만 이용할 수 있는 곳은 아니기에 누가 와도 불평은 할 수 없었지만, 란코는 왠지 자신의 영역을 침범당한 듯해 썩 기분이 좋지는 않았다.

바에 앉아 란코를 향해 손을 흔드는 사람이 있었다. 뜻밖의 인물이었다. 가와카미 유키미. 란코의 어릴 적 친구인 가와카미 미나의 외동딸로, 메트로뱅크에 다니는 은행원이었다. 이 가게에서 같이 술을 마신 적이 있지만, 일이 바쁜지 그 뒤로는 연락이 끊어졌다.

란코는 유키미의 옆자리에 앉아 바텐더에게 말했다.

"러블리 점핑 크래시 한 잔."

"16세와 18세가 있는데 무엇으로 드릴까요?"

"……18세도 나왔어요?"

바텐더가 뽐내듯 가슴을 내밀었다.

"그럼 18세로 부탁해요. 어떻게 다른지는 설명 안 해줘도 되고요."

그렇게 못을 박고 나서 란코는 다시 유키미를 보며 말했다.

"오랜만이네. 여기 자주 와?"

"마음에 들더라고요. 칵테일 맛도 좋고요."

유키미는 미소 지으며 잔을 들었다.

"판타직 레드문 스페셜 3세구나?"

"아뇨, 이건 6세예요."

"아…… 그래. 그나저나."

란코는 테이블 자리를 가리키며 물었다.

"일행이야?"

유키미는 힐끗 보더니 "그럴 리가요." 하고 대답했다.

"그래? 너처럼 엘리트 냄새가 나서 혹시나 했지."

"이렇게 괜찮은 아지트를 뭐 하러 남한테 알려주겠어요?"

바텐더가 잔을 란코 앞에 내려놓고는 셰이커에서 칵테일을 따랐다.

"자, 러블리 점핑 크래시 18세입니다."

란코는 유키미와 건배를 하고 신작 칵테일을 한 모금 마셨다. 아닌 게 아니라 16세보다 목 넘김이 좋았다. 맛있다. 카운터 쪽으로 고개를 돌리자 바텐더는 무슨 말 하려는지 안다는 듯 고개를 끄덕였다.

유키미가 술잔을 내려놓으며 말했다.

"오늘은 왠지 란코 씨랑 만날 것 같더라고요."

"뜬금없이 무슨 소리야?"

란코는 쑥스러워하며 담배를 물었다. 바텐더가 불을 붙이기를 기다렸다 연기를 뿜었다.

"정말로요. 란코 씨와 이야기하고 싶었어요."

"내 번호 가르쳐줬잖아. 할 말 있으면 전화하지 그랬어."

"별일도 아닌데 일부러 전화하기도 좀 그래서요."

란코는 재떨이에 담뱃재를 털었다.

"엘리트 나리들은 그렇게 생각하나 봐? 같이 술 마신 사인데 뭘 그렇게 가리고 그래? 내가 뭐 대단한 사람이라고."

유키미가 의자를 돌려 란코를 보았다.

"투표하셨어요?"

"했어."

"어디에 투표하셨어요? 백년법 시행에 찬성, 아님 반대?"

란코는 대답하지 않고 술잔을 기울였다. 말하기 싫은 게 아니라, 그때 자신이 내린 판단을 제대로 설명할 자신이 없었다.

"전 반대했어요."

유키미는 란코의 대답을 기다리지 않고 그렇게 말했다.

"꼭 후회하는 듯한 말투네."

"후회까지는 아니지만…… 어차피 저 혼자 찬성한들 결과가 달라질 리 없으니까요."

"죽기 싫어서 반대한 거야?"

"아마 그랬겠죠. 하지만 정말 동결되었다는 소식을 들었을 때……."

유키미의 미간에 깊은 골이 패였다.

"이건 아니다 싶었어요."

"왜?"

"뭐랄까…… 불안했어요."

유키미는 계속해서 눈을 깜빡거리며 말을 이었다.

"백년법이 시행되어도 저에게 남은 시간은 많아요. 이번 국민투표도 나하고는 상관없는 일이라고 생각했고요. 하지만 막상 백년법이 동결되니까 불안해서 견딜 수가 없어요. 막 소리를 지르고 싶을 정도로……."

란코는 말없이 유키미의 이야기에 귀를 기울였다.

"스스로 깨닫지 못했을 뿐 100년이라는 기한을 의식하고 있었던 거예요. 이 삶도 언젠가 끝난다는 사실이 머리 한구석에 있었던 거죠. 하지만 이번에 백년법이 동결됨으로써 무기한이 되어버렸어요. 어쩌면 영원히 살 수 있을지도 몰라요."

"기뻐해야 하는 일인데 말이야."

유키미는 란코의 얼굴을 들여다보며 말했다.

"란코 씨, 지금 생활이 영원히 계속되면 좋겠어요?"

란코는 유키미가 제 마음을 대변해준 듯한 느낌이 들었다.

"전 진저리가 나요. 그런 삶이 무간지옥과 뭐가 다르죠?"

"그렇다고 죽고 싶은 것도 아니잖아."

"그건 그래요. 죽고 싶다는 생각은 안 해요. 하지만 영원히 산다는 게 그렇게 좋은 일 같지는 않아요."

자신의 말에 당혹감을 느꼈는지 유키미는 경직된 미소를 지었다.

"제 말이 모순됐나요?"

"아냐. 네 심정도 이해가 가. 나도 불안해."

"정말요?"

란코는 고개를 끄덕였다.

유키미의 표정에 안도의 빛이 깃들었다.

"국민투표 같은 거 안 하고 백년법을 그대로 시행했으면 다들 순순히 따르지 않았을까 하는 생각도 들어요. 그걸 전제로 100년 동안 살아왔으니까요. 이제 와서 뒤엎으면 처음에야 안 죽어도 된다고 기뻐 날뛰겠지만, 영원히 산다는 게 무엇을 뜻하는지 실감하게 되면 분명 정신이 나가버리지 않을까요? 인간이란 그런 생물이니까요. 영원히 살기엔 인간은 너무 복잡한 생물이에요."

"……."

"그러니까 이제 와서 그런 생각이 들어요. HAVI를 받지 않은 엄마의 선택이 옳은 것이었을지도 모른다고."

란코는 담배를 재떨이에 끄며 말했다.

"넌 역시 너무 생각이 많은 것 같아. 남들보다 머리가 좋아서 그런가."

"그런가요?"

유키미는 불만스레 말했다.

"넌 인간이 복잡한 생물이라고 했지만 너만큼 복잡하게 생각하는 사람은 얼마 없을 거야. 지금 일하는 직장 동료 중에 첫해 적용 대상자가 있는데, 걔는 동결된다는 소식을 듣고 엄청 기뻐했거든. 인격이 바뀌었나 싶을 정도로. 불안해하는 기색은 요만큼도 없었어."

물론 시노야마의 이야기였다. 그녀는 국민투표 결과가 나온 뒤로 줄곧 들떠 있다. 그 때문인지 자기중심적인 본바탕이 노골적으로 드러나 주변 사람들이 멀리하는 까닭에 다시 고립되어가고 있었다. 본인은 아직 깨닫지 못한 모양이지만.

"보통은 그렇겠죠. 만기가 가까워진 사람이라면 더욱더 그럴 거고요."

"만기?"

"HAVI를 받은 지 100년째를 가리키는 말인데 못 들어보셨어요?"

"처음 들어. 은행원답네."

"전…… 그냥 똑똑한 척하는 것뿐일까요?"

그 말에 란코는 웃음을 터뜨렸다.

"그렇게 웃겨요?"

"역시 넌 우리하고는 달라. 뇌 구조에서 사고방식까지."

유키미는 울상을 지었다.

"오해하지 마. 널 탓하는 게 아니라, 그냥 그 차이가 너무 재미있어서. 같은 나라에서 같은 시대를 사는 사람이잖아. 게다가 같은 여자고. 그런데도 이렇게까지 사고방식이 다르다니 신기하지 않아?"

"하지만 아까 란코 씨도 불안을 느낀다고……."

"내 불안은 더욱 모호하고 막연한 감정이야. 너처럼 논리적으로 설명하라고 하면 죄송합니다, 하고 달아날 수밖에."

"죄송하게 됐네요, 논리적인 척해서. 은행원인데 별 수 있나요."

유키미는 토라진 듯 입을 삐죽였다. 전에도 보았던 표정이다.

"직장에서도 그런 표정 지어?"

"네……?"

뜻밖의 질문에 유키미는 눈을 껌뻑거렸다. 그 표정 또한 천진난만했다.

"골치 아픈 이야기를 늘어놓고 나서 그렇게 애 같은 표정 짓느냐고."

유키미는 겸연쩍은 듯 술잔을 들고 단숨에 비우더니 바텐더에게 주문했다.

"확 취하는 칵테일 한잔 주세요."

바텐더는 태연한 표정으로 대답했다.

"그럼 선더 바주카 암스트롱 매그넘 3호를 추천하겠습니다."

잠시 후 모습을 드러낸 칵테일은 처음 보는 새까만 빛깔을 띠고 있었다. 탄산이 약간 들어간 듯 작은 기포가 올라왔다. 유키미는 한 모금 마시자마자 "윽." 하고 낮게 소리쳤다.

그리고 숨넘어갈 듯한 표정으로 가슴에 손을 대고 간신히 목구멍으로 넘기고 말했다.

"정말 술기운이 확 도네요."

란코는 바를 두드리며 웃었다. 유키미는 발끈한 표정이었지만 이내 란코를 따라 웃었다. 항상 무표정한 바텐더조차 웃음을 꾹 참고 있었다. 유니언 회원이 아닌 사람과 이렇게 오래 이야기하거나 즐겁게 웃어본 적은 거의 없었다. 그렇게 생각하니 이 순간이 무척 귀하고 사랑스럽게 느껴졌다. 유키미와는 앞으로 오랜 친구가 되지 않을까. 그런 예감이 들었다.

"유키미, 이번에는 내가 하나 물어봐도 돼?"

"말씀하세요."

유키미가 대답했다.

"만일 백년법이 시행되면 순순히 법에 따라 죽을 거야?"

"아이디카드를 못 쓰게 되잖아요. 사회생활을 못 하게 되면서까지 살고 싶은 생각은 없어요."

"자존심이 세구나."

"인간으로서 당연한 거 아니에요? 존엄을 잃으면서까지 살아 있은들……."

"내가 아는 여자 중에 진창을 기어서라도 살아남겠다는 애가 있어. 사카자키 다카요라는 앤데, 걔 무기는 자유자재로 움직일 수 있는 긴 혓바닥이야."

"혓바닥이요?"

"그걸로 남자를 녹여버린대. 1분 안에 두 번은 보내버릴 수 있다고 호언장담했어. 넌 그럴 수 있어?"

유키미는 얼굴을 붉힌 채 아무 말도 하지 않았다. 보기와는 달리 그런 쪽에는 소극적인 건지도 모른다.

"한번 같이 만나봤으면 좋겠어. 둘이서 아주 유쾌한 이야기를 나눌 수 있을 것 같아."

"그게 무슨 뜻이에요?"

유키미는 또다시 발끈했다.

"별 뜻 없는데? 그냥 둘이 이야기하는 걸 보면 즐거울 것 같아서."

"그 사카자키라는 사람은 어떤 사람인데요?"

"자신만만한 현실주의자. 직장 동료야."

"또 직장이에요? 지금은 어디서 일하세요?"

"이바라키의 식품공장. 하지만 다음 주부터 다른 곳으로 나갈 거야."

"이직하시는 거예요?"

아, 그러고 보니 유키미는 유니언의 시스템을 모른다. 란코와 유키미는 같은 나라에서 살지만 서로 다른 세상 사람이었다.

"유니언에서는 3개월마다 직장을 바꿔야 해. 다음에 어디서 일할지는 아직 알림을 받지 못해서 몰라. 유니언이 지정한 곳에서 3개월 일하고, 다시 다른 직장으로 이동하지. 알림, 알림, 알림이 올 때마다 나는 그곳으로 이동하고. 내 인생은 알림으로 점철된 것이나 마찬가지야. 앞으로도 그럴 거고……."

무거운 한숨이 흘러나왔다.

"생각해보니 이골이 날 법도 하네."

3

어느샌가 콧노래를 흥얼거리는 자신의 모습을 깨달았다.

도게 기타로는 자신의 변화가 그저 우스웠다. 불과 1주일 전까지만 해도 미래가 없는 목숨이라는 생각에 모든 것을 포기하고 인생무상을 느끼며 눈물지었는데, 죽지 않아도 된다는 소식을 듣자마자 이 모양이다.

자정이 지났다.

국철 아카바네b 역에도 인적이 드물어졌다. 버스는 벌써 끊긴 지 오래였고, 손님을 기다리는 택시도 두 대밖에 없었다. 오토캡슐은 택시보다 저렴하지만 선호도는 떨어져서 거의 제자리를 지키고 있었다. 이 추운 날씨에 고장 나서 길바닥에 내팽개치게 될 가능성을 생각하면 쉽사리 선택할 수 없는 것도 당연했다. 주차장에는 트라이앵글이 가득했지만 방치된 것도 많아 보였다. 역 앞 광장을 에워싼 패스트푸드점은 영업이 끝나 컴컴했다. 한낮의 북적거림이 허망해질 정도의 정적이었다. 하지만 아카바네a 역으로 이어지는 골목 안쪽으로는 선술집이 길게 늘어서 있었다. 이쪽은 아직 영업 중이었다.

고가 위의 승강장에서 역무원의 안내방송이 흘러나왔다. 곧 막차가 도착한다고 했다. 그렇다면 그 남자는 지금 들어오는 열차에 타고 있을 것이다.

도게는 맥주 맛이 나는 껌을 씹으며 석 달 전 그날을 떠올렸다. 그때도 이렇게 그를 기다렸다. 하지만 도게는 기다림이 싫지 않았다. 기다리던 사람이 나타난 순간, 눈앞의 안개가 단숨에 개는 듯한 감각이 싫지 않았다.

어린 시절의 기억 때문이 아닐까. 일본공화국이 아직 대일본제국이라 불렸을 무렵, HAVI도 없었던 그 시절에는 곳곳에서 노인들의 모습을 볼 수 있었고 일반 대중들도 평범하게 가정을 꾸리며 살아갔다. 대부분의 아이들에게는 아버지와 어머니가 있었지만, 도게는 그때부터 아버지가 없었다. 자세한 사정은 잊어버렸다. 기억이 나지 않는다기보다는 머릿속에서 강제로 지워버린 것에 가까웠다. 유일하게 남아 있는 기억은 아무도 없는 쓸쓸한 집 안에서 무릎을 안고 하염없이 어머니가 돌아오기를 기다리던 자신의 모습이었다. 바깥 기척에 귀를 기울이고 발소리가 들리면 곧장 달려가 문에 달라붙어 발소리가 멈추기를 빌었다. 하지만 대부분은 집 앞을 지나쳐 멀어져갔다. 하지만 기다리다 보면 끝이 온다. 잠근 문을 열고 밖을 내다보면 사랑하는 어머니가 서 있었다.

기억은 거기서 끝났다. 그것이 매일 반복되던 일상이었는지, 딱한 번 있었던 일인지조차 모른다. 자애로운 어머니였는지 형편없는여자였는지도 모른다. 분명한 사실은 전쟁이 시작되기 몇 년 전에어머니가 죽었다는 것뿐이었다.

승강장에 황록색 열차가 들어와 정차했다. 다시 안내방송이 흘러나왔다. 곧 열차가 출발했다. 승강장에서 열 명 남짓한 승객들이계단을 내려왔다. 벌건 얼굴, 허연 얼굴. 그들은 나른한 표정으로개찰구를 빠져나왔다. 그 사이에서 기다리던 얼굴을 발견하고 마음이 들뜬 순간, 그립이 울렸다. 무시할까 했지만 가가와의 보고 전화일지도 모른다. 조금이라도 일을 해서 만회하지 않으면 머지않아해고되리라.

하지만 코트 주머니에서 그립을 꺼내 발신자를 확인하니 가가와가 아니라 과학수사부의 니시노였다. 도게는 의아스런 표정으로 전화를 받았다.

"뭐야, 지금 바빠."

"말하는 본새 하고는. 바쁜 시간 쪼개서 알아봐 줬더니."

도게는 기바 미치오를 눈으로 좇으며 물었다.

"뭔 소리야?"

"잊어버렸어? 미츠타니 고키치라는 전 내무성 관료의 아이디카드 사용 흔적을 알아봐 달라고 조를 때는 언제고……."

"아, 그랬지."

도게를 보았는지 기바 미치오가 걸음을 멈췄다.

"방금 결과가 나왔는데, 좀 마음에 걸리는 게……."

"됐어."

"어?"

"그 건은 이제 상관없어. 그러니까 이제 됐어."

"됐다니, 그게 무슨……."

도게는 전화를 끊었다.

그리고 그립을 든 손을 살짝 들며 웃음으로 인사를 건넸다.

"왔어?"

기바는 대답하지 않았다. 검은 눈동자 속에서 순간 무딘 빛이 번 득였다.

도게는 웃음 띤 얼굴로 천천히 다가갔다.

"전과자 특별 프로그램에서 팩토리 계열로 승격했다면서? 잘됐 네, 이제 광산에 안 나가도 되잖아."

"비아냥거리려고 날 기다렸나?"

"전에도 말했잖아, 너무 쌀쌀맞게 굴지 말라고. 같이 축배라도 들려고 일부러 찾아온 손님한테."

"무슨 축배?"

"네가 전과자 특별 프로그램에서 벗어난 것과 백년법 동결이지. 우리 둘 다 이제 죽을 걱정은 없잖아. 이렇게 기쁜 날 축배를 들어 야지. 우리는 동지나 마찬가지잖아."

"관심 없으니까 혼자 마시든지 말든지 해."

"아이고, 또 저런다."

"그리고 난 술 안 마셔."

기바가 걸음을 옮겼다. 도게는 앞을 막으려 했지만, 그 어두운 눈동자에 반사적으로 길을 비켰다. 그것을 예측한 듯 기바는 걸음

을 늦추지 않았다. 멀어져가는 기바의 뒷모습을 노려보며 도게는
이를 갈았다. 부아가 치밀 정도로 자신의 행동을 이해할 수 없었다.
백년법이 동결된 지금, 아나타 도진의 조직은 이제 그에게 더 이상
필요 없었다. 이제 저 남자를 두려워할 이유는 없는데.

"거기 서."

도게는 잰걸음으로 기바를 쫓았다.

"잠깐 시간 좀 내줘. 내가 정말 오늘 기분이 좋아서 그런다니까."

기바는 눈길조차 주지 않았다. 자신을 거들떠보지도 않는 상대
에게 왜 이토록 매달리는 걸까. 왜 이 남자를 돌아보게 하기 위해서
안쓰러울 만큼 애를 쓰는 걸까.

"기바!"

"거절한다."

"이유가 뭔데!"

"난 당신 기분을 맞춰주려 사는 게 아냐."

순간 도게는 그 자리에 돌처럼 굳었다.

먼 옛날에도 그런 소리를 들은 적이 있다. 그게 누구였더라. 대
체 누구였지?

기바는 멈추지 않았다. 멀어진다. 도게에게서 멀어져간다. 그 모
습을 바라보며 도게는 누군가가 자신의 마음을 조종하는 듯한 감
각에 휩싸였다. 무척 그리운 누군가에게. 그가 명령하는 대로 굳은
다리를 움직여 기바의 뒤를 따랐다. 기바는 도게가 따라오는 걸 알
터였다. 알면서도 무시하고 있었다.

그때도 그랬다. 예전에도 이런 상황에 처한 적이 있었다. 그때
앞서 가던 이는…… 도게를 두고 떠나려던 이는…….

'난 널 위해 사는 게 아냐.'

역의 불빛이 멀어져 길바닥이 컴컴해졌다. 비좁은 길이 어둠 속으로 녹아들었다. 빌딩 건설현장 바닥에 발소리가 부딪쳐 울려 퍼졌다. 곳곳에 있는 가로등이 말없이 두 사람을 비추었다. 기바가 그 가로등 밑을 지나치려던 때, 도게는 권총집에서 총을 꺼냈다. 공화국경찰의 제식권총. 33식. 신세대들의 흉악범죄가 기승을 부리기 시작했을 무렵부터 모든 경찰관은 의무적으로 총을 상시 휴대해야 했다. 도게는 권총을 꼭 쥐었다. 심호흡을 했다. 앞서 가는 뒷모습을 바라보았다. 눈도 깜빡이지 않고 바라보았다. 숨을 크게 들이마셨다. 달려갔다. 발소리. 돌아본다. 돌아봤다. 드디어 돌아봤다. 그 머리 위로 방아쇠를 당겼다. 이마를 직격했다. 뼛조각. 검붉은 핏물이 튀었다. 눈. 날 보지 마. 두 번째는 오른쪽 눈을 쐈다. 직격. 부드러운 뭔가가 으스러지는 감촉. 눈을 감싸며 주저앉았다. 뒤통수가 비었다. 손을 들어 위에서 아래로 세 번째 총알을 날렸다. 힘없이 쓰러진다. 쓰러진 그를 걷어찼다. 또 찼다. 두 번, 세 번, 네 번, 둔탁한 소리가 울려 퍼졌다. 다리가 허공을 갈랐다. 균형을 잃고 엉덩방아를 찧었다. 두 손을 짚고 일어났다. 숨쉬기가 괴로웠다. 신음이 흘러나왔다. 폐에서 숨이 쏟아졌다. 피 냄새. 오른손은 여전히 권총을 쥐고 있었다.

기바 미치오. 움푹 들어간 오른쪽 눈에서는 피가 흐르고 있었다. 왼쪽 눈은 게슴츠레 뜨고 있었지만 눈동자에 빛이 없었다. 움직이지 않았다.

도게는 일어났다. 권총을 집에 넣고 피투성이인 기바를 내려다보며 웃었다. 온몸 가득히 퍼지는 환희. 우주와 하나가 된 듯한 해방감. 웃음이 멈추지 않았다. 웃으며 쯧, 혀를 찼다.

"아아, 너 때문에 생각났잖아."

그래. 그때도 이랬다.

봉인했던 기억.

내가 어머니를 죽였다.

4

"목적지는 안 물어보나?"

유사 아키히토는 차창 밖 가스미가세키의 관청을 바라보며 말했다.

"저에게 동행 허가를 내려주신 실장님의 판단을 믿습니다."

"날 믿어주는 건 고맙지만 이제 실장님 소리는 그만둬. 이제 실장도 아니고 자네 상사도 아니야."

"그럼 뭐라고 부를까요?"

"유사?"

반응이 없었다.

유사가 돌아보자 다치바나 케이는 서늘한 눈으로 똑바로 그를 바라보며 말했다.

"그럴 순 없습니다."

"그럼 유사 씨."

"네, 알겠습니다."

유사는 미소를 흘리며 다시 밖을 보았다. 잿빛 구름이 하늘을 뒤덮고 있었다. 금방이라도 눈이 내릴 것 같은 날씨였다.

"사회국 서무과는 한가한 모양이군."

"모르세요? 특준에 있던 직원들은 요주의 인물로 찍혔어요. 독선적인 상사에게 이상한 사상을 주입받았으면 큰일이니까요. 말하자면 지금은 검역기간 중이라 제대로 된 업무를 맡기지 않아요."

다치바나는 냉담한 목소리로 장난스레 말했다.

"그럼 더욱더 이러고 있으면 안 되는 거 아닌가? 근무시간 중에 자리를 떠나 독선적인 전 상사를 기다리다니……."

"기다리던 게 아니라…… 우연히 보고 말을 걸었을 뿐이에요."

황급히 변명하는 다치바나의 뺨이 발그레해졌다. 그나저나 예전과 분위기가 달랐다. 그런 생각을 하던 유사는 이내 짙은 빛깔의 립스틱 때문이라는 걸 깨달았다. 특준에 있었을 때는 주로 수수한 핑크색 립스틱을 발랐다.

"그건 됐고, 말해보게. 나한테 긴히 할 이야기라는 게 뭔가?"

다치바나는 자세를 바로하며 두 손을 무릎에 올렸다.

"저는 실장님께 사과드려야 할 일이 있습니다."

"또 실장님이야?"

"오늘만은 실장님이라 부르게 해주세요."

유사를 바라보는 다치바나의 눈동자에는 강인한 의지가 깃들어 있었다. 이래야 '얼음심장의 여자'지.

"알았으니까 본론을 말해보게. 이야기가 늘어지는 건 질색이야."

"특준에 있을 때 도모나리 장관님에게 밀명을 받았습니다."

"밀명?"

"실장님의 일거수일투족을 하나도 빠짐없이 보고하라는 명령이었습니다. 한마디로 스파이죠."

"그랬군."

"놀라지 않으세요?"

"놀라고 있는데?"

큰길 앞에서 차를 세웠다. 캡슐 차체에 붙은 센서가 틈을 발견하고 좌회전했다. 단번에 속도를 올렸지만 시속 40킬로미터였다. 즉시 뒤따라오던 차량들에게 추월당했다. 방음 모드로 돌려놓아서 바깥 소리는 들리지 않았다.

"듣고 보니 짚이는 구석이 없는 것도 아니야. 도모나리 장관은 미츠타니 보고서 건도 내 짓이라 확신했지. 확실한 증거를 잡은 게 아니라면 그 우유부단한 양반이 그렇게까지 단언할 리가 없다고 생각했는데, 자네였군."

힐끗 보니 다치바나는 힘없이 고개를 숙이고 속삭이듯 말했다.

"죄송합니다."

"하지만 이상하군. 원래 그 계획을 제안한 건 자네잖나."

미츠타니 보고서를 읽어보면 국민들도 백년법의 필요성을 깨달을 것이다. 그렇게 말한 건 다름 아닌 다치바나였다. 그게 자작극이었다면 완벽한 연기였다고밖에 할 말이 없었다.

"연기는 아니었습니다. 그때는 제가 스파이라는 걸 잊고 있었어요. 어떡하든 백년법을 시행해야 한다는 마음뿐이었습니다."

"어째서지?"

"제 자신도 잘 모르겠습니다. 실장님의 정열에 감화된 탓인지도 모르죠. 아니면 동료들의 순수하고 진지한 애국심에 영향을 받았거나요."

"결국 나는 미츠타니 보고서를 유출했어. 자네는 밀명에 따라 장관에게 보고했고."

"그때부터 제 역할에 의문이 들더군요. 이런 교활한 스파이 짓이 이 나라에 어떤 도움이 될까 고민했습니다. 그리고 스파이로서가 아니라 실장님의 부하로서 일할 수 있다면 얼마나 행복할까 하고……."

"그래서 스파이 활동을 도중에 중단한 거군."

다치바나는 놀란 표정을 지었다.

"사사하라 차관님의 영상을 유출했을 때 일이 너무 술술 풀리더군. 장관이나 누마타 차관도 방심한 모양이었어. 자네가 장관에게 내 일거수일투족을 보고했다면 어떤 식으로든 반응을 보였겠지. 아닌가?"

"장관님께 거짓 정보를 흘렸습니다. 실장님이 영상 공개를 완전히 포기했다고……."

다치바나는 태연하게 말했다.

"하지만 영상이 공개되자 장관도 자네가 배신한 걸 알아챘군. 이제야 앞뒤가 맞는군. 이상하다 싶었어. 자네처럼 뛰어난 인재를 사회국 같은 한직으로 쫓아 보내다니. 보복성 인사라, 정말 비열하기 짝이 없군."

"저는 사회국도 국민생활에 필요한 부서라고 생각합니다."

하지만 그 목소리에 진심은 담겨 있지 않았다.

"자네가 아니면 할 수 없는 일은 아니잖나. 자네에게는 더욱 어울리는 자리가 있어. 그건 자네가 가장 잘 알지 않나?"

"저를 그만큼 좋게 봐주시는 줄은 몰랐습니다."

"자네를 위해서 한 말이 아니야. 안 그래도 얼마 없는 인재의 날개를 꺾어놓는 건 국가적 손실이라고 생각하는 것뿐이야."

앞 유리창이 희끄무레해졌다. 눈발이었다. 눈은 금세 물로 변해 흘러내렸다. 눈발은 끊임없이 차창을 두드렸다.

"춥지 않나?"

유사는 코트를 걸치고 있었지만 다치바나는 겉옷을 입지 않았다. 캡슐에는 히터가 달려 있었지만 배터리 절약을 위해 설정 온도는 다소 낮았다.

"방한용 내의를 입었어요."

"역시 용의주도하군."

"그런 게 아니라……."

"나도 다른 뜻 없어. 뭘 그렇게 발끈하나."

다치바나가 다시 고개를 숙였다.

"죄송합니다."

유사는 그녀의 얼굴을 바라보았다. 오늘 다치바나는 뭔가 이상했다. 립스틱 색깔 때문만은 아니었다. 뭔가 절도가 없었다. 다치바나 같은 사람도 사회국에서 허송세월을 보내다 보면 망가지게 되는 걸까. 그러지는 않았으면 좋겠는데.

"자네 의견을 듣고 싶은 일이 있네."

다치바나가 고개를 들었다.

"자네는 이번 국민투표 결과를 어떻게 생각하나?"

"백년법 찬반을 국민투표로 정하는 것 자체가 잘못이었다고 생각합니다. 국민에게 가혹한 선택을 강요했어요."

"내가 궁금한 건 그게 아니야."

다치바나는 고개를 갸웃거렸다. 이런 표정도 짓는구나 싶었다.

"백년법에 반대표를 던진 국민들을 어떻게 생각하느냐는 뜻이 네."

다치바나는 생각에 잠겼다. 유사의 속내를 파악하지 못하는 모양이었다.

"나는 이런 생각이 들더군. 대책 없이 어리석은 국민들이라고……."

"실장님……."

"파멸이 기다리는 줄 알면서도 왜 스스로 그 길을 택하지? 왜 한 치 앞밖에 보려 하지 않지? 그게 민중의 본질이라면 어쩔 수 없다, 나 역시 그렇게 생각했던 적이 있네. 하지만 마음 한구석에서는 믿고 있었어. 맨 마지막에는 국민의 이성이 이길 것이다, 사사하라 차관님의 메시지를 외면할 리 없다. 그 결과가 이 꼴이네. 생각지도 못한 압도적인 차로 백년법은 동결됐어."

유사는 눈발 날리는 하늘을 올려다보았다.

"지금쯤 사사하라 차관님은 어떤 심정으로 이 나라를 내려다보고 계실까. 그 생각만 하면 눈물이 나. 과연 사사하라 차관님이 이 나라에 목숨을 걸 만한 가치가 있었을까."

"안 됩니다. 실장님이 그런 말씀을 하시면 안 돼요."

유사는 다치바나를 돌아보며 말했다.

"사사하라 차관님이 안 계셨으면 지금의 나도 없어. 조국을 사랑한다는 마음, 조국을 위해 몸 바치는 걸 가르쳐주신 분도 바로 그분이니까. 차관님만큼 사리사욕 없는 고결한 분은 없어. 그런 분이 목숨을 걸고 보낸 메시지에도 국민들은 눈을 감고 귀를 막아버린 거야. 그러면 모든 일이 해결된다는 듯. 그게 어리석은 게 아니면 뭐란 말인가!"

다치바나는 아연실색한 표정으로 유사를 보았다.

"지금 이 나라는 안 돼. 국민들도, 정치가도, 경제인도, 전부 썩어빠졌어. 바닥부터 다시 세워야 해. 그러지 않으면 정말 사라져버릴 테니까."

"실장님……."

"민중들에게 맡겨서는 이 나라를 다시 세울 수 없어. 이번 국민투표로 그 사실만큼은 뼈저리게 깨달았지. 지금 이 공화국에 필요한 건 시대를 움직일 역량이 있는 유일무이한 지도자야."

"하지만 이 나라에 그런 강력한 리더십을 발휘할 만한 인재는……."

"없지, 지금은."

"지금은?"

"거기에 걸맞은 인물이 없다면."

유사는 날카로운 눈빛으로 다치바나를 보며 말했다.

"이 손으로 만들어내는 수밖에."

"만들어내다니, 그게 무슨 말씀이시죠?"

캡슐의 속도가 떨어졌다. 좌회전하자 정면으로 문이 보였다. 강철로 된 펜스가 길을 막고 있었지만 가까이 가자 좌우로 열렸다. 문에 달린 센서가 유사와 다치바나의 아이디카드를 읽어 인증한 것이다. 눈앞에 우뚝 선 것은 12층 높이의 하얀 빌딩이었다. 캡슐은 그 앞에 펼쳐진 교차로에 들어섰다.

"의원회관……."

"여기서 기다려도 돼."

"괜찮으시다면 같이 가겠습니다."

"상사의 허락도 없이 의원과 만나는 건 단순 근무지 이탈과 차원이 달라. 각오는 되어 있나?"

잘못 걸리면 징계 처분을 받을 수도 있었다.

"네."

다치바나는 주저 없이 대답했다.

"누굴 만나는지 안 묻나?"

"실장님의 판단을……."

유사가 찌릿 노려보자 다치바나는 다시 말했다.

"유사 씨의 판단을 믿습니다."

"우시지마 료이치 의원을 아나?"

다치바나는 놀란 듯 나지막이 외쳤다.

"아, 그런 거군요."

유사는 씩 웃으며 대답했다.

"그래, 그런 거야."

캡슐이 멈췄다.

*

우시지마 료이치는 1971년 대형 제약회사의 창립자 집안의 차남으로 태어났다. 실제 나이는 일흔일곱 살이었다.

서민들에게 널리 보급된 패밀리 리셋도, 정치가나 기업 경영자, 자산가 등 부유층에게서는 거의 찾아볼 수 없었다. 오히려 부유층

끼리의 정략결혼이 아직도 횡행하고 있는 실정으로, 서민들은 더욱더 분산되어 힘을 잃어갔고 부유층은 더욱더 부를 독점하는 구도가 형성되어 있었다.

우시지마 료이치 역시 대기업의 기업주 일가로 무엇 하나 부족할 것 없는 생활을 보장받았지만, 타고난 기질 때문인지 아버지와 형과 사사건건 반목하다 결국 집을 나와 정계에 투신하기에 이르렀다. 초선에는 낙선했지만, 재선에서는 체면을 중시한 집안의 도움을 받아 당선됐다. 그 뒤로도 순조롭게 경력을 쌓아 여당인 공화당의 유력 의원으로서 존재감을 키워가는 중이었다. 하지만 잘 나가다 백년법을 둘러싼 국민투표에 반대하며 탈당하고 신시대당을 창당하여 대표에 취임했다. 그렇지만 대부분의 사람들은 이 일련의 행동을 졸속이라 평가했다.

그가 HAVI를 받은 건 서른둘이었으니, 백년법이 시행되더라도 남은 인생은 55년이었다. 일반적으로 20대 중반까지 받는 HAVI를 서른둘에서야 받은 건, 외모에서 위엄과 관록이 느껴질 때까지 기다렸기 때문이다. 그의 모습에서는 다른 의원들과는 다른 뭔가가 느껴졌다. 180센티미터가 넘는 근육질 체구에 크고 긴 얼굴에 다소 처진 눈. 두툼한 입술은 항상 일자로 다물고 있었지만, 한번 열면 벽이 흔들릴 정도로 쩌렁쩌렁한 목소리가 나왔다. 하지만 강경파라 불리는 이답게 때로는 방약무인하게 굴거나 극단적인 언행을 보이기도 하는 까닭에 여당 시절에는 한 번도 각료로 선출된 적이 없다. 마흔 살에 어느 대형 유통업체 경영자의 딸과 결혼했지만, 13년 뒤에 이혼하고 쉰다섯 살에 지금도 경영 컨설턴트로 활약하는 현 부인과 재혼했다. 자식은 없었다.

이상이 우시지마에 관해 유사가 수집한 정보의 전부였다. 실제로는 정책 강의에서 몇 번 만나본 게 다였고, 그것도 십 년은 더 된 일이었다. 속내를 털어놓고 이야기를 나눈 적은 한 번도 없었다.

하지만 우시지마 료이치의 성장과정을 자세히 알게 된 유사는 그가 뛰어난 지성과 외모를 겸비한 형에 대한 콤플렉스를 가지고 있다는 사실을 깨달았다. 지나친 열등감은 판단능력을 떨어뜨린다. 우시지마가 때때로 보이는 극단적인 언행은 약한 자존감의 반증일지도 모른다.

하지만 지금 정계에서 우시지마 말고 기골이 있는 정치가를 찾아볼 수 없는 것도 사실이었다. 신시대당이 마지막 희망이라고 했던 사사하라의 말을 믿고 싶었다.

"오랜만이로군. 특준에서의 활약은 익히 들었네."

우시지마는 활짝 웃으며 비서의 안내를 받아 들어온 유사를 얼싸안으며 안으로 안내했다. 역시 정치가답게 사교술에 능한 모습이었다.

"의원님, 오랜만에 뵙습니다."

우시지마는 엄숙한 표정으로 말했다.

"사사하라 차관 일은 참 유감일세. 아까운 인재를 잃었어."

"두 분이 아시는 사이였군요."

"그런 우국지사는 다시없을 거야."

유사는 다치바나를 가리키며 말했다.

"소개드리겠습니다. 특준에서 제 부하직원이었던 다치바나입니다. 지금은 사회국에서 일합니다."

"처음 뵙겠습니다. 다치바나라고 합니다."

다치바나는 손을 가지런히 모으고 고개를 숙였다. 유사조차 홀딱 반할 만한 기품 있는 완벽한 행동거지였다. 우시지마도 숨을 삼키고 있었다. 다치바나가 고개를 들자 그는 퍼뜩 정신이 든 듯 유사를 보며 말했다.

"오늘은 무슨 일로 찾아온 건가. 아름다운 부하직원을 자랑하려고 온 건 아닐 테고."

우시지마는 다치바나를 보며 웃었지만, 다치바나는 역시 얼음심장의 여자답게 눈도 깜짝하지 않았다. 우시지마는 겸연쩍은 웃음을 지었다.

"아니면 정치가의 비위를 맞추는 데는 관심이 없는 유능한 부하를 추천하러?"

"아닙니다. 의원님께 추천해 드리고 싶은 건 바로 접니다."

우시지마의 눈썹이 꿈틀거렸다.

의원회관은 상하 양원의 의원들에게 사무실을 제공하는 용도로 지어졌다. 건물에 들어와 의원실에 도착할 때까지 아이디카드 인증 외에도 금속 탐지기, 방범 카메라 등 이중, 삼중의 보안을 통과해야 했다. 각 의원실에는 의원 집무실, 응접실 겸 회의실, 방문객 대기실, 비서와 일반 직원들의 사무실 등이 있었고, 의원 한 명당 차지하는 총 면적은 100제곱미터가 넘었다.

유사 일행은 집무실에서 응접실로 이동하여 탁자를 사이에 두고 마주앉았다. 다치바나는 유사의 왼쪽에 앉았다.

"자네는 지금 어디 소속인가?"

"총무부 비품과로 이동했습니다."

"차기 차관감이던 자네가 직원들 비품 걱정이나 하고 있는 건가.

인재를 썩히는군."

비서가 차를 내왔다. 이 남자가 내무성 출신의 나기 사다카즈인 지는 확실치 않았지만, 나가면서 싸늘한 눈빛으로 유사를 힐끗 보았다.

비서가 문을 닫고 나가자 분위기가 다시 진지해졌다.

우시지마는 나지막한 목소리로 물었다.

"자네를 추천하다니, 그게 무슨 뜻인가?"

"그전에 하나만 여쭤보고 싶은 게 있습니다."

"말해보게. 무슨 일이기에 그렇게 뜸을 들이나?"

"우시지마 의원님께서는 백년법 동결이란 정부 방침에 이의를 제기하며 공화당을 탈당, 신시대당을 창당하셨습니다. 하지만 국민들은 그 뒤, 국민투표로 백년법 동결을 선택했죠. 이런 상황에서도 의원님은 여전히 백년법을 시행해야 한다고 생각하십니까?"

"당연하지. 아무리 국민의 비난을 받더라도 이 나라에 백년법이 반드시 필요하다는 건 군이 말할 필요도 없을 만큼 분명하네. 그런 당연한 주장조차 하지 못하는 녀석들은 당장 옷 벗어야 해. 국가 번영을 위해서라면 어떠한 비난도 감수하며 묵묵히 해야 할 일을 하는 게 진정한 애국자이며 정치가라는 게 내 신념일세."

정치가다운 거창한 표현이었지만 유사는 그 대답에 만족했다. 백년법 단행. 그 의지만 흔들리지 않으면 된다.

"이제 됐나?"

유사는 자세를 바로 하고 말했다.

"의원님, 어떠한 형태이든 상관없습니다. 저를 의원님 곁에서 일하게 해주십시오."

옆자리의 다치바나가 놀란 듯 흠칫했다.

우시지마는 놀란 기색도 없이 물었다.

"내무성을 관두겠다는 건가?"

"네."

"날 발판 삼아 정계에 진출할 속셈인가?"

"그런 생각은 추호도 없습니다. 하루라도 오래 의원님을 도울 수 있다면 더 바라는 건 없습니다."

"비난하려는 게 아니야. 자네가 출마하는 걸 말릴 생각은 없네. 자네한테는 그만한 능력이 있으니까. 운만 따라주면 총리 취임도 불가능한 일은 아니지."

"말씀은 감사합니다만, 제 그릇은 제가 가장 잘 압니다."

"호오."

우시지마는 눈을 가늘게 떴다.

"수십 명, 많으면 백 명 정도까지는 제가 통솔할 자신이 있습니다. 하지만 수백만, 수천만 규모로 늘어나면…… 그만한 민중의 위에 서기에는 저에게 결정적인 뭔가가 부족합니다. 어차피 백부장 그릇밖에 안 되는 놈입니다."

유사는 숨을 깊게 들이마신 뒤에 열띤 눈빛으로 우시지마를 보았다.

"하지만 의원님은 다릅니다. 의원님이라면 황제도 되실 수 있습니다."

우시지마는 웃음을 터뜨렸다.

"자네는 사람을 추어올리는 데 능하군."

"그런 게 아니라……."

"하지만 속으로는 자기보다 뛰어난 사람은 없다고 생각하겠지."

말문이 막힌 유사를 보고 우시지마는 다시 웃었다.

"뭐, 상관없네. 하지만 그 자만심이 언젠가 자네 발목을 붙잡을 날이 올 걸세."

유사는 순간 오한이 들었다.

단순히 강경파라고만 치부할 수 없는 남자다.

"황제가 될 수 있을지는 모르겠지만 나도 브레인이 될 인재를 찾고 있던 참이네. 자네가 힘을 빌려준다면 더할 나위 없이 든든할 걸세."

"그럼……."

"자네 재능을 빌려주겠나?"

우시지마가 오른손을 내밀어 악수를 청했다.

"영광입니다."

유사는 그 손을 꼭 잡았다.

악수를 마친 우시지마는 소파에 기대며 말했다.

"하지만 그전에 조건이 하나 있네."

"조건이라 하시면……?"

우시지마는 농담인지 진담인지 알 수 없는 말투로 말했다.

"자네 옆의 그 찬바람 쌩쌩 부는 숙녀분도 자네와 함께 내 사람이 되어주게. 물론 일한 대가는 쳐주겠네. 어떤가?"

유사는 다치바나를 보았다.

얼음심장이 당혹스러워하고 있었다.

2부

1장 | 전설

1

새해가 시작됐다.

일제히 하늘로 쏘아올린 불꽃이 도심의 밤하늘을 수놓았다. 멀리 상공에서 퍼져나간 빛과 소리는 이내 R스퀘어에 모인 수만 명의 사람들의 환성과 열기에 휩싸여 금세 사라졌다. 종이 눈이 강렬한 조명을 받으며 밤하늘 가득히 흩날렸다. 방한복을 껴입은 사람들은 만세를 부르거나 옆 사람과 얼싸안으며 하얀 입김을 내뿜었다. 다들 웃고 있었다. 웃지 않는 건 나 혼자였다.

광장의 옥외 전광판에 뜬 2076이라는 숫자. 그걸 올려다보던 내 시야 왼쪽 구석으로 오렌지색의 둥근 마크가 깜빡거렸다. 왼쪽 귀에 낀 보청기형 정보단말기 '아이즈'가 메시지를 수신했다는 신호였다. 마크 옆에는 A라는 글자만 표시되어 있었다. 발신인의 이름이다. 속으로 읽는다는 신호를 보내자 오렌지색 마크가 사라지고 대신 네모난 하얀 창에 문장이 나타났다.

"급한 일입니까?"

아이즈가 뇌로 직접 보낸 전기신호가 내 시야에 문자정보로 표시되는 구조였다. 사이트 프로젝터라 불리는 이 새로운 기능은 아직 영 익숙지 않았다. 눈의 초점 위치와 상관없이 표시되는 문자를 읽는 게 영 찝찝했다. 엄밀히 말하자면 시야에 들어온 문자를 읽고 정보를 인식하는 게 아니라, 뇌가 인식한 정보를 문자로 시야에 나타나게 해, 다시 그것을 읽는 방식이었다. 번거롭게 보이지만 사실은 이 과정이 중요하다고 했다. 인간이란 정보를 눈으로 확인하지 못하면 마음을 놓지 못하는 생물이다. 숙련자끼리라면 사이트 프로젝터 기능을 꺼놓고 의식만으로도 정보 교환이 가능하다고 하는데, 그럴 경우에는 정보 전달 속도가 수십 배에 이른다고 한다. 물론 초보자인 나는 눈앞에 표시된 문자를 천천히 읽으며 답장, 이라 생각하고 새로 나타난 하얀 창에 "그런 건 아니에요."라는 내용을 생각으로 적어 넣고 틀린 데가 없는지 여러 번 검토한 뒤에 '송신'이라 중얼거렸다. 말이 끝나자마자 하얀 창들이 사라지며 송신 완료 신호가 나타났다. 하지만 2, 3초 뒤에는 그 역시 흔적도 없이 사라졌고 내 시야는 원래대로 돌아왔다.

몇 분쯤 기다렸지만 시야에는 아무것도 나타나지 않았다.

A는 대답이 없었다.

애가 탔다.

분명히 배운 대로 했다. 암호도 정확하게 입력했는데.

뒤통수에 강렬한 눈길을 느꼈다. 돌아봤다. 자리를 뜨는 사람도 몇몇 있었지만 광장의 열기는 식지 않았다. 다들 웃고 떠들었다. 날

보는 사람은 없었다. 아니, 설령 있더라도 이 혼잡한 인파 속에서는 알아챌 재간이 없었다. A는 어디선가 날 보고 있는 건가. 아직도 의심하는 건가. 아니면 눈길을 느낀 건 기분 탓이고, A는 진작 다른 데로 떠난 건가.

그때 다시 오렌지색 마크가 깜빡였다. A였다. 메시지를 열었다.

"두리번거리지 마."

역시 날 보고 있다.

바로 답장을 보냈다.

"어디 계세요?"

"RJR도쿄 역으로 가."

여기서 역까지의 거리는 약 5백 미터, 서쪽으로 곧게 뻗은 스퀘어 거리를 따라가면 된다. 왕복 6차선, 중앙분리대까지 설치된 차도도 12시간 전부터는 통제되어 지금은 공화국경찰의 차량밖에 보이지 않았다. 강철 장갑차가 새해를 맞이하는 인파에 휩쓸려가지 않겠다는 양 버티고 있었다.

"역 어디로 가면 되죠?"

남북으로 길게 뻗은 RJR도쿄 역은 동쪽 출구만 해도 네 곳이나 됐다.

"동쪽 1번 출구."

나는 귀갓길에 오른 사람들을 따라 역으로 걸음을 옮겼다. 교통통제 범위는 R스퀘어에서 역 앞 교차로 직전까지였다. 통제구역 가장자리에는 붉게 빛나는 펜스를 쳐놓았고, 헬멧에 군복을 입은 경찰 여러 명이 차려 자세로 서서 감시하고 있었다. 통제구역에 들어갈 때는 몸수색을 했지만 나올 때는 그냥 보내줬다.

축구장 넓이의 널따란 역 앞 교차로에는 버스정류장 두 곳과 오토캡슐 승하차장 네 곳이 있었다. 내가 어릴 적에는 사람이 운전하는 택시라는 탈것이 있었지만, 요새는 도심에서 거의 찾아볼 수 없었다. 지방에서는 아직 운행한다고 들었다.

나는 인파를 따라 널찍한 계단을 올라 교차로 상공을 가로지르는 보행자 육교를 지났다. 위에서 보면 구불구불하게 얽히고설킨 교차로는 흡사 미로처럼 보였다. 그 미로 안에서 캡슐과 버스, 승용차가 북적거리고 있었다. E1이라 표시된 계단을 따라 육교를 내려가자 바로 앞에 RJR도쿄 역의 동쪽 1번 출구가 나왔다. A에게선 아직 추가 지시가 없었다.

나는 개찰구 근처 벽에 자리를 잡고 몸을 기댔다. 좌우에는 나처럼 누군가를 기다리는 사람들이 보였다. 이 중에 A가 있을까? 눈만 움직여 A를 찾았다. 육교에서 내려온 사람들은 대부분 개찰구를 빠져나갔다. R스퀘어에서 왁자지껄하게 떠들던 때에 비하면 고단한 표정이었다.

오렌지색 마크가 떴다.

왔구나.

"돌아보지 마."

무심코 돌아보려다가 그 문자에 흠칫했다. A가 이 근방에 있는 것이다.

"거기서 오른쪽으로 걸어가."

벽을 등진 채 오른쪽, 즉 남쪽으로 가라는 뜻이었다. 역시 A는 날 보고 있는 것이다.

인도는 역사를 따라 뻗어 있었다. 남쪽 끝까지 100미터 남짓한

거리였다. 벽 쪽에 일정한 간격으로 서 있는 사람들이 보였다. R스
퀘어에서 떠들던 사람들과 달리 아무도 웃거나 말하지 않았다. 표
정의 흔적조차 찾을 수 없는 얼굴. 무슨 생각을 하는지 짐작조차 할
수 없었다. 눈은 뜨고 있지만 내가 앞을 가로질러도 꿈쩍도 하지 않
았다. 그들이 귀에 낀 아이즈를 보고 나는 이해가 갔다. 다들 눈앞
에 표시된 메시지를 읽거나 쓰는 것이다. 금방이라도 침을 흘릴 듯
벌어진 입가는 겉보기에 썩 모양새가 좋지 않았다. 구세대들이 아
이즈라면 질색하는 마음도 이해가 갔다.

그런 생각을 하다 보니 어느샌가 남쪽 끝에 도착했다. 동쪽에 비
해 역 남쪽은 어스름했다. 남북으로 뻗은 여덟 개의 노선이 지나는
고가선로가 하늘을 뒤덮었기 때문이다. 공기도 습했고 어디선가 쉰
내가 나는 것 같았다. 휘황찬란한 역 앞 교차로 바로 옆에 이런 적
막한 공간이 있다니 뭔가 신기했다. 이런 작은 어둠은 도시 곳곳에
존재하리라. 애써 보려고 하지 않으면 결코 보이지 않는 어둠이.

"오른쪽 앞을 봐."

A가 지시한 방향으로 고가를 받치고 있는 굵은 원기둥이 보였
다. 그 주변은 조명도 비치지 않는 그늘이었다. 하지만 뚫어져라 쳐
다보자 멈춰서 있는 검은 승합차 한 대가 보였다.

심장이 덜컹 내려앉았다.

"까만 차, 보여?"

"보여요."

"걸어, 천천히."

나는 살며시 걸음을 내디뎠다. 무릎이 후들거렸다. 손도 떨렸다.
승합차 유리창은 모두 특수 코팅 처리가 되어 있었다. 안에서는

밖이 보여도 밖에서는 안이 보이지 않았다. 아마 차 안에서 A와 그 동료가 나를 보고 있으리라. 차 앞에 섰지만 문은 열리지 않았다.

"차 앞에서 누굴 기다리는 척해."

나는 차창을 등지고 팔짱을 꼈다. 다리는 여전히 후들거렸다. 이가 딱딱 부딪쳤다.

"질문에 대답해."

고개를 끄덕였다.

"대답은 아이즈로 해."

나는 황급히 하얀 창을 열어 대답을 적었다.

"아아아아알겠습니다."

사이트 프로젝터의 단점 중 하나는 메시지를 적는 순간의 정신 상태가 고스란히 드러난다는 점이었다. 그러한 탓에 한 번에 정확히 입력하지 못하고 몇 번이나 지웠다 다시 썼다.

"원하는 게 뭐야?"

나는 숨을 가쁘게 내쉬며 한 글자, 한 글자씩 입력했다.

"고스트 아이디 있습니까?"

"네가 쓰려고?"

"네."

"돈 가져왔어?"

"백만 엔이라고 하셨죠?"

1억이 넘는다는 소문이 돌 정도니 이 정도는 파격적인 금액이었다. 내 형편으로는 엄청나게 큰돈이었지만.

"그럼 잠금을 해제해."

"고스트 아이디는 언제 받을 수 있을까요?"

"입금 확인하면 바로."

나는 청바지 주머니에서 그립을 꺼냈다. 과거에는 그립이 정보 단말 기능을 전적으로 담당했지만, 장착형 아이즈가 등장한 지금은 아이디 기능과 결제를 제외하고는 가끔 영상을 볼 때나 쓰는 정도였다. 돈을 지불할 때는 잠금을 해제하고 송금을 하면 된다.

지금 내 그립에 충전된 금액은 딱 백만 엔이었다. 장학금에 선불로 받은 아르바이트비, 친구들에게 빌려서 어렵게 마련한 돈이었다. 여기서 고스트 아이디를 사면 내일부터는 학비는커녕 목구멍에 풀칠조차 하기 힘들어질 것이다.

"빨리 해제해. 꾸물대면 거래 끝낸다."

"네, 지금 합니다."

그래, 이삼 일 끼니를 거른다고 죽기야 하겠어. 다음 달 아르바이트비가 나올 때까지만 견디면 된다. 학비를 체납해 제적 처리돼도 상관없었다. 중요한 건 고스트 아이디를 입수하는 것이었다. 그것 때문에 여기까지 왔으니까.

나는 각오를 굳혔다. 하지만 그립의 생체인증 버튼을 누르려던 순간.

"겐!"

내 이름을 부르는 목소리에 움찔했다. 귀에 익은 목소리였다. 역사 옆 인도, 내가 좀 전까지 있던 곳에 한 여자가 서 있었다. 컴컴해서 잘은 보이지 않았지만 실루엣으로 보아 둥근 얼굴에 짧은 머리였다. 번들거리는 걸 보니 재킷과 바지는 가죽 소재이리라. 신발은 부츠를 신었다. 여자는 힘껏 손을 흔들고 있었다. 나는 혼란에 빠졌다. 왜? 왜 저 사람이 여기 있는 거지?

"이런 데서 뭐 하는 거야!"

그건 내가 할 소리였다. 하필이면 이런 때. 울고 싶은 기분이었다. 그런 내 심정 따위는 아랑곳하지 않고 그녀는 총알처럼 나에게 달려왔다. 가까이서 보니 밝은 노란색 머리였다. 그러고 보니 얼마 전에 염색을 하고 싶다고 했지. 가죽 재킷은 적갈색, 바지와 부츠는 검은색이었다.

"이런 우연이 다 있네? 이 시간에 이런 데서 마주치다니! 우와, 이거 네 차야? 언제 샀어?"

그녀는 검은 승합차 창문을 탁 쳤다. 순간 기절하는 줄 알았다.

"이 여자는 누구지?"

"그그그그그그냥 아는 사람이요."

"왜 대답을 안 해. 이거 네 차야?"

그녀는 얼굴을 들이대며 물었다. 좋은 향기가 났다.

"아니, 제 차 아니에요. 저랑 상관없는 차예요, 정말로요."

"그런데 왜 이런 데 서 있어? 누가 보면 차 도둑인 줄 알겠어."

"그게……."

"지금 혼자야?"

"그, 그런 셈인데요."

"마침 잘됐다. 나도 혼자야. 같이 한잔하자. 이제 술 마셔도 되는 나이잖아."

"저기, 사실 제가……."

"사내자식이 뭘 그렇게 우물쭈물해? 가자, 얼른 와."

"잠깐……."

뭐지, 이건? 원래 이런 사람이었나? 그녀는 내 팔을 붙잡고 힘껏

끌어당겼다. 나는 승합차를 돌아봤다. 저 차창 너머에서 분명 A가 보고 있을 것이다. 아니에요, 오해하신 겁니다. 나는 눈빛으로 호소했다. 아이즈를 사용할 여유조차 없었다. A는 아무 반응도 없었다. 승합차 문은 여전히 닫혀 있었다. 망했다. 이대로라면 기회를 제 발로 걷어차는 꼴이었다. 어렵게 여기까지 왔는데. 여기까지 어떻게 왔는데…….

"잠깐만요! 유키미 씨!"

나는 손을 뿌리치며 외쳤다.

"제가 지금 중요한 일이 있어서요. 방해하지 마세요!"

유키미 씨의 얼굴에서 웃음기가 가셨다. 그녀는 눈 한번 깜빡이지 않고 나를 바라보더니 말없이 내 앞에 섰다. 서로의 하얀 입김이 닿을 정도의 거리였다. 유키미 씨와 나, 키가 비슷하구나. 그런 시답지 않은 생각이 머릿속을 스쳐 지나간 순간, 유키미 씨가 내 얼굴을 두 손으로 붙잡고 입을 맞췄다.

갑작스런 일에 머릿속이 새하얘졌다. 유키미 씨의 입술이 내 입술을 마사지하듯 주물렀다. 짜릿한 쾌감에 몸이 마비됐다. 뜨거운 피가 하반신에 몰리며 꿈틀거린 순간, 강렬한 빛이 우리를 비췄다.

검은 승합차의 전조등이 켜졌다.

그리고 우리에게 돌진했다.

차가 다가왔다.

"위험해!"

몸이 기우는 느낌이 들었다. 정신을 차려보니 유키미 씨와 함께 바닥을 구르고 있었다. 이내 딱딱한 뭔가가 등에 닿으며 멈췄다. 유키미 씨가 내 위에 쓰러져 있었다. 유키미 씨는 몸을 일으켜 험악한 눈빛으로 오른쪽을 보았다.

"이제야 포기한 모양이네."

검은 승합차는 보이지 않았다. 차가 얼마나 급박하게 가버렸는지 말해주듯 먼지만 자욱했다.

"내가 미쳐, 이거 산 지 얼마 되지도 않은 옷인데."

유키미 씨가 일어나 가죽 바지를 털었다. 그리고 인상을 찌푸리며 나를 보았다.

"언제까지 퍼질러 있을 거야? 다친 데도 없으면서."

냉정한 목소리였다. 좀 전까지 나와 정열적인 키스를 나누던 그 사람 맞나? 나는 손등으로 입가를 닦으며 일어났다. 어떻게 된 상황인지 도무지 갈피를 잡을 수 없었다.

유키미 씨가 내 앞에 섰다. 아까 하던 걸 계속하려는 건가? 하지만 예상과 달리 그녀는 두 손을 허리에 올리고 쏘아붙였다.

"그놈들한테 뭘 사려고 했어?"

"아, 그게 아니라……."

"그림을 꺼낸 걸 보면 돈을 지불하려던 거잖아. 뭘 사려고 했는데? 남한테 말 못할 거야? 마약?"

"그럴 리가요. 정말로……."

그때 다시 오렌지색 마크가 떴다.

A의 메시지였다.

문득 섬뜩한 기운이 느껴져 다시 앞을 바라보자 유키미 씨가 무시무시한 표정으로 노려보고 있었다.

"그거 빼!"

"으아아아!"

시야가 번쩍이며 뇌에 못이 박히는 듯한 극심한 통증이 느껴졌다. 유키미 씨가 왼쪽 귀에 낀 아이즈를 억지로 뺏기 때문이다. 먼저 뇌신경과의 접속을 끊지 않고 아이즈를 뺐다가는 이런 꼴을 당한다.

"아, 아, 아, 너무한 거 아니에요, 유키미 씨?"

나는 두 손으로 머리를 싸안았다. 정말 죽는 줄 알았다. 눈물이 찔끔 났다.

유키미 씨는 아이즈를 던지며 말했다.

"그러니까 누가 이런 걸 끼고 다니래? 고스트 아이디를 그렇게 쉽게 구할 수 있는 줄 알아?"

"아……."

어떻게 아는 거지? 내가 고스트 아이디를 구하는 걸.

"딱 걸렸어."

"어떻게……."

"왜 모르겠니!"

유키미 씨는 화난 표정이었다.

"그럼 왜 방해하는 겁니까? 제가 고스트 아이디를 구하는 이유도 알잖아요."

"그런 놈들이 파는 건 보나마나 가짜야. 고스트 아이디는 정부에서 눈에 불을 켜고 단속한다고. 너 같은 학생이 쉽게 구할 수 있는 게 아냐."

"……."

아마 나도 마음 한구석으로는 그렇게 생각하고 있었을 것이다. 하지만 믿고 싶었다. 실낱같은 희망에 매달리고 싶었다. 고스트 아이디를 구할 수 있으리라는 희망에.

쯧, 유키미 씨의 혀 차는 소리가 컴컴한 공간에 울려 퍼졌다.

"어릴 적에는 똑똑하더니 지금은 왜 이 모양인지 몰라."

나는 힘없이 고개를 숙였다.

잠깐.

가만히 생각해보면.

"저기, 혹시 절 계속 감시했던 거예요?"

"별수 있어? 네 엄마한테 부탁받은 일인데."

유키미 씨는 뭉친 근육을 풀듯 고개를 이리저리 돌리더니 홱 돌아서며 말했다.

"자, 가자."

2

"지금 생각났는데."

모든 일은 세 달 전, 마키무라 히로시의 이 한마디에서 시작되었다.

그날, 나는 강사가 아프다는 이유로 오전 강의가 휴강이 되어 생각지도 않게 시간이 비게 되었다. 그래서 같이 어울리는 마키무라 히로시, 가시와다 다카미치와 함께 메이쇼 대학 제2학부 학생식당에서 시간을 때우고 있었다. 내가 다니는 메이쇼 대학은 공화국대학만큼은 아니더라도 나름대로 명문대 축에 속하는 학교였다. 나름대로라는 점이 중요하지만. 나는 이곳에서 농학과 생물학을 전공한다.

제2학부 학생식당은 서쪽이 통유리로 되어 있어서 제3학부 건물 사이에 있는 분수가 한눈에 보인다. 분수 주변에는 잔디 광장이 펼쳐져 있어서 화창한 날에는 뒹굴기 딱 좋았지만, 그날은 공교롭게도 가랑비가 흩날리고 있었다. 그래서 하는 수 없이 실내에서 시간을 보내게 된 것이다.

자동판매기에서 뽑은 탄산음료와 커피를 홀짝거리며 교수들 험담이며 여자들 품평, 시급이 센 아르바이트 정보, 새로 발매된 버추얼 게임 이야기를 하다 어째서인지 HAVI 이야기가 나왔다.

모르는 사람은 없겠지만, HAVI란 인간 불로화 바이러스 접종의 줄임말로 이 시술을 받으면 생물학적으로는 영원히 살 수 있었다.

얼마 전 스무 살 생일을 맞이한 내 아이디카드에도 HAVI 안내 메시지가 날아왔다. 이 메시지를 사전에 받은 코드로 활성화시키면 언제든 각지에 있는 HAVI 센터에서 예약한 뒤에 시술을 받을 수 있다.

나보다 생일이 빠른 마키무라와 가시와다는 벌써 HAVI 안내 메시지를 받아 활성화시켰다. 하지만 그때는 나는 물론 마키무라와 가시와다도 아직 시술을 받지 않은 상태였다.

그럼 언제 받을 것인가.

"아직 안 정했어."

"나도. 아마 졸업한 뒤에 받을 것 같아."

그게 마키무라와 가시와다의 대답이었다.

"겐, 너는?"

"음······."

대답하기 주저하는 나를 보고 가시와다가 말했다.

"야마자키 마리는 벌써 받았대."

역시 가시와다다. 여자들 정보는 빠삭했다. 참고로 야마자키 마리는 나와 같은 2학년으로, 작년 캠퍼스 퀸 최종 후보에 오를 정도로 미인이었다. 유감이지만 이야기를 나눠본 적은 없었다.

"여자들은 다들 빨리 받더라."

늘 여러 여자와 사귀는 플레이보이 마키무라의 말에는 설득력이 있었다. 행동거지나 말투도 세련되고 근사했다. 다른 사람이라면 밥맛이었겠지만 마키무라는 잘 어울렸기 때문에 할 말이 없었다.

"한 살이라도 어리게 살고 싶은 게 여자 마음 아니겠어?"

가시와다는 마키무라와는 대조적으로 통통한 체구에 빈말로도 세련되고 근사하다고는 할 수 없었다. 여자에게 인기 있었던 적도 없었으리라. 어차피 이 말도 가상 연애 게임에서 얻은 지식이리라. 나도 남 말 할 처지는 아니었지만.

"왜 남자들은 바로 안 받는 걸까?"

"육체적으로 어느 정도는 원숙미가 더해져야 근사하기 때문에 그런 거 아냐? 난 그렇게 생각하지 않지만."

"그건 여자도 마찬가지잖아. 스무 살보다는 스물다섯 살이 훨씬 농염한데, 왜 여자들은 그걸 모르나 몰라."

"그건 네 취향이고."

"보편적인 진실이거든."

"하지만 여자들은 HAVI를 받은 뒤에도 임신과 출산을 통해 육체적 원숙미를 갖출 수 있잖아. 뭐, 그런 맥락에서 보면 남자보다 편리하네."

"어떻게 그렇게 잘 알아? 혹시 임신시킨 적 있는 거 아냐?"

"그, 그럴 리가 없잖아."

마키무라와 가시와다가 여자에 대해 대등하게 의견을 나누는 모습은 언제 봐도 이상야릇한 느낌이었다. 실제 경험치는 하늘과 땅 차이일 텐데.

"그것도 그렇지만……."

내가 끼어들자 가시와다는 하얗게 질려서 소리쳤다.

"없다니까! 여자한테 그런 적 없어!"

"그게 아니라……."

"뭔데!"

"남자가 왜 바로 HAVI를 받지 않느냐는 얘기 말이야."

"사람 헷갈리게 왜 지금 그 얘기를 꺼내!"

"내 생각에, 일찍 HAVI를 받으면 그만큼 일찍 죽어야 하잖아. 그래서 가급적 미루고 싶은 마음도 작용하는 게 아닐까? 남자는 여자처럼 젊음에 집착하지 않잖아."

두 친구는 별 희한한 소리 다 듣겠다는 표정을 지었다.

"생각해봐. 우리가 아직 HAVI를 받지 않았는데 야마자키 마리가 벌써 받았다는 건, 야마자키 마리가 우리보다 그만큼 빨리 죽는다는 뜻이잖아."

침묵이 흘렀다.

그것을 깨듯 가시와다가 호탕하게 웃었다.

"무슨 소린가 했네."

"사실이잖아."

"105년 뒤 이야기잖아. 벌써부터 그렇게 심각해서 어쩌려고. 인생은 지금부터야."

사실 HAVI 시술을 받으려면 안내 메시지를 활성화시키는 것 말고도 중요한 조건이 하나 더 있었다. '백년법으로 정해진 기간 안에 스스로 죽겠다'는 서약서에 서명을 해서 제출해야 했다.

백년법이란 널리 통용되는 이름으로, 공식적으로는 생존제한법이라 한다. 백년법인데 왜 105년이라는 어중간한 기간이냐면, 처음 시행되기 직전에 일단 동결되는 바람에 다시 시행되기까지 5년의 공백이 생겼기 때문이다.

"하지만 난 왠지 싫어. HAVI를 받으면 105년 뒤에 '저승길 초대장'이 날아오잖아. 그러면 1년 안에 죽어야 하고. 죽기 싫어도 죽는 거잖아. 그때 어떤 심정일지 상상해봤어? 아니, 이 순간에도 센터에서 안락사하는 사람이 있을 거야. 그 생각을 하면……."

"아, 너 그 영화 봤구나? 〈눈의 여행〉. 시마 아즈사 주연, 작년 감동 영화 1위!"

가시와다가 집게손가락을 세우며 말했다. 그러고 보니 가시와다는 시마 아즈사의 열혈 팬이었다. 어떤 남자가 우연히 만난 여자와 사랑에 빠지지만 그녀의 남은 생은 길지 않았다. 불치병 선고를 받아서가 아니라 백년법으로 정해진 생존가능 최종기한까지 두 달밖에 남지 않았기 때문이다. 그녀는 처음에 그 사실을 숨기고 남자를 만나지만 사소한 계기를 통해 사실이 밝혀진다. 두 사람은 이런저런 갈등을 겪으며 삶의 의미를 확인하고 남은 시간 동안 힘껏 사랑하기로 결심한다. 그리고 마침내 최후의 날을 맞이하는데……. 백년법이 시행된 뒤로 수십 번은 우려먹은 진부한 스토리의 최루성 영화지만, 뜻밖에도 공전의 히트를 기록하며 사회의 이슈가 되었다.

"아니…… 안 봤는데."

솔직히 보고 싶은 마음도 없었다.

"안 봤다고? 꼭 봐. 정말 좋은 영화야. 안 울고는 못 배길걸."

"그거 프로파간다 영화잖아."

마키무라가 싸늘한 목소리로 말했다.

"그게 무슨 뜻이야?"

"스토리를 봐. 백년법을 따르는 게 당연하다는 게 전제잖아. 만에 하나라도 백년법에 의문이 들게 하는 전개는 나오지 않잖아. 그 영화에 감동한 관객들은 백년법에 따라 죽는 걸 아름답다고 느낄지도 모르지."

"그럼 안 돼?"

"누가 안 된대? 그 영화에는 그런 의도가 숨어 있다고 말했을 뿐이야."

"아무리 너라도 우리 아즈사 영화를 나쁘게 말하는 건 못 참아."

"그럼 지금까지 백년법에서 빠져나가 행복하게 잘 살았습니다, 로 끝나는 영화가 한 편이라도 있었냐?"

가시와다는 말문이 막힌 눈치였다.

"어떤 영화나 드라마도 백년법에서 빠져나가려 하는 놈들은 반드시 비참한 최후를 맞이하게 되어 있어. 안 그러면 나라에서 상영 허가를 내주지 않으니까."

"실제로도 그럴까?"

나는 무심코 중얼거렸다.

"백년법 기한을 넘기고도 살아남은 사람이 현실에 있을까?"

마키무라는 잠깐 생각에 잠겼다 대답했다.

"최종기일이 지나서도 터미널 센터에 출두하지 않으면 즉각 수

배령이 내려지잖아. 현상금까지 붙어서. 완전히 법망을 피해 도망치기는 어려울 거야. 누군가 도와주는 사람이 있으면 가능할지도 모르지. 하지만 백년법 위반자를 숨겨준 게 들통 나면 거액의 벌금형에 처해질 뿐더러 남은 생존기간이 10분의 1로 단축되잖아. 그런 위험을 감수하면서까지 누군가를 도우려는 사람은 없겠지. 일반적으로는."

"외국으로 달아나면?"

"어느 나라로 도망쳐도 HALLO 가입국이라면 마찬가지야. 전기, 수도, 인터넷도 없는 시골구석에서 살면 모를까……."

마키무라의 눈빛이 불현듯 바뀌었다.

"왜 그래?"

"지금 생각났는데……."

마키무라는 목소리를 낮추고 말을 이었다.

"국내에서 평범하게 살면서 백년법에서 빠져나갈 수 있는 방법이 하나 있다고 들었어."

나는 몸을 앞으로 내밀며 물었다.

"정말이야?"

"어. 수십 년 전부터 활동하는 지하조직이 있는데 거기 부탁하면 가짜 아이디카드를 만들어준대."

"고스트 아이디? 얼마 전에 화제가 되긴 했는데, 그거 다 거짓말이래."

가시와다가 그렇게 말하는 것도 이해가 갔다.

그립에 심은 아이디카드가 없으면 사회생활은 불가능했다. 살아갈 수 없다. 아이디카드는 백년법으로 정해진 최종기일 0시에 무효화된다. 그 때문에 모두 백년법을 따를 수밖에 없었다. 반대로 말하면 수배되지 않는 안전한 아이디카드만 있으면 백년법에 따를 필요가 없다는 뜻이다.

그런 생각을 한 사람이 많았는지, 백년법 시행 직후에는 아이디카드를 노린 강도 살인사건이 빈번하게 일어났다고 했다. 아이디카드를 빼앗아 남의 행세를 하려 한 것이다. 빼앗기만 해서는 피해자가 신고해 어렵게 얻은 아이디카드의 기능이 정지될 테니 소유자를 죽여 시체를 찾지 못하게 해야 한다. 하지만 사회생활을 하는 사람이 행방불명되면 주변의 누군가는 반드시 알아챈다. 그러면 경찰에 신고를 하고, 경찰이 수사에 들어가면 대부분의 경우에는 범인이 체포된다. 아이디카드를 노린 강도 살인은 법으로 사형에 처해졌다.

나아가 요즘 그립에는 DNA와 산소활성을 조합한 생체인증 센서가 기본으로 달려 있기 때문에, 남의 아이디카드를 운 좋게 얻었다 해도 다른 사람 행세를 하는 건 기술적으로 불가능했다.

그래도 위조 아이디카드, 이른바 고스트 아이디에 관한 이야기가 이따금 풍문으로 들려왔지만, 나는 사람들의 바람이 만들어낸 환상일 뿐이라고 생각했다.

"그런 지하조직이 정말 있대?"

"당연히 없지."

가시와다는 시종일관 부정적이었지만 마키무라는 달랐다.

"아니, 실제로 그 조직을 통해 살아남은 사람이 있는 것도 사실인 모양이야. 게다가 공화국경찰에 소속됐던 전직 형사래."

"형사?"

"그것도 소문이잖아."

"진짜야?"

"야, 설마 믿는 거야?"

나는 진심이었다. 믿을 수밖에 없는 사정이 있었다.

"그 조직에 어떻게 부탁하면 되는데?"

"거기까진 모르지. 나도 들은 이야기야."

"누구한테 들었는데?"

"누구더라……."

"기억 좀 해봐."

"그걸 알아내서 어쩌려고?"

"뭐, 그냥……."

"아, 생각났어."

"누군데?"

"그게 아니라 그 조직의 지도자 이름."

"지도자?"

"아나타 도진이라고 했어."

"아나타 도진……."

처음 듣는 이름이었다.

그런데도 왠지 어디선가 들어본 것 같았다.

"겐, 아는 이름이야?"

나는 머뭇거리며 고개를 저었다.

"100년 전에 대규모 폭탄 테러를 일으킨 테러리스트래."

"테러리스트……."

"경찰에 붙잡혀 사형됐고."

"그게 뭐야."

코웃음 치는 가시와다에게 마키무라가 손가락을 들이대면서 말했다.

"끝까지 들어. 놀라지 마라, 죽은 건 대역이었어. 진짜 아나타 도진은 살아 있고 조직 역시 건재해. 지금도 비밀리에 활동하고 있고. 그게 아까 말한 지하조직이야."

"도시전설이겠지. 흔해빠진 스토리잖아. 겐, 너도 그렇게 생각하지?"

"더 자세히 말해봐."

"야, 너 진심이야?"

진심이었다.

그날부터 나는 인터넷에 떠도는 막대한 전자 정보들 중에서 아나타 도진에 관한 갖가지 정보를 모아 그 지하조직에 관해 조사했다. 마키무라의 말처럼 죽은 아나타 도진이 대역이었다는 이야기는 곳곳에서 찾아볼 수 있었지만, 모두 소문일 뿐 구체적인 기술은 없었다.

그럼 밑도 끝도 없는 이야기냐고 물으면, 또 그런 것도 아니었다. 마키무라가 말한 지하조직을 통해 달아나는 데 성공한 전직 형사가 존재하는 건 틀림없는 사실로, 이름까지 알아냈다. 도게 기타로. 백년법이 시행된 직후에 실종됐지만 국외로 도망쳤거나 자살한 흔적은 없었다. 물론 터미널 센터에 출두한 기록도 없었다. 실종된 지 몇 년 뒤에 형사 시절의 동료 하나가 도게 기타로의 연락을 받았는데, 틀림없이 도게 본인의 목소리였다고 했다. 그리고 그 목소리는 이렇게 말했다고 한다.

아나타 도진이 자신을 살려줬다고.

3

꼼짝없이 혼쭐이 날 줄 알았는데, 어머니는 자초지종을 듣고 나서도 아무 말도 하지 않았다. 고다츠에 팔다리를 넣고 웅크린 채 말라비틀어진 귤껍질을 바라볼 뿐이었다. 시곗바늘은 새벽 2시를 가리키고 있었다. 그냥 2시가 아니었다. 2076년의 첫날이었다. 이 시간에 자는 건 어린애들밖에 없지 않을까. 창문 너머로 오가는 행인들의 이야기소리가 들렸다. 내용을 모두 알아들을 수 있을 만큼 우리 집은 정적에 휩싸여 있었다.

침묵이 너무 길어지자, 같이 앉아 있던 노랑머리의 유키미 씨가 분위기를 수습하려는 듯 말했다.

"겐이 바보 같은 짓을 하긴 했지만 다 란코를 생각해서 한 일이니까 용서해줘."

"나도 알아."

어머니는 유키미 씨에게 웃음으로 대답하더니 고다츠 안에 들어가지 않고 반듯하게 앉아 있는 나를 못 말리겠다는 듯 쳐다봤다.

"나도 엄만데 자식 마음을 모를까. 이런 멍청한 짓을 저지를 줄 알았어. 그러니까 유키미한테 잘 좀 지켜봐 달라고 부탁한 거 아냐. 고마워. 네 덕에 정말 살았어."

유키미 씨는 쓴웃음을 짓더니 자리에서 일어났다.

"어디 가요?"

지금 어머니와 둘만 남겨지기는 싫었다. 유키미 씨가 조금 더 있어줬으면 했다.

"샤워하러. 너도 같이 할래?"

"아, 아뇨."

아무리 나라도 그럴 배짱은 없었다.

"그래? 아쉽네."

유키미 씨는 가죽 바지로 싸인 엉덩이를 일부러 흔들며 방을 나갔다. 그리고 주방 옆 자기 방에서 수건을 가지고 욕실로 들어갔다. 아까 유키미 씨와의 입맞춤이 떠올라서 나는 손으로 입술을 눌렀다.

어머니와 유키미 씨는 방 두 개짜리 이 아파트에서 같이 산다. 대학 입학 전까지는 나도 같이 살았다. 원래 유키미 씨의 집이었는데 어머니와 내가 군식구로 들어온 거라는 이야기를 들은 적이 있다. 아직 철들기 전 일이라 나는 기억이 나지 않지만.

이런 소리를 하면 어머니에게 또 한소리 들을 것 같지만, 어머니와 달리 유키미 씨는 학업 면에서도 뛰어나서 내 과외수업까지 해주었다. 내가 메이쇼 대학에 진학해 장학금까지 받을 수 있었던 건 모두 유키미 씨 덕이었다. 그래서 나는 어머니뿐 아니라 유키미 씨한테도 꼼짝 못 했다.

하지만 내가 대학에 들어가면서 이 집을 나온 건 그것 때문만은 아니었다. 어머니와 유키미 씨는 모두 스무 살 때 HAVI를 받았기 때문에 겉보기에는 대학 여자 동기들과 별다를 바 없었다. 그런데도 내 앞에서 수건 한 장만 두르고 왔다 갔다 하거나, 아무 데나 속옷을 널어놓았다. 그러니 순진한 고등학생이던 내가 버틸 재간이 있겠는가. 유키미 씨는 물론이고 어머니에게까지 자칫 연애감정을 품을 수 있겠다 싶어서 하루하루가 살얼음판이었다. 아까도 말했듯 두 사람은 어디를 봐도 나와 비슷한 또래였기 때문이다.

실제로 그런 일도 일어나는 듯, 이런 내용의 금단의 사랑은 현대 소설에서 흔히 차용되는 주제였다. 부모 자식 관계를 해소하는 패밀리 리셋이 근친상간을 막기 위한 본능적인 행위라 해석하는 학자도 있었다.

애당초 패밀리 리셋이 보급되면서 다른 문제도 불거지기 시작했다. 이를테면 구애를 하려고 말을 건 여자가 실은 자신의 할머니였다는 일도 현실에서 일어날 수 있는 것이다. 뭐, 이쯤 되면 코미디였지만, 좌우지간 이것이 우리가 살아가는 21세기 후반 일본공화국의 현실이었다.

"넌 내가 그런 걸 바랄 거라고 생각했니?"

어머니의 목소리에 나는 쭈뼛거리며 고개를 들었다.

"네 눈에는 내가 고스트 아이디를 원하는 것처럼 보였어?"

화난 기색이 뚜렷했다. 말투도 날이 서 있었다. 역시 아까는 유키미 씨 앞이라 참았던 것이다.

"그건 아니지만, 조금이라도 가능성이 있다면……."

"이참에 확실히 말해둘게. 엄마는 올해 6월 12일에 터미널 센터에 출두할 거야. 그렇게 정했어. 곧 신변 정리도 시작할 거고."

어머니는 HAVI를 받은 지 105년째에 접어들어 이미 터미널 센터의 안내 메시지, '저승길 초대장'을 받았다. 만 106년이 되기 전날, 즉 올해 6월 12일까지 터미널 센터에 출두해 안락사 처치를 받아야 한다. 그 기일을 넘기면 현상금이 걸린 범죄자로 전락한다.

"난 싫어."

자연스레 그런 말이 튀어나왔다.

"하지만 네가 생각하는 것만큼 쉬운 일이 아냐."

"나도 알아, 쉬운 일이 아니라는 건. 그래서 난 온갖 방법을 동원해서……."

물소리가 들렸다. 어머니가 힐끗 욕실 쪽을 보았다.

그러고 싶지 않은데 심장 박동이 빨라졌다. 이러니까 이 집에 있기가 싫은 거야.

"유키미한테 부탁해놨어. 내가 없어도……."

어머니는 내 얼굴을 보고 말을 삼켰다.

"엄마라고 왜 살기 싫겠니. 네가 사람 구실 하는 걸 볼 때까지는 살고 싶어."

"그럼……."

"만일 네가 정말 고스트 아이디를 여기 가져와서, 내가 마음만 먹으면 계속해서 살 수 있다고 해도 역시 망설였을 거야. 하지만 난 그러기 싫어."

"망설일 필요가 뭐가 있어. 살아줘, 살아서……."

"그럼."

어머니는 날카롭게 내 말을 자르며 물었다.

"6월 12일이 지나도 계속 살 수 있다고 치자. 그럼 난 언제 죽으면 되니?"

나는 망연자실하게 어머니의 얼굴을 바라보았다.

"왜 그런 소리를 해. 안 죽으면 되잖아. 계속 살면……."

"그러니까 그게 말처럼 쉬운 일이 아니라니까."

어머니는 허공을 보며 말을 이었다.

"옛날에 같이 일하던 사람 중에 백년법 첫해 적용대상자가 있었어. 그 사람은 무척 슬퍼하며 자포자기에 빠졌지만 시행 직전에 백년법은 국민투표로 일시 동결됐지. 너도 그 얘긴 알지?"

나는 고개를 끄덕였다.

"동결됐다는 소식이 전해졌을 때 그 사람은 뛸 듯이 기뻐했어. 이제 살 수 있다, 죽지 않아도 된다. 정말 행복에 가득 찬 표정이었지. 괜히 얄미울 정도로."

"하지만 백년법은 그 5년 뒤에 시행이 됐으니까, 그 사람은 이미……"

"아니."

어머니는 슬픈 표정으로 말했다.

"그 사람은 죽었어. 하지만 터미널 센터에 출두해 안락사로 죽은 게 아냐."

나는 눈을 끔뻑였다.

"자살이었어. 동결 소식을 듣고 뛸 듯이 기뻐한 며칠 뒤였지."

"……왜?"

"모르겠어. 유서도 남기지 않았거든. 하지만 전날부터 뭔가 이상했어. 넋이 나간 사람처럼 생기가 전혀 느껴지지 않았어. 나도 걱정이 돼서 물어봤지, 무슨 일 있었냐고. 그랬더니 멍한 표정으로 이렇게만 대답하더라고. '나, 앞으로 어떡해야 할까?'라고."

"어떡해야 할까……?"

"솔직히 무슨 말인지 몰랐어. 더는 묻지도 않았고. 이튿날 근무 시간에 그녀는 나타나지 않았어. 집에서 목을 맸대."

"……"

"결국 그녀는 백년법으로 정해진 안락사 예정일보다 훨씬 일찍, 스스로 목숨을 끊은 거야. 그녀뿐이 아냐. 동결안이 결정된 직후부터 전국에서 자살자들이 속출했지. 그 대부분은 첫해 적용대상자들이었어. 그게 무슨 뜻인지 알겠니?"

어머니는 나를 똑바로 바라보며 말했다.

"전에 유키미가 이런 이야기를 했어. 인간은 무한한 시간을 살아가기에는 너무 복잡한 생물이라고. 인간은 언젠가 죽어. 죽어야 해. 그 시기를 놓치면 남는 건……."

물소리가 멈췄다.

어머니도 말을 멈췄다.

"그리고."

말투가 달라졌다.

"네 아빠 일도 있고."

"어……?"

어머니가 아버지에 대해 언급한 건 처음이었다. 어머니나 유키미 씨나 나에게 아버지 이야기를 한 적이 없다. 내가 물어본 적도 없다. 물어봐서는 안 될 일이라 생각했다.

"아버지하고 무슨 상관이……."

어머니의 얼굴에 의미심장한 미소가 번졌다.

"얘기하자면 길어. 다음에 천천히 이야기하자."

욕실 문이 열렸다.

4

공화국은 지금 유례없는 호황을 누리는 중이었다. 2076년에 들어서도 그 기세는 꺾일 줄 몰랐고, 얼마 전에도 도쿄증권거래소의 주가지수가 30년 만에 최고가를 찍었다. 국내총생산(GDP)도 12년 연속 플러스 성장을 기록할 것이 확실시되면서 이제야 한국을 따라잡게 됐다는 뉴스가 대대적으로 보도됐다. 부활을 뜻하는 '리바이빙'이라는 말도 빈번하게 들렸다. 덕분에 아르바이트 자리도 쉽게 구할 수 있었다.

"정말 여기 맞아?"

새파란 배달차는 낡은 연립주택이 밀집한 지역에 들어서고 있었다. 연립주택은 모두 구조가 같은 4층 건물로, 한 건물의 폭이 100미터 정도이고 계단 세 개가 붙어 있었다. 벽이란 벽에는 오랜 비바람이 흔적을 남긴 탓에, 자세히 들여다보지 않으면 동호수 표시조차 알아볼 수 없었다.

"8동이었지?"

운전대를 잡은 건 판타로지스타의 정직원인 운전기사이자 근속 17년차인 사사키였다. 조수석에 앉은 아르바이트 1년차 나의 임무는 전자보드로 배달 주소를 확인하는 것이었다. 판타로지스타는 대형 물류회사로, 나는 택배 부문에서 일주일에 이틀 일했다. 학비는 장학금으로 충당할 수 있었지만 생활비는 벌어야 했다. 일주일에 두 번 일하는 아르바이트라도 아침부터 밤까지 일하고 다행히 호황을 반영하듯 시급도 짭짤했기 때문에 다행히 굶어 죽지는 않았다.

배달차가 멈췄다.

"첫 집이니까 실수하지 마."

"네."

나는 전자보드를 들고 조수석에서 내려 짐칸 문을 열고 올라갔다. 짐칸의 선반에는 배달할 물건이 절반 이상 남아 있었다. 보드 화면에 뜬 주소를 터치하자 한 물건의 송장이 푸르스름하게 빛났다. 이 주소로 배달해야 하는 물품이었다.

한 손으로 들 수 있을 만큼 작은 상자였다. 가볍다. 송장을 확인하고 짐을 내려 연립으로 향했다. 그동안 운전기사는 차에서 대기한다. 최근에는 절도범도 전자 무장을 하는 실정이라 방범 장치는 무용지물이었다. 아무리 기술이 발전해도 일정 수준에 이르면 인간의 힘을 빌리는 수밖에 없었다.

그 점은 유통에도 적용되었다. 정보나 영상 등 데이터화할 수 있는 건 인터넷으로 주고받을 수 있었지만, 데이터화할 수 없는 현물은 누가 집까지 가져다주는 수밖에 없었다. 개인주의를 넘어선 고독주의가 침투한 현대에는 가게를 찾아 물건을 구입하는 생활방식은 사라지고 전자제품과 가구에서 생필품, 식품까지 죄다 집으로 배달시켰다. 그러한 택배 서비스의 기반은 인간 배달기사이고, 지금 나 역시 그중 하나다.

배달 주소는 2층이었다. 나는 계단을 올라 되도록 조용하면서도 빠르게 통로를 지났다. 집 앞에 서서 다시 한 번 동호수를 확인했다. 철제문은 원래 붉은색이었던 것 같은데, 세월이 흐르며 변색되어 지금은 뭐라 말할 수 없는 빛깔이었다. 문의 움푹 팬 곳에 먼지가 겹겹이 쌓여 있었다. 문손잡이 주변에 열쇠구멍이나 슬릿이 없는 걸 보면 그립 조작식 잠금장치가 달린 것 같았다. 초인종을 눌렸지만 고장 났는지 소리가 나지 않았다. 문을 두드리려던 순간, 문 너머에서 인기척이 났다.

열린 문틈으로 덩치 큰 남자가 얼굴을 내밀었다. 키도 컸지만 하얀 셔츠 아래로 비치는 가슴과 팔 근육이 엄청났다. 짧은 머리는 고슴도치처럼 삐죽삐죽 서 있었다. 젊지는 않았다. 정확히 말하면 적어도 20대에 HAVI를 받은 것 같지는 않았다. 몇 살의 외모인지 도무지 짐작이 가지 않았다. 집 안에서 나왔는데도 검은 색안경을 끼고 있었다.

"아, 안녕하세요? 텔레비전에서 도시락까지 무엇이든 배달하는 판타로지스타입니다."

배달기사들은 의무적으로 고객에게 이 캐치프레이즈를 말해야 한다. 당연하지만 현장에서 일하는 사람들의 반응은 영 별로였다. 사사키는 포즈까지 취하라고 하지 않는 게 어디냐고 했지만.

"들어와."

남자가 나지막하게 말했다.

나는 시키는 대로 했다.

"문 닫고 들어와. 눈부신 건 질색이니까."

"죄송합니다."

나는 황급히 문을 닫았다.

곰팡이 냄새가 코끝을 스쳤다. 실내에는 서늘하고 습한 공기가 흘렀다. 뭔가 이상했다. 이 집의 공기에서는 생활의 기운이 전혀 느껴지지 않았다.

나는 받는 사람의 이름을 확인한 뒤에 말했다.

"물품입니다."

남자는 심드렁한 표정으로 상자를 받았다.

"여기에 사인 좀 부탁드립니다."

나는 두 손으로 전자보드를 내밀었다. 사인용 화면이 거무스름하게 변했다. 여기에 손으로 사인을 하면 배달 완료였다.

하지만 남자는 뭔가 착각했는지 내가 내민 보드를 가져갔다.

"저기, 화면에 손으로 사인하시면 되는데…….."

"이렇게?"

남자는 손가락으로 화면을 옆으로 밀었다.

삐, 하는 소리가 났다.

"감사합니다."

하지만 남자는 보드를 돌려주지 않았다.

"저기, 그걸 주셔야…….."

남자는 꿈쩍도 않고 빤히 내 얼굴을 봤다. 아니, 색안경 때문에 눈길이 어디로 향하는지는 알 수 없었지만 실은 아까부터 계속 쳐다보는 게 느껴졌다.

"네가 니시나 겐이지?"

나는 숨죽인 채 남자를 바라보았다.

"모자 벗어."

"네?"

"실내에서는 모자 벗어."

나는 판타로지스타의 로고가 들어간 파란 모자를 벗었다.

남자의 입가에 웃음이 번졌다.

"역시 너군."

확실치는 않지만 뭔가 알겠다는 표정이었다.

이 사람 뭐지?

그보다 내 이름은 어떻게 아는 거고? 이름표도 없고 내 이름이 적힌 건 하나도 달고 있지 않은데.

"저기, 보드를……."

"고스트는 이제 필요 없나?"

"고스트……?"

순간 비명을 지를 뻔했다.

다리가 후들거렸다.

그럴 리가…….

"혹시 당신이…… 그때의 A씨입니까?"

남자는 대답하지 않았다. 하지만 그 존재에서는 긍정의 기운이 전해졌다.

"다시 묻지. 고스트 아이디는 필요 없나?"

대체 어찌된 영문이지? 내가 여기 오는 걸 알고 기다렸던 건가? 아직 거래가 끝나지 않은 건가. 말도 안 돼. 4개월이나 지난 일인데.

남자는 내 대답을 기다렸다.

식은땀이 흘렀다. 어떻게 해야 하지? 고스트 아이디를 쉽게 손에 넣을 수 있을 리 없었다. 유키미 씨한테도 귀에 딱지가 앉도록 들은 이야기였다. 하지만 이 상황에서 거절해도 되나? 거절하면 날 죽이는 거 아냐?

"이제 필요 없습니다."

"이유는?"

가짜니까, 그렇게 말할 수는 없었다.

말하면 정말 죽는다.

"……돈이 없어서."

이건 사실이었다. 친구들에게 빌린 돈은 모두 돌려줬기 때문에 지금 그립에 든 건 겨우 한 달 생활비였다.

"그때는 산다고 했잖아."

"사정이 생겨서……."

"그렇군."

남자가 보드를 돌려줬다.

살았나? 그냥 보내주는 건가? 일이 너무 쉽게 풀리는 것 같기도 했지만 어쨌든 한시라도 빨리 이 집에서 나가고 싶었다.

하지만 내가 고개를 숙이고 문을 열려던 순간.

"거기 서."

남자의 한 마디에 다리가 얼어붙었다. 달려서 도망친다고 해도 쫓아올 것이다. 분명 붙잡힐 것이다. 도망칠 수 없다. 남자의 목소리에는 사람을 절망에 빠지게 하는 힘이 깃들어 있었다. 나는 체념하고 문에서 손을 뗐다.

남자는 방금 내가 건넨 상자를 뜯기 시작했다. 포장을 풀고 뚜껑을 열어 안에 든 물건을 꺼냈다.

그립. 광택이 도는 검은색 그립이었다.

"이 그립에 고스트 아이디가 들어 있다. 물론 생체인증 데이터는 초기화 상태고."

남자는 그립을 나에게 건넸다.

"너한테 주마."

나는 무슨 영문인지 모르는 채 검게 빛나는 그립을 보았다.

"뭘 멍하니 있나? 빨리 받아. 돈은 필요 없어."

거짓말.

이런 꿈같은 일이 일어날 리 없다.

가짜다.

가짜가 분명했다.

그렇지 않으면 뭔가 꿍꿍이가 있는 것이다.

"의심하나?"

나는 힐끗 남자의 안색을 살폈지만 화난 것 같지는 않았다.

"그럴 법도 하지. 생체 데이터를 등록하고 나서 돈을 충전하고 물건을 사봐. 그럼 알겠지."

설마.

마른침을 꿀꺽 삼켰다.

진짜라고?

진짜 고스트 아이디라고?

"이걸 왜 저한테……."

"호의라고 생각해. 불만 있나?"

"저한테 왜 호의를 베푸시는지 모르겠는데요."

"이유가 뭐가 중요해. 너한테 지금 중요한 건 어머니를 살리는 일이잖아. 아니야?"

순간 소름이 끼쳤다.

이 남자는 모든 걸 알고 있었다.

어머니의 출두일까지 앞으로 43일.

"그걸 어떻게……?"

"조사하면 다 나와."

"이런 짓을 해서 무슨 이득이 있죠? 저 같은 학생 상대로 이런 교묘한⋯⋯."

"쓸데없는 생각 마. 넌 이 고스트 아이디를 받을 건지, 그것만 정하면 돼."

이게 진짜라면 어머니는 죽지 않아도 된다. 앞으로도 영원히 살 수 있다. 같이 있을 수 있다.

하지만.

받으면 안 된다.

직감이 그렇게 말했다. 직감과 욕망이 충돌하면 직감을 믿어라. 누구한테 들은 말인지는 모르겠다. 하지만 언젠가 누가 분명 그렇게 말했다.

받으면 안 된다.

"받을 수 없습니다."

"사양할 필요 없어. 이게 마지막 기회야."

"설령 제가 이걸 가지고 가도 어머니는 쓰지 않을 겁니다. 어머니를 괴롭힐 뿐이죠. 그러니까 받을 수 없습니다."

"진심으로 하는 소리야?"

"네."

남자는 잠깐 말이 없다가 쿡쿡 웃었다.

"과연."

나는 슬쩍 부아가 치밀었다.

"그쪽은 대체 누굽니까?"

남자는 대답하지 않았다.

유쾌하게 웃을 뿐이었다.

"정말⋯⋯ 아나타 도진의 조직원입니까?"

남자가 웃음을 멈췄다.

뜻밖이라는 듯 눈썹이 올라갔다.

"호오, 아나타 도진을 아나?"

"이름만 들어봤습니다."

"그거 기쁘군."

남자는 정말 기쁜 듯 이를 보이며 씩 웃더니 말했다.

"내가 바로 그 아나타 도진이야."

5

아르바이트를 마치고 방으로 돌아오자 오후 9시가 지나 있었다. 내가 사는 곳은 널찍한 대학부지 북쪽 끄트머리에 있는 학생 기숙사다. 말이 기숙사지 통금 시간도 없고 잔소리하는 관리인도 없으니 그런 점에서는 민간 공동주택이나 다를 바 없었다. 차이라면 집세였는데, 약 10분의 1이었다. 그 대신 시설은 딱 그만한 수준이었다. 굴처럼 비좁은 방에는 작은 세면대와 침대, 책상이 있을 뿐 욕실이나 부엌은 물론 화장실도 공용이었다. 못 데려올 것은 없겠지만 여자를 들이고 싶은 방은 아니었다. 그래도 어머니와 유키미 씨가 있는 그 집을 나와 처음 이곳에서 혼자 밤을 보냈을 때는 형언할 수 없는 해방감에 젖었다.

나는 하루 일과를 마치고 고단한 몸으로 침대에 누워 대자로 뻗었다. 온몸을 가득히 채운 피로가 딱딱한 매트에 빨려 들어갔지만, 정신은 묘하게 맑았다.

자신이 아나타 도진이라 했던 그 남자가 진짜 아나타 도진 맞을까? 사형당한 남자가 대역이었다는 건 사실이었나. 그 남자는 그 뒤로 아무 질문에도 대답하지 않았다. 하지만 온몸을 휘감은 자신감은 결코 거짓이 아니었다. 그리고 나에 대해서도 모르는 게 없었다. 고스트 아이디를 심은 그림을 내가 일하는 판타로지스타에 배달 의뢰해 내가 그 집으로 배송하게 했던 것이다. 송장에 적힌 이름은 가명이리라. 지금은 생각조차 나지 않을 만큼 평범하기 그지없는 이름이었다. 검은 승합차 앞에서 거래 직전까지 갔을 때도, 내가 접선에 성공한 게 아니라 처음부터 그쪽에서 접근한 건지도 모른다. 나는 그의 손바닥에서 놀아난 것이다.

하지만 왜 이런 성가신 일을 벌인 걸까. 왜 전설이라 불리는 남자가 나 같은 걸…….

도무지 이해가 가지 않는 일투성이었지만 부정할 수 없는 사실이 두 가지 있었다.

그 남자는 나에게 고스트 아이디를 주려고 했다.

그리고 나는 그걸 거부했다.

"마지막으로 한 번만 더 묻겠다. 고스트 아이디가 필요 없다는 거지?"

망설일 일이 아니라고 생각했다. 그래서 가슴을 펴고 당당하게 필요 없다고 대답했다. 그런데 나는 지금 침대 위에서 극도의 불안에 휩싸여 있다. 정말 그래도 되는 걸까. 그 고스트 아이디를 받았어야 하는 게 아닐까. 어머니의 생명을 구할 수 있는 유일한 길을 내 멋대로 닫아버린 게 아닐까. 일단 어머니에게 갖다 주고 어머니의 판단에 맡겨야 했던 게 아닐까. 끝없는 물음이 꼬리에 꼬리를 물고 온몸을 들쑤셨다.

"이게 마지막 기회야."

다시 눈앞에 그 남자가 나타나 검은 그립을 내민다면 나는 어떻게 할까. 거부할 자신이 없었다. 거부는커녕 신이 나서 냉큼 받을지도 모른다. 마음 한구석에서는 그걸 바라고 있었다. 받지 않은 걸 후회하고 있었다.

바지 뒷주머니에서 진동이 느껴졌다.

그립을 꺼냈다.

어머니였다.

나는 벌떡 일어나 전화를 받았다. 여느 때와 다름없는 어머니의 목소리. 지난 20년 동안 날마다 들어온 목소리다.

"조만간 집에 한번 들러라. 알겠니?"

이 목소리를 들을 수 있는 것도 앞으로 43일밖에 남지 않았다.

나 때문이다. 내가 공연한 짓을 해서……

"겐, 듣고 있니?"

"듣고 있어. 잘 들려. 집에 들르라고 했잖아."

"엄마가 쓰던 물건 중에 필요한 물건이 있으면 가져가. 나머지는 처분할 테니까. 아, 유키미한테는 먼저 나눠줬어. 유키미한테 준 물건 중에 원하는 게 있으면 둘이 상의해서 결정하고."

"저기, 엄마…… 있잖아……"

"이제 구질구질한 이야기는 안 하기로 했잖아."

"오늘 진짜 고스트 아이디를 손에 넣을 뻔했어."

"얘가 아직도 그런 소리를……"

"아니, 진짜라니까."

어머니는 아무 말도 하지 않았다. 아직도 정신 못 차린 아들을 한심하게 여기는 걸까, 아니면 내 말을 조금은 믿어주는 걸까?

"아나타 도진이라는 이름 기억해? 전에 내가 잠깐 이야기한 적 있잖아."

"아, 100년 전에 큰 사건을 일으킨 테러리스트 말이지? 사형됐다는. 그 사람의 지하조직이 있다면서."

"오늘 그 사람을 만났어."

"뭐라고?"

"아나타 도진을 만났다고. 대역이 대신 죽었다는 전설, 그 이야기가 사실이었어."

어머니는 웃음을 터뜨렸다.

"그게 무슨 허무맹랑한 소리니?"

"엄마 일도, 내가 어디서 아르바이트하는지도 전부 알고 있었어. 지하조직을 이용해 알아본 거야. 진짜 아나타 도진이 아니라면 그런 걸 어떻게 알아냈겠어. 고스트 아이디도 갖고 있었어. 나한테 공짜로 준다고 했는데, 난…… 난…… 내가 거절했어. 내가 멋대로 거절했어."

나는 울먹이며 말했다.

"미안, 엄마. 미안해……."

"거짓말."

어머니의 목소리는 다정했다.

"거짓말 아냐. 사실이라니까. 난 엄마가 살 수 있는 길을……."

"네가 아니라 그 남자 말이야."

"……어?"

"그 고스트 아이디가 진짜인지 아닌지는 모르지만 네 판단이 옳았어. 그걸 갖다 주면 내가 괴로워할 거라고 생각한 거지?"

"엄마……."

"말했잖아. 난 네 엄마야. 네가 어떤 아들인지 세상 누구보다 잘 알아."

더는 참을 수 없었다. 멍청한 자식. 스무 살이나 먹어서.

"뚝. 그만 울어. 사내자식이 칠칠치 못하게. 유키미랑 같이 있는데 바꿔줄까?"

나는 애써 울음을 삼켰다. 유키미 씨에게 이런 한심스런 꼴을 보일 수는 없다.

"내가 거짓말이라고 한 건 그 남자가 자기를 아나타 도진이라 했다는 거야. 단언하는데, 그 남자는 아나타 도진이 아냐. 아나타 도진 행세를 하는 가짜지."

"하지만 엄마, 그 사람은……."

"겐, 엄마 말 잘 들어."

어머니는 다정한 목소리로 타이르듯 말했다.

"아나타 도진이란 사람은 처음부터 이 세상에 없는 사람이었어. 존재하지 않는 사람이 진짜 가짜가 어디 있니?"

나는 이상야릇한 느낌에 휩싸였다.

단순히 날 위로하려고 하는 말이 아니었다.

어머니는 자신의 말에 절대적인 확신이 있는 것이다.

어떻게 아나타 도진이 존재하지 않는다고 단언할 수 있는 거지? 그와는 전혀 상관없는 어머니가…….

바닥이 흔들리는 것 같았다.

아나타 도진을 자칭하는 남자가 내 앞에 나타난 일, 어머니 일을 알고 나에게 고스트 아이디를 주려고 한 것, 그리고 어머니의 확신에 찬 목소리…….

"엄마…… 뭔가 아는 거야?"

2장 | 아들에게

1

지금 메시지를 보냈어. 나와 유키미가 아는 사실은 하나도 빠짐없이 적었어. 긴 이야기니까 시간 있을 때 읽어보렴.

엄마가.

먼저 밝혀둘게.

이 텍스트 데이터는 유키미의 도움을 받아서 썼어. 엄마한테 이런 긴 문장을 쓸 능력이 없는 건 너도 알지?

사실대로 말하면 설마 네 입에서 아나타 도진이라는 이름을 듣게 될 줄은 몰랐어. 그뿐이었다면 나도 공연한 소리 않고 이 세상을 떠날 수 있었겠지만, 넌 나에게 물었지. 뭔가 아는 거냐고. 그때 생각했어. 이건 숙명이다, 내가 아는 모든 걸 너에게 말해주는 게 내 마지막 역할이다, 라고.

그래서 이렇게 쓰기 시작했는데, 어디서부터 써야 할지 고민이 되네. 애당초 일의 발단은 100년쯤 전에 일어난 그 사건이지만, 아무리 그래도 거기서부터 이야기를 시작하는 건 내 능력 밖의 일이야. 그리고 갑자기 그런 옛날 사건 이야기를 꺼내도 너한테는 지루하기만 할 테니까, 우선 엄마가 네 아빠하고 만난 이야기부터 할게.

하지만 왜 내가 네 아빠하고 만나 사랑에 빠져 결혼하고 널 낳았는지 이해하려면 그 시절 이야기를 먼저 알아야겠지. 그러니까 조금만 참고 읽어봐.

2048년 실시된 국민투표로 백년법이 일시 동결되자, 그 직후에 자살자가 급증했다는 이야기는 전에도 했지? 하지만 늘어난 건 자살자만이 아니었어. 살인사건 뉴스도 날마다 흘러나왔지.

자살자들은 대부분 백년법 첫해 적용대상자였지만 살인자에게서는 그만큼 뚜렷한 경향을 찾을 수 없었어. 아이디카드를 노린 강도 살인사건이 화젯거리였지만 실제 범행 건수는 그리 많지 않았어. 오히려 이렇다 할 동기가 없는 사건이 대부분이었지. 직장이 없어서 불만에 가득 찼던 것도 아니고, 상대에게 원한을 가진 것도 아니고, 강도 목적도 아니고, 그 밖에 딱히 고민거리가 있던 것도 아닌데 눈앞의 사람을 느닷없이 선로로 떠밀거나, 달리는 차 앞으로 밀치거나, 또는 같이 잘 살던 사람을 때려죽이거나 목을 조르기도 했지. 다들 자신뿐 아니라 별 이유 없이 다른 사람의 목숨까지 빼앗기 시작했어. 마치 동결된 백년법을 대신하듯 말이야.

각 사건들은 어디까지나 개인적인 수준에 머물러 있었어. 발생한 곳도 전국 각지였고 특정한 공통점을 찾을 수 없었지. 하지만 이

만큼 비슷한 사건이 여기저기서 터지면 당연히 다들 불길한 느낌을 받지 않겠니?

그렇지 않아도 사상 최악의 경기에 실업자가 전국에 흘러넘쳤어. 그 대부분은 청년층이었고. HAVI를 받아서 다들 겉보기엔 젊으니까 청년이라는 말은 좀 우습지만, HAVI를 받은 지 얼마 되지 않은 사람들을 말하는 거야. 일부에서는 신세대라는 말도 사용하기 시작했지.

유니언이라고 들어봤니? 엄마처럼 재산도, 특출한 재능도 없는 사람들에게 안정된 생활을 보장해주기 위해 설립된 공영 취업알선 기관인데, 거기 회원이 되면 업무 내용과 시간에 상관없이 매달 일정한 생활비를 받을 수 있어. 지금 생각해보면 말도 안 되는 파격 대우지? 당시에도 인기가 있어서 가입 희망자가 넘쳐났어. 그렇지 않겠니? 회원이 되기만 하면 생활이 보장되니까. 하지만 긴 불황으로 일자리가 줄어든 탓에 유니언에 가입하기도 어려워져서, 그때도 신세대의 가입률은 세 명 중 한 명꼴이었단다.

그런 청년층의 희망이 바로 백년법이었어. 백년법이 시행되면 유니언 회원 중에서도 상당수의 사람이 죽을 테고, 그만큼 유니언에 빈자리가 생길 테니까. 청년층은 백년법에 따른 안락사 처치가 시작되기만 하면, 자신들이 유니언에 들어갈 수 있으리라 기대했지.

하지만 백년법은 시행 직전에 동결됐어. 청년층은 이 결과에 강한 불만을 가졌지. 그들의 분노는 금세 분출되지는 않았지만 깊은 곳에서 부글부글 끓고 있었어.

그런 때였어.

내가 네 아빠, 기바 미치오와 만난 건.

난 고등학교를 졸업하고 줄곧 유니언에서 일했어. 유니언에는 여러 규칙이 있었는데, 그중 하나가 3개월마다 직장을 옮겨야 한다는 것이었지. 직장은 그때마다 유니언에서 지정해주었고 직접 택할 수는 없었어. 백년법이 동결된 뒤 두 번째로 배속된 직장에서 네 아버지를 만났지. 같은 유니언 회원이었어.

처음에는 별로 좋은 인상을 받지 못했어. 오른쪽 눈이 실명돼서 항상 짙은 색안경을 끼고 있었고, 표정 변화도 거의 없어서 굳이 따지자면 음침했어. 안색도 좋지 않았는데, 나중에 들어보니 크게 다쳐 퇴원한 지 얼마 안 되었다니 그 때문이었을지도 몰라.

얼굴은 너랑 똑같이 생겼어. 아니, 네가 아빠를 쏙 빼닮았다고 해야 할까. 정말 판박이라 가끔 네가 집에 올 때면 가슴이 두근거리곤 했지. 아, 네 얼굴이 음침하다는 뜻은 아니야.

같은 직장에서 일하기는 했지만 우리가 금세 친해진 건 아니었어. 나는 직장에서는 가벼운 인간관계를 유지하리라 다짐했었거든. 마음에 벽을 치고 있었던 거지. 그래서 네 아빠도 처음엔 날 무뚝뚝하고 쌀쌀맞은 여자라 생각한 모양이야. 결국 그렇게 세 달이 지나갔고, 난 유니언의 지시를 받아 다음 직장으로 옮겼지.

하지만 거기서 또 만났지 뭐니, 네 아빠하고.

정말 드문 일이었어. 왜냐면 그때까지 직장에서 같이 일했던 사람과 다시 또 만난 적은 거의 없었거든. 그런데도 네 아빠하고는 두 번 연속으로 같은 직장에서 일하게 된 거지. 정말 희한한 일도 다 있다고 생각했어.

그렇다고 친해졌냐면, 대답은 아니요야. 드문 일이기는 했지만 단순한 우연이라 생각했지. 네 아빠도 딱히 신경 쓰는 눈치는 아니었어. 대화를 나눈 적도 없었지. 그렇게 세 달이 지나 다음 직장으로 이동했어.

그랬더니.

거기서 또 만난 거야, 네 아빠하고.

세 번 연속으로.

확률적으로는 거의 불가능에 가까운 일이었지. 정말 천문학적인 우연이었어.

그래, 우연이었어. 어디까지나.

하지만 우연도 반복되면 필연이라고 하지.

우리는 새 직장에서 서로의 얼굴을 본 순간 웃음을 터뜨렸어. 무슨 영문인지 모르겠지만 그렇게 웃음이 나더라고. 배를 잡고 웃었어. 네 아빠도 웃었어. 어린애 같은 얼굴이었어. 그동안은 음침한 표정만 봐서인지 이렇게 귀여운 표정도 짓는구나 하고 깜짝 놀랐지. 완전히 넘어간 거야. 네 아빠의 그 웃는 얼굴에 넘어갔어. 마음의 벽은 흔적도 없이 사라졌지. 그 느낌이 참 좋았어. 네 아빠는 이렇게 웃어본 건 정말 오랜만이라고 했어. 나도 마찬가지였지. 그리고 이 사람과는 앞으로도 마음껏 웃을 수 있을 것 같았어.

2

겐, 잘 지내니? 나 유키미야.

여기서부터는 내가 쓰기로 했어. 네 엄마는 쓰다가 네 아빠 생각이 났는지, 지금 이걸 쓰고 있을 정신이 아니야. 그리고 백년법이 동결되고 나서 다시 시행될 때까지 이 나라에 무슨 일이 있었는지를 말하는 데는 엄마보단 내가 적격일 테니까.

엄마가 말했듯이, 백년법이 동결된 뒤로 전국에서 자살과 살인 사건이 늘어났어. 하지만 다들 거기서 멈출 리가 없다는 걸 어렴풋이 느끼고 있었지. 그때 이 나라를 뒤덮었던 공기는 한마디로 '불온'했어. 백년법 동결에 따라 얻게 된 무한한 시간이 불러온 형언할 수 없는 불안. 날마다 반복되는 불필요한 죽음은 그 반증이었는지도 몰라.

불온한 침묵을 깨고 불을 뿜은 건 신세대들이었어. 청년들에게는 불온한 공기 운운하는 애매모호한 것보다 당장 코앞에 닥친 현실적인 문제가 있었기 때문이야. 동결된 지 1년이 지났는데도 백년법이 시행될 낌새도 보이지 않았던 거지. 자신들이 언제쯤 유니언에 가입할 수 있는지도 기약이 없었어. 현실에 절망한 청년들은 직접 거리로 나왔어.

처음에는 고작해야 수십 명에서 백 명 규모의 시위행진이었대. 장소는 지금의 RJR도쿄 역 앞 스퀘어 거리. 당시에는 RJR도 아직 국철이었고, 카운트다운 이벤트가 열린 R스퀘어도 공화국 광장이라 불렸어. 시위는 손으로 쓴 현수막을 들고 구호를 외치며 공화국 광장과 역을 오가는 고전적인 평화시위였지. 그들의 요구는 오로지 하나였어. 자신들을 유니언에 가입하게 해달라는 것이었지.

원래는 하루 예정인 시위였어. 하지만 이튿날에도 누가 부른 것도 아닌데 시위 참가자들이 공화국 광장에 모인 거야. 게다가 참가 인원도 수천 명으로 늘어났지. 인터넷을 통해 시위 소식을 들은 동세대 청년들이었어. 광장에 모인 시위대는 분위기를 타고 행진을 시작했어. 인솔자가 따로 없었기 때문에 구호도 제각각이었고, 시위 자체는 좀 어설펐다고 하더라고. 사전에 집회 신고를 하지 않았기 때문에 경찰이 출동해 해산하라고 했지. 하지만 시위대는 멈추지 않았어. 누군가에게 통솔된 게 아니라 자연발생으로 시작된 시위였기 때문에 선두에 선 사람들을 설득한들 아무 효과가 없었던 거야. 수천 명 규모면 군중이야. 군중들을 말로 통솔하는 건 불가능하지. 그런 까닭에 경찰도 단념하고 시위를 제지하기보다는 교통정리를 하며 만일의 사태를 방지하는 방침으로 전환했어. 그 덕에 무사히 스퀘어 거리를 지나 시위행진은 끝난 것처럼 보였어.

하지만 그때 예상치 못한 일이 일어났어. 공화국 광장으로 다시 돌아왔는데도 아무도 자리를 떠나지 않는 거야. 다들 당혹스런 표정을 지을 뿐이었지. 이건 내 추측인데, 그때 사람들은 지푸라기라도 잡는 심정으로 그 시위에 참가했을 거야. 뭔가 달라지는 게 아닐까, 달라질 거다, 그런 기대를 품고. 하지만 시위는 스퀘어 거리를 왕복하고 끝이 났어. 아무것도 달라진 건 없었고. 이대로 집으로 가면 어제까지와 같은 날들이 이어질 뿐이었지. 사람들은 그 현실을 받아들이기 힘들었던 게 아닐까? 이럴 리 없다, 이래서는 안 된다고 생각한 거지.

"총리 관저로 가자!"

크게 울려 퍼진 그 외침이 계기였어. 갈 곳을 잃은 군중들에게 다음 목적지라는 먹이가 던져진 거지. 누가 외쳤는지도 모르는 그 말에 다들 달려들었어. 포효와도 같은 환성이 광장을 뒤흔들었고, 다들 총리 관저를 향해 움직였어. 차도를 불법점거하고 행진을 했지. 총리 관저로 가서 뭘 어쩔 것인가, 사람들의 머릿속에 구체적인 생각은 없었을 거야. 경찰도 자신들을 건드리지 못했다는 자신감이 과격한 행동에 불을 지폈을지도 몰라. 그동안 쌓인 감정의 배출구가 필요했을 뿐인지도 모르지. 어찌 됐든 군중심리에 좌우된 그것은 더 이상 시위가 아니라 폭동이었어. 사태가 걷잡을 수 없이 번지자 정부도 더는 그냥 보고만 있을 수 없었지. 진압에 투입된 무장경찰대가 총리 관저 앞에서 시위대와 격돌했어.

여기서 의문을 하나 제기할게. 공화국 광장에서 총리 관저까지는 걸어서 적어도 한 시간은 걸리는 거리야. 그리고 정확한 위치를 아는 사람도 얼마 없었을 테고. 그런데 시위대는 헤매지 않고 곧바로 총리 관저로 향했어. 그때 선두에 섰던 사람이 누구였는지는 몰라. 그립의 GPS기능을 이용했다는 사람도 있지만, 과연 그런 소도구로 수천 명을 이끌 수 있었을까? 군중들을 선동하려면 무엇보다 기세가 중요하거든. 내 말은, 그 군중 속에 명확한 목적을 가진 자들이 여럿 섞여 있었을 가능성이 있다는 소리야. 아마 처음에 '총리 관저로 가자!'라고 외친 인물도 그중 하나였던 게 아닐까? 이 다음부터는 그 사실을 염두에 두고 읽어줘.

일본공화국에서 벌어진 일이라고는 믿기지 않는 광경이었어. 총리 관저를 지키는 무장경찰대는 경고만으로는 폭동을 막을 수 없다 판단하고 최루탄과 고무탄, 음향탄을 사용했어. 수천 명이 모였다 해도 어차피 무기나 방어구도 없는 오합지졸에 지나지 않았어. 뿐만 아니라 자신들이 공격을 받을 거란 생각은 꿈에도 하지 못한 상태였지. 무장경찰대의 공격에 시위대는 공포를 이기지 못하고 그 즉시 뿔뿔이 흩어져 도망쳤어. 파열음, 하얀 연기, 비명, 성난 소리가 뒤섞인 가운데, 경찰대가 쏜 고무탄에 맞은 사람, 막대기로 얻어맞은 사람, 도망치던 이에게 짓밟힌 사람…… 수많은 피가 흘렀고 사망자도 나왔어. 그중에는 HAVI를 받은 지 얼마 되지 않은 스무 살짜리 여자애도 있었다고 들었어.

이 사건은 언론을 통해 대대적으로 보도됐어. 정부의 치졸하기 그지없는 대응에 국내외에서 비난이 빗발쳤고, 고노이케 총리가 드디어 실성했다는 소리까지 나왔어. 실제로 명령을 내린 사람은 공화국경찰을 관할하던 도모나리 내무장관이었지만.

폭동은 진압됐지만 그건 끝이 아니라 시작에 지나지 않았어. 한 번 솟아오른 불길은 즉시 주변으로 번졌고, 신세대들이 주도하는 시위 집회가 전국 각지에서 벌어졌지. 어떠한 집회도 허가를 받지 못했기에, 그때 열린 집회는 모두 불법이었어. 폭동으로 번진 경우도 적지 않았어. 무능한 정부는 그때마다 실력행사에 나섰고 또다시 많은 피가 흘렀어. 그 피들이 새로운 증오를 불러일으킨 까닭에 시위와 폭동은 줄기는커녕 날이 갈수록 늘어났고, 결국 고노이케 총리가 국가비상사태를 선언하기에 이르렀어. 주가는 폭락했고, 그 전부터 바닥을 기던 경제에 영향을 끼칠 것은 불 보듯 뻔했지. 상황이 급박하게 돌아가는데도 사태를 전혀 수습하지 못하는 정부에 대한 국민의 분노와 불신은 정점에 다다랐어. 언론의 논조도 점점 비판적으로 변했고. 보통은 야당도 정부 비판에 가세해 총리 퇴임과 하원 해산을 요구했겠지만 이때는 달랐어. 야당에게도 이 혼란스런 시국을 헤쳐나갈 능력이 없었기 때문이야. 오히려 이런 상황에서 정권을 잡는 건 볏짚을 지고 불속으로 뛰어드는 꼴이라고 생각한 것 같아. 공화국은 혼란의 구렁텅이에 빠졌어. 이것이 이른바 '2049년 위기'였지.

이 모든 일의 원흉이 백년법의 동결이라는 걸 모두 깨닫기 시작했어. 그러나 정치인 중에 그 말을 꺼낼 만한 담력을 가진 사람은 거의 없었지. 국민이 투표로 백년법에 관한 의사표시를 확실히 한 상황에서, 그에 반하는 의견을 내는 게 정치적으로 얼마나 위험한 시도인지 다들 알고 있었거든. 그리고 하원 선거가 코앞으로 닥친 시기이기도 했고. 거기다 정치인 중에서도 백년법 적용대상자인 사람이 많았어. 백년법 시행은 곧 자신의 죽음을 뜻하는 것이었지. 자기 안위만 생각하며 정당한 주장조차 제대로 하지 않고 책임도 지려 하지 않는 정치인들. 이 난국에 우리를 구해줄 새로운 지도자는 없는가. 절망한 국민들 사이에서 그런 간절한 외침이 터져 나오기 시작했어.

신시대당이 주목받기 시작한 건 그 즈음이었어. 당당하게 백년법 찬성을 표명하며 그 신념을 관철시키기 위해 여당 유력 의원 자리를 박차고 나와 신당을 창당한 기개 있는 정치인의 존재를 국민들이 드디어 떠올린 거야. '공화국 최후의 희망'이라고까지 일컬어졌지. 그리고 그때를 기다렸다는 듯 신시대당의 대표 우시지마 료이치의 연설회가 열렸어.

2050년 3월 9일.

지금도 사람들 입에 오르내리는 공화국 광장의 야외 연설회 말이야.

당일에는 많은 취재진이 몰려들었고, 청중도 수만 명 이상으로 추정됐어. 일개 정치인의 연설회치고는 이례적으로 주목을 받았지. 오후 7시에 시작되는 연설회 회장에는 구세주의 강림을 기다리는 듯한 분위기가 감돌고 있었다고 해. 예정 시간보다 15분 늦게 연단에 오른 우시지마 료이치는 수만의 청중에게 다짜고짜 "여러분은 국가에 무엇을 바라십니까?" 하고 조용히 물었어. "안정된 생활. 안정된 치안. 안정된 정치. 하지만 그 모든 게 무너졌습니다. 어째서일까요?"

그때부터 우시지마 료이치는 지난 국민투표 직전에 자결한 내무성 차관을 거론하고, M문서라는 이름으로 유포된 미츠타니 보고서를 인용해 이대로 가다간 일본공화국은 한국이나 중국, 러시아에 흡수되어 사라질 것이라고 조용하지만 강한 어조로 경고했어. 나아가 이제는 잔재주가 통하는 상황이 아니다, 용기를 가지고 나라 전체를 개혁해야 한다고 주장했지. 그러면 반드시 일본은 다시 부흥할 것이며 새로운 미래가 펼쳐질 것이다, 이 나라에는 아직 그런 잠재력이 남아 있다고 했어.

나도 당시 생중계로 이 연설을 봤는데, 구성부터 사용된 어휘, 목소리 톤까지 철저하게 계산되었다는 느낌을 받았어. 자결한 내무성 차관의 애국심을 칭송함으로써 백년법 동결을 선택한 국민에게 죄책감을 주고, 그 틈을 헤집고 들어가 M문서의 신빙성을 강조해 공포심을 부채질한다. 그리고 전략이 먹혀들었을 때쯤 희망을 이야기하며, 그 희망을 짊어질 이는 자기밖에 없다는 믿음을 준다. 혀를 내두를 정도로 주도면밀하게 계산된 연설이었지. 뛰어난 연설문 작성자가 쓴 명문이었어. 연설회장은 심상치 않은 열기와 흥분에 휩싸였어.

지식인들의 평가는 박했어. 번지르르한 협박성 문구의 나열에 지나지 않는다, 사실을 오인한 점이 있다, 거센 비판을 날렸지. 하지만 국민 대다수는 호의적으로 받아들였어. 시종일관 책임 회피에 급급한 정치인들에게 이골이 난 국민의 눈에는 자신감과 위엄에 찬 우시지마 료이치가 신선하게 비쳤던 거야. 저 사람은 다르다, 국민들에게 그런 인식을 심어주었다는 점에서 연설회는 성공적이었어.

그날부터 우시지마 료이치를 총리로 추대하자는 목소리가 커졌어. 실제로 여당에서 신시대당의 우시지마를 총리로 하는 연립 내각을 제안했지만 그는 단칼에 거절했지.

이 사건은 즉시 보도되어 국민들 사이에 화제로 떠올랐어. 공화국 총리는 모든 정치인들이 꿈꾸는 자리야. 그런데 눈 하나 깜짝 않고 그 자리를 차버리다니, 대체 우시지마 료이치는 무슨 생각을 하는 건가. 그의 목적은 무엇인가. 갖가지 억측이 난무했지만 우시지마는 침묵을 지켰지.

그 답은 곧 나왔어.

임기가 끝난 하원의원 선거와 함께 대통령 선거도 실시될 예정이었는데, 우시지마 료이치는 이 대통령 선거에 출마하겠다고 발표한 거야. 그리고 하원선거에는 자신이 이끄는 신시대당에서 여러 신인 후보를 내겠다고 했어.

하지만 당시 대통령직은 한마디로 이름뿐인 자리였어. 굳이 따지자면 명예직으로, 실질적인 권한은 하나도 없었지. 이때 그의 행동은 누가 봐도 이해할 수 없었어.

대통령에 입후보한 이들도 몇몇 있었지만, 항간에 떠돌던 소문대로 우시지마 료이치의 압승으로 끝났어. 득표율 93퍼센트라는 전대미문의 수치를 기록했지. 이 숫자는 훗날 큰 의미를 가지게 돼.

하원선거에서도 신시대당이 의석수를 상당수 확보하며 약진했지만, 그래도 공화당과 민권당에는 비할 수 없었지. 하지만 2대 정당도 단독으로 과반수를 넘기지 못한 까닭에 신시대당이 어디와 연합하느냐에 따라 정권의 행방이 결정되는 상황이었어. 신시대당이 캐스팅보트를 쥔 거지.

당대표인 우시지마 대통령의 판단에 이목이 집중됐지만, 여기서 그는 제3의 길을 선택했어. 공화당과 민권당에게 백년법이 시행될 때까지 한정적으로 대연립을 제안한 거야. 하지만 조건이 하나 있었어. 총리로 신시대당의 초선의원, 유사 아키히토를 지명하는 것이었지.

유사 아키히토야말로 우시지마 대통령의 심복이라 불린 최측근이었어. 정치인으로서는 무명이었지만 전 내무성 관료 출신으로 정치인들 사이에서는 나름대로 지명도가 있던 모양이야.

정치 신인을 총리 자리에 앉히겠다는 우시지마의 요구는 터무니없었지만, 공화당과 민권당은 이 제안을 수락했어. 93퍼센트라는 압도적인 지지율로 당선된 우시지마 대통령과 붙어봤자 승산이 없다고 생각했겠지. 아니면 백년법 시행이란 위험성이 큰 정책은 신시대당에게 떠넘기고, 볼일이 끝나면 내쫓으면 된다고 생각했을지도 몰라.

하지만 우시지마 대통령은 그런 여지를 줄 인물이 아니었어. 분명 대통령의 지시가 있었겠지만, 유사 총리가 취임하자마자 공화국 헌법 제76조에 따른 총리 권한을 행사해 공화국 헌법 개정을 위한 국민투표를 실시하겠다고 선언한 거야.

개정사항은 모두 네 가지였어.

첫째, 오직 대통령만이 하원 해산권을 가진다.

둘째, 대통령은 헌법 개정 등 중요한 안건을 의회의 동의 없이 직접 국민투표에 부칠 권한을 가진다.

셋째, 대통령은 의회의 결정에 거부권을 가진다.

넷째, 대통령의 임기는 4년, 재선은 불가하다. 단, 의회가 인정한 경우에는 4년 단위로 연장할 수 있다.

이 뜻을 정확히 이해한 국민은 얼마 없었을 거야. 다들 어안이 벙벙한 사이에 차례차례로 새로운 정책이 추진되어 현혹됐기 때문이지. 정부에서도 그걸 노렸을 테고.

첫째에서 셋째까지는 의회의 존재의의를 저하시키고 대통령의 권한을 대폭 강화하는 법률이야. 이 개정으로 명예직에 불과하던 대통령은 실질적인 권력자가 되었어. 이것은 공화국의 권력구조 자체를 전환시킨 역사적인 사건이었어. 하지만 당시 정치인들과 국민들은 깊이 생각할 여유가 없었지. 국민들은 오히려 앞으로는 우시지마 료이치의 리더십이 진가를 발휘할 거라며 환영하기까지 했어. 그는 '공화국 최후의 희망'이었으니까.

하지만 이같이 급진적인 헌법 개정에 국민이 거부반응을 보이지 않은 가장 큰 요인은 네 번째 조항이 있었기 때문일 거야. 아무리 대통령의 권한이 강력해져도 의회가 인정하지 않으면 4년 뒤에는 물러나야 하니까. 게다가 재선도 불가능하고. 이러면 권력의 폭주를 막을 수 있다고 생각할 법도 했지.

하지만 관점을 달리하면, 의회의 승인만 받으면 영원히 대통령으로 있을 수 있다는 뜻이지. 하지만 국민은 물론 당사자인 의원들조차 그 가능성을 진지하게 고려하지 않았어. 우리가 인정하지 않으면 된다, 인정할 리가 없다, 그렇게 믿은 거지.

국민투표 결과, 개정안은 모두 가결됐어. 그 열기가 식기 전에 우시지마 대통령은 유사 총리를 통해 차례차례 법안을 의회에 제출했지.

하나, 신 백년법
4년 뒤인 2054년부터 생존제한법을 실시하기로 정한 법안이야. 왜 4년 뒤인가, 표면적으로는 국민들이 마음의 준비를 할 시간을 주기 위해서라고 했지만, 아마 그 속내는 대통령 임기연장이 정해지기 전에 시행되는 것을 방지하기 위해서였을 거야. 막상 시행되면 공화당과 민권당에서는 이제 볼일 끝났다 하고 대대적으로 반격할지도 모르니까. 하지만 백년법 시행 전이라면 섣불리 움직일 수 없지. 한마디로 보험을 들어둔 거야.

둘, 생존연장세법
생존가능기한이 지나도 일정한 금액을 세금으로 국고에 납부하면 생존기간을 연장할 수 있게 하는 법안이야. 서민들이 감당할 수 있는 금액이 아니기 때문에 부자법이라고 비난하는 사람들도 있었지만, 유니언을 확충해 신세대를 구제하기 위한 재원으로 쓰겠다니 반박할 수도 없었지. '2049년 위기'의 기억은 아직 사람들의 뇌리에 생생하게 남아 있었거든.

셋, 대통령 특례법
대통령이 특별히 승인한 경우, 생존제한법의 적용을 면제하는 법안이야.

이런 중요한 법률들이 연이어 입법됐어. 그리고 국민들이 냉정하게 돌아볼 여유를 되찾았을 즈음에는 이미 우시지마 대통령의 권력이 굳건해져 있었지.

권력 강화에 결정적 역할을 한 건 대통령 특례법이었어. 이 법률은 한마디로 '대통령의 마음에 든 이는 대통령 본인을 포함해 백년법 적용을 면제받아 영원히 살 수 있다'고 정리할 수 있지.
그렇지 않아도 정치인 가운데에는 백년법 적용이 코앞에 닥친 사람들이 많았어. 그런데 대통령의 재량으로 죽음을 면할 가능성이 생겼지. 이런 상황에서 누가 대통령을 거역하려 하겠어. 실제로 이때부터 백년법 적용대상자인 의원들의 대부분이 대통령 특례법으로 적용을 면제받았어. 면제된 의원들은 대통령에게 절대 충성을 맹세할 수밖에 없었지. 만일 반기를 들려는 낌새를 보이면 적용 면제를 번복해 즉시 터미널 센터로 끌려가니까.

시간이 지날수록 의회에도 백년법 적용 면제자, 바꿔 말하면 우시지마 대통령의 꼭두각시가 되어야 하는 의원들이 늘어갔어. 의회가 이 지경이니, 대통령 임기연장에 반대하는 건 꿈도 못 꾸는 상황이었지.

우시지마 료이치는 사실상 종신대통령이 된 거야.

지금까지 이어지는 우시지마, 유사의 독재정권이 합법적으로 완성된 순간이었어.

3

어제는 도중에 쓰다 말았는데, 이제 괜찮아. 유키미가 옆에 있어서 정말 다행이야. 난 정치 같은 건 잘 몰라. 유키미가 가르쳐주기 전까지 총리와 대통령의 차이조차 몰랐다니까. 어려운 이야기는 유키미에게 맡기고 나는 내 주제에 맞게 우리에게 일어난 일을 말해줄게. 하지만 그전에 네 아빠가 어떤 사람이었는지 이야기해야겠지.

네 아빠, 기바 미치오는 전에도 말했듯이 얼굴은 너하고 판박이야. 하지만 넌 한시도 가만있지 못하고 이리저리 눈을 굴려대지만, 네 아빠 눈빛은 잔물결 하나 없는 수면처럼 고요했어. 어떤 삶을 살아왔기에 저런 눈을 가졌을까, 그런 생각이 들 정도였지. 네 아빠는 여간해선 자기 이야기를 하지 않았지만.

목소리도 너와 비슷했지만 네 아빠는 더 깊이가 느껴졌어. 시시콜콜 비교한다고 기분 상하지 마. 너도 앞으로 인생 경험을 쌓으면 자연히 그렇게 될 테니까. 넌 네 아빠 아들이니까.

말수는 결코 많은 편이 아니었어. 둘만 있을 때도 항상 내가 떠들었지. 그래서 엄마는 쓸데없는 소리까지 했다가 혼자 얼굴을 붉힌 적도 많았어.

누가 먼저 고백했는지, 누가 더 적극적이었는지, 그런 건 묻지 마. 같은 직장에 다녔기 때문에 연인으로 발전하기까지도 많은 일들이 있었지만, 그건 엄마와 아빠만의 보물이니까. 아마 너나 다른 사람들이 겪은 일들과 그리 다르지 않을 거야.

어쨌든 우리는 같이 살게 됐어. 아빠나 엄마나 그때까지 살던 집은 너무 좁았기 때문에 따로 집을 구했어. 유니언에도 혼인신고를 했고. 부부는 같은 직장이나 되도록 가까운 직장에 배속되거든.

세상에 큰 변화가 일어나고 있다는 건 엄마도 어렴풋이 느끼고 있었어. 다시 국민투표가 실시됐으니까. 백년법 때와 달리 무슨 내용인지 몰라서 투표는 안 했지만. 하지만 유키미 말로는 그 투표로 새 백년법이 제정되었대. 그 탓에 우리 생활은 180도 달라졌지.

네 아빠는 백년법 첫해 적용대상자였거든. 한마디로 우리가 함께할 수 있는 시간은 그리 길지 않았어. 돈을 내면 기한을 연장시켜준다지만, 1년 연장하는 데도 어마어마한 돈이 필요했지. 우리 형편으로는 감당하기 힘든 금액이었어. 무엇보다 네 아빠가 그걸 원하지 않았어.

그때부터였어. 그 사람이 자기 이야기를 드문드문 하기 시작한 건. 처음에는 사소한 이야기들이었어. 어릴 적 같이 놀았던 친구나 부모님 이야기, 배 터져라 먹었던 주먹밥이며 터울이 많이 진 형이 무척 머리가 좋았다는 이야기 같은 거. 그런 추억들을 이상할 정도로 열심히 이야기했어. 과묵한 네 아빠의 모습밖에 모르는 사람이

봤으면 딴사람인 줄 알았을 거야.

하지만 전쟁 이야기가 나오면 말수가 적어졌어. 무슨 전쟁인지 아니? 이전 세기에 일어났던 그 전쟁 말이야. 나는 그때 태어나지 않았지만, 네 아빠는 군인으로 참전했지. 사람이 죽어나가는 걸 질리도록 봤다고 말하던 그 얼굴을 잊을 수가 없어. 조금 전까지 이야기를 나눴던 전우가 순식간에 사지가 조각나 발밑으로 굴러온 적도 여러 번이었대. 죽은 전우의 시체를 적군이 기관총으로 벌집으로 만든 광경이며 전차가 쓸고 지나가는 광경, 화염방사기로 숯덩이가 되는 광경도 봤다고 했어. 그 사람의 고요한 눈동자는 그런 광경을 수도 없이 봐왔던 거야.

전쟁이 끝나자 아빠는 살아서 고국으로 돌아왔지만, 거리는 공습과 원폭으로 흔적도 없이 사라져 있었어. 먹을 게 없어서 굶어 죽는 사람들도 많았지. 전쟁에 졌다, 앞으로 어떻게 되는 걸까, 어떡해야 할까. 나라 전체가 망연자실하게 서 있는 것 같았대.

하지만 앞으로 나아갈 기회가 찾아왔어. 미국의 통치하에서 식량 사정도 차츰 나아졌고, 산업도 재건되어 공화국 헌법이 발포되었고, 이내 HAVI가 시작됐지.

엄마는 그 즈음에 태어났어. 네 아빠 이야기로는 HAVI 도입이 결정됐을 때는 나라 전체가 축제 분위기였대. 백년법도 같이 거론되었지만 다들 깊이 생각하지 않은 거지. 그도 그럴 것이, 얼마 전까지만 해도 내일조차 기약할 수 없는 목숨이었잖아. 그런 사람들이 100년 뒤의 일을 걱정하겠어? 영생이 보장되는 천국이 갑작스레 지상에 도래한 느낌이었겠지. 네 아빠도 깊이 생각하지 않고 시술을 받았대.

그런 시대 분위기 속에서 어른이 된 나도 초등학교를 졸업하면 중학교에 진학하는 것처럼 스무 살에 HAVI를 받았어. 1970년 6월 13일이었지.

공화국이 기적과도 같은 부흥을 이루고, 전쟁을 경험하지 못한 우리 같은 사람들이 사회에 진출하는 시기였지. 물론 당시에도 대다수의 사람들은 전쟁을 겪은 세대였지만, 전쟁의 기억은 점차 잊혀갔어. 평화로운 게 당연하고, 살아 있는 게 당연했지. HAVI를 받아 젊음을 유지하는 게 당연했고, 죽지 않는 게 당연한 그런 시대에 들어선 거야.

하지만 그 즈음부터 사회 분위기가 조금씩 이상해졌어. 세계 2위의 경제대국이 되어 풍요로운 생활을 누리게 되었는데도 납덩이 같은 권태가 사회를 뒤덮기 시작했지. 엄마도 기억이 나. 뭐든 할 수 있는 자유가 있는데도 왠지 숨통이 막혔어. 하지만 왜 그런지는 몰랐지. 벗어날 방법도 찾지 못했어. 그래서 더욱더 숨이 막혔고.

그러던 어느 날 기묘한 소문이 돌기 시작했어.

'1986년 3월 14일. 분노의 천사가 쏜 불꽃이 일본 전 국토를 불태워 공화국은 멸망한다.'

언제, 어디서 시작된 소문인지는 몰라. 초등학생들 사이에서 돌던 소문이 퍼졌다는 사람도 있었는데, '분노의 천사'란 표현으로 미루어보면 그럴 수도 있겠다 싶어.

하지만 내 뇌리에 강하게 남은 건 소문의 내용이 아니라 그 이야기를 수군거리는 사람들의 표정이었어. 으스스할 정도로 눈빛이 번득였거든. 흡사 그 소문이 현실이 되기를 바라는 양.

그런 소문은 금방 사라지게 마련이지만 '분노의 천사'는 사라지지 않았어. 오히려 1980년대에 들어서 그해가 다가오자 비정상적일 정도로 화제가 되었지. 3.14라고만 말해도 뜻이 통할 정도였다니까. '분노의 천사'의 정체를 둘러싼 방송, 책, 영화가 속속 등장했고, 후지 산 대분화, 대지진, 운석 낙하 같은 자연재해에서 미국의 탄도 미사일 오발사, 구 일본군의 쿠데타까지 갖가지 설이 돌았어.

그리고 공화국 멸망의 날이 2년 반 남은 어느 날, 네 아빠 기바 미치오는 한 남자와 재회했어.

남자의 이름은 아키미 게이지.

처음 듣는 이름일 거야. 하지만 이렇게 말하면 너도 알 거야.

그로부터 16년이 지난 1999년에 아나타 도진이란 이름으로 교수형에 처해진 그 남자였어.

4

전화벨이 울렸다.

기바 미치오는 부하가 작성한 보고서에 눈길을 고정한 채 손을 뻗어 수화기를 들었다.

"부장님을 찾는 전화가 왔습니다."

"누군데?"

"그게, 직접 말씀하시겠다고……."

"그런 전화는 일일이 연결할 필요 없어. 자네답지 않게 왜 그러나."

수화기를 내려놓으려던 순간이었다.

"하지만 18부대에 같이 계시던 분이라고……."

기바의 손이 멈췄다.

"18부대라…… 분명히 그렇게 말했나?"

"네."

"알겠네. 연결해줘."

보고서를 내려놓고 습관대로 메모지를 꺼내 펜을 들었다.

준비를 마치고 헛기침을 하자 전화가 연결됐다.

"전화 바꿨습니다. 리퍼화학 3기획부장 기바입니다."

"잘 지내는 모양이군, 기바."

남자는 차분한 목소리로 말했다. 부드럽게 울리는 그 목소리에
기억 저편에서 그리운 얼굴이 떠올랐다.

"아키미!"

남자는 털털하게 웃음을 터뜨렸다.

"용케 알았군. 역시 자네야."

기바의 얼굴에 웃음이 번졌다.

"그건 내가 할 말이지. 내가 여기서 일하는 줄 어떻게 알았나?"

"전우회 사무국에 알아봤지."

기바는 의자 등받이에 기대 반 바퀴 돌았다. 한 면 가득한 유리
창 너머로 울창한 빌딩 숲이 보였다. 지는 해를 받아 고층 빌딩들이
오렌지 빛으로 물들었다.

"설마 자네한테 연락이 올 줄은 몰랐어. 정말 반가워."

"나야 부대에선 괴짜로 통했으니까."

"하지만 살아남았잖아, 자네나 나나."

"그렇지."

"그간 어떻게 지냈어?"

"조그맣게 장사를 해서 입에 풀칠하는 수준이야. 그보다 자네 엄청나게 출세했군. 국내에서 손꼽히는 화학회사의 부장님이라니. 폭탄의 마술사라 불린 자네에게 어울리는 자리로군."

자극적인 냄새와 달콤한 향기로 콧속이 얼큰해졌다. 지워버리고 싶은 기억이었다.

"그렇게 부르지 마. 벌써 현장을 떠난 지 오래야. 지금은 사무실에 틀어박혀서 따분해 죽겠어."

"실은 만나서 할 얘기가 있어. 시간 좀 내줘."

"잠깐만, 스케줄 확인 좀 하고."

기바는 수화기를 어깨에 끼고 수첩을 펼쳤다.

"오늘 7시 이후로 시간이 날 것 같아."

"그럼 그때 보자고."

"저녁이나 같이 할까?"

"좋지. 장소는 자네가 정해. 난 아는 데가 없어서. 조용히 이야기할 수 있는 곳이면 좋고."

"그럼 국철 유라쿠초 역 서쪽 출구에서 만나."

*

기바는 퇴근길 인파에 섞여 국철 유라쿠초 역 개찰구를 나왔다. 전쟁이 끝난 뒤 바로 재건된 이 역사도 이제는 노후화가 진행되고 있었다. 배관이 드러난 천장은 시커멓게 변색됐고 벽은 누수로 군데군데 얼룩이 졌다. 하지만 그곳을 지나는 사람들의 대부분은 젊었다. 실제로 나이가 어린 사람도 있겠지만, HAVI 도입 초기에 시술을 받아 지난 30여 년 동안 전혀 늙지 않고 살아온 이들도 적지 않으리라. 기바처럼.

건물은 낡아도 인간은 늙지 않는다. 세상 참 희한하게 돌아가는군, 그런 생각을 했다. 이런 생각 자체가 구닥다리라고 하면 할 말은 없었지만.

"기바."

돌아보자 훤칠한 남자가 서 있었다. 입가에 맴도는 미소도 고개를 살짝 갸웃거리는 버릇도 그때와 똑같았다. 하지만 회색 정장을 걸친 호리호리한 몸에서는 왠지 모를 폭력의 냄새가 났다.

"아키미……."

두 남자는 한동안 서로 마주 보았다. 18부대, 즉 제국육군 제18특무 공작부대에서 함께 싸웠을 때의 일들이 뇌리를 스쳐 지나갔다. 갖가지 파괴공작을 담당하며 성공한 적도 있거니와 실패해서 죽음의 문턱까지 간 적도 있다. 패전 직전에는 최전선으로 내몰렸다. 절망적인 전황 속에서 많은 전우가 꽃다운 목숨을 잃었다. 아키미 게이지는 기바와 마찬가지로 얼마 되지 않는 18부대의 생존자 중 하나였다.

"오랜만이군."

"그러게."

"몰라볼 뻔했어. 이제는 영락없는 대기업 부장님이시군."

"빈정대는 거야? 자네는 옛날 그대로네. 아직도 이거 하나?"

기바는 가라테 흉내를 내며 물었다.

"관뒀어. 야만스런 격투기 같은 건."

기바는 웃었다. 농담이라 생각해서였다.

"가자. 좋은 고깃집을 예약해뒀어. 걸어서 10분 거리야."

인도는 인파로 가득했다. 차도에서 흘러넘치는 배기가스, 전조등과 후미등 불빛에 눈이 따가웠다. 올려다본 빌딩에서도 빛이 쏟아졌다. 사방이 빛으로 가득 차 있었다.

"이 나라도 많이 변했어."

걸음을 옮기며 아키미가 말했다.

"그러게. 용케도 여기까지 다시 일어섰어, 그 폐허에서."

"자네는 지금 이 나라에 만족하나?"

"불만은 있지만 그래도……."

"어떤 불만?"

"정치가 중에 멀쩡한 놈이 없어."

아키미가 웃음 지으며 대답했다.

"뭘, 옛날부터 그랬구만."

큰 교차로를 지나자 인파가 더욱 늘어났다. 정장 차림의 회사원도 있었고 한눈에도 한량 같은 이들도 있었다. 자칫 서로 부딪칠 만큼 북적거리는데도 다들 요리조리 잘 피해서 걷고 있었다. 오토바이 배기음이 빌딩 사이에 울려 퍼졌다.

"기바."

아키미는 나지막한 목소리로 말했다.

"주변을 보고 뭔가 느낀 게 없나?"

눈을 굴려봤지만 아키미의 말이 무슨 뜻인지 알 수 없었다.

"검은 옷이 유난히 많은 것 같지 않아?"

듣고 보니 특히 대부분의 여자들이 검은 옷차림이었다.

"그러고 보니 그러네. 이번 가을 유행인가?"

"검은 옷 유행은 만들어진 게 아니라 자연발생적으로 생긴 모양이야. 한마디로 검정은 지금 시대를 상징하는 빛깔이지."

"시대의 상징?"

"과거에도 검은색이 자연적으로 유행한 적이 있어. 1920년대 미국에서. '광기와 불안의 시대'라 불렸지."

자동차 전조등 불빛을 받은 아키미의 눈동자가 싸늘한 빛을 발했다.

"일본도 그런 시대를 맞이하고 있다는 뜻이야."

뭔가 위화감이 느껴졌다. 분명 아키미 게이지는 전부터 냉소적인 면이 있어서 18부대에서도 괴짜로 통했지만 이런 식으로 말하는 남자는 아니었다.

세월은 인간을 바꿔놓는다. 기바 역시 변했다. 이 나라도 변했다. 아키미 게이지에게 전후 40년은 어떠한 세월이었을까.

"할 이야기가 뭔가?"

"가게는 어디야?"

"이제 다 왔어."

큰길 옆 인도에서 좁은 길로 들어서면 음식점이 늘어선 골목이 나온다. 건물 옆면에 빌딩에서 영업하는 가게의 이름이 네온사인으로 걸려 있었다. 택시나 고급 외제차가 소용돌이치는 빛의 입자를 받으며 북적거리는 보행자들 사이를 느릿느릿 지나갔다.

기바는 비교적 새 건물처럼 보이는 빌딩 앞에서 걸음을 멈췄다. 벽에 걸린 층별 안내판에 따르면 지하 1층부터 지상 7층까지 있는 건물이었다. 층마다 음식점의 이름이 적혀 있었지만, 지하 1층에는 뜻을 알 수 없는 마크가 붙어 있을 뿐이었다.

"이쪽이야."

기바는 엘리베이터로 가지 않고 바깥 구석에 있는 문으로 걸어 갔다. 가로로 긴 철제문에는 아무 안내 표시도 없었다. 언뜻 보기에는 종업원 전용 출입구 같았다. 하지만 문을 당겨 열자 그 너머에는 비좁은 계단이 지하로 이어져 있었다. 양쪽 벽은 갈색 판으로 덮여 있었고 조명은 천장에 달린 등 하나뿐이었다. 옛 일본의 민가를 연상시키는 분위기였다. 나선계단을 따라 내려가자 또 다른 문이 나왔다. 나무 냄새가 풍기는 듯한 원목 소재로 수수하지만 고급스러움이 느껴졌다. 문을 열자 청초한 기모노 차림의 여성이 일행을 맞이했다.

"예약한 기바입니다."

"기다렸습니다. 이쪽으로 오시죠."

복도를 지나 여성이 안내한 곳은 자그마한 다다미방이었다. 정면의 장지문을 열자 자그마한 일본정원이 보였다.

아키미가 놀란 듯 고개를 저으며 말했다.

"이런 데 이런 가게가 다 있군."

"지하 같지 않지?"

마주앉은 두 남자는 메뉴판을 펼쳤다.

"이 집은 흑돼지 로스 스테이크를 잘해."

"돼지고기가 맛있다고?"

"여기 돼지고기는 다른 데랑 달라. 소고기보다 훨씬 맛있어."

아키미가 메뉴판을 내려놓았다.

"자네가 추천하는 걸로 할게."

"술은?"

"난 못 마셔."

기바는 의아스레 물었다.

"옛날에도 못 마셨나?"

"아니, HAVI를 받고 나서부터 그렇게 됐어. HAVI가 체질을 바꾸는 경우도 있다는데, 아마 그 영향일지 몰라. 자네는?"

"난 딱히 그런 건 못 느끼겠어."

"난 신경 쓰지 말고 마음대로 마셔."

기바는 종업원을 불러 흑돼지 스테이크 코스를 주문했다. 그리고 맥주와 아키미가 마실 우롱차를 주문했다. 마실 것이 나오자 술잔을 부딪쳐 건배를 하고 전채를 먹기 시작했다.

"자네하고 이렇게 밥을 먹는 날이 올 줄이야."

"자네는 그동안 어떻게 살았나?"

"제대하고 나서?"

"가족들과 만났나?"

"다들 원폭으로 죽었어."

"그랬군."

아키미의 목소리가 살짝 잠겼다.

"나도 하루하루 먹고살기에 바빴으니까 슬퍼할 틈도 없었어. 이미 각오도 하고 있었고."

"일은?"

"1년쯤 지나서 세상이 좀 안정됐을 즈음에 운 좋게 미군이 쓰던 트럭을 얻었어. 그걸로 운송회사 하청을 했지."

"자네가 트럭 운전사? 상상이 안 가는군."

"2년쯤 일했는데 그 즈음 HAVI 시술이 시작됐어."

"1949년이었지."

"얼른 받아야겠다 싶어서 시술소에 갔다가 우연히 거기서 다카다 소령님과 마주쳤지."

그 말을 들은 아키미가 흠칫했다.

"다카다 소령님을……."

"소령님이 제약회사 연구부에서 일해보지 않겠느냐고 제안하셨어. 본인은 거기서 수석연구원으로 일하셨고."

"자네는 화학 전문지식이 있으니까."

"그도 그렇지만, 소령님 입장에서는 옛 부하에게 도움을 주고 싶으셨겠지. 그런 분이셨잖아."

"그래서?"

"그 회사에서 10년쯤 일했어."

"그만뒀어?"

"지금 일하는 회사에서 스카우트 제의가 들어왔거든. 소령님도 귀향하신다며 이미 퇴직하신 뒤라 거기 계속 있을 이유도 없었고."

"그래, 소령님은 귀향하셨군. 지금도 잘 계시나?"

"3년 전에 전우회에서 뵌 게 마지막이었는데, 그때는 잘 지내시는 것 같았어. 그러고 보니 자네는 한 번도 안 왔지. 가끔 얼굴이나 비쳐. 다들 반가워할 거야."

아키미는 별다른 대답 없이 물었다.

"자네 지금 가족은 있나?"

"아…… 전 회사에 있을 때 결혼해서 자식도 둘 낳았는데, 애들이 성인이 되어 HAVI를 받고 나니까 연락이 뜸해지더라고. 집사람하고도 헤어졌고. 무슨 일이 있어서가 아니라 그냥 어쩌다 보니 그렇게 됐어. 지금은 혼자 살아."

"요즘 늘어나는 모양이더군. 그렇게 가족이 자연스레 해체되는 경우가."

"희한하지? 아이들이 커가는 모습을 볼 때는 괜찮은데, HAVI를 받고 더는 변화가 멈추면 갑자기 부모의 정이 사라진단 말이야. 대체 왜 그러는지 모르겠어. 집사람과의 관계도 그런 식이었어. 이것도 HAVI의 부작용일 리는 없을 텐데."

말을 마친 기바는 장난스레 웃었지만, 돌연 마음이 불편해져 맥주로 목을 축였다.

"뭐야, 아까부터 나만 떠들고 있잖아. 자네 살아온 이야기도 좀 해봐. 무슨 장사를 하는데?"

그때 문 밖에서 목소리가 들렸다. 음식이 나온 것이다. 하는 수 없이 하던 이야기를 중단하고 종업원이 음식을 차리는 광경을 지켜보았다. 흑돼지 로스 스테이크, 밥, 된장국. 철판에 녹아내리는 지방에서 향긋한 냄새가 피어올랐다. 기모노 차림의 종업원이 소스 세 종류를 설명하고 나서 눈인사를 하고 밖으로 나갔다.

"일단 먹자고. 난 소스보다 허브소금을 뿌려 먹는 게 맛있더라고. 한번 먹어봐."

아키미는 기바의 말대로 초록빛 소금을 고기에 뿌려 한 조각 입에 넣었다. 두어 번 씹자마자 눈이 휘둥그레지며 물었다.

"자네는 매일 이런 걸 먹고 사나?"

"타락했다는 말은 마."

기바도 웃으며 고기를 씹었다. 짙은 육즙이 입안을 가득 채웠다. 이 세상 음식이 아닌 것처럼 맛있었다.

"난 지금도 종종 불안을 느껴. 이 스테이크도, 이 나라의 부흥도 모두 꿈이 아닌가 하고. 다음 순간에는 꿈에서 깨어 지옥 같은 전장으로 돌아가는 게 아닐까 하고 말이야."

아키미가 그를 바라보았다. 그 눈빛에서 묘한 위압감을 느낀 기바는 저도 모르게 눈을 내리깔았다. 그리고 얼버무리듯 고기를 썰었다.

"그러고 보니 아직 자네 이야기를 못 들었군. 지난 40년 동안 어떻게 살았어?"

"2년 전까지는 언론사 기자로 세계 각지를 돌았어."

"언론사? 과연, 자네한테 제격이군. 재능에 걸맞은 천직을 찾았어."

기바가 '폭탄의 마술사'라면 아키미 게이지는 '언어의 천재'였다. 주요 외국어를 자유자재로 말할 뿐 아니라, 처음 접하는 생소한 언어도 사흘 만에 의사소통이 가능해지는 수준이었고, 그 언어로 현지인들의 마음까지 사로잡았다. 기바 역시 그의 언어 능력에 도움을 많이 받았다.

"그게 아니라 이 나라에 있기 싫었을 뿐이야."

기바는 고개를 들어 아키미를 보았다.

"역시…… 변해가는 일본의 모습에 이골이 났나?"

조국을 지키겠다는 일념으로 지옥 같은 나날을 보냈는데, 막상 귀국하니 어리석은 전쟁이었다는 분위기가 팽배했다. 전범이라고 삿대질을 당하며 돌팔매질까지 당한 이들도 많다고 들었다. 일본인을 불신하게 될 법도 했다.

하지만 아키미는 뜻밖의 대답을 했다.

"그보다는 평화에 젖어 허우적대는 이 나라가 영 눈에 거슬리더라고."

"거슬렸다고?"

"언론사에 들어가서도 나는 세계 각지의 전장을 누볐어. 그리고 마지막으로 담당한 지역이 파르치아공화국이었지."

파르치아공화국은 중동의 대국으로, 세계에서 손꼽히는 석유산출국이기도 했다. 반정부 게릴라와의 내전이 10년 이상 이어지다 2년 전에 종결되었다.

"내전이 일어났을 때 갔던 거야?"

"주로 반정부 게릴라의 거점에서 게릴라 측 취재를 했어."

"정말 엄청난 곳에 있었군. 아무리 기자라도 자칫하면 목숨을 잃을 수 있었을 텐데."

"우리도 전쟁 중에는 게릴라나 마찬가지였잖아."

"그야 그렇지만."

"반정부 게릴라 측에도 해외 언론을 이용하려는 꿍꿍이가 있었지. 자신의 이용가치를 잘 어필만 하면 그들에게 접근하는 건 그리 어렵지 않아."

아키미는 태연하게 말하더니 스테이크를 입에 넣었다.

"현지에 들어간 지 두 달 만에 반정부군의 최고 지도자라 불리는 남자와 단독 인터뷰를 따냈지."

"어마어마하군. 나도 기사를 읽었을지도 모르겠어."

"아니, 그건 아니야."

"어떻게 아나?"

"그 인터뷰 기사를 본사에 보내지 않았거든."

"왜? 전 세계적인 특종이 되었을 텐데."

"그건 인터뷰라 할 수 없었거든."

"그게 무슨 소린가?"

기바가 물었지만 아키미는 말을 잇지 않았다. 마지막 한 조각까지 묵묵히 고기를 먹었다. 기바도 단념하고 남은 고기를 깨끗이 비웠다.

"그는 진정한 영웅이었어."

아키미가 느닷없이 그렇게 말했다. 그 목소리에는 숭배에 가까운 감정이 담겨 있었다.

"그의 지휘하에서 싸우는 병사들의 눈은 소름끼치도록 맑았어. 그리고 죽음을 두려워하지 않았지. 오해하진 말게. 그들이 광신자였다는 뜻은 아니야. 그들이 목숨을 바친 건 사후의 천국을 위해서가 아니었어. 국가를 위해서? 국민을 위해서? 아니야. 자기 자신을 위해서도 아니었지. 그들은 오로지 그들의 지도자를 위해 싸웠어."

"그건 종교잖아."

"광신자가 아니라고 했잖아. 그 지도자도 종교적인 지위를 가진 사람이 아니었어."

아키미가 조용히 기바를 바라보았다.

"종교적인 배경도 없는 지극히 평범한 남자가 그런 규모의 게릴라들을 예술적으로 통솔했던 거야. 어떻게 그런 일이 가능했나, 병사들을 움직인 그의 정체는 대체 무엇인가, 나뿐 아니라 누구나 궁금했을 거야."

동의를 구하는 아키미를 보며 기바는 고개를 끄덕였다.

"게릴라들에게 물어봐도 '대장을 만나보면 안다'는 대답만 돌아왔어. 그래서 어떻게든 그와의 인터뷰를 따내려 했지."

"직접 만났나?"

"만났어."

"어떤 사내였나?"

"겉보기에는 평범하기 그지없는, 인상이 밝은 남자였어. 나도 남들보다 키는 큰 편인데, 그도 나와 비슷하거나 살짝 작았지. 군인답게 용맹스러운 인상이었지만 머리가 조금씩 벗겨지기 시작했더군."

"그는 HAVI를 받지 않았나?

"당시 파르치아는 아직 생존제한법이 정비되지 않아서 HALLO에 가입하지 않은 상태였어. 그 때문에 공식적으로는 HAVI가 도입되지 않았지. 하지만 독재국가가 늘 그렇듯 지배층이 외국에서 몰래 HAVI를 받은 건 공공연한 비밀이었지."

아키미는 아련한 눈으로 말을 이었다.

"그는 내가 텐트에 들어가자마자 마치 옛 친구를 만난 듯 따뜻하게 맞아주었어. 결코 어설픈 정치가들이 보여주는 퍼포먼스는 아니었지."

그의 하얀 얼굴이 불그스름하게 달아올랐다.

"나는 기자라는 직업상 세계 각국을 돌며 여러 지도자들을 봐왔어. 실제로 만나서 인터뷰한 적도 있고. 다들 나름대로 공적을 쌓고 좋은 평가를 받는 이들이었지. 하지만 그런 남자는 처음이었어."

아키미는 고양된 감정을 가라앉히려는 듯 숨을 들이마셨다.

"물론 두뇌도 명석해. 나와 만났을 때도 아랍어가 아니라 완벽한 영국식 영어를 구사하더군. 스페인어, 그리스어, 라틴어는 읽고 쓰는 데 문제가 없는 수준이었고, 사용하는 언어에서도 높은 교양이 느껴지더군. 하지만 그런 인물이 그리 드물지는 않았어. 언어 능력만 보면 나 역시 뒤지지 않았고. 온 세상의 언어를 구사하며 호메로스를 암송한다고 병사들이 탄복해 목숨을 바치는 건 아니었지."

아키미의 얼굴에 희미한 웃음이 번졌다.

"다른 사람에게는 없는 그만의 능력, 그것은 압도적인 자기긍정성이었어."

"자기긍정?"

"자신이 하는 일이 옳다는 절대적인 자신."

"그건 독선이잖아."

"독선에 빠지는 건 자신의 정의에 완벽한 자신이 없기 때문이지. 자신의 오판을 두려워한 나머지 주변의 소리에 귀를 막고 좁은 시야로 사물을 판단하게 되는 거야."

"그 사내는 달랐나?"

"자신의 정의를 완벽하게 이해하면 어떠한 반론이나 지적도 두려울 게 없지. 눈과 귀를 활짝 열고서도 흔들리지 않아. 그 자신감 넘치는 태도가 주변인들에게도 전해지는 거고."

아키미가 살짝 미간을 찌푸렸다.

"그리고 그 눈. 그런 눈을 가진 사람을 지금까지 단 한 번도 만난 적이 없었어. 눈빛 자체는 천진난만한데도 한번 응시하면 아무리 막을 쳐도 바닥까지 꿰뚫리는 듯한 기분이 들거든. 하지만 그게 불안하지 않아. 오히려 마음이 놓이지. 왜냐면 이 남자는 모든 걸 알면서도 다정하게 웃어주니까. 선도, 악도, 정의도, 불의도, 더 큰 무언가로 감싸버리지, 위대한 신처럼."

"위대한 신이라……."

"병사들의 말이 맞았어. 만나보니 알겠더군. 이 남자가 있는 한 패배는 없다고. 그의 존재 자체가 주변 사람들에게 희망을 주었어. 인터뷰를 위해 준비한 질문 같은 건 아무짝에도 쓸모없었지. 나는 정신없이 그의 말을 갈구했어. 그는 내가 원하는 대로 주었지. 나는 그의 말이 진실이라 확신했어. 정신을 차려보니 회사를 관두고 당신 밑에서 게릴라로 같이 싸우겠노라고 말하고 있었지. 나도 과거 전장을 누빈 사람이다, 발목을 잡지는 않을 것이다, 하면서."

"그게 정말이야?"

"그때 그도 자네처럼 말했어. 머리를 식히라고."

아키미가 웃음을 흘렸다.

"동지로서는 받아주지 않았지만, 기지 내부를 자유롭게 취재하도록 허가해줬지. 병사들이 진정으로 마음을 열고 취재에 응해준 건 그때부터였어. 지금 생각하면 인터뷰를 가장해 날 시험했던 건지도 몰라. 다행히 합격권에 든 거지. 하지만……."

아키미의 표정이 어두워졌다.

"그는 그로부터 반년 뒤에 적의 비열한 함정에 걸려 폭사했어."

기바의 뇌리에 외신의 커다란 머리기사가 떠올랐다.

"생각났어. 파르치아의 우짐 대령. 아르나타 드 우짐이라는 이름이었지. 반정부 게릴라 '파르치아의 빛'을 이끌었던 카리스마 지도자."

"우짐이 저지른 가장 큰 실책은 함정에 걸린 게 아냐. 자신이 없어도 돌아가는 조직을 구성해 인재를 키우지 못했던 점이지. 솔직히 그를 대신할 수 있는 인물은 아무도 없지만. …… 우짐을 잃은 반정부군은 10년 동안 정규군을 괴롭혀온 이들이라고는 믿기지 않을 정도였어. 우짐의 죽음을 알고 총공격을 감행한 정규군에 제대로 반격조차 하지 못하고 맥없이 무너졌지. 반정부군에 가세했던 마을은 여자 어린애 할 것 없이 모조리 살해됐어. 내가 파르치아에서 탈출한 건 기적과도 같은 일이었어."

"그런 일이 있었던 줄은 몰랐어. 하지만 어쨌든 자네가 살아 돌아와 다행이야."

아키미는 대답하지 않았다.

고개를 숙인 채 침묵을 지킬 뿐이었다.

"왜 그래?"

"정말 그럴까?"

"존경하는 인물을 잃고 괴롭겠지만……."

"내 말은 그게 아냐."

아키미가 고개를 들었다.

좀 전까지 촉촉했던 눈동자는 차갑게 메말라 있었다.

"분명 나는 살아 돌아왔어. 하지만 파르치아의 전장을 떠나 일본 땅을 밟았을 때, 난 형언할 수 없는 불쾌감을 느꼈어."

"불쾌감이라고?"

"눈에 비치는 광경에서 현실감이 느껴지지 않는 거야. 길거리를 걸을 때도 늘어선 빌딩과 오가는 사람들이 진짜라는 기분을 느낄 수가 없었어. 스크린에 비친 풍경처럼 보일 따름이었어. 내가 변한 건가? 아니면 이 나라가 변한 건가? 나는 찾아 헤맸어."

"뭘…… 찾아 헤맸다는 건가?"

아키미는 기바의 말을 무시했다.

"찾고 또 찾아 헤맨 끝에 알아냈어. 이 나라에 현실감이 없는 건 이곳에 사는 사람들의 생명에 현실감이 없기 때문이라는 걸."

"생명의 현실감…… 그게……."

"이 나라에서 본 사람들의 얼굴은 파르치아에서 만난 병사들과는 정반대였어. 파르치아의 게릴라들은 HAVI 같은 건 받지 않았어. 그래서 나이를 먹지. 그렇지만 HAVI를 받아 늙지 않는 일본인보다 훨씬 생동감이 넘쳐. 왜지? 왜 일본인은 생명의 광채를 잃어버린 거야!"

아키미의 돌변에 기바는 순간 어안이 벙벙했다.

"HAVI가 있기 때문이야. 한 해 한 해 나이를 먹다 보면 좋든 싫든 그 끝에 있는 죽음을 의식할 수밖에 없어. 내전 상태의 파르치아에서는 몇 초 뒤에 박격포를 맞고 온몸이 산산조각이 날지도 모르는 상황이었지. 하지만 평화로운 이 나라에서 HAVI를 받으면 10년, 20년이 지나도 아무것도 달라지는 게 없어. 이 나라는 죽음을 불가피한 것으로 의식할 기회조차 빼앗긴 거지. 하지만 죽음이 있기 때문에 삶이 빛나는 거 아니겠나. 죽음의 상실은 삶의 상실이나 다름없어. 이 나라에 결여된 것, 그건 바로 '죽음'이야!"

아키미의 눈에 기바의 모습은 없었다.

그는 완전히 자신만의 세계에 빠져 있었다.

"HAVI 도입으로 죽음에서 멀어진 사람들은 대형 사고나 살인 사건, 해외에서 벌어지는 참극에 이상하리만치 관심을 보이며 근거 없는 종말사상을 떠들고 검은색 옷을 즐겨 입어. 검은색은 상복 색깔이기도 해. 알겠나? 그들은 무의식적으로 자신들이 잃어버린 죽음을 좇는 거야. 하지만 어차피 언론을 통해 전해지는 죽음은 독기 빠진 안전한 죽음에 지나지 않아. 자신들이 결코 맞닥뜨릴 리 없는 존재지. 하지만 그래서는 죽음을 대신할 수 없어. 언제, 어디서 맞닥뜨릴지 모르는 것. 죽음이란 그래야 해. 지금 이 나라에 필요한 건 더욱 현실적인 죽음이야. 더욱 생생하고, 이루 말할 수 없는 공포와 불안을 동반한 죽음. 그게 결국에는 사람들의 영혼을 구제하는 길이 되겠지."

"영혼……? 자네 아까부터 대체 무슨 소리를……."

"사람들은 모두 저마다 착각 속에서 살고 있어. 의식의 빛이 어디에 닿느냐에 따라 얼마든지 변화하는 세상. 마음속에서만 존재하는 환상의 세계지. 하지만 아무리 의식을 바꿔도 변화하지 않는 세상도 있어. 영원히 불변하는 세상. 그게 진실의 세계야. 하지만 사람들은 평소에 진실의 세계는 생각조차 하지 않아. 그런 게 존재하지 않는 듯 살아가지. 하지만 그들의 의사와 상관없이 진실의 세계는 엄연히 존재해. 아무도 부정할 수 없어. 죽음, 그것은 싫어도 그 사실을 깨닫게 되는 순간이지. 죽음이라는 압도적인 진실 앞에서는 어떠한 환상도 무의미해져. 하지만 동시에 죽음이 존재하기 때문에 환상은 생명을 유지할 수 있어."

"이봐…… 아키미…… 내 말 좀."

"죽음에 대한 의식이 있는 동안에는 환상과 진실이 간신히 하나의 관으로 연결되어 있어. 하지만 죽음에 대한 의식이 사라지는 순간, 진실과의 연결고리는 끊어져. 남겨진 건 환상만 존재하는 세계지. 하지만 인간은 환상만으로는 살아갈 수 없어. 환상이란 진실이라는 토대 위에서 비로소 성립하니까."

"자, 잠깐만."

"진실과의 관계를 끊은 환상은 더 이상 환상일 수 없어. 죽음이라는 배출구를 잃은 환상의 세계는 스스로 배출한 독으로 중독되겠지. 이게 지금 이 나라의 현실이야. 사람들은 환상에 빠져 발버둥치고 있어. 괴로워하고 있어. 이 현실에서 하루빨리 벗어나야 해. 그러기 위해서는 이 나라에 다시 한 번……."

"그만!"

기바는 견디지 못하고 소리쳤다.

"잠깐 기다려. 나는 자네가 무슨 말을 하는지 도무지 모르겠어!"

5

그때 아키미 게이지는 무척 쓸쓸한 표정을 지었다고 네 아빠는 말했어. 그다음에 무슨 이야기를 나눴는지 기억이 나지 않는다고도. 어색한 분위기에서 헤어진 게 아닐까. 분명한 건 그날부터 아키미 게이지의 소식이 끊겼다는 사실이야. 다시 네 아빠 앞에 나타난 건 약 2년 반의 세월이 지난 다음이었어.

3월인데도 한겨울처럼 추운 밤이었대. 퇴근해서 집으로 돌아온 아빠가 옷을 갈아입으려던 순간 초인종이 울렸대. 문 밖에는 아키미 게이지가 서 있었고. 회색 정장 차림에 커다란 검은 서류가방을 신줏단지 모시듯 품에 꼭 안고 있었대. 놀라서 사정을 물어봤더니 급박하게 이렇게 말했대. 오늘 하루만 재워 달라, 자기 말고도 일행이 세 명 더 있다, 다들 남자고 식사나 다른 건 일체 신경 쓰지 않아도 된다, 바닥이라도 좋으니 재워만 달라, 이유는 묻지 말아 달라.

네 아빠는 내심 당황했지만 뭔가 절박한 분위기라 하는 수 없이 승낙했어. 생사를 함께한 전우를 내칠 수는 없었겠지. 그 다정한 성품이 결과적으로 아빠를 궁지에 몰아넣었어.

아키미 게이지는 잠깐 전화를 쓰겠다며 어딘가에 전화를 걸었어. 참고로 그 시절에는 아직 유선전화밖에 없었어. 통신기능이 달린 그립이 등장한 건 더 훗날의 일이야. 바코드가 달린 아이디카드가 겨우 나온 시기였거든.

아키미 게이지가 말한 일행 세 명은 통화가 끝나고 20분 간격으로 한 명씩 찾아왔어. 아키미 게이지와 마찬가지로 모두 회사원이나 공무원 같은 차림새로 검은 서류가방을 품에 안고 있었지. 모두 처음 보는 얼굴들이었지만 서로 통성명은 하지 않았어. 아키미가 그러는 게 좋겠다고 했거든. 하지만 그들의 눈빛이 이상하리만치 굳어 있었던 게 마음에 걸렸다고 했어.

아키미 일행을 거실에 재우고 네 아빠는 침실로 들어갔어. 슬쩍 거실 분위기를 살폈지만 네 사람 다 곧바로 잠자리에 든 걸 보고 아빠도 잠들었어.

이튿날, 잠에서 깨자마자 아빠는 뭔가 이상하다는 걸 알아챘어. 출근해야 하니 아침 6시에는 일어나야 했는데, 시계를 보니 거의 정오였어. 맞춰놓은 알람은 물론이고 벨소리가 들리지 않도록 전화선도 뽑혀 있었어. 그리고 눈을 떴을 때 느낀 부자연스러운 감각으로 보아 약을 쓴 게 확실했어.

아키미 일행은 이미 사라지고 없었어. 식탁 위에 쪽지 한 장이 놓여 있었지.

'오늘 하루는 밖에 나가지 마.'

무슨 뜻인가 싶었어. 어쨌든 회사에 연락하려고 전화선을 연결하고 수화기를 들었을 때, 왠지 불길한 예감을 든 네 아빠는 텔레비전을 켰어.

온 나라가 난리법석이었어. 방송국마다 특별 방송을 편성했지. 그날 오전 8시 반부터 9시 사이에 도내 네 곳을 포함한 전국 12개 도시에서 폭탄 테러가 발생했다는 거야. 모두 동일한 수법으로, 출근길 사람들로 가득 찬 인도에 빌딩 옥상에서 강력한 폭탄을 투하했어. 사망자는 이미 32명에 이르렀고, 부상자도 453명을 웃돌았지. 범인은 모두 도주했고. 이미 각 언론사에 보낸 범행 성명서에는 '분노의 천사가 불꽃을 던지노라'라고 적혀 있었어. 그야말로 그 소문 속에 등장한 예언의 날이었지. 범인의 이름은 아나타 도진. 이 인물에 대한 정보는 전혀 없었어.

이대로 집에 있을 수 없었어. 꼭 확인해야 할 게 있었지. 텔레비전에서 사건 현장의 위치를 확인하고 가장 가까운 현장으로 달려갔어.

부상자들의 이송은 끝난 뒤였지만 현장 주변은 아직도 뒤숭숭했고, 유리 파편과 콘크리트 덩어리 그리고 검붉은 피가 곳곳에 남아 있었어. 경찰에서 규제선을 쳐두어서 안으로 들어갈 수는 없었지만, 공기 중에 떠도는 화약 냄새가 코를 간질였지. 희미한 자극성을 띠면서도 달짝지근한 냄새. 잊을 리가 없었지. 고성능 플라스틱 폭약도 공사용 다이너마이트도 아닌, 전쟁 중에 아빠가 직접 고안한 폭약이었으니까. 약국이나 슈퍼에서 구할 수 있는 재료로도 만들 수 있었고, 위력은 어마어마했어. 하지만 이 폭약을 만드는 방법을 아는 건 과거 18부대의 대원들뿐이었어.

사건은 여기서 끝나지 않았어. 같은 수법의 폭탄 테러가 전국에서 다발로 일어났고, 그 수는 모두 합해 마흔세 곳에 이르렀어. 그 대부분은 처음 사건을 흉내 낸 것이었고 폭탄도 어린애 장난 수준이었지. 그래서 사망자가 나오기는 했지만 그건 폭발 자체에 의한 게 아니라 건물 꼭대기에서 떨어뜨린 폭탄을 머리에 맞았기 때문이었어. 하지만 전국을 공포의 구렁텅이로 떨어뜨리는 효과는 거두었지. 아무도 빌딩 옆을 걷지 않았고 빌딩 출입도 철저하게 제한됐어. 요새는 큰 빌딩 출입문에 경비원이 서 있는 걸 쉽게 볼 수 있지? 이 사건이 일어난 뒤에 정착한 일이야.

대부분의 모방범은 곧 체포됐어. 하지만 문제의 아나타 도진은 쉽사리 잡히지 않았어. 체포는커녕 아나타 도진을 자칭하는 인물이 경찰을 우롱하는 도발적인 메시지를 끊임없이 보냈어. 언론에서도 그 소식을 대대적으로 다루었기 때문에, 어느샌가 신출귀몰한 테러리스트와 그 손바닥에서 놀아나는 경찰 구도가 만들어졌어. 그때부터였을 거야. 아나타 도진이라는 이름이 저 혼자 움직이기 시작한 게.

일본 사회에 기괴한 현상이 일어났지. 많은 사상자를 낸 극악한 테러리스트인데, 그의 다음 테러를 기대하는 분위기가 깊고 조용히 번지기 시작했어. 테러를 두려워하면서도 마음 한구석에서는 그것을 바라는 심리. 실제로 그때까지 못 기다리겠다는 듯 아나타 도진을 사칭한 테러 소동이 여러 차례 일어났어. 하지만 결국 '소동'일 뿐 '사건'은 아니었지. 사람들이 갈망하던 것은 그런 소동이 아니라 처음에 일어난 동시다발의 폭탄 테러를 능가하는 대참사였어. 만일 정말 일어난다면 공포에 부들부들 떨 텐데도.

시대의 광기였다, 네 아빠는 그렇게 말했어. 'HAVI에 의해 죽음에서 멀어진 사람들은 무의식적으로 죽음을 좇는다.' 아키미 게이지의 주장이 사실이라면, 죽음을 가져오는 이에게서 신의 모습을 발견하는 것도 이상한 건 아닌지도 몰라. 이내 사람들은 아나타 도진은 못하는 게 없는 초인이라는 인식을 지극히 자연스럽게 받아들였어.

하지만 아나타 도진은 신도, 초인도 아니었어.

사건이 발생한 지 4주 뒤, 도내에서 숨어 있던 아키미 게이지가 허무하게 붙잡혔어. 압수된 증거를 통해 그 동료들도 차례차례 체포됐지. 그 수는 12명이었고 그중 3명이 여자였어. 아키미 게이지는 자신이 아나타 도진임을 시인했지.

하지만 사람들은 인정하지 않았어. 사실로 받아들이지 못한 거야. 그 슈퍼 테러리스트 아나타 도진이 이렇게 쉽게 붙잡힐 리가 없다, 아나타 도진에게 대역이 있다는 전설은 이때 만들어졌어.

그리고 아키미 게이지가 체포된 지 8일 뒤.

네 아빠, 기바 미치오는 테러 실행을 도운 혐의로 체포됐어. 사건 당일 아침에 그 사람 집에서 아키미 일당이 나가는 모습을 같은 층 주민이 목격했던 거야. 가택 수색 결과, 아키미 게이지를 포함한 일당 세 명의 지문도 검출됐어.

물론 네 아빠는 테러와의 연관성을 부정했고, 아키미 게이지도 무관하다고 증언했어. 하지만 제18특무 공작부대 출신의 폭파 전문가라는 과거 경력이 화를 불렀어. 게다가 테러에 사용된 폭탄은 그가 전쟁 중에 고안한 기바식 착발수류탄이라는 특수 폭탄이었어.

게다가 사건 당일, 회사에 무단결근한 사실도 혐의를 굳혔어.

이내 재판이 시작되자 사건의 전모가 드러났어.

아키미 게이지는 처음부터 아나타 도진을 자칭했던 게 아니었어. 어디까지나 아나타 도진이라는 영웅적 인물은 따로 있고, 그의 명령대로 움직이는 시스템을 구축했어. 교묘한 화술로 가공의 지도자의 존재를 선전하며 동지를 모았고, 마지막까지 정체를 밝히지 않은 채 테러를 결행했어. 말로 사람의 마음을 홀리는 재주가 최악의 형태로 발휘된 셈이지.

체포되어 자신이 아나타 도진임을 시인했을 때 아키미 게이지의 얼굴은 환희에 가득 찼다고 해. 그럴 법도 하지. 그가 염원해 마지않던 순간이 드디어 찾아왔으니까. 취조나 재판에서는 과거 네 아빠와 만났을 때처럼 궤변을 늘어놓았지만, 그런 건 속내를 숨기기 위한 위장일 뿐이었어. 그 남자가 테러에 뛰어든 건 이상이나 신념이 아니라, 자신이 숭배하는 영웅 아르나타 드 우짐 같은 존재가 되고 싶다는 일그러진 욕망 때문이었으니까. 어쩌면 그는 스스로도 그 사실을 깨닫지 못한 건지도 몰라. 하지만 모든 건 아나타 도진이라는 이름이 말해주고 있어. 아나타 도진은 아르나타 드 우짐의 이름을 원어에 충실하게 발음해, 거기에 한자를 끼워 맞춘 것이니까. 아키미 게이지는 먼저 아나타 도진이라는 허상을 스스로 만들어내고, 마침내 그 안에 자신이 들어감으로써 아르나타 드 우짐과 동화하려 한 거야. 그런 목적을 위해 수많은 사람들을 끌어들였어.

아키미 게이지는 아나타 도진으로 살다 아나타 도진으로 죽을 작정이었어. 하지만 오산이 하나 있었어. 그가 만들어낸 허상이 시대의 광기와 조응하여 예상을 뛰어넘는 거대한 존재가 되리라는 걸 생각지 못한 거야.

아나타 도진을 자칭하는 테러리스트들은 체포되었고 사건은 해결됐어. 그렇지만 전설은 살아남았지. 이번에 체포된 건 아나타 도진의 대역이고 진술 내용도 수사를 종결시키기 위한 날조였다, 진짜 아나타 도진이 이끄는 비밀결사는 아직 건재하며 일본 열도를 뒤흔들 대규모 테러 계획이 진행되고 있다는 소문이 퍼지기도 했어. 물론 그런 사건은 지금까지 일어나지 않았지만.

재판 결과, 실행범인 아키미 게이지 일당은 전원 사형.

무죄를 주장한 기바 미치오는 무기징역.

아키미 게이지의 사형은 1999년에 집행되었고, 공범자들도 그 뒤 바로 처형됐어.

이상이 1986년에 일어난 아나타 도진 사건의 전말이야.

이제 알겠지?

아나타 도진은 한 남자의 콤플렉스가 만들어낸 가공의 인물일 뿐이야. 그가 되기를 바란 남자는 벌써 죽어 사라졌고, 거대한 허상만이 남았지. 지금 아나타 도진을 자칭하는 그 남자는 실체 없는 허상 속에 들어가 신이 난 가짜야. 상대해줄 필요도 없는 사람이야. 그런 사람은 잊어. 알았지?

네 아빠 이야기를 조금 더 할게.

공식 기록상으로 아나타 도진이 이끌던 테러리스트 일당의 유일한 생존자가 된 기바 미치오는 50년간 복역한 끝에 가석방됐어. 그리고 광산 등에서 중노동을 하다 공장 근무로 이동했지. 거기서 나와 만났다는 이야기는 전에도 했지?

유니언에서 일하는 사람들은 보통 서로의 개인사에 대해 건드리지 않기 때문에 그 사람이 아나타 사건의 범인 일당 중 하나인 줄은 몰랐어. 반세기도 전에 일어난 사건의 범인, 그것도 공범자의 이름을 일일이 기억하고 있을 리가 없잖아.

신 백년법이 제정되면서 함께할 시간이 줄어들자 네 아빠는 처음으로 자신이 전과자라는 사실을 털어놓았어. 지금까지 말 못해서 미안하다고도 했어. 나는 용서했어. 왜냐면 우리에겐 슬퍼하거나 미워하는 데 쓸 시간이 없었거든.

네가 엄마에게 찾아와줬을 때, 아빠의 남은 시간은 고작 몇 달밖에 없었어. 네가 먼저 태어날지, 그 사람의 생존기간이 먼저 끝날지도 장담할 수 없었지만, 네가 예정보다 일찍 나와준 덕에 그 사람은 아들 얼굴을 보고 갈 수 있었어. 네가 태어나자마자 효도한 거지.

자, 엄마 이야기는 여기까지야.

마지막으로 아빠가 갓 태어난 널 안고 찍은 사진을 같이 첨부할게. 터미널 센터에 출두하기 사흘 전에 찍은 사진이야.

3장 | 무라사키야마

1

검은 유리창에 낯익은 얼굴 둘이 비쳤다.

어머니는 모자를 푹 눌러쓰고 있어서 세세한 표정은 읽을 수 없었다. 팔짱을 낀 채 입을 다물고 고개를 숙이고 있었다. 하얀 반팔 셔츠 위에 선명한 초록색 레이스 조끼를 걸치고, 새빨간 바지를 입은 두 다리를 꼬고 있었다.

그 옆에는 지나치게 경직된 나머지 금방이라도 부서져 버릴 것 같은 남자의 모습. 나였다.

시트에서 살며시 진동이 전해졌다. 승객은 얼마 없었다. 모두 합해 일곱 명. 다른 칸도 비슷했다.

RJR도쿄 역에서 호쿠토 선으로 50분을 달려, 다시 지하철로 갈아타 25분을 더 가야 하는 1시간 15분의 거리도 눈 깜짝할 새에 끝을 맞이했다.

몸이 옆으로 기울었다. 속도를 줄이는 것이다. 천장에 달린 페이퍼 모니터가 정차역을 표시했다.

무라사키야마. MURASAKIYAMA.

심장이 한껏 오그라드는 기분이었다.

"다 왔네."

어머니는 혼잣말처럼 중얼거리더니 자리에서 일어났다.

새까만 유리창에 빛이 흘러넘쳤다. 차창 너머로 인적 없는 승강장이 흘러갔다. '무라사키야마'라는 글자가 또렷하게 보였다.

열차가 완전히 정지했다. 푸슉, 하는 소리가 나며 좌우 양방향의 출입구가 열렸다. 어느 쪽으로 내려도 상관없다. 무라사키야마는 종착역이라 선로는 여기서 끝나고 열차는 회차한다. 하지만 다른 승객들도, 그리고 나도 꼼짝도 하지 않았다.

"가자."

어머니가 먼저 내렸다.

승객들이 하나씩 무겁게 걸음을 뗐고, 결국 나 혼자 남았다.

어머니는 승강장에서 나를 기다렸다.

출발을 알리는 신호가 울려 퍼졌다.

이 역에서 타는 사람은 없었다.

나는 억지로 일어나 밖으로 나갔다. 기묘한 향기가 코를 찔렀다. 여러 종류의 허브를 대충 배합한 듯한 냄새였다. 소리가 멎었다. 등 뒤에서 문이 닫혔다. 텅 빈 열차가 출발해 이내 검은 터널 안으로 사라졌다.

하얀색의 살풍경한 승강장에는 광고판도 기둥도 없었다. 허브 냄새가 어디서 나는 건지도 알 수 없었다. 느릿한 피아노곡이 간신히 귀에 들릴 정도로 흘러나왔다. 눈에 보이는 건 방금 열차에서 내린 승객들이었다. 눈빛이 공허한 건 아마 그 약을 먹었기 때문이리라. 다들 부자연스러울 정도로 더딘 걸음으로 승강장 끝의 에스컬레이터로 향했다. 하지만 나는 걸음조차 내딛지 못했다.

어머니가 다정한 눈으로 말했다.

"여기까지 왔으면 됐어."

나는 고개를 저었다.

"유키미 씨한테 부탁받은 것도 있고."

"그래."

어머니는 살며시 미소를 지었다.

"그럼 가자."

그리고 몸을 돌려 꼼짝하지 않는 나를 두고 먼저 가버렸다. 어머니는 정부가 배급한 그 약을 먹지 않았다. 안 먹어도 문제없다고 했다. 그래서 평소와 같은 모습이었다. 혼자 걸어가는 어머니는 한 번도 나를 돌아보지 않았다. 내가 따라오지 않아도 그만이라고 생각하는 것이다. 어머니는 그런 사람이었다. 강한 여자다. 하지만 나는 달랐다. 왜죠? 마음으로 외쳤다. 달려갔다. 따라잡았다. 숨이 가빠서 잠깐 눈앞이 어지러웠다.

손잡이가 파란 에스컬레이터는 처음 몇 미터를 수평으로 지나더니 이내 비행기가 이륙하듯 올라가기 시작했다. 경사는 심하지 않았지만 끝이 보이지 않을 만큼 길었다. 몇 칸 앞에 사람이 서 있었다. 걸어 올라가거나 앞사람을 추월하는 사람은 없었다. 다들 손잡이를 잡고 꼼짝도 하지 않았다. 승강장에서 출발하는 에스컬레이터는 하나뿐이었다. 다시 말해 일방통행으로 올라가는 에스컬레이터만 있지, 내려오는 에스컬레이터는 없었다.

이내 터널에 들어섰다. 벽도, 반원형의 아치 천장도 모두 하얗게 빛났다. 나는 옆에 선 어머니의 손을 잡고 싶은 충동에 휩싸였다. 하지만 참았다. 한번 그러면 자신을 주체할 수 없을 것 같았다.

발밑이 오렌지색으로 반짝거리기 시작했다. 이내 에스컬레이터가 수평으로 움직이며 종착점에 도착했다. 그대로 몇 미터를 걸어가니 다시 무빙워크가 나왔다. 터널이 계속되고 다른 길도 없었기에 여기서 멈출 수도 없었다. 무빙워크의 손잡이도 파란색이었다. 무빙워크는 벨트식이었지만 완전한 수평이 아니라 다소 경사가 있어 위로 올라가는 느낌이 들었다. 이 길 역시 꽤 길었다. 몇 분 동안 계속 하얀 빛에 휩싸여 있으니 사고가 녹아버릴 것 같았다.

갑자기 빛의 터널이 사라지더니 어느샌가 구름 위에 있었다. 주변을 에워싼 구름 바다가 둥실거렸고, 머리 위에는 끝없는 하늘이 펼쳐져 있었다. 코발트블루. 모두 무빙워크에서 내려와 넋 나간 표정으로 하늘을 올려다보았다. 물론 모두 입체영상이다. 실제로는 지름 20미터 넓이의 돔이었다. 이곳에도 편안한 음악이 흐르고 있었다. 허브향이 더욱 강해진 것 같았다.

"이야기를 듣긴 들었지만……."

어머니가 쓴웃음을 지었다.

무라사키야마 터미널 센터는 그때까지 있던 다수의 소규모 센터를 통합할 목적으로 새로 지어져 3년 전부터 운영되기 시작했다. 국내 최고의 최신설비를 자랑하는 한편, 영화 〈눈의 여행〉의 촬영지로도 화제를 불러일으켜, 한때는 일부러 먼 곳에서 찾아오는 사람도 있었다고 들었다. 인기가 잠잠해진 요즘도 하루에 수십 명이 이곳에서의 죽음을 선택한다고 했다.

홀에는 방금 도착한 사람들을 포함해 서른 명 남짓한 인원이 멍하니 서 있었다. 이 사람들이 모두 안락사를 기다리는 것인지, 아니면 나처럼 따라온 사람도 있는 것인지는 구분이 가지 않았다. 벤치나 의자는 없었기에 그냥 서 있거나 바닥에 앉아 있었다. 졸린 표정의 사람들이 많았다.

"저기네."

어머니의 눈길 끝에 커다란 쌍여닫이문이 보였다. 겉보기에도 묵직해서 온몸으로 부딪쳐도 꿈쩍도 하지 않을 것 같았다. 센터 개설 당시에는 이 문 앞에 남녀 안내원이 서 있었던 모양이지만, 지금은 아무도 없었다. 문에 다가가면 아이디카드를 인식해 자동으로 열린다. 동행자는 이 문까지 같이 갈 수 있었다.

이 홀에서 나가는 길은 이 문밖에 없었다. 하지만 사람들은 문을 흘끗 바라볼 뿐 다가가려 하지는 않았다. 한번 문으로 들어서면 나올 수 없기 때문이다. 애당초 여기까지 왔으면 다시 현실로 돌아가는 건 불가능했지만.

"갈까?"

어머니가 걸음을 옮기려 했다.

나는 그 팔을 붙잡았다.

어머니가 돌아봤다.

입이 떨어지지 않았다.

넋 나간 사람처럼 우두커니 서 있던 한 여자가 천천히 문으로 다가갔다. 청초한 원피스가 잘 어울리는 여자였다. 지하철에서도 승강장에서도 못 봤던 사람이다. 우리가 여기 오기 전부터 있었던 모양이었다.

모든 이들이 그녀를 주시했다. 여자가 문 앞에 서자 자동으로 문이 열렸다. 안은 어두컴컴해서 잘 보이지 않았다. 여자는 열린 문을 보고 잠시 망설였지만 크게 한숨을 내쉬고 나서 안으로 걸음을 내디뎠다. 문이 자동으로 닫혔다. 유난히 크게 울려 퍼진 그 소리가 파문이 되어 홀 안에 번졌다.

그로부터 채 1분도 지나지 않아 그녀를 따르는 사람이 나타났다. 이번에는 정장 차림의 작달막한 남자였다. 우리와 같은 열차를 타고 온 사람이었다. 하지만 문은 열리지 않았다. 안에 문이 하나 더 있는데, 앞서 들어간 사람이 두 번째 문을 지나기 전까지는 첫 번째 문이 열리지 않는 구조였다.

몇 분이 지나 첫 번째 문이 열리자 남자는 안으로 들어갔다. 신기하게도 문 앞에 사람들이 모여 차례대로 줄을 서 순서를 기다렸다. 몇 분 간격으로 사람들이 문 안으로 하나둘 들어갔다.

불현듯 정신이 아득해졌다.

"왜 그래?"

어머니가 걱정스레 내 얼굴을 들여다보았다.

"가스 때문인가 봐."

이곳의 공기에는 저밀도 진정 가스가 섞여 있었다. 죽음을 기다리는 이들이 직전에 이성을 잃고 날뛰는 걸 방지하기 위한 조치였다. 일반적으로는 사고가 조금 더뎌지는 정도지만 사람에 따라서는 정신을 잃기도 한다고 들었다.

"여기 오래 있지 않는 게 좋겠다."

"아냐. 난 괜찮아."

"시간을 끌수록 괴로울 뿐이야, 너나 나나. 젠, 괜찮아?"

생각보다 가스의 영향을 많이 받은 것인지 어머니의 목소리가 흐릿해졌다. 멀어진다. 싫어, 가지 마요. 죽지 마요. 그렇게 외치고 싶은데 목소리가 나오지 않았다. 매달리고 싶은데 몸이 말을 듣지 않았다. 울고 싶은데 눈물이 나오지 않았다. 감정이 조금도 움직이지 않았다. 싫어, 이대로 헤어질 순 없어, 싫어, 싫어……

2

"싫어."

내 목소리가 어두운 천장에 부딪혀 메아리쳤다.

"아무리 그래도 법으로 정해진 일이잖아."

어머니는 마치 남 일처럼 말했다.

나는 어머니를 쏘아봤다.

어머니도 나를 보고 있었다.

난처한 듯 웃으면서.

"뭐가 웃겨?"

"웃긴 게 아니라, 우리 아들 참 많이 컸구나 싶어서……"

"그게 뭐야."

쑥스러워진 나는 다시 천장을 보았다.

힐끗 눈을 돌리자 어머니도 나처럼 천장을 올려다보고 있었다.

어머니와 한 베개를 베고 자는 건 오랜만이었다. 시곗바늘은 새벽 1시를 가리키고 있었다.

이날 저녁식사는 어머니가 준비했다. 수도 없이 먹은 그 음식을 유키미 씨와 셋이서 먹었다. 시시한 이야기를 끝도 없이 늘어놓았다. 이야기는 주로 어머니가 했다. 어릴 적 추억, 직장에서 만난 사람들 이야기, 기바 미치오와의 만남, 아버지와 결혼하기까지 있었던 일 중에는 낯 뜨거운 이야기도 많았는데 내 반응을 보며 즐거워했다. 아버지 없이 혼자 날 키우느라 얼마나 힘들었는지 이야기했다. 귀에 딱지가 앉도록 들은 이야기를 다시 또 꺼내며 어머니의 은혜를 강조했다. 널 낳느라 유니언에서 탈퇴해서 수입이 한 푼도 없었다느니, 유니언에 다시 가입하지 못해서 힘들었다느니, 그러다 유니언 자체가 없어졌다는 이야기까지. 집 없이 길바닥에 나앉게 된 우리 모자에게 도움의 손길을 내민 게 바로 유키미 씨였다. 우리는 유키미 씨의 호의를 받아들여 이 집에 들어와 지금까지 계속 같이 살았다. 만일 유키미 씨가 없었다면 대학 진학은 꿈도 꾸지 못했으리라. 어머니가 다시금 감사의 말을 전하자 유키미 씨는 엉엉 울었다. 어머니는 유키미 씨를 다정하게 안아주었다. 유키미 씨는 어머니의 품에 안겨 흐느꼈다. 두 사람 사이에는 내가 낄 수 없는 뭔가가 있었다. 하지만 모르는 척했다.

"안 자니?"

어둠을 타고 어머니의 목소리가 들렸다.

"응."

"2048년에 있었던 국민투표 이야기 알아?"

나는 안다고 대답했다.

백년법 시행 동결을 놓고 실시된 투표였다.

"그때 엄마는 백년법 시행에 찬성표를 던졌어. 그래놓고 이제 와서 거부한다는 건 앞뒤가 안 맞잖아."

그 말에서는 오히려 어머니의 갈등이 느껴졌다. 갈등하기 때문에 자신을 납득시킬 이유가 필요한 것이다. 그럴 법도 했다. 좋아서 죽는 사람이 얼마나 있겠는가.

나는 벌떡 일어났다.

"그냥 도망치자. 도망치는 데까지 도망쳐보자. 얌전히 죽을 순 없잖아. 나도 같이 갈게. 그딴 법은 무시하면 돼."

하지만 어머니는 누운 채 말했다.

"너까지 범죄자가 돼서 지명수배당하려고?"

"난 상관없어."

"자식을 범죄자로 만들 바에야 지금 당장 자살할 거야."

"……."

어머니는 정말 그러고도 남을 사람이었다.

"유키미 엄마 얘기 알지?"

어머니의 단짝이었다고 들었다.

"가와카미 미나라고 하는데, 미나 아줌마는 HAVI를 받지 않았어."

자기 의지로 HAVI를 받지 않는 사람도 드물게 있다고 들었는데, 유키미 씨 어머니가 그랬을 줄이야.

"그래서 세월이 지나 나이를 먹으면서 몸이 늙어서 100년도 못 살고 죽었어."

"왜 안 받았는데?"

"유키미 말로는 자연의 이치에 따른 삶을 살고 싶다고 했대. 자연의 이치에 따라 살다 자연의 이치에 따라 죽는다, 그게 인간의 참

모습이라는 게 미나의 지론이었대.”

왜 어머니는 지금 이런 이야기를 하는 걸까.

“엄마도 그렇게 생각해?”

“몸이 늙으면 세상일을 대하는 사고방식이나 느낌도 달라지는 게 아닐까? HAVI를 받은 나는 그런 기회를 잃어버린 채 살아왔지만. 하지만 죽어야 하는 날이 정해진 뒤로는 지금까지와 다르게 생각하고 다르게 살아온 것 같아.”

어머니는 부드러운 눈으로 말했다.

“겐, 엄마가 죽어도 슬퍼하지 마. 난 내 인생에 만족해. 기바 미치오라는 남자를 만나 널 낳았어. 이승에서는 네가 배웅해주고, 저승에서는 아빠가 기다리고 있어. 엄마는 혼자가 아냐. 세상에서 제일로 행복해.”

“그럼…… 난 어쩌라고.”

“넌 이제 성인이야. 난 네 엄마지만 네 소유물이 아니고, 너도 내 소유물이 아니야.”

“그건 나도 알아.”

“그래.”

“유키미 씨도…….”

“유키미가 왜?”

나는 말을 흐렸다.

“불쌍하잖아.”

어머니는 살짝 이맛살을 찌푸리더니 한숨을 내쉬었다.

“겐, 이상한 오해 마. 유키미랑 엄마는 네가 생각하는 그런 사이가 아냐.”

"내가 언제……."

"그리고 유키미가 지금 좋아하는 건 너야."

생각지도 못한 말이었다.

나는 우스꽝스러울 정도로 쩔쩔매며 말했다.

"그럴 리가 없잖아!"

"좋아하지도 않는데 몸을 던져서 널 지켰겠어?"

어머니의 말이 진심인지 농담인지 나는 알 수 없었다.

"넌 유키미를 어떻게 생각하는데?"

"어떻게 생각하다니……."

"너도 남자잖아. 유키미랑 자고 싶다는 생각 안 들어?"

나는 저도 모르게 벽을 보았다. 옆방에 유키미 씨가 있다. 아직 잠들지 않았을 것이다. 나는 목소리를 죽여 말했다.

"무, 무슨 소리야. 유키미 씨한테 실례잖아."

어머니는 피식 웃었다.

부아가 치밀었다. 화가 나서 눈물이 쏟아졌다.

"뭐야, 정말. 내일 죽으러 가는 사람이 대체 왜 그런 소리를 해. 왜……."

나는 울음을 참을 수가 없었다. 이를 악물고 고개를 푹 숙였다. 눈물이 흘렀다.

어머니가 황급히 일어났다.

"미안해, 놀리려던 건 아닌데……. 그냥 마지막이니까 즐겁게 보내고 싶었어."

그때 어머니가 앗, 하고 외쳤다.

"왜 그래?"

"그때도 이랬어."

"그때?"

"네 아빠와 보냈던 마지막 밤도 이랬어. 그 사람이 우스갯소리를 하면서 환하게 웃었고, 나는 울었어. 이런 때 웃음이 나오느냐고 쏘아붙였지, 지금 너처럼."

어머니의 눈에 눈물이 맺혔다. 하지만 표정은 밝았다.

"넌 네 아빠를 꼭 빼닮았잖아. 왠지 그때 당했던 걸 되갚아준 느낌이야."

그러더니 다시 웃었다.

"엄마."

"응."

"나, 좋은 아들이었어?"

내 입에서 나온 말에 스스로도 놀랐다. 왜 이런 걸 물어보는 걸까? 어린애도 아닌데.

"갑자기 무슨 소리니?"

어머니의 얼굴에서 웃음이 사라졌다.

"말해줘. 엄마한테 좋은 아들이었어?"

"당연하지."

"정말?"

"얘가 정말 왜 이래. 너답지 않게."

그래. 오늘 난 이상하다. 나도 알고 있다. 하지만 그래도 이상하지 않은 상황이잖아.

"나한테 바라는 게 있으면 말해줘. 뭐든지 들어줄게."

어머니는 고개를 저었다.

"넌 마음에 다 담지 못할 만큼 많은 추억을 줬어. 더 바라는 건 없어."

"그래도……."

"그만 자자."

"싫어. 잠이 오겠어? 오늘 밤엔 안 잘 거야."

어머니는 짐짓 생각에 잠긴 표정을 지었다.

"알았어. 그럼 엄마 소원 하나 들어줘."

"뭔데?"

"우리 아들 자는 얼굴을 보고 싶어."

"어?"

"뭐든 들어준다면서."

"그건 그런데……."

"자식 자는 얼굴만큼 부모에게 행복을 주는 건 없단다."

뭔가 은근슬쩍 속아 넘어간 기분도 들었지만, 이런 것도 오늘이 마지막이겠지.

"하지만 새삼 그렇게 말하니까 잠이 안 오는데."

"자장가 불러줄까?"

"잠이 확 깰걸."

어머니가 웃었다.

나도 덩달아 웃었다. 눈물을 닦았다.

다시 자리에 누웠다. 어머니가 옆에 누웠다. 뭔가 쑥스러운 기분을 느끼며 나는 눈을 감았다. 어머니는 정말 자장가를 흥얼거리기 시작했다. 느릿한 리듬에 맞춰 내 가슴을 다정하게 토닥였다.

나는 살며시 숨을 내쉬었다. 굳었던 마음이 풀어졌다. 한없는 평

화를 느꼈다. 머나먼 기억이 반응했다. 그리운 기분. 눈물이 날 정
도로 그리웠다.

"겐."

"응."

"얼른 자."

나는 잠에 빠져들었다.

나는 깊고 고요한 어둠에서 조금씩 떠올라 빛 속에서 눈을 떴다.
딱딱한 침대. 얇은 하얀 이불. 사방을 둘러싼 베이지색 커튼. 아
까와 분위기가 달랐다. 허브향이 아니라 소독약 냄새가 났다.

나는 몸을 일으켰다.

인기척이 나더니 누군가가 커튼을 젖혔다. 하얀 가운을 입은 남
자였다. 테가 없는 안경을 낀 남자는 어색할 정도로 환하게 웃으며
말했다.

"정신이 듭니까?"

"여기가 어디죠?"

"의무실입니다. 당신은 홀에서 정신을 잃었어요. 기억납니까?"

나는 애매하게 고개를 끄덕였다. 어렴풋이 기억이 났지만 마치
꿈속에서 일어난 일 같기도 했다.

이 사람은 의사인가. 남자는 선 채로 가운 주머니에 두 손을 넣
으며 대수롭지 않게 말했다.

"극도의 긴장감 때문일 겁니다. 같이 오신 분들은 자주 그러시거
든요. 처치를 받는 당사자는 미리 약을 복용하기 때문에 그런 일은
거의 없지만요."

엄마는 약을 먹지 않았어요. 나는 그렇게 말하려 했지만 입이 마음처럼 움직이지 않았다.

"잠깐 기다려요."

말을 마친 남자는 어디론가 사라졌다. 그리고 잠시 후, 전자보드를 들고 다시 나타났다. 그러고는 보드를 나에게 내밀고 손으로 조작했다. 내 아이디카드에서 정보를 읽는 것이리라. 역시 이 남자는 의사인 모양이었다. 의사와 경찰이 아닌 사람이 허가 없이 타인의 아이디카드에 접속하는 건 법으로 금지되어 있었다.

"아, 그랬군. 아직 HAVI를 받지 않았군요."

남자는 보드를 보며 말했다.

"홀에서 나오는 진정 가스는 HAVI를 받은 사람들에게 맞춰 농도를 조절했거든요. 주의사항에 나와 있었을 텐데, 안 읽었습니까?"

의사는 HAVI를 받으면 왜 진정 가스에 내성이 생기는지, 현재 가장 유력한 설을 말해주었지만 그런 이야기가 귀에 들어올 리가 없었다.

"저기, 제 어머니는……."

의사가 살짝 인상을 쓰며 대답했다.

"미안하지만 같이 오신 분에 대해 난 모릅니다. 지금 담당자를 불러오죠."

침대에 앉아 잠시 기다리자 검은 정장 차림의 여자가 나타나 내 앞에 섰다. 두 손을 공손히 모으고 꼿꼿하게 서서 반듯하게 인사를 했다. 야스다라는 이름의 직원은 터미널 센터의 안내원으로, 어머니의 담당자라고 했다. 자그마한 얼굴에 또렷한 이목구비, 하얀 도

자기를 연상시키는 살결의 그녀는 내가 어머니에 대해 묻자 사무적이지만 정중한 태도로 말했다.

"니시나 란코 님은 이미 시설로 들어가셨습니다. 작별인사는 했으니 이제 됐다고 하셨습니다."

"그게 언제입니까?"

"30분 전입니다."

두 번째 문을 지나 시설에 들어간 사람들이 어떻게 되는지 정부에서 대대적으로 홍보했고, 영화 〈눈의 여행〉을 통해서도 널리 알려진 까닭에 모르는 사람은 거의 없었다.

먼저 마중 나온 안내원의 지시에 따라 그립의 아이디 생체인증을 이용해 수속을 마친다. 다시 진정제가 제공되면 그 자리에서 복용한다. 거부할 수 없도록 법으로 정해져 있었다. 약을 복용하면 휴식실로 이동한다. 여기서 전용 의자에 앉아 센터 전속 특수심리사와 대화를 나누며 마음을 안정시킨다. 이야기하다 보면 진정제 효과가 나타난다. 마지막으로 심리사가 '갈까요'라고 말을 건네면, 즉시 거부하지 않는 한 처치실로 향한다. 이 단계에서는 대부분의 사람들이 의식이 흐릿해져 걷지 못하기 때문에 휠체어를 이용한다. 옷은 갈아입지 않는다. 처치실에서 침대에 눕혀 벨트로 고정한 뒤, 진정제 정맥주사로 완전한 혼수상태에 빠뜨린다.

침대의 센서가 혼수상태에 들어간 걸 확인하면, 자동으로 레일 위를 지나 유서네이저(euthanasia)라 불리는 길이 약 17미터의 터널 형태의 기기에 들어간다. 이름 그대로 안락사 장치인 이 미국제 기기는 일반 터미널 센터에는 최대 다섯 대밖에 없지만 무라사키야마에는 열두 대가 있었다. 안으로 들어가면 머리에 전자충격파가 집중 발사되어 눈 깜짝할 사이에 뇌세포가 파괴돼 목숨을 잃는다. 그 다음 터널 안을 이동하며 전자 열분해로 온몸을 태우고, 약 50분의 공정을 거쳐 밖으로 나오면 완전한 재로 변한다고 들었다.

"그럼 지금은……."

"니시나 란코 님은 행복하셨을 겁니다. 이렇게 아드님이 같이 와 주셨으니까요. 대부분의 사람들은 혼자 오시죠."

나는 야스다의 안내를 받아 의무실을 나왔다. 원목으로 된 복도는 따스한 분위기를 자아냈다. 폭도 넓고 천장도 높았다. 복도 끝에 화장실이 보였다. 그 안에서 야스다와 같은 검은 정장 차림의 여자가 나왔다. 야스다에게 인사를 건네려던 여자는 나를 보더니 쓱 고개를 숙이고 빠른 걸음으로 지나쳤다.

얼굴이 낯이 익었다.

어머니와 내가 그 구름 홀에 도착한 뒤에 처음으로 문을 지났던 여자였다. 청초한 원피스가 잘 어울렸던 그 여자였다.

"왜 그러시죠?"

멈춰선 나를 보고 야스다가 의아한 듯 물었다.

"지금 그 사람, 아까 홀에서 봤는데요."

야스다의 눈에 설핏 동요가 비쳤다.

"여기 직원이에요?"

내 물음에 야스다는 살며시 한숨을 쉬며 말했다.

"프라이머(primer)예요."

"프라이머요?"

"출두자들의 심리적 허들을 낮추기 위한 선도자로, 무라사키야마에서 시범으로 도입된 제도예요. 결과가 좋으면 다른 센터에서도 채용한다고 들었어요. 하지만 정신적으로 부담이 큰 역할이라 얼마나 보급될지는 모르겠네요."

야스다의 얼굴에는 곤혹스런 기색이 역력했다. 처음으로 보이는 인간다운 표정이었다.

"이 사실은 되도록 말하지 마세요. 실체가 알려지면 효과가 떨어지니까요."

나는 알겠다고 대답했다.

동행인을 위한 대기실은 긴 의자 여덟 개가 두 줄로 놓여 있는 소박한 공간이었다. 안에는 아무도 없었다.

"가시는 길은 아세요?"

"모르는데요."

"복도 끝에 있는 통로로 나가면 무빙워크로 다카베 역까지 이어져 있어요."

"다카베? 무라사키야마가 아니고요?"

다카베는 무라사키야마의 전 역이었다.

"무라사키야마는 하차 전용 역이에요."

야스다가 나가자 나는 홀로 남겨졌다.

긴 의자에 앉았다.

아무 생각도 들지 않았다.

1초, 또 1초, 시간의 무게를 견딜 수밖에 없었다.

"니시나 겐 님."

정신을 차려보니 야스다가 서 있었다. 주머니에 들어가는 크기의 자그마한 나무 상자를 조심스레 두 손으로 들고 있었다.

나는 자리에서 일어났다.

살짝 휘청거렸다.

야스다는 정중한 목소리로 말했다.

"받으십시오."

나는 깍듯하게 내민 그 상자를 받아들었다. 손이 덜덜 떨렸다.

"조심해서 가십시오."

야스다는 고개 숙여 인사하고 밖으로 나갔다.

문이 닫혔다.

나는 또다시 혼자 남겨졌다.

상자를 보았다.

뚜껑을 열었다.

보랏빛 덮개가 보였다.

덮개를 걷자 무색투명한 직육면체가 나왔다.

약 4센티미터 길이의 새끼손가락만 한 크기였다.

애시크리스탈.

고인의 뼛가루를 플라스마 압축해 만든 물질이었다. 5년 전부터
시작한 서비스로, 사전에 신청하면 무료로 만들어줬다. 단, 이것을
만들 수 있는 설비는 현재 무라사키야마를 포함해 전국에 여섯 곳
밖에 없었다.

나는 '니시나 란코'라 새겨진 그 직육면체를 상자에서 꺼내 손바
닥 위에 올렸다.

아직 열기가 느껴졌다.

플라스마 압축 작용으로 생긴 애시크리스탈의 열기는 며칠 동안
식지 않는다고 했다.

3부

1

하얀 해변에 밀려드는 파도소리는 공기방울이 터지는 소리가 들릴 정도로 잔잔했다. 미묘하게 변화하며 반복되는 그 소리는 듣는 이를 그리움의 세계로 인도했다. 하늘에 뜬 붉그스름한 구름도 바람을 타고 천천히 흐르며 모습을 바꾸었다.

"기분은 어떠십니까?"

가토 다로가 절제된 목소리로 묻자, 침대에 누운 남자는 살며시 고개를 끄덕였다. 그 눈동자는 흐릿했지만 전천 모니터에 비친 구름을 똑똑히 보고 있었다. 코에 산소흡입용 튜브를 낀 얼굴은 창백했고 거무스름한 눈가에도 생명의 기운은 느껴지지 않았다. 쌍꺼풀진 처진 눈과 오뚝한 콧날에서 과거 온몸을 가득 채웠을 남성적 매력의 흔적을 희미하게 느낄 수 있었다.

"역시 가망이 없습니까?"

남자가 쉰 목소리로 말했다. 그는 눈길을 돌려 탁한 눈으로 가토를 보았다.

"선생님, 분명하게 말씀해주십시오. 그러는 게 서로 마음 편하지 않겠습니까."

왼쪽 입꼬리가 올라갔다. 웃으려던 모양이다.

가토는 무릎을 짚고 고개를 숙였다.

"도노 씨, 죄송합니다. 제 능력이 부족한 탓입니다."

"앞으로 얼마나 남았습니까?"

가토는 망설인 끝에 말문을 열었다.

"반년입니다."

"그렇게나요? 내 몸은 내가 가장 잘 압니다. 이런 몸으로는 앞으로 한 달이나 버틸지……."

남자의 눈길이 다시 먼 하늘의 구름으로 향했다. 하늘 전체가 더욱 붉게 물들고 있었다. 일몰이 가까워졌기 때문이다.

"나에겐 아직 52년이나 남았습니다. 52년. 설마 이렇게 빨리 끝내게 될 줄이야. 이렇게 갑작스레…… 하필이면……."

거기까지 말하고 남자는 눈을 감더니 깊은 한숨을 내쉬었다. 그리고 이내 새근거리는 숨소리가 들렸다. 진통제를 맞으면 깨어 있는 시간보다 잠든 시간이 길어진다. 깊은 잠에 빠져든 그에게 보조를 맞추듯 하늘이 어두워지며 별이 반짝이기 시작했다.

가토는 자리에서 일어났다.

널찍한 방을 가로질러 두 개의 자동문을 지나 밖으로 나왔다. 병동의 긴 복도는 크림색으로 되어 있었고 바닥에는 오렌지색 줄이 두 개 그어져 있었다. 양쪽에는 각 병실로 들어가는 문이 늘어서 있었다. 맨 꼭대기 층은 모두 1인실로, 욕실과 화장실이 갖춰져 있었 지만 전천 모니터가 설치된 병실은 단 두 개뿐이었다. 그중 하나가 방금 가토가 나온 711호실이었다. 나머지 하나는 모니터실 건너편 에 있는 701호실로, 이곳에는 원장의 지인이라는 여자 환자가 입원 해 있었다. 신기하게도 두 환자는 같은 병을 앓고 있어서 가토가 담 당하게 되었다.

휘황찬란한 빛으로 가득 찬 모니터실에 들어서자 당직 간호사 두 명이 탁자에 앉아 커피를 마시고 있었다. 모니터실에서는 맨 위 층에 입원한 모든 환자의 상태를 실시간으로 파악할 수 있었다. 환 자가 호출하거나 각종 데이터에 이상 수치가 검출되면 즉시 알람 이 울렸다.

당직 간호사 중 하나인 다쿠마 라이자가 가토를 보고 부산스레 말했다.

"아, 선생님, 커피 드실래요? 티베트산 원두가 들어왔다며 오카 와라 씨가 갖다 주셨어요."

"그래도 돼? 귀한 원두잖아."

"가토 선생님에게는 당연히 대접해야죠."

"그럼 사양 안 할게."

다쿠마는 서둘러 휴게실로 향했다. 휴게실은 급탕실도 겸하고 있었다.

"오늘 다쿠마 선생은 날아다니네요."

혀를 내두르며 커피를 마시는 이는 주임간호사인 미나미다 도시 에였다. 50년 경력의 베테랑 간호사로, 가토와 일한 세월도 길었다.

"오카와라 씨가 왔었어? 잘 지내던가?"

가토는 의자를 빼서 앉았다.

미나미다는 의미심장하게 웃으며 말했다.

"그분, 다쿠마 선생한테 마음이 있나 봐요."

"호오, 오카와라 씨가 라이자 선생을?"

오카와라는 취미인 카레이싱을 하다가 사고를 당해 입원했던 회사 사장이었다. 일주일 전에 퇴원했다.

"라이자 선생은 뭐래? 관심이 있는 것 같아?"

"별로 내켜하는 것 같지는 않아요. 아무리 돈이 많아도 성격이 그 모양이니……."

오카와라는 입원 중에 제멋대로 굴며 간호사들의 속을 썩인 모양이었다.

"티베트산 원두도 소용없네."

가토는 반사적으로 창문 쪽으로 고개를 돌렸다.

유리창 너머로는 새까만 어둠이 펼쳐져 있었다.

"왜 그러세요?"

"방금 천둥소리 안 들렸어?"

"글쎄요, 일기예보에서는 그런 말 없었는데."

가토는 창문 너머의 어둠을 응시했다. 실내가 환해서 바깥의 별이 보이지 않았지만 번개 같은 빛도 눈에 띄지 않았다. 하지만 분명히 묵직한 울림이 귓가에 들렸다.

'설마……'

다쿠마가 급탕실에서 나왔다. 다쿠마는 연녹색 컵을 가토 앞에 내려놓았다. 그윽한 향기가 피어올랐다. 고맙다고 말하자 "별말씀을요." 하고 미소를 지으며 아까 앉았던 자리에 다시 앉았다.

가토는 바로 커피를 한 모금 마셨다.

"오, 역시 티베트산은 다르군."

"제가 잘 내려서 그래요."

"하하, 그건 몰랐네."

다쿠마가 갑자기 진지한 표정으로 말했다.

"도노 씨는 좀 어떠세요?"

가토는 커피를 또 한 모금 마시고 나서 대답했다.

"알아챈 모양이야, 남은 시간이 얼마 없다는 걸. 이렇게 일찍 죽을 줄은 몰랐다며 한탄하는데 뭐라고 위로할 말이 없더라고."

"그랬군요."

다쿠마가 힘없이 어깨를 떨궜다.

"다쿠마 간호사는 도노 씨의 팬이라면서?"

다쿠마는 말없이 고개를 끄덕였다.

미나미다가 추억에 젖은 목소리로 말했다.

"저도 기억이 나네요. 당시엔 굉장했죠."

도노 마코토, 20년 전에 개봉해 국민적인 인기를 끈 영화 〈눈의 여행〉에서 주연으로 발탁되어 데뷔한 배우다. 영화 개봉 당시에는 부드러운 외모와 그윽한 목소리로 여성 관객들의 마음을 사로잡았다고 들었다. 열광적인 붐이 수그러든 뒤에도 영화와 드라마에 출연해 비극적인 사랑에서 익살스런 연기까지 폭넓게 소화해오다 얼마 전 5년 만에 주연 영화가 제작된다는 소식이 전해졌다.

하지만 제작 발표 직후에 건강 이상으로 갑자기 입원했고, 검사 결과 폐, 위, 췌장, 간, 신장, 대장, 방광에 지름 3센티미터에서 7센티미터의 악성 종양이 발견됐다. 진단 결과 돌발성 다장기암(SMOC,

Sudden Multiple Organ Cancer)으로 판명되었다.

HAVI가 도입된 지 약 150년. 노인의 모습을 거의 찾아볼 수 없게 된 현대에 암은 희귀 질병이 되었다. 발병 빈도가 높은 건 뼈육종이나 백혈병이었고, 내장암 중에서는 폐암 정도를 들 수 있었다. 여성이라면 유방암, 난소암, 자궁암이었고, 소화기 계통의 암은 비경(祕境)이라 불릴 만큼 드문 경우에 속했다. 그런 탓에 연구도 별로 되지 않은 분야였다.

하지만 10년쯤 전부터 기묘한 병례가 연이어 보고됐다. 여러 장기에 동시다발로 암이 생겨나 급속히 증식해 단기간에 환자를 사망에 이르게 했다. 훗날 SMOC(스모크)라 불린 이 질병은 하나의 암이 여러 군데로 전이되는 게 아니라, 각 장기에서 차례차례 발생한다고 했다. 그때까지 알려진 암과는 전혀 다른 발생구조를 나타냈다. 원인은 밝혀지지 않았다. 외과수술로 절제하더라도 도저히 따라잡을 수 없는 속도였고, 같은 이유로 중립자선 치료로도 연명 효과가 없는 것으로 밝혀졌다.

가토 다로는 의사로서 45년 동안 일해왔다. 특히 암 치료에 관해서는 내과 진단에서 외과 수술까지 폭넓은 기술을 지녀 공화국에서 얼마 없는 암 종합전문의 중 한 명이기도 했다. 그런 그조차 SMOC 앞에서는 무력했다. 일단 발병하면 희망이 없었다. 완치는커녕 완화조차 기대할 수 없는 게 현실이었다. 고통을 진통제로 달래며 조금이라도 편안한 최후를 맞이하도록 돕는 게 고작이었다.

"마지막 영화를 찍도록 돕고 싶었는데……."

다쿠마가 쥐어짜듯 말했다.

모니터의 알람이 울렸다.

미나미다가 재빨리 일어나 데이터를 확인했다.

"704호실 구보 환자의 호출이에요. 바이탈 사인은 이상 없어요. 또 시작이네요."

"제가 다녀올게요."

다쿠마는 눈물을 훔치고 모니터실 밖으로 달려갔다.

"또 시작이라니?"

"저 환자는 밤만 되면 정신상태가 불안해져요. 죽을 것 같다, 이 대로 죽을지도 모른다고 난리법석이에요. 단순 위염인데."

"신경안정제 처방은 안 했나?"

"선생님 방침이라서요."

"누구 담당인데?"

"하토베 선생님이요. 안 죽으니까 내버려두래요."

가토는 쓴웃음을 지었다.

"하토베 선생 그런 점이 참 마음에 든단 말이야."

순간 미나미다가 눈을 번쩍 떴다. 그리고 초점 없는 눈으로 숨을 삼켰다. 왼쪽 귀에 낀 아이즈의 인디케이터가 녹색으로 깜빡거렸다. 긴급 연락이 들어온 모양이었다.

"알겠습니다."

미나미다가 작게 중얼거렸다. 통신내용을 저도 모르게 입 밖으로 낸 모양이었다. 얼굴에서 핏기가 싹 가셨다. 그녀의 낯빛이 확 변한 걸 보면 예삿일이 아닌 모양이었다.

"무슨 일이야?"

미나미다는 마음을 가라앉히려는 듯 심호흡을 한 뒤에 말문을 열었다.

"도쿄 역 안에서 폭발이 일어났대요. 부상자가 많이 생겨서 우리 병원으로도 이송 중이래요. 도울 수 있는 사람은 급히 응급실로 오래요."

"폭발……."

"테러인 것 같대요."

가토는 신음을 흘렸다.

"또? 그럼 아까 그 소리는……."

"이 병동은 다쿠마 선생에게 맡기고 제가 내려가 볼게요."

아이즈가 다시 깜빡였다. 다쿠마와 연락을 하는 모양이었다.

"그럼 부탁해."

미나미다는 고개를 끄덕이며 그렇게 말했다. 이야기가 마무리된 모양이었다.

가토는 가운 주머니에서 아이즈를 꺼내 왼쪽 귀에 꽂았다. 자동으로 뇌세포와 접속하기를 기다렸다가 응급실 중앙통제실에 연결했다.

"종양과의 가토입니다. 폭탄 테러 소식은 들었는데 내 도움이 필요한 일 있습니까?"

아이즈는 속으로 생각만 해도 메시지를 전달할 수 있지만 소리 내어 말로 하는 게 더욱 확실했다.

"부탁드릴게요. 저번보다 부상자가 많아서 도움이 절실한 상황입니다."

"알았네."

미나미다는 이미 일어나 있었다.

"선생님."

"가지."

두 사람은 모니터실을 뛰쳐나갔다.

2

"분석 결과, 폭발물의 주체는 S2폭약입니다. 이걸 원격조작으로 폭발시킨 것으로 추정됩니다. 지금까지 확인된 사망자는 총 3명, 중상자 9명, 중경상자 36명. 폭발 한 시간 뒤에 범행성명이 공화국 경찰과 언론사에 도착했습니다. 범인은 아나타……."

"그만 됐네."

유사 아키히토는 참지 못하고 말을 끊었다. 내무장관 가게야마 아키히사의 입에서 나온 건 이미 보고를 받은 내용뿐이었다. 그조차 들고 있는 종이를 보면서 읽었다.

"그런 메모를 읽으라고 자네를 관저로 부른 게 아닐세."

탁자 맞은편 소파에 엉거주춤하게 앉은 가게야마 장관이 내리깐 눈을 끔뻑이며 살찐 몸을 움츠렸다. 불그스름한 이마에는 구슬땀이 맺혔다.

"분명 2주 전에 아나타 도진의 거점을 괴멸시켰다고 하지 않았나?"

"차관이 그렇게 보고해서……."

"부하에게 책임을 떠넘기지 말게. 나는 자네가 올린 보고를 말하는 거야."

유사가 날카로운 눈빛으로 쏘아보자 가게야마는 당장이라도 꿇어 엎드릴 듯 머리를 조아렸다. 비굴하기 짝이 없는 태도였다. 이 한심한 작자가 공화국경찰을 관할하는 내무성의 수장이라니.

"거점을 괴멸시켰는데 왜 여전히 테러가 발생하는 건가? 아나타 도진이라는 이름을 당당하게 내세우며 범행성명서까지 발표하고 있잖나. 그런데도 우리 경찰은 주모자의 정체조차 파악하지 못하고 있고. 대체 어떻게 설명할 건가?"

가게야마는 힘없이 고개를 떨어뜨릴 뿐이었다. 저러고 있으면 사태가 알아서 호전되리라고 생각하는 건가. 그래도 예전에는 이 정도로 무능하지는 않았는데.

'역시 이 남자도…….'

백년법으로 정해진 생존가능기한이 되면 터미널 센터에 출두해 안락사 처치를 받아야 했다. 국회의원이라도 예외는 아니었다. 단, 대통령 특례법에 따라 특별히 대통령이 인정한 경우에 한해 무기한으로 연장할 수 있었다.

가게야마 아키히사도 규정대로라면 작년에 이 세상을 떠났을 몸이다. 지금 살아 있는 건 우시지마 대통령이 특례대상으로 지정했기 때문이다.

이런 이들은 비단 가게야마뿐이 아니었다. 현재 상하 양원에 소속된 의원의 70퍼센트는 대통령 면제권 덕에 목숨을 부지하고 있었다. 사는 것도, 죽는 것도 우시지마 대통령의 손에 달렸다. 실제로 우시지마 대통령의 심기를 거슬렀다는 이유로 그 자리에서 면제권을 박탈당해 터미널 센터로 강제 이송된 의원도 있었다. 면제권을 박탈당하지 않으려면 대통령에게 변함없는 충성을 다할 수밖에 없었다.

하지만 대통령의 뜻에 따르는 데에만 열성을 쏟게 된 정치인들은 자신의 신념으로 움직이지 못하게 되었다. 한마디로 꼭두각시나 마찬가지였다. 그들이 무슨 쓸모가 있겠는가. 지금 의회는 이러한 꼭두각시에게 점거되어, 보기에도 참혹한 풍경이 날마다 반복되었다. 그나마 관료 중에 쓸 만한 인재가 있는 게 희망이었다.

"후카마치 차관은 같이 안 왔나?"

"밖에서 대기하고 있습니다."

"왜 같이 들어오지 않았지? 당장 들어오라고 하게."

"아, 알겠습니다."

가게야마가 황급히 총리 집무실을 나섰다. 육중한 문 밖은 총리 비서관과 내빈들의 대기실이었다.

집무실에는 일인용치고는 너무 큰 소파가 여덟 개 놓여 있었다. 흡사 바위처럼 무거워서 성인이 힘껏 몸을 던져도 1밀리미터도 움직이지 않을 것 같았다. 유사는 그 소파의 등받이에 편하게 기대어 한숨을 내쉬었다.

이 총리 관저는 12년 전에 신축한 건물로, 집무실은 넓지도 호화롭지도 않았지만 내구성은 뛰어났다. 원목으로 만든 차분한 분위기의 가구들도 모두 유사의 취향대로 고른 것이었다. 단 하나, 그의 취향에 맞지 않는 건 집무실 책상을 등지고 걸린 우시지마 대통령의 커다란 초상화였다. 앙다문 입에 포즈를 잡고 살짝 흘겨보는 모습이었다. 유사는 자신이 저도 모르게 쓸쓸한 표정을 짓고 있음을 느끼고 눈길을 돌렸다.

가게야마가 조용히 문을 열고 후카마치를 데리고 들어왔다. 그러고는 자기 혼자 소파에 앉더니 "총리님께 최신 상황을 설명하게." 하고 명령했다.

후카마치가 유사에게 눈인사를 했다. 원래도 호감형이지만 거기에 냉철함이 더해져 지금은 누가 봐도 엘리트 관료였다.

"아나타 도진이 이끄는 테러 집단에 대해서는 유감스럽게도 새로 보고할 만한 사항이 없습니다. 조직 규모나 주모자의 정체도 알아내지 못했습니다."

"아나타 도진의 거점을 괴멸시켰다는 보고는 자네가 올리지 않았나?"

"정확히 말씀드리면 아나타 도진의 거점이 아니라 다수의 거부자 마을 중 하나를 괴멸시킨 것일 뿐입니다. 제가 장관님께 오해의 소지가 있는 표현을 써서 보고드린 탓입니다. 면목 없습니다."

가게야마 장관은 이렇게 말하며 깍듯하게 고개를 숙이는 후카마치를 보고 흡족한 미소를 지었다.

유사는 그 모습에 내심 한숨을 내쉬며 다시 후카마치를 보며 물었다.

"아나타 도진은 이전 세기에 처형된 테러리스트가 썼던 이름이야. 그때 죽은 이는 대역이고 이번에야말로 진짜 아나타 도진이 나선 거라는 소문이 돌던데, 진위 여부는 확인했나?"

"어차피 소문일 뿐입니다."

후카마치가 거침없이 대답했다.

"그럼 그 두 사건의 관련성은?"

"없다고 봐도 무방합니다."

"근거는 뭔가?"

"총리님은 이전 세기의 아나타 도진 사건을 기억하십니까?"

"어렴풋이 기억이 나네. 하지만 그 사건이 일어났을 때 나는 고작 스무 살이었어."

"아나타 도진이 처음 등장한 건 HAVI가 도입된 지 40년이 채 안 됐던 시절, 백년법은 아직 존재조차 드러내지 못했던 시대였습니다. 그 범행동기도 HAVI로 인해 죽음에서 멀어진 사람들에게 죽음을 상기시킨다는 무척 추상적인 동기에서였죠. 주모자로 붙잡힌 남자도 한때는 정신 감정이 필요한 상태라는 점이 제기되었을 정도로 비정상적인 인물이었습니다. 그런데 이번에는 백년법을 철폐하라는 구체적인 정치적 요구를 내세우고 있습니다. 이전과는 입장이 180도 바뀌었다고 해도 지나친 말이 아니죠. 동일인물의 소행인 것 같지는 않습니다."

"시대가 바뀌면 사람도 바뀌지. 당연히 주장도 바뀔 테고. 그럴 가능성도 있지 않나?"

"그렇다면 굳이 아나타 도진을 사칭할 필요는 없겠죠. 주장하는 내용이 정반대니까요. 변절자라는 낙인을 피할 수 있고 정치적 위험을 감수하지 않아도 되니까요. 이번 사건의 테러리스트가 아나타 도진이라는 이름을 쓰는 건 단순히 그 이미지를 이용하고 싶었다고 보는 게 타당할 듯싶습니다."

"이미지라……."

"못하는 게 없는 초인, 불사신의 영웅, 그런 황당무계한 이미지 말입니다. 하지만 마냥 우습게 볼 일은 아닙니다. 역사는 때로 허구에 의해 크게 좌우되기도 합니다."

"자네는 아나타 도진의 정체가 뭐라고 생각하나?"

"우선 앞서 보고드린 대로 범행성명서에서 백년법 폐지를 일관

되게 주장하고 있는 점으로 미루어, 테러 집단의 모체가 '거부자'일 가능성이 큽니다."

거부자. 한마디로 백년법으로 정해진 생존가능기한이 지났는데도 터미널 센터에 출두하지 않고 달아난 이들을 뜻한다.

"아마 아나타 도진이라는 이름은 그 초인적인 이미지로 인해 거부자들에게 마지막 희망으로 비쳤을 가능성이 큽니다. 아나타 도진이라면 자신들을 구원해줄지도 모른다고 생각했겠죠."

"테러리스트도 시대가 바뀌면 구세주로 둔갑하는 건가."

유사는 기막히다는 듯 말했다.

"거부자 마을 적발은 어떻게 되어가나?"

기한을 넘기고도 출두하지 않으면 지명수배가 되고 아이디카드도 사용할 수 없게 되기에 사회생활이 불가능해지지만, 요즘에는 거부자들끼리 모여 비밀리에 공동체를 형성하는 경우가 늘어나고 있었다. 그것이 거부자 마을이었다.

말은 마을이지만, 사람이 살지 않는 산중에 만든 원시적인 생활공동체에서 도심에 조직된 비밀결사체까지 그 형태는 각양각색이었다. 후자는 폭력조직 등 어둠의 세계와 연결된 경우가 많아서 범죄의 온상이기도 했다.

"지금까지 적발한 거부자 마을은 모두 서른네 곳. 처치한 거부자는 756명을 웃돕니다. 하지만 빙산의 일각에 지나지 않는 건 분명합니다. 생존가능기한이 지났는데도 터미널 센터에 출두하지 않는 자들의 수는 8만 명을 웃돈다고 합니다. 그 대부분은 지금도 공화국 안에서 불법으로 삶을 연명하고 있습니다."

"어떻게 그만한 인원이 생존할 수 있지? 고스트 아이디가 만연하는 탓인가?"

"그것도 주요 원인 중 하나지만 가장 큰 원인은 따로 있습니다."

"그게 뭔가?"

"국민들 사이에 백년법을 지켜야 한다는 분위기가 점차 수그러들고 있습니다. 국민들은 거부자를 발견해도 신고하지 않습니다. 불이익이 두려워 숨겨주지는 않지만 못 본 척하는 게 당연시되고 있습니다."

후카마치는 눈에 힘을 주었다. '그 이유는 아시죠?'라고 묻는 듯.

유사는 헛기침을 하며 말했다.

"그럼 앞으로 어떻게 대처할 계획인가?"

"거부자 마을을 하나씩 찾아내 없애는 수밖에 없습니다. 경찰 당국에도 그렇게 명령했습니다."

후카마치답지 않은 맥 빠진 대답이었다.

"알겠네. 계속 수고해주게."

유사는 내내 침묵을 지키던 가게야마를 보며 말했다.

"부하의 능력을 최대한으로 이끌어내는 것도 상사의 역할이네. 앞으로 기대하겠네."

가게야마 장관은 깍듯이 고개를 숙이고 나서 자리에서 일어났다. 가시방석에서 벗어난 안도감이 얼굴을 가득 채우고 있었다. 유사는 그 뒤를 따르는 후카마치를 불러 세웠다.

"후카마치 차관은 잠깐 나 좀 보지."

가게야마가 걸음을 멈추고 불안한 표정으로 돌아봤다. 후카마치의 직속 상사는 내무장관, 그런 자신을 따돌리는 상황이 의아스런 눈치였다.

유사가 표정을 풀며 말했다.

"아, 오해 말게. 내가 옛날에 후카마치를 데리고 있던 적이 있거든. 오랜만에 얼굴 본 김에 옛날이야기나 할까 싶어서 말이야. 잠깐이면 되네."

가게야마는 여전히 석연치 않은 표정이었지만 군말 없이 먼저 나갔다.

문이 닫히자 유사는 원래 표정으로 돌아와 후카마치에게 앉으라고 권했다.

"옛날이야기를 할 정도로 한가해 보이시진 않습니다만."

후카마치 신타로는 대충 엉덩이만 붙이며 말했다.

"나한테 할 말이 있는 것 같아서 불렀네. 장관 앞에서는 속 시원히 말 못 할 테니."

후카마치는 손을 무릎에 올리고 고개를 끄덕였다.

"그렇게 말씀하시니 옛날이야기나 하시죠."

하지만 그 얼굴에 그리운 기색은 없었다.

"말해보게."

"요새 생존제한법 특별준비실에 있었을 때 생각이 자주 납니다. 제가 실장이었던 제2차 준비실이 아니라 제1차 준비실 때 말입니다. 총리님이 실장이셨고 저는 부실장이었죠."

"좋은 팀이었네. 다들 출세해서 아라카와는 국회의원 배지를 달았지. 자네도 차관이 되어 아주 든든해."

후카마치는 의례적인 미소조차 보이지 않았다.

"그 시절 총리님은 백년법 시행이야말로 공화국의 번영을 위해 반드시 필요한 시책이라 입버릇처럼 말씀하셨죠. 그리고 국민투표로 시행 동결이 정해지자, 당시 우시지마 료이치 의원과 국정을 장악해 비효율의 대명사였던 유니언 해체, 국민건강보험 제도 재정립 등 국민들의 거센 비판이 쏟아질 게 분명한 개혁을 연이어 단행하셨고요. 그 덕에 우리나라는 재정파탄 위기 직전에 간신히 모면할 수 있었죠."

내용과는 달리 말투는 전혀 칭찬 조가 아니었다.

"경제는 성장궤도에 들어섰고, 분명히 한때는 다시 살아났다고 할 수 있는 상태까지 회복됐습니다. 하지만 오래가지는 않았죠. 특히 지난 십수 년은 정체가 두드러집니다."

부정할 수 없는 사실이었다.

"총리님은 이런 말도 하셨습니다. 국력을 신장시키려면 낡은 피를 없애고 젊은 피들이 활약할 자리를 마련해줘야 한다, 사회의 신진대사를 촉진시켜야 한다, 그러기 위해서 백년법은 꼭 필요하다."

"그랬지."

"그렇다면 백년법을 시행한 지 40년이 지났는데도 이 나라가 정체 상태에 있는 건 어떻게 설명하실 겁니까?"

"백년법은 아직 제 기능을 다하지 못했다, 그렇게 말하고 싶은 건가?"

"맞습니다."

"그래서 거부자 마을의 단속을 서두르라고⋯⋯."

"거부자 마을은 백년법이 제 기능을 다하지 못하게 한 원인이 아니라 백년법이 제 기능을 다하지 못한 결과라고 봐야 합니다."

유사는 반박할 말이 없었다.

"분명히 거부자의 존재는 이 나라만의 문제가 아닙니다. 하지만 거부자가 이같이 급격히 증가한 예는 다른 HALLO 가입국에서는 찾아볼 수 없죠. 일본공화국뿐입니다. 어째서라고 생각하십니까?"

"글쎄, 이유가 뭘까?"

후카마치의 눈동자에 분노가 어른거렸다.

"저도 아는 걸 총리님이 모르신다고요!"

그렇지만 유사는 대답하지 않았다.

후카마치는 답답한 듯 몸을 내밀며 말했다.

"왜 말씀하시지 않습니까! 제가 모셨던 유사 실장님은 그런 분이 아니었습니다. 기개 있는 애국자셨습니다."

유사는 참다못해 말했다.

"HAVI는 노화를 중지시켰지만 시간을 멈춰주지는 않았어."

"제대로 대답해주십시오."

"자네도 많이 컸군."

유사는 웃으려 했지만 후카마치의 눈빛이 허락하지 않았다.

"그럼 제가 말씀드리겠습니다. 모든 원흉은 바로 대통령 특례법입니다."

유사는 무의식적으로 문을 보았다. 비서관이라면 몰라도 저 문밖에 불청객이 기다리고 있지 않다는 보장은 없었다. 지금 이야기가 밖으로 새어나가면 큰일이다. 하지만 후카마치는 눈썹도 까딱하지 않았다.

"특례에 따라 생존가능기한을 연장하는 제도는 다른 나라들도 채택하고 있습니다. 하지만 그에 합당한 이유가 있을 때만 연장하기 때문에 국민들도 납득을 하죠. 하지만 일본은 오로지 대통령이 생사여탈권을 쥐고 있습니다. 실적다운 실적도 없는데 의원이라는 이유만으로 특례대상이 되기도 하죠. 이런 걸 국민들이 납득하겠습니까? 백년법 시행의 대전제인 공정성이 전혀 지켜지지 않는데요. 순순히 백년법을 지키는 놈만 바보가 되는 세상인데 어느 누가 지키려 하겠습니까?"

유사는 후카마치의 직설적인 이야기에 동요했다. 그리고 사실과 마주해 동요한 자신의 모습이 한심하기 짝이 없었다.

"물론 거부자를 내버려둘 순 없습니다. 철저하게 단속해 강제로 터미널 센터로 보내야죠. 하지만 이런 상황에서는 아무리 거부자 마을을 없애도 문제를 근본적으로 해결할 수는 없습니다. 오히려 일을 복잡하게 만드는 꼴이죠."

"그럼 어쩌라는 건가?"

"특례법을 폐지하고 백년법을 모든 국민에게 평등하게 적용해야 합니다. 그 밖에 다른 길은……."

불현듯 후카마치가 말을 멈췄다. 그리고 자조하듯 웃었다.

"총리님께서 이런 걸 모르실 분이 아니죠. 저 같은 미숙한 놈이 지적하지 않아도 잘 아실 겁니다."

후카마치는 다시 도발적인 눈빛으로 유사를 노려보았다.

"제 말이 틀립니까?"

유사는 고개를 끄덕일 뿐이었다.

대통령 특례법은 우시지마 료이치의 권력기반을 공고히 하기 위해 유사가 고안한 방책이었다. 이것이 없었으면 공화국 정치를 안정시켜 일시적이나마 국가 재건을 이루어낼 수 없었으리라.

하지만 시대는 변하고 있었다. 국가 재건을 위해 고안했던 법률이지만, 번영을 유지하기 위해서는 버려야 할 때가 온 것이다. 특례법은 이제 시대착오적인 법률이 되어가고 있었다. 하지만 폐지 역시 쉬운 일이 아니었다.

"의회에는 대통령 면제권으로 목숨을 연명하는 의원들이 대부분이야. 특례법 폐지는 그들의 죽음을 뜻하지. 스스로 그런 결의를 할 리가 없어. 설령 폐지를 결의하더라도 대통령이 거부권을 행사할 수 있고."

"대통령은 거부권을 행사할 수 없습니다."

"그게 무슨 소린가? 공화국 헌법에는……."

"설령 헌법으로 규정되었더라도 우시지마 대통령은 거부권을 행사할 수 없습니다. 만일 행사하면 어떻게 될까요?"

"특례법이 존속되겠지."

"폐지를 결의한 의원들은요?"

"대통령의 뜻에 반하는 결의를 내렸으니 즉시 면제권이 박탈되어 터미널 센터로 끌려가겠지."

"그러면 의회에 공석이 생기겠죠?"

유사는 후카마치가 무슨 말을 하려는지 깨달았다.

"보궐선거에서 신시대당의 신인의원들이 당선되겠죠. 그들은 아직 백년법의 생존가능기한이 많이 남았으니 대통령의 심기를 일일이 살필 필요도 없습니다. 특례법의 효력은 줄어들 테고요. 그러면 대통령 임기의 연장 결의가 부결될 수도 있습니다. 대통령 입장에서는 그런 사태만큼은 피하고 싶겠죠. 그러려면 섣불리 면제권 박탈을 단행할 수 없을 테고요. 그렇다고 반항한 의원들에게 아무 조치도 취하지 않는다면 역시 영향력이 떨어졌다는 이야기가 나오겠죠. 어떤 선택을 하든 대통령에게는 불리합니다. 특례대상 의원의 수가 공교롭게도 대통령을 옭아매는 족쇄가 되는 거죠."

"자네는 너무 낙관적으로 생각하는군."

후카마치는 대꾸하지 않고 유사의 다음 말을 기다렸다.

"자네 뜻은 잘 알겠네. 만일 정말 의원들이 자신들의 죽음을 감수하고 특례법 폐지를 결의한다면 자네 말대로 흘러갈지도 모르지. 하지만 그 작자들이 그럴 거라고 생각하나? 가게야마 장관 같은 자들이 나라를 위해 목숨을 바칠 거라고 진심으로 생각하나?"

현실적으로 있을 수 없는 일이었다. 아무리 생각해도 대통령의 지위는 위협할 수 없는 수준까지 커져 있었다. 그도 그럴 것이 유사 자신이 대통령의 권한을 절대화하기 위해 만들어낸 체제였기 때문이다.

그때 후카마치가 살며시 웃음을 지었다.

"그럼 단번에 체제를 쇄신하죠."

"뭐라고?"

"대통령 임기연장 결의를 할 수 있는 데까지 끌다가 부결하면 됩니다. 면제권을 박탈할 시간을 주지 않고 번개처럼요. 그때 결의안에 찬성하는 의원들에게는 특례법 폐지가 아니라 우시지마 대통령 실각이 목적인 것처럼 연막을 치면 됩니다. 대통령에게 불만이 있는 의원들은 많으니 승산은 있습니다."

이 제안에는 유사도 놀라움을 금치 못했다. 우시지마 대통령의 임기연장 결의는 4년마다 치르는 형식적인 절차에 지나지 않았다. 여기서 만일 부결된다면 헌법상 우시지마 대통령의 임기는 끝나고, 다시는 대통령이 될 수 없었다. 우시지마 료이치의 정치생명은 끝나는 것이나 다름없었다. 임기연장 결의의 부결은 특례법 폐지를 뛰어넘어 대통령에 대한 모반, 한마디로 쿠데타 선언이었다.

"거사가 성공하면 총리님이 대통령에 취임해 특례법을 폐지하면 됩니다."

유사는 자리에서 일어나 후카마치를 등진 채 오른손으로 집무용 책상을 짚었다.

"못 들은 걸로 하겠네."

"총리님!"

"경거망동 말게!"

유사가 휙 돌아보며 소리쳤다.

"자네는 내가 예전 그대로라고 생각하는 모양인데, 나도 사람인데 어떻게 바뀌지 않겠나. 시대가 변하는 이상 나 또한 변하게 마련이야. 지금 내가 우시지마 대통령의 추종자라면 어쩔 작정인가? 자네의 계획은 즉시 대통령에게 보고될 거야. 그게 무엇을 뜻하는지 모르진 않겠지?"

후카마치의 얼굴에 노골적인 실망이 번졌다.

"이대로라면 공화국에 미래는 없습니다. 그걸 아시면서도 총리님은 가만히 계시겠다는 겁니까?"

"자네 계획에는 불확실한 요소가 너무 많아. 0퍼센트는 아니지만 실현 가능성이 낮아. 그렇지 않아도 부족한 인재를 허비할 뿐이야."

"처음부터 포기하면 뭘 할 수 있겠습니까!"

"그리고 나에겐 시간이 없네."

"시간……?"

유사는 잠시 망설이다 말을 이었다.

"내 생존가능기간은 이제 곧 끝나. 면제권을 받지 않으면 터미널 센터에 가게 되지."

후카마치는 믿을 수 없다는 표정을 지었다.

"설마 그것 때문에?"

유사는 침묵을 지켰다.

무슨 말을 해도 변명으로 들릴 것이었다.

후카마치는 힘없이 어깨를 떨구었다. 그리고 얼굴을 일그러뜨리며 웃었다.

"실망했습니다. 정말 변하셨군요."

유사는 입을 다문 채 견뎠다.

"사사하라 차관님은 기억하십니까?"

"……."

"사사하라 차관님이 지금 총리님을 보면 뭐라고 하실까요?"

후카마치가 자리에서 일어났다.

두 주먹이 부들부들 떨리고 있었다.

"그 국민투표…… 그 1차 국민투표 때부터 이 나라는 이상해졌어. 그때 국민들이 백년법을 받아들였다면 이 지경까지는……."

몇 초의 공백이 지났다.

"총리님."

후카마치는 창백한 표정으로 유사를 뚫어져라 바라보았다.

지금 그 눈 속에 있는 건 경멸뿐이었다.

"설마 다치바나까지 잊어버린 건 아니시겠죠?"

"다치바나…… 케이."

순간 가슴이 아렸다.

"지금은 어떻게 지내나?"

"궁금하십니까?"

"……."

"변호사 시험을 준비한다고 들었습니다."

이때 노크 소리가 들렸다.

유사는 황급히 소파로 돌아가 대답했다.

"무슨 일인가?"

비서관이 문을 열고 들어왔다.

"이제 곧 다음 일정을 준비하셔야 합니다."

"그만 가보겠습니다."

후카마치는 고개를 숙이고는 비서관을 지나쳐 밖으로 나갔다.

3

공화국경찰의 정식 명칭은 내무성 경찰국이다. 그 이름을 통해서도 알 수 있듯 내무성 관할이지만 공화국경찰 건물은 내무성이 있는 합동청사가 아닌 R스퀘어에서 가까운 곳에 있었다. 이전 세기부터 있던 낡은 건물로, 벌써 여러 차례 재건축 이야기가 나왔지만 예산 문제로 번번이 무산됐고, 대신 부분적인 보수나 증축, 보강공사로 버텨왔다.

촌스러운 정장 차림의 남자 하나가 그 건물 북쪽에 있는 그늘진 복도를 빠르게 지나가고 있었다. 땅딸막한 체구에 각진 얼굴, 부은 눈에 낮은 콧대. 오가는 직원들이 모두 차려 자세로 경례를 부쳤다.

남자도 오른손을 들어 답했지만 무의식중에 조건반사로 나온 행동이라는 건 남자의 표정으로 알 수 있었다.

남자는 '정보채취 모니터실'이라 적힌 문 앞에 서서 옆에 있는 원반에 오른손 손바닥을 올렸다. 원반 전체가 파랗게 빛나며 문이 열렸다.

실내는 어스름했다. 정면에 모니터 화면이 늘어서 있었지만, 그 안에는 혼돈 그 자체라 표현할 수밖에 없는 영상이 불규칙적으로 꿈틀거렸고 이따금 문자 비슷한 게 흘러갈 뿐이었다. 언뜻 보니 의미를 알 수 없는 그 영상을 보며 키보드를 두드리는 파란 제복의 남자가 보였다. 과학수사부의 사쿠라다 주임기술관. 특수정보채취관 자격이 있는 몇 안 되는 기술관 중 한 명이었다.

팔짱을 낀 채 그 모습을 지켜보는 정장 차림의 세 남자는 다케스에, 모리시타, 아즈마였다. 지루한 듯 의자에 앉아 있던 그들은 남자가 들어오자 황급히 일어나려 했다.

"가, 가가와 부장님!"

"그냥 앉아 있게."

가가와는 그렇게 말하며 왼쪽을 보았다.

"저건가?"

그의 시선 끝에는 벽 한 면을 가득 채운 강화유리가 보였다. 그 너머로는 빛이 가득한 하얀 방이 보였다. 한가운데에는 좁고 긴 침대 하나가 놓여 있고, 그 위에 하늘색 검진복 차림의 남자가 누워 있었다. 바짓단 아래로 삐져나온 맨발을 볼 것도 없이, 몸 전체가 무척 여윈 상태임을 알 수 있었다. 얼굴은 보이지 않았다. 얼굴을 가리는 헬멧 비슷한 기기를 머리에 쓰고 있었기 때문이다. 그 헬멧에 붙은 갖가지 색의 코드는 스파게티처럼 서로 얽히고설켜 침대 머리맡에 설치된 기계에 연결되어 있었다.

시뮬레이션 머신을 연상시키는 그 기계에는 일인용 좌석이 있었고, 마찬가지로 파란 유니폼을 입은 여자가 침대를 등지고 앉아 있었다.

그녀 역시 과학수사부의 기술관으로, 특수정보채취관 자격보유자일 것이다. 기계에 가려 눈 위쪽은 보이지 않았지만, 오똑한 코만 봐도 그 미모를 충분히 짐작할 수 있었다. 옅은 립스틱을 바른 입술은 살짝 벌어져 있었고 두 팔은 기계 팔걸이에 걸치고 있었다. 손목은 벨트로 고정되어 있었는데 손가락마다 코드가 연결되어 이따금 움찔거렸다.

"시작했나?"

가가와가 돌아보며 물었다.

"그게, 아직 시작하지 않았습니다. 벌써 한 시간이나 이러고 있는데……."

의자에 앉아 있던 다케스에가 볼멘소리를 하며 힐끗 곁눈질을 했다.

그 눈길을 느꼈는지 키보드를 두드리던 사쿠라다 주임기술관이 동작을 멈추고 가가와를 보며 말했다.

"피험자는 최면상태에 들어간 지 얼마 되지 않았습니다. 지금은 기계 조정 작업을 진행하는 단계니까 재촉하지 마세요. 조정을 허투루 하면 정밀도가 떨어지니까요."

찬바람이 쌩쌩 부는 목소리였다.

눈을 부라리며 일어나려는 다케스에를 가가와가 두 손으로 말리며 사쿠라다에게 조용히 말했다.

"미안하네. 방해하지 않고 조용히 있겠네."

하지만 이미 작업을 다시 시작한 사쿠라다는 가가와의 말을 무시했다.

"뭐 저런 게 다 있어, 상사한테."

가가와는 부루퉁한 목소리로 중얼거리는 다케스에의 어깨를 두 번 두드리고 나서 강화유리실 안에 누운 남자를 바라보았다.

지금 실험대에 오른 이 남자가 도카이 주의 산중에서 발견된 건 약 3주 전의 일이었다. 차를 몰고 가던 지역 주민이 도로 앞쪽에 우두커니 서 있는 남자를 발견했다고 한다. 차림새나 분위기로 보아 조난자라 판단한 주민은 경찰에 신고했다. 극심한 쇠약 상태였던 남자는 그길로 병원으로 이송되었고, 검사 결과 생명에 지장은 없었다. 하지만 기운을 차리고 나서도 남자는 자신의 이름이나 신원에 대해 한 마디도 하지 않았다. 아이디카드 등 소지품도 없어서 하는 수 없이 DNA를 공화국경찰의 생체 데이터베이스에 조회했는데, 그 결과 뜻밖의 사실이 밝혀졌다.

남자는 백년법으로 정해진 생존가능기한을 훨씬 넘긴 상태였다. 한마디로 거부자였다. 기적의 생환자는 단번에 범죄자가 되어 경찰에 넘겨졌다.

원칙적으로는 거부자임이 밝혀지면 바로 터미널 센터로 이송해 사건을 마무리하지만, 형식적인 조사를 벌이던 중 남자가 입에 담은 어떤 말 때문에 수속이 중지됐다.

그는 이렇게 말했다.

"난 아나타 도진을 압니다. 아나타 도진의 영원왕국에서 도망쳐

나왔죠."

이 일은 즉시 공화국경찰 대테러 특수부 부장 가가와 데쓰오에게 보고됐다. 터미널 센터 이송을 피하기 위해 지어낸 이야기일 가능성도 있었지만, 아나타 도진의 이름이 거론된 이상 그냥 넘길 수도 없어서 특수부에서 조사하게 되었다. 하지만 남자는 중요한 대목에서는 입을 굳게 다물었다. 애당초 그런 정보를 갖고 있지 않은 걸 수도 있고, 말하고 나면 바로 안락사 처리될지도 모른다는 생각에 입을 다문 건지도 몰랐다. 어찌 되었든 특수부는 이대로 오래 끌 수 없었다. 한시라도 빨리 정보의 진위를 파악해야 했다. 얼마 전 도쿄 역 폭탄 테러를 끝으로 아나타 도진은 기분 나쁜 침묵을 지키고 있었지만 그걸로 끝은 아닐 터였다. 대규모 테러를 준비하고 있을 가능성도 있었다.

가가와는 망설이지 않고 강제 정보채취를 지시했다. 뇌에 직접 접속하여 기억을 조사함으로써 본인의 의사와 상관없이 정보를 얻는 기술이었다. 인권침해에 해당하는 방법이었지만 법원의 특별 허가를 받았을 경우에는 사용할 수 있었다. 이번에는 법원에 허가를 신청할 필요가 없었다. 왜냐면 피험자는 생존가능기한을 넘긴 거부자, 한마디로 법적으로 인권이 없는 존재였기 때문이다.

"그래서 효도 국장님은 뭐라고 하십니까?"

다케스에가 물었다.

가가와는 의자에 앉으며 말했다.

"얼른 아나타 도진을 잡아오라는 불호령이 떨어졌어. 보아하니 국장님도 가게야마 장관에게 된통 깨진 모양이야."

"장관이 직접요? 정말입니까?"

"전대미문이네요."

"하지만 저 피험자가 진짜라면 단번에 테러 조직의 전모가 밝혀질 테고, 운이 따라주면 일망타진할 수 있을 겁니다."

다케스에가 퀭한 눈을 번뜩이며 말하자 사쿠라다의 핀잔이 날아왔다.

"조용히 하시죠."

그러면서도 작업 속도를 유지하는 게 밉살스러웠다. 다케스에는 이를 드러내며 사쿠라다의 뒤통수를 후려치는 시늉을 했다. 사쿠라다는 아랑곳하지 않고 말했다.

"시작하겠습니다."

강화유리실. 여성기술관의 열 손가락이 경련하듯 꿈틀거렸다. 그와 연동하여 모니터 화면이 꿈틀거리듯 바뀌었다.

뇌 안의 기억을 채취하는 건 말처럼 쉬운 일이 아니었다. 그 기억이 현실인지, 아니면 공상의 산물인지를 구분하지 않으면 정보로서의 가치가 없기 때문이다. 그러한 까닭에 전문적인 훈련을 받은 특수정보채취관이 필요했다.

"아나타 도진을 키워드로 기억을 검색하겠습니다. 수집한 이미지는 메인 모니터에 투사됩니다. 자세히 보십시오."

메인 모니터는 한가운데에 있는 가장 커다란 모니터였다. 가가와랑 부하들이 숨을 삼키며 뚫어져라 바라보자 느닷없이 커다란 나무가 나타났다. 그리고 바로 상자 모양의 하얀 건물이 나타났다. 그 다음은 숲, 산, 바닥, 사람, 접시, 빵, 남자, 여자, 하늘, 별, 물, 눈동자. 단편적인 영상이 차례차례 나타났다 사라졌다. 전혀 맥락이 없었다.

"이게……."

"아나타 도진이라는 말에 반응을 보인 이미지들입니다."

"자세히 보라고만 하면 어쩌느냐고. 봐도 뭐가 뭔지 전혀 모르겠는데!"

다케스에가 쌓인 불만을 터뜨리듯 소리쳤다.

"당연하죠."

사쿠라다가 동작을 멈추고 의자를 돌려 다케스에를 보았다.

"원칙적으로는 이미지를 발굴한 뒤에 시간을 들여 분석하고 이어 맞춰 현실의 기억을 확정해야 합니다. 긴급한 사안이라고 해서 어쩔 수 없이 채취과정을 보여드린 것뿐입니다. 원래 이곳은 외부인이 함부로 드나들면 안 되는 곳입니다."

다케스에가 콧구멍을 벌름거리며 언성을 높였다.

"우, 우리가 방해된다는 소리야?"

사쿠라다는 낯빛 하나 바꾸지 않고 대답했다.

"맞습니다."

다케스에가 머쓱한 표정으로 어색한 웃음을 지으며 말했다.

"정말 못 하는 소리가 없군."

"가만있어. 어려운 부탁 해서 미안하네."

가가와가 공손히 고개를 숙였다.

"아나타 도진의 얼굴을 알아낼 수 있는 기회일지도 모른다는 생각에 마음이 조급해져서 무리하게 일을 진행했어. 사쿠라다 주임도 알겠지만 녀석 때문에 공화국경찰의 권위는 땅에 떨어졌어. 우리 특수부로서는 한시라도 빨리 녀석을 붙잡고 싶은 마음뿐이네."

사쿠라다는 고개를 살짝 끄덕이더니 다시 작업을 시작했다.

가가와는 그런 사쿠라다를 보며 물었다.

"반응이 있다는 건 이 남자가 아나타 도진의 조직에 있었던 거라고 봐도 되나?"

"속단할 수는 없죠. 아나타 도진이라는 이름은 언론에 자주 등장하니까요. 우연히 그 이름을 들었을 때 본 광경일지도 모릅니다."

"어쨌든 정말 아나타 도진의 조직에 있었는지, 그것만이라도 확인해줬으면 하네."

"지금 하고 있습니다."

가가와의 부하들이 서로 눈짓을 하며 못마땅한 표정을 지었다. 아마 속으로 욕설을 퍼붓고 있으리라. 기술관이라는 인종들은 왜 하나같이 신경질적이고 무례한 것이냐고.

잠시 시간이 흘렀지만 메인 모니터 화면은 여전했다. 사람의 얼굴이 나타나도 순식간에 지나가 버리기 때문에 아무 의미가 없었다. 물론 그 얼굴이 아나타 도진인지 알아낼 재간도 없었다. 두통이라도 생겼는지 부하 세 명은 이맛살을 찌푸리며 눈두덩을 눌렀다. 더는 여기 있어도 소용없으려나, 가가와가 그렇게 생각한 순간이었다.

"찾았다."

사쿠라다가 작게 중얼거렸다.

"무슨 일인가? 아나타 도진을 찾았나?"

"그건 아직 모르지만 완성된 이미지를 찾았습니다. 음성도 있고요. 이미지와 함께 나올 겁니다."

메인 모니터를 보았다.

눈이 핑핑 돌게 바뀌던 화면이 하나의 장면에 고정됐다.

마치 녹화한 듯한 영상이 흘러나왔다. 산속인가? 숲으로 에워싸인 광장에 수많은 사람들이 모여 있었다. 모두 같은 방향을 보고 있었다. 그들의 시선 끝에는 덩치 큰 남자가 서 있었다. 로마인들의 토가처럼 하얀 천을 몸에 두르고 있었다. 남자는 두 팔을 펼치고 뭔가 이야기하고 있었다. 스피커에서 흘러나오는 목소리는 너무 탁해서 내용까지 알아들을 수는 없었다.

"이게 아나타 도진?"

"너무 멀어서 얼굴을 알아볼 수 없는데."

"확대할 수 없나?"

"잠깐만요."

남자의 얼굴이 줌업 됐다.

하지만 순식간에 다시 뿌예졌다.

"어렵겠는데."

"되돌리겠습니다."

다시 줌 아웃. 가가와는 숨을 멈추고 화면을 들여다봤다. 뭐든 좋다. 구체적인 정보를 얻을 수 없을까. 화면 속 남자는 주먹을 휘두르며 목청을 높였다.

"영원왕국이……."

"아니!"

"이 아나타 도진의 이름 아래……."

가가와는 부하들과 얼굴을 마주 봤다.

"지금 들었지?"

"분명히 아나타 도진이라고 했습니다."

"영원왕국이라고……."

"그러면 이 피험자는 진짜인가……."

"방금 그 장면을 다시 한 번 보여주겠나?"

사쿠라다가 말없이 키보드를 두드렸다.

좀 전의 영상이 재생됐다.

가가와는 눈을 감고 귀에 온 신경을 집중했다.

"영원왕국이…… 이 아나타 도진의 이름 아래……."

틀림없었다. 가가와는 눈을 뜨고 부하들과 마주 보며 고개를 끄덕였다. 고요한 흥분이 솟아올랐다. 예상치도 못한 수확이었다. 우리는 지금 아나타 도진을 붙잡을 비장의 카드를 손에 넣은 것이다.

"좋아, 이대로 정보를 더 캐내자고."

다케스에가 환하게 웃으며 그렇게 말한 순간.

메인 모니터의 화상이 흔들리더니 맨 처음의 의미를 알 수 없는 영상으로 되돌아갔다.

"어떻게 된 거야?"

"한계입니다. 오늘은 여기까지 하죠."

"그만하자니! 계속해!"

다케스에가 소리쳤지만 사쿠라다는 아랑곳하지 않았다.

"안 됩니다."

"왜 안 되는데? 우릴 골탕 먹이려는 거야?"

"말조심해!"

가가와가 재빨리 다케스에를 나무랐다.

"왜 제가 그런 짓을 하겠습니까?"

사쿠라다는 영문을 모르겠다는 듯 물었다.

"계속하면 오다기리가 못 버팁니다."

"오다기리?"

"피험자의 뇌 안 기억에 들어간 기술관 말입니다. 제 부하 중에 가장 뛰어난 친구입니다."

강화유리실 안을 들여다봤다. 여성기술관은 입을 벌린 채 가슴을 들썩이며 거친 숨을 몰아쉬었다. 뺨과 목덜미엔 땀이 흥건했다.

"아니, 아직 할 수 있어. 조금만 더…….'

가가와는 집요하게 물고 늘어지는 다케스에를 억지로 자리에 앉히고 사쿠라다에게 말했다.

"이제 됐네, 수고했어."

"연결 끊겠습니다."

모니터 화면이 모조리 꺼지며 실내가 어두워졌다.

곧바로 천장의 조명이 들어왔다.

가가와는 살짝 인상을 찌푸렸다.

부하들의 한숨이 실내를 가득 채웠다.

강화유리실에서는 파란 유니폼 차림의 과학수사부 스태프 여러 명이 침대 주변에 모여, 오다기리 기술관의 손가락에서 코드를 떼고 손목의 벨트를 푼 뒤에 머리에 쓴 후드를 올렸다. 기계에서 해방된 오다기리가 스태프의 부축을 받아 의자에서 내려왔다. 조금 휘청거렸지만 얼굴에는 미소가 감돌았다. 그녀는 검은 머리를 넘기며 유리창 너머를 보고 작게 고개를 끄덕였다. 눈이 동그랗고 지적인 여성이었다.

사쿠라다가 말없이 고개를 끄덕이더니 한숨 돌린 표정으로 가가와를 보았다.

"여러분 심정은 이해하지만 이건 무척 위험한 작업입니다. 자칫하면 오다기리의 정신이 붕괴되어 폐인이 될 수도 있습니다. 책임자로서 직원의 안전을 가장 우선해야 합니다."

"이해하네."

다케스에가 씩씩거리며 물었다.

"다, 다음엔 언제 할 수 있지?"

"그럴 필요 없습니다. 오늘 찾아낸 이미지만 해도 그 양이 만만치 않습니다. 이걸 분석하는 데만 해도 제법 시간이 걸릴 겁니다."

"분석하는 데 얼마쯤 걸릴까?"

가가와가 물었다.

"2주는 잡아야 합니다."

"컴퓨터를 이용하면 금방 끝나지 않아?"

다케스에의 억지에도 사쿠라다는 담담하게 대답했다.

"현실의 기억과 꿈과 망상을 구별해야 합니다. 유감스럽게도 그 작업은 컴퓨터로는 불가능합니다. 인간의 마음을 분석할 수 있는 건 인간뿐이니까요."

"현실과 꿈은 전혀 다르잖아. 쉽게 구별할 수 있을 것 같은데."

"실상은 어렵습니다. 애당초 인간의 뇌는 그 둘을 구별하지 않으니까요."

"구별하지 않는다고?"

"현실의 기억도, 꿈의 기억도, 망상도 뇌에서는 똑같이 취급합니다."

"어처구니가 없군."

"과학적으로 입증된 사실입니다. 우리가 현실이라 믿는 이 세계도 각자가 마음대로 만들어낸 망상이나 마찬가지죠. 적어도 기억상으로는요."

"재미있군."

가가와가 말했다. 피험자가 진짜라는 게 밝혀져서인지 평소보다 말수가 많아졌다. 스스로도 느낄 수 있었다.

"한마디로 우리는 같은 세상에 살지만 사쿠라다 주임이 보는 세상과 내가 보는 세상은 전혀 다르다는 뜻이군."

"공통점은 이 세상이 끝날 때 우리 둘 다 죽는다는 것이겠죠."

"그렇게 따지면 우리를 이어주는 건 죽음뿐이군."

"죽음이 아니라 사랑으로 이어졌으면 좋았을 것을."

다케스에가 너스레를 떨었지만 사쿠라다는 태연하게 받아쳤다.

"어려울 겁니다. 사랑이야말로 망상의 집대성이니까요."

"멋대가리 없는 놈."

가가와는 웃음을 지었다.

"그나저나 남의 기억을 밖에서 보다니 엄청난 일이 가능해졌군. 실제로 보고 나니 확 실감이 나는군."

"이게 다가 아닙니다."

사쿠라다는 자랑스럽게 말했다.

"지금은 피험자의 기억을 꺼내는 것만 가능하지만, 현재 과학수사부에서 진행하는 연구가 실용화되면 인공적으로 작성한 가짜 기억을 덮어씌울 수도 있습니다."

"가짜 기억을 덮어씌운다고?"

"인간의 행동원리를 좌우하는 건 기억이니까요. 성공하면 인간을 마음대로 조종할 수 있게 될지도 모르죠."

"참…… 무서운 기술이군."

"어떻게 쓰느냐에 따라 다르겠죠. 범죄자를 선하게 바꿀 수 있을

지도 모르고요."

"반대로 선한 사람을 범죄자로 바꿔버릴지도 모르지."

"그럴 가능성도 부인할 수 없죠."

"언제쯤 실용화될까?"

"글쎄요, 좀 더 기다려봐야 할 것 같습니다."

"아쉽기도 하고 마음이 놓이기도 하는군."

잠시 웃음을 나눈 뒤에 사쿠라다는 다시 굳은 표정으로 말했다.

"그럼 오늘 분석 결과는 2주 후에 보고드리겠습니다."

"일주일 안에 안 되겠나?"

"아까도 말씀드렸지만 재촉하면 일을 망칩니다. 정밀도를 포기하신다면 상관없지만요."

"그럼 열흘."

"그러니까……."

"사쿠라다 주임 팀이라면 분명 해낼 거야. 다들 입을 모아 그렇게 말하더군. 지금 과학수사부는 역대 최강이라고."

사쿠라다는 고개를 저으며 한숨을 내쉬었다. 하지만 얼굴은 웃고 있었다.

4

도쿄에서 제3고속도로를 타고 두 시간쯤 달리다 8번 출구로 나와 좁은 고갯길을 따라 산을 두 개 넘으면 그제야 주부후유자키 시가 보인다.

인구는 고작 천몇백 여 명. 시보다 마을이라 하는 게 어울릴 법한 규모였지만, 이래 봬도 40년 전에는 5만 명의 시민들이 살던 곳이다. 당시에도 성인들 대부분은 유니언 가입자로 결코 넉넉한 형편은 아니었다. 그래도 최소한의 공공시설은 갖춰져 있어서 시민생활에 별다른 지장은 없었다.

시의 운명이 단번에 바뀐 건 유사 내각의 출범으로 유니언이 해체되고부터였다. 유니언이 막대한 누적 적자를 껴안고 국고를 압박한다는 점은 예전부터 지적되어 왔다. 어떠한 형태로든 구조 개혁이 이루어져야 한다는 의견도 대두되어 왔다. 하지만 설마 해체되어 없어질 줄은 몰랐다. 적어도 유니언 가입자 중에 그런 사태를 예상했던 이는 아무도 없었을 것이다.

물론 해체에 따른 조치가 시행됐다. 국민생활보호법이었다. 원래 모든 국민은 아이디카드와 그립을 상시 휴대해야 했고, 가난해서 그립을 갱신하지 못하는 이들에게는 국가가 무상으로 대여해줬다. 하지만 이 법에 따라 새롭게 기초수급 대상자로 인정된 이들의 그립에는 매달 생계비가 입금되기로 정해진 것이다. 그렇지만 그 금액은 간신히 밥을 굶지 않을 정도의 최저 금액이었다.

유니언 해체의 여파로 우선 지역 산업이 곧바로 타격을 입었다. 유니언 가입자를 노동력으로 고용하면 국가에서 보조금이 나오는 덕에 인건비 지출을 줄이고 간신히 살아남았던 중소기업들이 송두리째 날아간 것이다. 도산기업이 갑자기 많아지자 시의 세수는 급격히 줄어들었고, 몇 년 지나지 않아 공공시설이 차례로 폐쇄되었다. 철도나 버스도 폐지되어 시민생활에 지장이 생기자 보다 못한 사람들은 실낱같은 희망을 품고 대도시로 빠져나갔다. 시민이 줄어

듦에 따라 재정은 한층 더 압박을 받았고 행정기능과 산업이 쇠퇴해 시민의 이탈에 다시금 가속도가 붙었다. 이 악순환을 끊지 못한 채 하릴없이 40년을 보낸 결과가 현재의 주부후유자키 시였다.

"그야말로 유령마을이군."

가토 다로는 왼쪽 귀에 낀 아이즈에서 시야에 투사되는 내비게이션을 따라 의료차량을 몰았다. 한 시간쯤 걸려 안개 짙은 고갯길을 넘어왔지만 반대편 차선에서 지나가는 차는 거의 없었다. 산을 내려가서 평지에 들어서자 안개는 갰지만 도로는 아직 젖어 있었다. 오늘 아침까지 비가 상당량 내렸다. 정비를 하지 않은 지 오래인지 길바닥에는 움푹 팬 데가 수두룩해서 지나갈 때마다 고인 물이 요란하게 튀었다. 길을 따라 늘어선 민가는 방치되어 스러져 갔고 과거 경작지였던 곳에는 잡초가 무성했다.

완만한 커브를 돌았을 때 들개 떼와 마주쳤다. 리더로 보이는 검은 개가 이끄는 무리는 차도를 자기 것처럼 점령하고 있었다. 가토는 속도를 줄이지 않고 경적을 울리며 개들을 쫓았다. 지나고 나서 백미러를 보니 개들은 다시 도로 한가운데에 모여 신기한 듯 이쪽을 바라보고 있었다.

시내 중심가도 역시나 스산했다. 아직도 서 있는 전신주 사이로 전선이 하늘을 가르고 있었다. 그중에는 끊어져 덜렁덜렁 늘어진 전선도 있었다. 바닥은 모두 아스팔트나 콘크리트로 뒤덮여 있었지만 군데군데 금이 쩍쩍 가서 그 사이로 잡초가 얼굴을 내밀고 있었다. 도처에 쓰레기와 빈 병이 굴러다녔고 가로등은 대부분 꺼져 있었다.

상점가에 들어섰지만 대부분은 가게 문을 닫았다. 닫힌 셔터에는 외설적인 말이나 그림을 제멋대로 그려놓았지만 그조차 이미 빛이 바래 있었다. 식료품점 비슷한 가게의 문이 열려 있었지만 전구가 하나 켜져 있을 뿐 사람은 보이지 않았다.

"가토, 어디쯤 왔어?"

아이즈로 연락이 들어왔다.

"마을에 들어왔어."

시야에 '남은 거리 5백 미터'라는 표시가 떴다.

"밖에서 기다릴게."

'노지마 진료소'라는 글자와 방향을 가리키는 화살표가 떴다. 가토는 그 내비게이션을 따라 골목으로 들어가 천천히 직진했다. 앞쪽에 하얀 가운 차림의 덩치 큰 남자가 손을 흔들고 있었다. 대학 시절부터 기른 수염도 여전했다.

과거 시내에 있던 종합병원은 이미 오래 전에 폐원했고 현재는 조그만 진료소 한 군데가 남아 있을 뿐이었다. 홀로 남은 노지마 진료소의 의사, 노지마 류지가 의료차량에서 내리는 가토 다로에게 환한 미소를 지으며 달려왔다. 그는 가토의 두 손을 꼭 잡으며 말했다.

"어서 와."

"오랜만이군. 잘 지냈어?"

노지마는 의료차량을 보더니 광대에 밀려 사라지기 일보직전인 눈을 더욱더 가늘게 뜨며 말했다.

"이게 자네가 말한 그거야? 우리 병원에도 한 대 있으면 좋겠군."

"이게 몇 억짜린 줄 알아? 자네 월급으로는 유지비도 감당 못 해."

"그런 귀한 걸 용케도 빌려왔군."

"SMOC 역학조사라고 둘러댔지."

"그게 통해?"

"내무성 후생국이 SMOC 대책에 드디어 나서서 내가 그 책임자로 임명됐거든. 명분은 서지."

"자네가 국가 프로젝트 책임자가 됐다고? 대단하군."

"암 같은 비주류 질병의 전문의가 달리 없어서겠지."

"어쨌든 이 은혜는 잊지 않을게. 우리 병원엔 엑스레이밖에 없고, 정밀검사를 하라고 큰 병원을 소개시켜주려 해도 검사비를 마련하기 힘든 형편의 환자들밖에 없어서."

거기까지 말하더니 노지마는 미간을 찌푸리며 물었다.

"정말 검사비는 안 드는 거지?"

"걱정 마. 프로젝트 비용으로 정산할 테니까."

"그 말을 들으니 마음이 놓이는군."

"환자들은?"

"진작 와서 기다리고 있어. 나중에 더 올 예정이고."

"시작하지."

가토는 의료차량에 다시 올라타 진료소 긴급차량용 출입구로 후진했다. 이곳에는 지붕이 있어서 도중에 비가 내려도 환자들이 비를 맞을 염려가 없었다.

가토는 차에서 내려 차 뒷문을 열고 발판을 설치했다. 자동문의 전원을 켜고 진료실에 올라타 하얀 가운을 입었다. 유럽 카이저 사에서 만든 종합진단장치를 켜고 배터리 상태 등을 확인했다. 준비가 끝나자 첫 환자가 간호사를 따라 들어왔다. 간호사는 옅은 분홍색 간호사복 차림의 여자였다.

"아키노라고 합니다. 노지마 선생님께 말씀 많이 들었습니다. 먼

길 오시느라 고생 많으셨어요."

"가토입니다. 잘 부탁해요."

"나도 자기소개 할까요?"

여자 환자가 물었다. 반짝이는 손지갑을 들고 있었다. 금발로 염색한 머리는 착 달라붙어 있었고 눈은 파랬다. 생김새는 일본인인 걸 보면 컬러 렌즈를 낀 모양이었다. 피부는 까무잡잡했다. 통통한 편이고 가슴도 컸는데, 속옷을 입지 않았는지 긴팔 티셔츠의 빨간 꽃이 그려진 가슴 부분에 유두가 비쳤다. 허리에 짧은 수건을 두른 듯 걸친 보라색 치마 밑으로 허벅지가 훤히 들여다보였다.

"안으로 들어와서 편히 말씀하시죠."

"선생님, 제가 도울 일이 있을까요?"

아키노 간호사의 물음에 가토는 밝은 목소리로 말했다.

"괜찮아요. 기계가 다 알아서 하니까."

여자 환자가 밖으로 나가는 간호사를 힐끗 보았다. 자동문이 닫히고 진료실에 단둘이 남자, 파란 눈을 치켜뜨며 말했다.

"뭐 하는 건데요? 아픈 건 싫어요."

"하나도 안 아픕니다. 짐은 바구니에 두고 침대에 누우세요."

"벗을까요?"

손지갑을 바구니에 넣자마자 티셔츠를 벗으려는 환자를 보고 가토는 황급히 말했다.

"안 벗어도 됩니다."

"그래요?"

종합진단장치에는 크고 작은 모니터 두 개가 달려 있다. 하나는 진단결과를 표시하는 메인 모니터고, 다른 하나는 떼었다 붙였다

할 수 있는 차트 보드였다.

가토는 아이즈를 통해 차트 보드에 지령을 내려 환자의 아이디 카드를 검색했다. 바구니에 놓인 손가방이 반응을 보이자 바로 접속해 개인 데이터를 보드에 담았다. 아이디카드에는 이름, 생년월일, HAVI를 받은 나이를 비롯해 알레르기 유무와 병력도 기록되어 있었다. 이러한 개인 데이터에 임의로 접속할 수 있는 건 의사와 경찰에게만 허락된 특권이었다. 원칙적으로는 본인의 양해를 얻어야 하지만, 진료할 때 아이디카드에 접속하는 건 상식이라 새삼 양해를 구하는 일은 거의 없었다.

"사토 나오코 씨."

"네, 나오코예요. 아, 자기소개 하는 걸 깜빡했네."

보드에 표시된 데이터에 따르면 사토 나오코는 1969년 7월 2일생이었다. HAVI를 받은 건 스무 살 생일 직후인 1989년 7월 5일. 그렇다면 앞으로 세 달만 지나면 105년이 끝난다. 그러면 생존가능기한 통보를 받게 되고 그로부터 1년 안에 터미널 센터에 출두해야 한다.

"아직 시작 안 해요?"

침대에 누운 환자에게는 차트 화면이 보이지 않았다.

"금방 시작할 테니 편안한 마음으로 잠깐 움직이지 마세요."

"눈 감을까요?"

"안 감아도 됩니다. 하지만 무서우면 감아도 되고요."

"무서운 검사예요?"

"안 무서워요."

"그럼 뜨고 있을게요."

"기계가 위를 지나갈 텐데 신경 안 써도 돼요. 절대로 안 떨어지니까."

여자가 까르르 웃었다.

"재밌는 선생님이네."

"칭찬 고마워요."

"노지마 선생님보단 못하지만."

"그럼 시작합니다."

장치의 키보드를 눌러 진단 개시 지령을 보내자 침대 머리맡에 달린 아치형 기기가 여자의 머리에서 발끝까지 천천히 왕복했다. 검사 시간은 대략 3분가량. 아이디카드에 따르면 위장 장애로 병원을 찾았다고 했다.

"끝났습니다."

"벌써요?"

"이제 내려와도 됩니다."

사토 나오코는 일어나 물었다.

"이런 걸로 뭘 알 수 있는데요?"

"염증, 종양, 궤양에서 빈혈까지 어떤 질병이나 이상이 있으면 대부분 알아낼 수 있죠."

"내가 무슨 생각을 하는지도요?"

"그건 어렵고요."

"다행이네요. 잡생각을 떨치려고 야한 생각 했거든요."

그녀는 씩 웃으며 말했다.

"시간 나면 한번 놀러 오세요."

손가방에서 작은 명함을 꺼내 내밀었다.

'여신의 성 제시카'

"여신의 성? 혹시……."

"맞아요, SSS."

"쓰리 에스?"

"섹스, 서비스, 스테이션. 제시카가 내 이름이에요."

"검사 받으러 와서 의사한테 영업하는 겁니까?"

"오면 잘해드릴게요. 그럼 고마워요."

사토 나오코, 제시카는 가방을 메고 윙크를 날리면서 차에서 내렸다.

가토는 명함을 보며 쓴웃음을 지었다. 망설이다 가운 주머니에 넣었지만 갈 생각은 없었다. 그 자리에서 버리기 미안했을 뿐이다.

모니터를 보자 종합진단장치의 결론은 이미 나와 있었다.

가토는 제 눈을 의심했다.

저도 모르게 사토 나오코가 나간 문을 보았다.

"SMOC……."

상세 데이터를 불러왔다.

데이터를 본 가토는 신음을 내뱉었다.

위뿐 아니라 폐, 간, 왼쪽 유방, 자궁경부에도 이미 종양이 생겼다. 장치는 남은 시간까지 냉혹하게 계산했다. 앞으로 6개월.

"가토 선생님, 다음 환자분 들여보낼까요?"

문 너머에서 아키노 간호사의 목소리가 들렸다.

"아…… 네, 들어오시라고 해요."

목소리가 잠겼다.

결국 이날 가토는 환자를 26명이나 진찰했다. 진단장치에서 차트 보드를 떼어내 진료소 진찰실에서 노지마에게 건넬 즈음에는 벌써 오후 6시가 지나 있었다.

"오늘 고생 많았지? 자네 덕에 살았어."

노지마는 차트 보드를 진찰실의 레코더에 장착해 진단결과를 옮긴 다음 다시 가토에게 돌려주었다.

"최신 진단장치 솜씨 좀 어디 한번 구경해볼까?"

노지마는 흥분한 표정으로 모니터를 보며 방금 옮긴 데이터를 불러냈다. 하지만 표시된 문자를 읽어 내려가더니 표정이 험악해졌다. 결국 다 보기도 전에 가토를 돌아보며 말했다.

"이거, 뭔가 잘못된 거 아냐?"

가토는 고개를 저었다.

"장치 세팅엔 문제없어. 기계 고장은 아냐."

"하지만 인구 이천 명도 안 되는 마을에서 SMOC 환자가 다섯 명이나 나오다니. 아무리 그래도 너무 많아."

"나도 같은 의견이지만 사실인데 어쩌겠나. 유럽 카이저 사 종합진단장치의 오진율은 평균 3퍼센트, 최대 6퍼센트야. 하지만 암 관련 오진 사례는 단 한 건도 보고된 바가 없어."

노지마는 망연자실한 표정으로 다시 모니터를 보았다.

종합진단장치에 따르면 진찰한 26명의 환자 중에 위궤양 한 명, 위염 네 명, 기관지염이 다섯 명, 마이코플라즈마 폐렴 세 명, 그리고 SMOC가 다섯 명이었다.

"노지마, 결과가 이렇게 나올 걸 어렴풋이 알고 있었지?"

"왜 그렇게 생각하나?"

"위궤양이나 위염을 진찰하려고 일부러 의료차량을 끌고 오라고 하진 않았을 거 아냐. 오늘 진찰 받은 환자 중에는 SMOC의 특징적인 병증을 보인 환자가 적어도 한 명은 있었어. 더욱이 두 명은 엑스레이만으로도 감별할 수 있었고. 그걸 놓칠 자네가 아니지."

"난 지금까지 SMOC 환자를 한 번도 진찰한 적이 없어."

"병례 보고쯤은 읽어봤겠지. 지식만 있다면 SMOC를 감별하는 건 그리 어려운 일이 아니니까."

노지마는 두 손으로 얼굴을 감쌌다. 그리고 눈가를 주무르듯 비볐다.

"자네 말이 맞아. 그 세 명은 다장기암 가능성이 크다고 생각했어. SMOC가 분명하다고 생각했지. 하지만 동시에 말도 안 된다고 생각했어. 아니, 그렇잖아. 이런 작은 마을에서 환자가 세 명이나 나왔으면 전국적으로는 얼마나 되겠어? 그래서 누군가가 부정해주길 바랐어."

"그래서 최신 의료차량을 요청한 건가?"

"하지만 설마 다섯 명이나 될 줄은 몰랐어. 그럼 이 사람들 말고도 또……."

노지마는 가토를 날카롭게 바라보며 물었다.

"이게 최종 진단이지?"

"그렇다고 봐야지."

"가토, 부탁이 있어. SMOC 진단을 받은 환자들을 자네 병원에서 치료해줄 수 없겠나?"

"노지마……."

"그들은 치료비를 지불할 경제력이 없어. 나도 마찬가지고. 그러니 프로젝트의 일환으로 그쪽 예산을……."

"그건 어려워."

"어려운 부탁인 줄은 알아. 자네도 의사라면 지금 이 나라의 의료제도가 엉망이 됐다고 생각할 거 아냐. 유사 총리가 취임한 뒤로 의료는 부자들의 특권이 되었어. 이곳에 남겨진 사람들은 감기약도 제대로 못 먹어. 아무리 HAVI로 젊음을 유지해도 영양상태가 나빠지면 예전에는 상상도 할 수 없었던 작은 질병으로도 목숨을 잃는다고. 살릴 수 있는 환자를 속수무책으로 보내는 일이 얼마나 많은지 아나? 이제 곧 22세기인데, 이런 세상은 뭔가 잘못됐어!"

"내가 어렵다고 한 건 비용 문제가 아니야. 나을 가능성이 있다면 서류는 얼마든지 조작해줄 수 있어. 하지만 SMOC는 최신 의료기술로도 치료는 물론 연명효과조차 기대할 수 없는 질병이야. 이제야 겨우 역학조사를 시작한 단계라고."

"그래도……."

"도노 마코토 얘기는 들었지?"

"그 SMOC로 죽었다는 배우 말이야?"

"그 친구도 내 환자였어. 진통제로 고통을 덜어주는 게 내가 할 수 있는 최선이었지. 공화국 굴지의 큰 병원도 그런 실정이야."

노지마는 힘없이 고개를 떨구었다.

갑갑한 침묵이 흘렀다.

노지마는 꿈에서 막 깨어난 듯 눈을 깜빡였다.

"이유가 뭐지?"

목소리가 아까보다는 냉정해졌다.

"왜 이 시점에 SMOC 환자가 이렇게 증가한 거지? 우리 병원에

선 지난 28년 동안 한 명도 없었어. 그런데……."

"후생국에서 공식적인 수치를 발표하지는 않았지만, 아닌 게 아
니라 지난 몇 년 동안 SMOC 환자가 비정상적으로 증가하고 있어.
현업에 있는 사람으로서 실감해."

"자네는 이 일을 어떻게 보나?"

"모르겠어."

"전문가잖아."

"전문가라도 모르는 걸 어쩌겠어."

"그럼 대책을 마련할 도리가 없군."

"확실하게 말할 수 있는 건 SMOC는 지금까지의 암과는 발생구
조가 근본적으로 다르다는 점이야. 기존의 상식에 얽매여 있으면
아무것도 알아낼 수 없어. 그러니까 오히려 비전문가인 자네 의견
을 듣고 싶어. 자네 생각은 어떤가?"

"그렇게 말해도……."

노지마가 생각에 잠기려던 순간 아키노 간호사가 나타났다.

"선생님, 저 먼저 들어가 볼게요."

벌써 사복 차림이었다.

노지마는 자연스럽게 웃으며 말했다.

"아, 수고했어요. 조심해서 들어가요."

"네."

아키노 간호사는 가토에게도 고개를 숙이고는 퇴근했다.

가토는 그 뒷모습을 바라보며 말했다.

"좋은 간호사로군."

"눈썰미가 있네."

"경력도 상당한 것 같은데."

"맞아, 우리보다 훨씬. 실력도 뛰어나고. 나 같은 엉터리 의사가 병원을 꾸려나가는 것도 다 아키노 선생 덕이지."

노지마의 눈빛에는 동경에 가까운 감정이 배어 있었다.

"그러고 보니."

가토는 불현듯 생각난 것처럼 말했다.

"오늘 진찰한 여자 환자 중에 윤락여성이 많은 것 같던데."

"그럴 수밖에. 이 주부후유자키 시의 기간산업은 매춘이니까."

"이 마을이? 아까 오면서 보니까 그런 분위기는 아니던데."

"북쪽으로 2킬로미터쯤 떨어진 곳에 새로 유흥가가 생겼어. 대부분의 가게가 윤락업소지. 외지인들도 찾아오고. 시내에서 가장 활기 넘치는 곳이야."

"요즘 세상에 용케도 그런 걸 만들었군."

"물론 외국자본이야. 중국이나 한국 자본이라던데. 아무튼 관심 있으면 데려가 줄게."

"가봤어?"

"여자들은 대부분 매춘부고, 남자는 약물중독자. 치안도 최악이지만 그래도 관심 있으면."

"아쉽지만 오늘은 사양할게."

가토는 시계를 보았다.

"이런, 슬슬 가봐야겠군."

가토는 자리에서 일어났다.

창밖은 벌써 해가 저물었다.

"안 자고 가게?"

"내일 외래진료가 있고 의료차량도 빨리 반납하지 않으면 한 소리 들을 테니까. 고속도로를 타면 오늘 안에 도착하겠지."

"오랜만에 한잔할까 했더니. 사정이 그러면 어쩔 수 없지."

노지마도 같이 일어났다.

밤이 시작되고 있었다. 가슴 먹먹한 정적이 일대를 뒤덮었다. 어디선가 개 짖는 소리가 들렸다. 가로등도 들어오지 않아서 오직 진료소 창문에서 흘러나오는 빛만이 주위를 밝히고 있었다. 하지만 북쪽 하늘에 떠 있는 구름은 유독 밝았다. 저쯤에 그 유흥가가 있는 것일까.

노지마가 의료차량 운전석에 탄 가토를 불안한 표정으로 올려다보았다.

"고갯길 지날 때 조심해."

"겁주지 마. 산적이라도 나와?"

"산적은 아닌데, 산속에 이상한 패거리가 모여 산다고 들었어."

가토는 농담이라 생각하고 웃어넘겼다.

"이상한 패거리? 그게 뭐야?"

"풍문으로는 신흥종교 교단이라고 들었는데 나도 자세한 건 몰라. 누구를 습격했다는 이야기는 못 들어봤지만 그래도 혹시 모르니 조심해. 수상한 사람을 봐도 모른 척하고. 설령 환자라도."

"알았다니까."

가토는 웃음을 거두며 말했다.

"오늘 진단결과, SMOC 환자들에게도 알려줄 거야?"

"……알려줘야지, 어쩌겠어."

"진통제가 떨어지면 연락해. 어떻게든 구해볼 테니까."

"고마워."

"그럼 갈게."

"조심해서 가."

가토는 액셀을 밟았다.

백미러에 비친 노지마는 손을 흔들고 있었다.

*

의료차량에는 종합진단장치뿐 아니라 응급처치에 필요한 의료
장비 일체가 구비되어 있어서 간단한 외과수술도 할 수 있었다. 이
동형 진료소라 불러도 손색없는 이 차량이 개발된 것도 유사 내각
출범이 계기였다.

40년 전까지 공화국에서는 스크리닝 시스템이라 불리는 의료체
제가 그럭저럭 잘 굴러가고 있었다. 각 지역에 있는 작은 병원이나
진료소에서는 가벼운 질환의 환자들을 담당했고, 그 선에서 해결할
수 없는 중증환자는 종합병원에서 치료했다. 환자의 상태가 그보다
심각한 경우에는 대도시권의 거점병원에서 담당했다. 유니언과 전
국민을 감당할 수 있는 의료보험이 건재했으며, 또한 HAVI 덕에
환자 수도 적었기 때문에 병원이나 환자나 이 시스템에 큰 불만은
없었다.

하지만 혁명적 사회개혁의 구호를 외치며 출범한 유사 내각이
유니언을 해체하고, 그 뒤에 국민건강보험까지 사실상 폐지하면서
상황은 완전히 달라졌다.

먼저 유니언 해체에 따른 빈곤 심화로 저소득층의 생활수준이

악화되자 그 영향으로 질병률이 껑충 뛰었다.

한편, 만일의 경우에 대비해 의료보험에 가입할 경제적 여유가 없는 저소득층은 병에 걸려도 거액의 의료비를 감당할 수 없어 병원을 찾지도 못했다. 병이 낫지 않으니 일도 할 수 없었다. 일을 못 하면 수입도 없다. 이러한 빈곤의 악순환이 문제를 더욱 심각하게 만드는 동시에 노동력의 질적 저하를 불러와 지역 산업은 갈수록 사정이 악화되었다.

결과적으로 질병률이 상승해도 치료를 받는 환자 수는 오히려 줄어들었고, 특히 지방 의료시설이 경제적 난관에 봉착하는 역설적인 상황이 발생했다. 그리고 몇 년 뒤에는 급기야 의료시설이 하나도 없는 의료공백 지역이 나타나기에 이르렀다. 간신히 명맥을 유지하는 지역도 진료수준의 질적 저하는 피할 수 없었다. 의료 현실에 문제가 있다는 건 누가 봐도 명백했다.

그 해결책으로 제시된 게 의료차량이었다. 의료공백 지역을 정기적으로 순회하도록 해 의료격차를 메우려 한 것이다. 대도시의 거점병원에도 몇 대 없는 유럽 카이저 사의 종합진단장치를 탑재했는데, 이 야심찬 장비는 당시 큰 화제가 되었다.

하지만 이내 치명적인 결함이 드러났다.

천문학적인 액수의 유지비였다. 국가 보조금도 한계가 있었기 때문에 그 비용은 고스란히 환자의 몫으로 돌아갔다. 하지만 진료비가 비싸지면 저소득층에게는 무용지물이나 마찬가지였다. 애당초 돈이 없어 병원을 찾지 못하는 점을 고려하면 당연한 결과였다.

결과적으로 의료차량 이용률은 무척 저조했고 운영을 할수록 적자는 눈덩이처럼 불어났다. 순회지역도 나날이 축소되었다. 차량을 구비한 병원 입장에서는 유지비만 잡아먹는 애물단지였다.

이 애물단지를 SMOC 역학조사에 사용하겠다고 신청했을 때, 병원 측에서 쉽게 허가를 내준 데는 이런 속사정이 있었다. 후생국 프로젝트에 이용하면 그 비용과 정비 비용은 국가에 청구할 수 있었다. 환영할 일이지 반대할 이유가 없었다. 애당초 하루 이용으로 청구할 수 있는 비용이래 봤자 얼마 되지 않았지만.

일단 소기의 목적을 달성한 가토 다로는 아마도 국내에서 가장 비싼 차를 직접 운전하면서 오늘 판명된 SMOC 환자의 운명에 대해 생각해보았다. 다섯 명의 환자 모두 앞으로 1년도 살지 못할 것이다. 대부분은 반년 안에 사망하리라. 이런 상황에서도 암 전문의인 가토가 할 수 있는 일은 아무것도 없었다. 이러고도 의사라 할 수 있을까…….

주부후유자키 시를 나와 고개 하나를 넘자 어둠의 빛깔이 달라졌다. 칠흑 같은 산에 에워싸인 데다 달도 뜨지 않아서인지 아까보다 더 어두컴컴하게 느껴졌다. 전조등만으로는 부족할 것 같아서 아이즈를 야간 모드로 변환했다. 시야가 밝아지며 도로의 윤곽이 또렷하게 보였다.

고속도로를 타려면 고개를 하나 더 넘어야 한다. 고갯길에 들어섰을 때였다.

갑자기 시야가 흐려졌다. 작은 빛 덩어리가 수없이 날아다니며 눈앞을 뒤덮었다. 도로고 뭐고 아무것도 보이지 않았다. 급브레이크를 밟았다. 차가 완전히 정지하자 뇌와 접속을 끊고 아이즈를 뺐다.

빛은 사라졌지만 밝은 시야에 눈이 익었던 탓인지 더 어두컴컴하게 느껴지고 주변이 하나도 보이지 않았다. 전조등 빛을 받은 노면이 어렴풋이 보이는 정도였다.

실내등을 켜고 아이즈를 살펴봤다. 빨간 인디케이터가 깜빡였다. 이상을 알리는 경고 신호였다.

"고장인가?"

별일도 다 있다 싶었다.

"하지만 왜 하필 이런 데서……."

고개를 들었다.

"……?"

어둠에 익은 눈앞으로 검은 형체가 뛰어들었다. 셋? 넷? 아니, 더 되는 것 같았다. 인간. 남자. 도로를 막아서고 있었다. 손에 뭔가 들고 있었다. 막대기 모양의 뭔가를 그를 향해 겨눴다.

가토 다로는 자신을 겨눈 그것의 정체를 똑똑히 보았다.

총구였다.

5

"병기 공장?"

"규모는 작지만 부지 안에 있는 모양입니다. 테러에 쓴 폭탄도 그곳에서 만들었을 것으로 보입니다."

과학수사부의 오다기리 기술관이 막힘없이 대답했다. 강제 정보 채취의 오퍼레이터였던 지적인 여성이었다. 얼굴이 초췌한 건 발굴한 이미지를 분석하는 데 애를 먹었기 때문이리라. 일반적으로는 2주가 걸리는 작업이지만 8일 만에 끝냈다. 주임기술관인 사쿠라다의 말로는, 분석작업은 피험자의 기억영역에 직접 들어갔던 오퍼레이터만 가능한 일이라고 했다.

"그 공장에서 폭탄 말고 뭘 만드는지 알 수 있나?"

오다기리는 질문을 던지는 가가와 데쓰오를 똑바로 쳐다보며 대답했다.

"공장 안 이미지는 없었기 때문에 정확히는 모르겠습니다. 하지만 다른 이미지 중에 소총을 든 사람이 다수 있었으니 총기류도 제조하고 있을 가능성이 높죠. 하지만 제 느낌상으로는 대량으로 만드는 것 같지는 않았어요."

"당신 느낌은 중요하지 않아. 문제는 밝혀진 사실이지."

가가와의 부하 다케스에가 고압적으로 말하자 사쿠라다 주임기술관이 태연자약하게 받아쳤다.

"그게 그렇지도 않습니다. 강제 정보채취는 말하자면 피험자의 기억을 일시적으로 오퍼레이터의 뇌에 복사해 의미 있는 이미지를 찾아내는 작업이죠. 그렇기 때문에 필연적으로 누락된 이미지가 생기게 마련입니다. 하지만 누락된 것도 오퍼레이터의 뇌에 흔적으로 남습니다. 오퍼레이터는 그걸 느낌이라는 형태로 인지하기도 하죠."

"한마디로 오다기리 기술관이 느낀 건 그 피험자가 느낀 거라는 소린가?"

가가와의 물음에 사쿠라다가 오다기리를 보았다.

"자네가 대답하게."

오다기리가 말했다.

"그렇게 보셔도 무방합니다. 이건 제 고유한 느낌이 아니에요."

사쿠라다는 가가와를 보며 말했다.

"들으셨죠? 오다기리가 이렇게까지 말하는 걸 보면 틀림없습니다."

자그마한 회의실에는 과학수사부의 사쿠라다 주임기술관과 오다기리 기술관, 대테러 특수부의 가가와 부장과 다케스에 차장이 모여앉아 있었다. 분석결과를 브리핑하기 위해서였다. 정식 보고서는 나중에 제출하겠지만, 하루라도 빨리 결과를 알고 싶다는 가가와의 부탁에 사쿠라다가 특별히 마련한 자리였다.

"요새는 무장한 거부자 마을도 종종 있다고 들었지만 공장 설비까지 갖췄다는 이야기는 처음 듣는군요."

다케스에가 심각한 표정으로 말했다. 조직을 제압하려면 완벽한 준비가 필요할 터였다. 경우에 따라서는 인명피해가 날 수도 있었다.

사쿠라다가 다케스에의 말을 받았다.

"더구나 꽤 탄탄한 조직이에요. 지금까지의 거부자 마을이 말 그대로 촌락 수준이었다면, 이곳은 왕국이에요."

"아나타 도진을 왕으로 섬기는 왕국인가."

강제 정보채취 결과 공장의 존재 이외에 밝혀진 사실은 다음과 같다.

하나, 피험자가 빠져나온 집단은 깊은 산속에 만들어진 5백 명 규모의 공동체로, 그 구성원은 100퍼센트 거부자들이다.

둘, 이 집단은 종교적 색채가 짙고 구성원들은 자기들 공동체를 '영원왕국'이라 부른다.

셋, 영원왕국의 궁극적인 목적은 영원한 삶을 누리는 것이다.

넷, 이들의 지도자는 자신을 아나타 도진이라 칭한다. 이 남자의 정체는 밝혀지지 않았다. 사람들 앞에 모습을 드러내는 일이 거의 없어서 얼굴은 확실히 알아볼 수 없었다.

다섯, 아나타 도진에게는 참모격 측근이 있다. 실질적으로 영원 왕국을 움직이는 건 이 참모인 모양이다.

여섯, 공동체로서 절정은 지났다. 아나타 도진의 구심력이 약화하는 상황에서 다시 체제를 정비하기 위해 '백년법 폐지'의 기치를 내걸고 테러를 결행할 수밖에 없는 실정이다. 한마디로 앞으로도 테러의 강도를 높일 위험성이 지극히 높다.

"대단하군. 한 사람의 기억에서 이만한 정보를 알아내다니."

"오다기리의 공이 크다는 점을 알아주셨으면 합니다. 아무나 할 수 있는 일이 아니죠."

오다기리는 쑥스러운 듯 고개를 숙였다.

"이제 정확한 위치를 알아내는 일만 남았군."

그렇게 말하는 다케스에를 향해 오다기리가 대답했다.

"피험자도 산속에서 한참 헤맸는지, 어떻게 큰길로 나왔으며 어떻게 왕국을 찾아갔는지에 대한 이미지는 찾지 못했습니다."

"자네 느낌은 어떤가?"

오다기리는 잠시 뜸을 들였다 대답했다.

"멀다는 느낌만 드네요."

침묵이 흘렀다.

사쿠라다가 이야기를 마무리했다.

"보고드릴 내용은 이상입니다. 정식 보고서는 내일 중으로 제출하겠습니다."

"고맙네. 큰 도움이 됐어."

가가와는 일어나 사쿠라다, 오다기리와 악수를 나눴다. 다케스에도 의례적으로 인사를 나눈 뒤 회의실을 나왔다.

두 남자는 나란히 복도를 걸었다.

"부장님, 아나타 도진의 거점 사정을 대충 알아내긴 했지만 정확한 위치를 어떻게 찾으실 작정입니까? 중부산악지대는 넓습니다."

"산속을 헤집고 돌아다녀 봐야지. 그 피험자도 했는데 우리라고 못할 게 뭐가 있겠나."

"농담이시죠?"

다케스에가 어처구니없다는 표정을 지었다.

"그렇게 들렸나? 위성 사용허가를 받지 못하면 그 방법밖에 없는 것 같은데."

"위성이라…… 가게야마 장관이 그러라고 할까요?"

일본공화국은 이미 오래 전에 독자적인 인공위성 기술 보유를 포기했다. 한마디로 독자적으로 인공위성을 개발하거나 발사할 능력이 없어서 기상위성이나 GPS는 미국에서 대여해 사용했다. 상공에서 아나타 도진의 왕국을 찾으려면 중국에서 감시위성 데이터를 구입하는 방법밖에 없지만 막대한 비용이 들 것이다. 일반 수사건으로 사용하려 해도 내무장관의 허가를 받기는 어려웠다.

"아나타 도진의 거점을 검색한다는데 장관님도 안 된다고 하시진 않겠지."

"헬기를 띄워보면 어떨까요?"

가가와는 다케스에를 매섭게 노려봤다.

"놈들은 무장을 하고 있어. 헬기를 보면 경계를 더욱 강화하겠지. 우리 희생을 최소한으로 줄이려면 기습하는 수밖에 없어."

"우리도 미군의 나이트헬기 같은 게 있으면 좋을 텐데요."

나이트헬기는 소리 없이 비행할 수 있는 야간정찰용 헬기였다.

"큰맘 먹고 대여할까?"

"정말이십니까?"

"아이고, 이 친구야. 그냥 해본 소리지. 대여비가 얼만 줄 알아?"

"그러면 그렇지……."

엘리베이터에 올라탄 가가와는 꼭대기 층 버튼을 눌렀다.

"특수부에 가시는 거 아닙니까?"

"효도 국장님께 보고는 해야지. 간 김에 위성건도 담판을 짓고 오겠네."

"역시 전광석화 가가와 부장님다우십니다."

다케스에의 농담에 가가와도 지지 않고 맞받아쳤다.

"입술에 침이나 바르고 말해. 나 없는 데서는 굼벵이 가가와라고 부르는 거 다 아니까."

"아, 아닙니다. 저희는 결코……."

"내리기나 해."

엘리베이터 문이 열렸다.

가가와는 층수를 확인하고 내렸다. 국장실로 가는 긴 복도는 항상 쥐죽은 듯 조용했다. 여기서 재채기라도 하면 몇 배나 큰 소리로 울려 퍼질 것 같았다. 다케스에도 말없이 뒤따라왔다.

복도 저편에서 그들을 향해 다가오는 사람이 있었다. 국장실에서 나오는 길인 모양이었다. 전체적으로 호리호리했지만 탄력 있는 걸음걸이에서 내공이 느껴졌다. 가가와는 긴장한 채 걸음을 멈췄다.

"부장님?"

다케스에가 의아해하며 가가와를 보았다.

가가와는 대답하지 않고 다가오는 상대를 응시했다.

상대방도 가가와가 눈에 들어왔는지 매서운 눈을 찌푸렸다.

그 뒷면에 용맹함을 숨긴 가면 같은 얼굴.

"다테미야, 자네가 여긴 웬일이지?"

다테미야라 불린 남자는 불손하게 미소 지으며 말했다.

"가가와 아냐? 오랜만이군."

"시코쿠 주에 있다고 들었는데?"

"못 들었나? 다음 달에 조직개편이 있는데."

"조직개편? 또?"

"무장경찰대가 국장 직속으로 편입된다더군. 대장은 부국장 대우로 승진하고. 그 대장 자리에 이 몸이 앉게 됐어."

가가와는 눈을 부라렸다.

"뭐, 뭐라고?"

다테미야는 가가와의 어깨를 붙잡고 얼굴을 들이댔다.

"여전히 밥맛없는 면상이군. 아무튼 다시 만나 반가워."

그러고는 어깨를 툭 치더니 알듯 모를 듯한 미소를 흘리고 엘리베이터로 걸어갔다.

그 뒷모습을 바라보던 다케스에가 나지막이 물었다.

"누굽니까?"

"다테미야 가즈히로. 들어본 적 없나? 7년 전까지 무장경찰대 부대장으로 있으면서, 더 도베르만이라 불리던 남자."

"아, 지금 그 사람이요?"

"폭력사건을 일으켜 좌천됐는데 국장님이 다시 불러들인 모양이군. 재수 없는 놈이 돌아왔어⋯⋯. 가자."

국장실로 향하려던 가가와는 걸음을 멈추고 돌아봤다.

멀어져가는 다테미야 가즈히로의 뒷모습.

"왜지?"

가슴이 술렁거렸다.

"왜 이제 와서 저놈을⋯⋯."

6

하얀 눈 덮인 후지 산을 바라보며 차가 멈췄다. 모자를 쓴 운전기사가 전자조회 버튼을 누르자 전방을 막아선 3중 바리케이드가 하나씩 내려갔다. 평평해진 도로를 30미터쯤 지나 강철문 앞에서 다시 차가 멈췄다. 방탄 초소 안에는 소총을 든 경비병이 서 있었다. 머리에 쓴 헬멧에는 통신기능이 달렸다. 운전기사가 귀에 단 마이크에 대고 말했다.

"대통령 각하의 지시로 유사 총리님을 모셔왔습니다."

경비병이 받들어총 자세로 경례를 했다. 삼각형 강철문을 연달아 세워놓은 게이트가 천천히 열렸다.

활짝 열린 게이트를 지나 잔디밭 사이로 난, 작은 기복이 있는 길을 백 미터쯤 달렸다. 길가에는 벚나무가 늘어서 있었다. 그 길 끝에 팰리스 후지라 불리는 하얀색 대통령 관저가 위풍당당하게

서 있었다.

직사각형으로 생긴 4층 높이의 중앙동을 중심으로 3층 높이의 건물이 좌우로 양 날개처럼 뻗어 있었다. 군데군데 배치된 황금 조형물이 태양빛에 날카롭게 빛났다. 중앙동과 양 날개 끝에 있는 돔 형태의 빨간 지붕은 일본공화국의 삼일기를 염두에 두고 만든 것이다. 빈말로도 세련되었다고는 할 수 없었지만, 우시지마 대통령의 아이디어에 이의를 제기하는 이는 없었다.

중앙동 정면 광장에는 십수 미터의 커다란 이단 분수가 있었다. 분수 중앙에는 오른손을 앞으로 내밀어 대지를 짓누르는 포즈를 취한 우시지마 대통령의 황금 동상이 서 있었다. 그 주변으로 다양하게 모습을 바꾸어 날아오르는 물방울은 대통령을 열광적으로 지지하는 국민의 모습을 상징하는 모양이다.

유사를 태운 총리 관용차는 분수 오른쪽에서 돌아 중앙동 현관 앞에서 멈췄다. 관저 직원이 문을 열자 유사는 차에서 내렸다.

이 팰리스 후지도 총리 관저와 같은 시기에 새로 지은 건물이다. 대통령부는 그때까지 도심에 있었지만 우시지마 대통령의 의지로 후지 산 가까운 언덕으로 이전했다. 총리 관저와 핫라인으로 연결되어서, 평소에는 모니터를 통해 지시를 받거나 보고를 올렸다.

우시지마 대통령이 팰리스 후지에서 나오는 건 국빈을 환영하러 공항에 가거나 외유나 중요 식전에 참여할 때뿐이었고, 특히 3년 전에 영부인과 이혼한 뒤로는 국민 앞에 거의 모습을 드러내지 않았다.

말할 것도 없이 팰리스 후지의 경비는 최고 수준이었고 둘레를 에워싼 5미터 높이의 벽을 넘는 건 불가능했다. 설령 벽을 넘는다

해도 센서와 카메라가 침입자를 포착하여 즉시 경비병의 표적이 된다. 대통령 관저에 무단침입하려다 발각될 경우에는 국가반란방지법에 따라 즉각 사살도 가능했다.

건물 자체에도 이중, 삼중의 방벽이 설치되어 있을 뿐 아니라 설령 핵미사일이 날아와도 지하 방공호에서 1년간 생활할 수 있을 만한 태세를 갖추고 있었다. 유사시 방공호에 들어갈 수 있는 건 대통령과 일부 측근들뿐이라서, 대통령의 집무와 생활을 돕는 9백 명의 직원들은 대부분 방공호의 존재조차 모르고 있을 테지만.

팰리스 후지는 일반인의 출입을 허용하지 않는 까닭에, 직원이 아니면서 이곳을 찾는 사람은 대통령이 직접 초대하거나 호출한 이들뿐이었다. 초대를 받은 이들은 국빈, 공화국에 크게 이바지한 국민, 대통령이 개인적으로 호감을 가진 저명인사 등이었다.

한편 호출을 받은 이들은 주로 현역 국회의원이나 재계의 유력 인사. 이유는 대부분 비슷했다. 대통령 특례법으로 면제권 적용을 통보하기 위해서였다. 통보를 받는 순간, 생존가능기간은 무기한으로 연장됐다. 이 의식을 이용해 자신의 명줄을 잡고 있는 이가 누군지 머릿속에 깊이 각인시키는 것이다.

유사는 총리라는 직위상 국빈 초대 만찬회 등에 참석하느라 여러 차례 이곳을 방문했다. 오늘 대통령이 그를 부른 건 틀림없이 면제권 적용을 통보하기 위해서일 것이다. 유사의 생존가능기간은 앞으로 단 하루. 하지만 공화국 총리 유사 아키히토가 내일 터미널 센터에 출두하리라고 생각하는 이는 아무도 없을 터였다. 유사 자신조차 그런 생각은 하지 않았다.

"총리님, 기다리고 있었습니다."

타원형의 현관에서 유사를 맞이한 건 대통령 비서실장이 된 나기 사다카즈였다. 의원 시절, 우시지마의 보좌관이었던 남자다. 커다란 두 눈은 필요 이상으로 위압적이었고, 옛날부터 감정이 격해지면 두툼한 입술을 쑥 내미는 버릇이 있다. 현재 대통령의 최측근은 바로 그였다. 당연히 방공호에 들어갈 때는 대통령과 함께하리라.

"비밀구역으로 모시겠습니다."

뜻밖이었다. 대통령과 총리가 접견할 때는 일반적으로 서쪽동의 집무실을 이용했다. 비밀구역란 말 그대로 대통령의 생활공간으로, 경호원 없이 편안히 휴식을 취할 수 있는 유일한 공간이었다. 유사조차 한 번도 들어간 적 없는 은밀한 구역이었다.

"대통령께서 쉬시는 모양이지?"

"아닙니다. 그냥 그곳으로 모시라고만 하셨습니다."

대통령의 비밀구역은 중앙동 3층과 4층이었다. 엘리베이터가 없는 까닭에 현관에서 커다란 계단을 통해 2층으로 올라가야 했다. 그리고 긴 복도 끝에 있는, 눈에 잘 띄지 않는 계단으로 3층에 올라갔다. 대리석 바닥에 부딪치는 딱딱한 구두 굽 소리를 내며 다가가자 강철문으로 닫아놓은 좁은 계단 입구가 보였다. 건장한 경호원 두 명이 문 옆에 대기하고 있었다. 유사와 나기를 보고 말없이 벽으로 비껴서 길을 터줬다.

"대통령 각하, 유사 총리님이 오셨습니다."

나기가 나지막이 말하자 문이 자동으로 열렸다.

유사는 나기를 따라 크림색 대리석 계단을 올라갔다. 이 계단은 3층까지밖에 없다. 계단 끝에는 자그마한 홀이 있고, 벽에는 그림과 커다란 거울이 걸려 있었다. 매일 아침 집무실로 내려가기 전에 우시지마 대통령은 여기 비친 자기 모습을 보며 몸단장을 점검하는 것일까.

나기가 정교하게 세공한 문을 두드렸다.

"들어오게."

유사는 나기가 열어준 문 안으로 들어갔다.

생각보다 자그마한 방이었다. 한가운데에 소파 테이블이 있었지만 대통령이 홀로 시간을 보낼 만한 분위기는 아니었다. 기본적인 가구가 갖춰져 있기는 했지만 왠지 썰렁한 기운이 감돌았다. 우시지마 료이치 개인의 냄새가 전혀 나지 않았다. 뭔가를 연상시키는 분위기였다. 무엇이었지? 기억이 나지 않았다.

정면은 바닥에서 천장까지 한 면 가득 창문이었다. 레이스 커튼이 새하얗게 빛났다. 그 앞에 서 있는 큰 키의 다부진 남자.

등 뒤에서 문 닫는 소리가 들렸다.

우시지마 대통령과 이렇게 독대하는 건 대통령 훈장 수여식 이후로 반년 만이었다. 그때도 형식적인 인사를 나눴을 뿐이었다. 평소 정책에 대해서는 주로 비서실장인 나기와 논의했다.

대외적으로는 우시지마 대통령이 주로 외교를 담당하고 내정은 유사에게 맡긴다고 알려져 있었지만, 내정 역시 팰리스 후지의 의향이 강하게 반영될 수밖에 없었다.

우시지마, 유사 체제가 시작된 초기에는 유사가 주도권을 쥐고 있었다. 그가 구체적인 정책을 세우면 우시지마 대통령이 그것을 전적으로 수용하는 모양새로 일이 진행됐다.

하지만 팰리스 후지로 대통령부를 옮긴 뒤부터 우시지마 대통령은 점차 유사와 거리를 두기 시작했다. 유사와 상의도 없이 보좌관을 늘리거나 팰리스 후지 안에 독자적인 싱크탱크를 만들기도 했다. 우시지마의 단독 정책 입안, 수행능력을 높이려는 의도임은 명백했다. 한마디로 유사를 배제하려는 속셈이었다.

새로운 조직이 기능하면서 유사의 제안이 각하당하는 일이 많아졌다. 어떤 때는 내정에 관한 정책도 팰리스 후지에서 내놓은 안을 수행하라고 요구했다. 대부분이 국민 부담을 심화시키는 정책이었지만, 국민의 불만과 원성은 고스란히 내정 담당인 유사에게 돌아갔다. 그야말로 유사는 우시지마 대통령의 총알받이였다.

그런 상태로 한동안은 별일 없이 지나갔지만, 5년 전 드디어 양자의 골이 수면 위로 드러났다. 당시 유사는 우시지마 대통령의 승인 없이 어떤 법안을 통과시켰다. 그리 중요한 법안이 아니었기에 대통령의 승인을 받을 것까지는 없다고 판단했지만 대통령은 거부권을 행사해 가차 없이 제압했다. 그 뒤로 우시지마 대통령은 유사를 경시하는 태도를 감추려 하지 않았다.

거부권은 최고 권력의 상징이었다. 최고 권력은 대통령의 손안에 있었다. 이 시스템을 구축한 건 다름 아닌 유사였다. 현재 공화국의 중요한 결정은 대부분 팰리스 후지를 거쳤다. 유사 내각은 하위집행기관에 지나지 않았다. 역시 시대가 바뀐 것이다.

"오랜만에 뵙습니다, 각하."

유사는 공손하게 고개를 숙였다.

"격식 차린 인사는 접어두게. 그럴 거면 뭣 하러 자네를 여기로 불렀겠나."

우시지마 대통령은 성큼성큼 다가와 얼굴 한가득 미소를 지으며 오른손을 내밀었다. 유사가 조심스레 내민 손을 사냥감에 달려드는 야수처럼 덥석 잡으며 왼팔로 어깨동무를 했다.

"잘 왔네. 자, 편하게 앉게."

우시지마는 어안이 벙벙한 유사를 억지로 소파에 앉히더니 선반에서 술잔 두 개를 꺼내 위스키 록을 만들었다. 하나를 유사 앞에 놓고는 자신도 그 맞은편에 앉았다.

잔을 들려 하지 않는 유사를 보고 우시지마가 말했다.

"어서 들게, 사양하지 말고."

"공무중이라……."

"고지식한 친구로군. 대통령 명령이야. 어서 들게."

"그럼 그러겠습니다."

"그래야지."

유사는 술잔을 들었다.

우시지마는 술잔을 들며 말했다.

"공화국을 위해."

"공화국을 위해."

유사는 한 모금 마시는 시늉을 하고 술잔을 두 손으로 들었다.

우시지마는 술잔을 기울여 단숨에 마시고는 다시 내려놓았다. 그리고 등받이에 기대 살짝 고개를 젖히며 아련한 표정을 지었다.

"생각해보니 이렇게 자네와 독대하는 것도 오랜만이군."

"네, 대통령 각하."

"대통령 각하라……."

우시지마가 코웃음을 치며 더욱 큰 소리로 말했다.

"기억나나? 자네는 내가 언젠가 황제의 자리에도 오를 수 있다고 했었지."

"기억납니다."

"자네 보기엔 어떤가. 지금 나는 황제인가?"

"사실상 그렇다고 봅니다."

"한마디로 자네 예언이 적중했군."

유사는 열심히 머리를 굴렸다.

우시지마는 대체 무슨 소리를 하려는 거지?

"모두 자네 작품이지."

유사는 식은땀을 흘리며 부인했다.

"천만의 말씀이십니다."

불현듯 정적이 감돌았다.

우시지마의 얼굴에서 좀 전까지 보였던 쾌활한 기운이 사라졌다.

그는 눈을 내리깔고 조용히 말문을 열었다.

"그동안 미안했네."

유사는 제 귀를 의심했다.

"지금 뭐라고……."

"지금의 내가 있는 건 다 자네 덕이야."

생각지도 못한 발언에 유사는 당혹스러움을 감출 수 없었다.

"각하, 무슨 말씀이십니까?"

"그렇지 않나. 내가 대통령에 당선되어 이 나라의 최고지도자가 될 수 있었던 건 모두 자네가 보좌해준 덕이지. 나는 자네 말대로 움직였을 뿐이야. 연설문 원고도 자네 작품이지 않나. 자네가 없었으면 나는 약소야당의 대표로 정치 인생을 마감했겠지."

우시지마 대통령이 자세를 바로 했다.

"감사하는 마음뿐이네."

"각하……."

"자네는 날 원망하겠지."

"단연코 그런 일은 없습니다. 제가 왜 각하를……."

"이제 그럴 필요 없네. 팰리스 후지에 입성한 뒤로 자네 존재도, 정책도 모두 멀리했어. 자네가 통과시킨 법안을 일부러 반대하기도 했지. 국민은 자네와 내 사이가 심상치 않다고 수군거리더군."

"국민이 뭐라고 하든 각하를 향한 제 충성심은 조금도 변함없습니다."

5년 전의 거부권 발동으로 유사와 우시지마의 불협화음이 만천하에 드러났다. 유사는 그것이 얼마나 위험한 상태인지 알고 있었다. 그래서 매사에 주의를 기울이며 조금이라도 충성을 의심받을 행동은 철저히 피했다. 지금 이 순간도 마찬가지였다.

"이번 기회에 솔직히 말하겠네. 나는 내 힘을 시험해보고 싶었어."

"각하……."

"분명 나는 대통령이 되어 이 나라의 정점에 섰네. 하지만 그건 유사 아키히토라는 참모가 곁에 있어준 덕이었지."

우시지마는 유사를 똑바로 바라보았다.

"다들 뒤에서 수군거리더군. 나도 그들이 무슨 얘기들을 하는지 알아. 유사 아키히토란 남자가 없었으면 우시지마는 그냥 망나니 소로 끝났다, 계속 대통령 자리에 앉아 있을 수 있는 것도 유사 총리가 국정을 잘 꾸려나가기 때문이다."

"각하, 그런 허언을 믿으시는 겁니까?"

"내가 믿느냐 안 믿느냐는 중요하지 않아. 그런 소리가 나온다는 자체가 문제지."

"그건⋯⋯."

"나는 내 능력을 인정받고 싶었어. 나 혼자서도, 유사라는 남자가 없어도 훌륭하게 통치할 수 있다는 것을. 허나⋯⋯."

우시지마는 거기서 말을 끊더니 한참 침묵했다.

"⋯⋯사실은 나도 알고 있네."

"무슨 말씀이십니까?"

"이걸 말이야."

분한 얼굴로 자리에서 일어난 그는 손바닥을 아래로 하고 오른손을 쭉 뻗었다. 분수의 황금 동상과 같은 포즈였다.

"이건 황제가 아니라 광대야. 내 말이 틀렸나!"

그리고 팔을 내리며 자리에 털썩 주저앉았다.

"그렇다고 이제 와서 철거할 수도 없지. 아무리 그래도 그딴 걸 만들다니."

우시지마는 패기 없는 웃음을 흘리며 말했다.

"지치셨습니까?"

유사가 대통령의 얼굴을 물끄러미 바라보며 물었다.

"뭐라고?"

"공화국의 지도자로 사시는 데 지치셨습니까?"

"⋯⋯지치진 않았지만, 조금 싫증이 나는군."

"싫증이 난다⋯⋯."

그는 씩 웃으며 자리에서 일어나 창가로 다가갔다. 레이스 커튼을 걷고 창문을 열었다. 후지 산에서 불어온 바람이 유사에게까지 닿았다.

"자네도 이리 오게."

유사는 우시지마 대통령을 따라 발코니로 나갔다. 반원형의 바닥은 빨간 석재로 만들어져 있었다. 이 역시 국기를 모티프로 삼은 것일까.

구석구석 잘 가꾼 서양식 정원이 발밑으로 펼쳐졌다. 정면에는 장엄한 후지 산이 있었다. 새하얗게 쌓인 눈이 푸른 산맥을 타고 길게 흘러내리고 있었다. 그 풍경을 바라보는 우시지마의 옆모습을 유사는 가만히 바라보았다.

이 얼굴 속에 어떤 심경 변화가 생긴 걸까? 어쩌면 변화 따윈 전혀 없었는지도 모른다. 이 남자의 말을 곧이곧대로 받아들이는 건 너무 위험했다.

"그 테러리스트……, 이름이 뭐라고 했지?"

"아나타 도진 말씀이십니까?"

"영원왕국이란 황당무계한 조직을 만들었다면서? 그 건은 어떻게 진행되고 있나?"

"중국에서 구입한 위성 데이터를 분석 중인데, 곧 아지트의 위치를 알아낼 것 같다는 보고를 받았습니다. 정확한 위치만 알면 처리하는 건 식은 죽 먹기입니다."

"시간문제인가?"

"네."

"자네도 총리로서 체면을 세울 수 있겠군. 무거운 짐을 내려놓은 기분이겠어."

유사는 고개를 숙였다.

"떠나기 전에 마무리되어서 다행이야."

"그게 무슨……."

우시지마 대통령이 돌아보며 말했다.

"자네 생존가능기한이 내일까지지?"

"……네."

이어서 우시지마 대통령의 입에서 생각지도 못한 말이 나왔다.

"오랫동안 수고 많았네."

온몸의 털이 곤두섰다.

"백년법 시행을 위해 그토록 애쓴 자네야. 군말 없이 이 법을 따를 것으로 믿네. 다행히 최대 현안인 테러리스트 문제도 해결될 기미가 보인다니 미련 없이 떠날 수 있겠군."

뭐지?

뭔가가 크게 어긋나기 시작했다.

"자네를 잃는 건 나뿐 아니라 이 공화국에도 큰 손실이야. 하지만 자네가 법에서 벗어나 살아남길 바랄 사람이 아니라는 건 잘 아네. 뭐니 뭐니 해도 자네는 사사하라 다쿠조의 수제자니까. 그렇지?"

태연하게 말을 잇는 우시지마의 눈에서 음습한 빛이 번득였다.

유사는 이때 처음으로 우시지마 대통령의 참뜻을 깨달았다. 유사가 면제권을 적용받기를 기대하는 걸 알면서도 그럴듯한 연기로 그의 절박한 마음을 희롱한 것이다.

'어째서…….'

우시지마에게 자신의 존재가치가 점점 줄어드는 건 사실이었다. 하지만 면제대상이 되면 유사는 대통령의 뜻대로 움직일 수밖에 없었다. 그게 결코 대통령에게 실이 되지는 않을 것이었다. 적어도 대통령의 눈에는 그렇게 비쳤을 것이다. 어쩌면…….

"뭐지? 내 말에 불복하는 건가?"

우시지마는 유사의 얼굴을 빤히 쳐다보며 물었다.

"아, 아닙니다."

"그래야지."

그는 입꼬리를 올리며 웃었다.

"내 이야기는 끝났네. 내일이 오기 전에 자네한테 감사의 뜻을 전하고 싶었어."

그 목소리가 공허하게 울려 퍼졌다.

"송구스럽습니다."

"자, 오늘 할 일도 많을 텐데 조심해서 들어가게. 그리고 인수인계는 꼼꼼히 해주게. 자네가 떠나자마자 내정이 흐트러지면 내가 국민들 볼 낯이 없으니까. 부탁하네."

정신을 차려보니 유사는 총리 관용차 뒷좌석에 앉아 있었다. 비밀구역에서 어떻게 이곳까지 왔는지 전혀 기억이 나지 않았다. 창문 너머로 배웅하는 나기 비서실장의 모습이 보였다. 유사는 손을 떨고 있었다. 눈을 감았다. 납덩이처럼 온몸이 무거워졌다.

'······다 끝났다.'

우시지마는 유사의 속내를 알고 있었던 것이다.

그렇게 생각할 수밖에 없었다.

'속으로는 자기보다 뛰어난 사람은 없다고 생각하겠지.'

일찍이 우시지마는 유사만은 그렇게 평가했다.

'하지만 그 오만함이 언젠가 자네 발목을 붙잡을 날이 올 걸세.'

그 말이 맞다.

조심, 또 조심했다고 생각했지만 어디선가 빈틈을 보인 것이다.

'오늘 중에 후카마치를 만나야겠군. 뒷일을 믿고 맡길 만한 건 그 녀석밖에……'

순간 차가 멈췄다. 아직 출입문에 도착하기에는 일렀다. 눈을 뜨자 차는 다시 중앙동 현관에 서 있었다. 분수 둘레를 한 바퀴 돌아 제자리로 돌아온 모양이었다.

"무슨 일인가?"

운전기사에게 묻자 "돌아오라는 지시를 받았습니다." 하고 대답했다.

"지금?"

"네."

차 문이 열렸다.

아까 배웅 나온 나기가 기다리고 있었다. 그 눈동자에 웃음이 번져 있었다. 유사를 비웃고 있었다.

"대통령께서 부르십니다."

유사는 그들의 손바닥에서 놀아난 자신을 느끼며 나기가 이끄는 대로 비밀구역으로 돌아왔다.

우시지마 대통령은 유사의 얼굴을 보자마자 배를 잡고 웃음을 터뜨렸다. 얼마나 웃었는지 눈물이 날 정도였다.

"자네 꼴이 그게 뭔가. 정말 유사 아키히토 맞나?"

"각하, 이게 대체……"

"미안, 미안하네. 살짝 장난을 쳐본 거야. 용서하게."

"장난이라고요?"

"그래, 기분이 어땠나?"

우시지마 대통령이 웃음을 거두며 물었다.

"솔직히 말해보게. 어떤 기분이었나?"

유사는 아직도 말을 잇지 못했다.

"두려웠나?"

"네."

"울음이 터질 것 같았나?"

"네."

"그럼 됐네."

우시지마는 흡족한 표정으로 유사의 어깨에 손을 올렸다.

"그게 인간이야. 그래, 자네도 인간이었군."

그렇게 말하더니 갑자기 진지한 표정으로 선언했다.

"대통령 특례법에 따라 자네에게 면제권을 적용하겠네. 앞으로도 공화국 발전에 이바지하도록."

말을 마친 우시지마는 유사의 등을 힘껏 치며 다시 웃음을 터뜨렸다.

(2권에 계속)

백년법 1

초판 1쇄 발행 2014년 7월 30일
개정판 1쇄 발행 2016년 6월 24일
개정 2판 1쇄 발행 2022년 2월 21일

지은이 야마다 무네키
옮긴이 최고은
펴낸이 이범상
펴낸곳 (주)비전비엔피 · 애플북스

기획편집 이경원 차재호 김승희 김연희 고연경 박성아 최유진 황서연 김태은 박승연
디자인 최원영 이상재 한우리
마케팅 이성호 최은석 전상미 백지혜
전자책 김성화 김희정 이병준
관리 이다정

주소 우)04034 서울시 마포구 잔다리로7길 12 (서교동)
전화 02)338-2411 | **팩스** 02)338-2413
홈페이지 www.visionbp.co.kr
인스타그램 www.instagram.com/visioncorea
포스트 post.naver.com/visioncorea
이메일 visioncorea@naver.com
원고투고 editor@visionbp.co.kr

등록번호 제313-2007-000012호

ISBN 979-11-90147-94-1 04830
       979-11-90147-93-4 (SET)

도서에 대한 소식과 콘텐츠를
받아보고 싶으신가요?